BESTSELLER

Lisa See nació en París en 1955 y se crio en el seno de una familia china asentada en Estados Unidos desde tiempo atrás. Biznieta del patriarca del Chinatown de Los Ángeles, See narró la epopeya americana de su bisabuelo, Fong See, en un aclamado libro de memorias titulado *On Gold Mountain*. Durante trece años fue corresponsal en la Costa Oeste del semanario *Publishers Weekly*. Sus artículos han aparecido en medios como *The New York Times*, *Los Angeles Times* y *The Washington Post*. En 2005, *El abanico de seda* se convirtió en un best seller internacional y recibió numerosos premios. Este éxito se vio confirmado con sus siguientes novelas, *El pabellón de las peonías*, *Dos chicas de Shanghai*, *La isla de las mujeres del mar* y *El círculo de mujeres de la doctora Tan*.

LISA SEE

La isla de las mujeres del mar

Traducción de
Gemma Rovira Ortega

DEBOLS!LLO

Papel certificado por el Forest Stewardship Council®

MIXTO
Papel
FSC® C117695

Penguin
Random House
Grupo Editorial

Título original: *The Island Of Sea Women*

Primera edición en Debolsillo: octubre de 2024
Quinta reimpresión: mayo de 2026

© 2019, Lisa See
Publicado por primera vez por Scribner en 2019
Publicado por acuerdo con Sandra Dijkstra Lit. Ag. y Sandra Bruna Ag. Lit., S. L.
Todos los derechos reservados.
© 2020, 2024, Penguin Random House Grupo Editorial, S.A.U.
Travessera de Gràcia, 47-49. 08021 Barcelona
© 2020, Gemma Rovira Ortega, por la traducción
Diseño de la cubierta: Olga Grlic y Jaya Miceli
Ilustración de la cubierta: National Archives of Korea

Printed in Spain – Impreso en España

ISBN: 978-84-663-7781-2
Depósito legal: B-12.792-2024

Impreso en Novoprint
Sant Andreu de la Barca (Barcelona)

P 3 7 7 8 1 2

Nota de la autora

Si bien algunas partes de esta historia transcurren cuando el sistema de romanización oficial era el McCune-Reischauer, he utilizado la romanización revisada del coreano, que se publicó en el año 2000. Todos los nombres propios están transliterados. He usado léxico del dialecto de Jeju en la medida de lo posible. En el continente, *halmeoni* significa «abuela». En Jeju, *halmang* significa «abuela» y «diosa», lo que refleja el respeto que se les tiene a las mujeres por su fortaleza, independencia y tenacidad. Según la tradición, el título de *halmang* debería ir pospuesto al nombre, pero, para evitar confusiones, lo he antepuesto: Seolmundae Halmang pasa a llamarse Halmang Seolmundae o Abuela Seolmundae.

Día 1: 2008

Una anciana está sentada a la orilla de la playa. Lleva un cojín atado con una correa al trasero y recolecta algas. Parece alerta a todo lo que sucede a su alrededor: quizá sea la fuerza de la costumbre tras media vida bajo el mar. Jeju es su hogar, una isla donde hay tres cosas en abundancia: rocas, viento y mujeres. La más inestable, el viento, es hoy una suave brisa. No hay una sola nube en el cielo. El sol le calienta la cabeza, la nuca, la espalda, a través de la ropa y la capota de ala ancha. Esa caricia la reconforta. Vive encaramada a la costa rocosa, en una ladera con vistas al mar. La casa en sí no parece gran cosa, apenas dos pequeñas estructuras de piedra volcánica, pero el enclave... Sus hijos y sus nietos quieren que les deje convertir los edificios en un bar-restaurante. «Te harás de oro, Abuelita. No tendrás que volver a trabajar.» Una de sus vecinas hizo lo que piden las nuevas generaciones, y ahora en ese lugar hay una pensión y un restaurante italiano. En la misma playa de Young-sook. En su pueblo. Ella jamás dejará que le hagan eso a su casa. «No hay dinero suficiente para echarme de aquí, ni vaciando los bolsillos de toda Corea», ha dicho Young-sook muchas veces. ¿Cómo va a marcharse? Sólo aquí resuenan la alegría, la risa, las penas y los lamentos de toda una vida.

No es la única que está trabajando en la playa. Hay más mujeres de su edad (de ochenta y noventa y tantos) seleccionando las algas varadas en la orilla; ponen las vendibles en bolsitas y dejan los desechos en la arena. Un poco más arriba, por el paseo peatonal que separa esta cala de la carretera, varias parejas jóvenes (seguramente, de luna de miel) pasean cogidas de la mano, con las cabezas muy juntas, e incluso se roban besos delante de todo el mundo, a plena luz del día. Young-sook observa a una familia de turistas que sin duda proviene del continente. El marido y los hijos llevan camisetas de topos y pantalones cortos de color verde lima. La mujer viste la misma camiseta de topos, pero no tiene ni un centímetro de piel al descubierto: pantalones largos, manguitos, guantes, sombrero y una mascarilla de tela para protegerse del sol. Los niños del pueblo trepan por las rocas que se esparcen y acumulan por la arena hasta adentrarse en el mar. Al poco rato ya están jugando entre las olas, riendo y retándose, gritando a ver quién es el primero en llegar a la roca más lejana, o en encontrar una esquirla de vidrio marino, o en ver, con suerte, un erizo de mar. La anciana sonríe: qué diferente será la vida para estos críos.

También observa a otras personas que la miran fijamente un rato (algunas ni siquiera intentan disimular su curiosidad) para luego centrar la atención en otra de las ancianas que ese día están en la orilla. ¿Qué abuela parece la más simpática? ¿La más accesible? Lo que esas personas no se imaginan es que Young-sook y sus amigas también las están analizando a ellas. ¿Son universitarios, periodistas, documentalistas? ¿Me van a pagar? ¿Qué saben sobre las haenyeo, las mujeres del mar? Seguro que querrán fotografiarla. Le acercarán un micrófono a la cara y le harán las mismas preguntas de siempre: «¿Se considera una abuela del mar, o se identifica más con las sirenas?» «La Unesco ha reconocido a las haenyeo como patrimonio cultural de la humanidad, un tesoro que se está perdiendo y que debe ser preservado, aunque sólo sea en la memoria colectiva. ¿Cómo se siente al ser la última de las últimas?» Si son universitarios, hablarán de la cultura matrifocal de Jeju, y querrán explicárselo: «No es un matriarcado, sino una sociedad centrada en las mujeres.» Luego, empezarán a tantearla: «¿Era realmente usted la que mandaba en su casa? ¿Le daba una paga a su marido?» De vez en cuando, una joven le hace esa pregunta sobre la que Young-sook lleva toda la vida oyendo discutir. «¿Qué es mejor, ser hombre o mujer?» Y no importa cómo se la formulen; ella siempre contesta lo mismo: «¡Yo era la mejor haenyeo!» Prefiere dejarlo así. Cuando el visitante insiste, Young-sook responde con brusquedad: «Si quiere saber algo de mí, vaya al museo de las haenyeo. Allí verá mi fotografía. ¡Hay un vídeo sobre mí!» Y si se resiste a marcharse... Bueno, entonces es aún más directa: «¡Déjeme en paz! ¡Estoy trabajando!»

Por lo general, su reacción depende de cómo se sienta físicamente. Hoy hace un sol espléndido, el mar resplandece, y aunque está sentada en la orilla nota en los huesos la ingravidez del mar, el oleaje que masajea sus doloridos músculos, el frío que la envuelve y calma el ardor de sus articulaciones. Así que se deja fotografiar, e incluso se levanta el ala de la capota para que un joven pueda «verle mejor la cara». Mientras tanto, lo observa avanzar poco a poco hacia el tema inevitable e incómodo, hasta que por fin él le lanza la pregunta: «¿Sufrió su familia durante el Incidente del 3 de abril?»

Aigo, claro que sufrió. Claro, claro. «En la isla de Jeju sufrimos todos», contesta ella. Pero no sigue hablando de ese tema. Nunca. Prefiere hablar del presente y decir que ésta es la época más feliz de su vida. Y lo es. Todavía trabaja, pero no está demasiado ocupada y le sobra tiempo para visitar a sus amigas y viajar. Ahora puede contemplar a sus bisnietas y dedicarse a pensar en ellas ociosamente: «Ella es preciosa», «Ella es la más lista», «A ella más le vale buscarse un buen marido». Hoy sus nietos y bisnietos son su mayor felicidad. ¿Por qué no le pasaba cuando era joven? Lo cierto es que entonces no podía saber el vuelco que darían las cosas. Nunca se habría imaginado su vida de hoy en día, ni en sus mejores sueños.

El joven se marcha. Intenta hablar con otra mujer, Kang Gu-ja, que trabaja a unos diez metros de donde está Young-sook. Gu-ja, que siempre está malhumorada, ni siquiera levanta la cabeza. El joven lo intenta con Gu-sun, la hermana menor de Gu-ja, que le grita «¡Lárgate!». Young-sook se solidariza con ellas dando un bufido.

Una vez que ha llenado la bolsita, se levanta temblorosa y se encamina arrastrando los pies hasta el sitio donde ha dejado los sacos de algas. Después de vaciar la bolsa, se dirige renqueando a una zona de la playa que de entrada parece más solitaria. Vuelve a sentarse y se coloca bien el cojín. Sus manos son ágiles, a pesar de estar deformadas por el trabajo y surcadas de profundas arrugas tras tantos años de exposición al sol. El sonido del mar... La caricia de la brisa tibia... Saberse protegida por miles de diosas que viven en la isla... Ni siquiera los exabruptos de Gu-sun pueden arruinar su buen humor.

Entonces Young-sook ve con el rabillo del ojo a otra familia. No van vestidos igual ni se parecen mucho entre ellos. El marido es occidental, la mujer coreana y los hijos (un niño pequeño y una adolescente), mestizos. Young-sook no puede evitarlo: ver a esos críos mestizos la incomoda. El niño lleva pantalón corto, camiseta de superhéroe y unas bambas enormes, y la chica, un pantalón corto que apenas le tapa lo que tiene que tapar, unos auriculares y varios cables que cuelgan por encima de sus incipientes pechos. Young-sook deduce que son estadounidenses y los observa con cautela mientras ellos se le acercan.

—¿Es usted Kim Young-sook? —le pregunta la mujer, guapa y de tez pálida.

Young-sook asiente con un breve movimiento de cabeza, y la mujer continúa.

—Me llamo Ji-young, pero todos me llaman Janet.

Young-sook prueba a pronunciar el nombre por lo bajo:

—Janet.

—Y éstos son Jim, mi marido, y mis hijos, Clara y Scott. No sé si se acordará de mi abuela.

Janet habla en... ¿En qué lengua habla exactamente? No es coreano, pero tampoco es el dialecto de Jeju.

—Se llamaba Mi-ja. Su apellido era Han...

—No la conozco.

La mujer frunce ligeramente el ceño.

—Pero ¿no vivían las dos en este pueblo?

—Yo vivo aquí, pero no sé quién es ella.

Young-sook habla en voz aún más alta y con más brusquedad que Gu-sun, hasta el punto de que las hermanas Kang acaban por mirar hacia donde está ella. «¿Todo bien?»

Pero la extranjera no se deja intimidar.

—Déjeme enseñarle una fotografía suya.

Saca un sobre de papel manila de su bolso y hurga dentro hasta que encuentra lo que busca. Alarga la mano y le enseña a Young-sook una fotografía en blanco y negro de una chica vestida con un traje de buceo blanco de los de antes. Sus pezones parecen dos ojos de pulpo observando desde el interior de una cueva. Lleva el pelo recogido bajo un pañuelo también blanco. Tiene la cara redonda, los brazos delgados y con músculos bien definidos, las piernas robustas, la sonrisa amplia y descarada.

—Lo siento —dice Young-sook—. No la conozco.

—Tengo más fotos —añade la mujer.

Janet vuelve a mirar dentro del sobre y rebusca entre lo que deben de ser más fotografías. Entretanto, Young-sook mira al hombre y le sonríe.

—¿Tiene teléfono? —le pregunta en inglés, y se da cuenta de que a él su acento debe de sonarle mucho peor que a ella el coreano de la mujer, y se acerca una mano a la oreja como si sostuviera un teléfono.

Ha utilizado muchas veces esta táctica para deshacerse de los intrusos tediosos. Si se trata de una joven, le dice, por ejemplo: «Antes de contestar sus preguntas, necesito hablar con mi nieto.» Si es un hombre, tenga la edad que tenga, le pregunta: «¿Está usted casado? Tengo una sobrina nieta encantadora que además estudia en la universidad. Voy a pedirle que venga para que puedan conocerse.» Es increíble, pero siempre pican. Como era de esperar, el extranjero se palpa los bolsillos y busca su teléfono móvil. Sonríe exhibiendo unos dientes de un blanco reluciente, muy rectos, como los de un tiburón. Pero la chica saca su teléfono antes que él. Es uno de esos iPhones nuevos, como el que

Young-sook les ha comprado a cada uno de sus bisnietos este año por sus cumpleaños.

—Dígame el número —dice Clara sin molestarse en quitarse los auriculares.

El sonido de su voz desconcierta a Young-sook: la chica ha hablado en el dialecto de Jeju. Pese a que no lo habla a la perfección, su entonación hace que a Young-sook se le ponga la piel de gallina.

La anciana recita el número y Clara lo marca en la pantalla. Cuando termina, desconecta el teléfono de los auriculares y se lo tiende a Young-sook, que se queda paralizada. Sin pensarlo (porque no es premeditado, ¿verdad?), la chica se inclina y acerca el teléfono a la oreja de Young-sook. Su piel... pura lava. Una cadena de oro con una crucecita se le ha salido de la camiseta y se balancea a la altura de los ojos de Young-sook. La anciana se fija en que la madre, Janet, también lleva una cruz.

Los cuatro extranjeros la miran expectantes, a lo mejor están convencidos de que la anciana los ayudará. Young-sook habla deprisa al teléfono. Janet vuelve a fruncir el ceño mientras intenta descifrar las palabras, pero la anciana habla en jeju puro, una lengua tan distinta del coreano como el francés del japonés, o eso le han contado. Terminada la llamada, Clara se guarda el teléfono en el bolsillo trasero del pantalón, y entonces ve, abochornada, que su madre empieza a sacar más fotografías.

—Aquí está mi padre cuando era joven —dice Janet, y le pone a Young-sook una imagen borrosa delante de los ojos—. ¿Se acuerda de él? Aquí hay otra fotografía de mi abuela. Se la hicieron el día de su boda. Me dijeron que la niña que está a su lado es usted. ¿Le importaría hablar con nosotros unos minutos?

Pero Young-sook ha vuelto a concentrarse en sus algas. De vez en cuando, por educación, echa un vistazo a las fotografías, pero sin que la expresión de su cara delate lo que siente su corazón.

Unos minutos más tarde, una motocicleta con un carrito detrás se acerca dando tumbos por la playa y se detiene junto a ellos. Young-sook se esfuerza por levantarse lo más rápido posible. El extranjero hace ademán de sujetarla por el codo para ayudarla, pero ella se aparta instintivamente. Hacía mucho tiempo que no la tocaba alguien tan blanco.

—Sólo quiere ayudarla —dice Clara en dialecto jeju de niña pequeña.

Young-sook observa a los desconocidos, que intentan ayudar a su nieto a cargar las bolsas de algas en el carrito. Una vez atado todo, se monta detrás del chico y le rodea la cintura con los brazos. Le da un golpecito con el dorso de la mano.

—¡Arranca!

Cuando ya han salido de la playa y han llegado a la carretera, le dice con un tono más suave:

—Llévame a dar una vuelta por ahí. No quiero que vean dónde vivo.

PRIMERA PARTE

Amistad

1938

Aire de agua

Abril de 1938

Mi primera jornada de trabajo en el mar empezó horas antes del amanecer, cuando los cuervos aún dormían. Me vestí e hice a oscuras el camino hasta la letrina. Subí por la escalerilla, entré en la estructura de piedra y me coloqué sobre el agujero del suelo. Nuestros cerdos se apiñaron abajo resoplando con impaciencia. En un rincón había un palo grueso apoyado en la pared, por si alguno se entusiasmaba demasiado e intentaba trepar. El día anterior había tenido que arrear bien fuerte a uno. Todavía debían de acordarse, porque esa mañana esperaron a que mis heces cayeran al suelo antes de comenzar a pelearse por ellas. Volví a casa, me até a mi hermano pequeño a la espalda y salí a buscar agua al pozo del pueblo. Hacía tres viajes de ida y vuelta, cargada con varios cántaros de barro, para traer toda el agua que necesitábamos por la mañana. Luego iba a recoger estiércol, que usábamos como combustible para calentarnos y cocinar. Eso también tenía que hacerlo temprano, porque había mucha competencia con otras mujeres y niñas del pueblo. Una vez terminadas mis tareas, mi hermano pequeño y yo volvíamos a casa.

Dentro de nuestro cercado vivíamos tres generaciones de mi familia: Madre, Padre y nosotros, los niños, en la casa grande, y Abuela, en la casita, al otro lado del patio. Las dos construcciones eran de piedra y tenían un tejado de paja asegurado con rocas, para protegerlo de los vendavales de la isla. En la casa grande había tres estancias: la cocina, la habitación principal y una habitación especial que las mujeres utilizaban la noche de bodas y después de dar a luz.

Ese día, mi hermano y yo nos encontramos, como siempre, la habitación principal iluminada. Las lámparas de aceite parpadeaban y chisporroteaban, y nuestras esterillas de paja estaban dobladas y apiladas junto a la pared. Abuela, que ya se había vestido, bebía agua caliente. Llevaba un pañuelo en la cabeza. Tenía la cara y las manos huesudas y del color de las castañas. Mis hermanos Primero y Segundo, de doce y diez años, estaban sentados en el suelo con las piernas cruzadas y las rodillas tocándose. Enfrente de ellos, Hermano Tercero no paraba de moverse, como correspondía a un niño de siete años. Hermana Pequeña, seis años menor que yo, ayudaba a mi madre a llenar tres cestos. Madre, muy concentrada, comprobaba meticulosamente si lo tenía todo, mientras Hermana Pequeña intentaba demostrar que ya estaba preparada para ser una buena haenyeo.

Padre sirvió en unos cuencos la sopa de mijo que había preparado. Yo lo quería mucho. Tenía la cara alargada, como Abuela. Las manos delgadas y de piel suave, y una mirada profunda y llena de ternura. Casi siempre iba descalzo, dejando al aire sus pies callosos, y con un gorro de piel de perro calado hasta las orejas. También solía llevar muchas capas de ropa; así disimulaba lo poco que comía y lo mucho que se sacrificaba para que sus hijos pudieran comer más. Madre, que no paraba ni un minuto, se sentó con nosotros en el suelo y amamantó a mi hermano pequeño mientras desayunaba. En cuanto ella terminó la sopa y el bebé de mamar, le dio el crío a mi padre. Como todos los maridos de las haenyeo, pasaría el día bajo el Árbol de la Aldea, en la plaza principal de Hado, junto con los otros padres. Entre todos cuidaban de los bebés y los niños pequeños. Tras comprobar que Hermano Cuarto estaba tranquilo en los brazos de Padre, Madre me hizo señas para que me diera prisa. Yo estaba nerviosísima. Había llegado el día en que debía demostrar mi valía.

El cielo empezaba a teñirse de rosa cuando Madre, Abuela y yo salimos afuera. Ahora que ya había luz, con cada respiración podía ver cómo el vaho de mi aliento salía y se desvanecía rápidamente en el aire frío. Abuela se movía con cautela; en cambio, cada paso y cada ademán de Madre transmitían eficiencia y seguridad. Tenía las piernas y los brazos fuertes. Llevaba el cesto a la espalda, y me ayudó a atarme las correas del mío. Y aquí estaba yo, lista para ir a trabajar por primera vez; a partir de ahora ayudaría a mantener y cuidar a mi familia, y entraría a formar parte de la larga tradición de las haenyeo. De pronto me sentí mujer.

Madre levantó el tercer cesto, se lo puso delante del cuerpo, y las tres juntas salimos por el paso abierto en el muro de piedra que protegía nuestra pequeña parcela de propiedad de las miradas curiosas y el viento incesante. Enfilamos el olle, uno de los miles de senderos bordeados de muretes de piedra que serpenteaban entre las casas y se extendían por toda la isla. Siempre estábamos atentos, por si veíamos a soldados japoneses. Desde hacía ya veintiocho años, Corea era una colonia japonesa. Odiábamos a los japoneses, y ellos nos odiaban a nosotros. Eran crueles, y nos robaban la comida. En las tierras del interior se llevaban el ganado. Robaban todo lo que podían. Habían matado a los padres de Abuela, y ella los llamaba *chokpari*, demonios con pezuñas. Madre siempre me decía que si veía de lejos a colonizadores, ya fuesen soldados o civiles, debía correr a esconderme, porque ya habían arruinado la vida a muchas niñas de Jeju.

Doblamos una esquina y continuamos por un tramo largo y recto. A lo lejos, mi amiga Mi-ja brincaba sin moverse del sitio para entrar en calor, pero también de la emoción. Tenía una piel perfecta, y la luz de la mañana hacía brillar sus mejillas. Yo había crecido en el barrio de Gul-dong de Hado, mientras que Mi-ja vivía en el de Sut-dong, y siempre nos encontrábamos en aquel punto. Nada más vernos, y antes de que hubiésemos llegado a su lado, hizo una profunda reverencia en señal de gratitud y humildad hacia mi madre, que se dobló ligeramente por la cintura para agradecer la muestra de respeto de Mi-ja. Entonces Madre, sin decir nada, ató el tercer cesto a la espalda de Mi-ja.

—Vosotras dos aprendisteis a nadar juntas —dijo Madre—. Habéis observado y os habéis instruido, como buenas aprendizas. Tú, Mi-ja, te has esforzado especialmente.

No me importó que Madre distinguiera a Mi-ja, porque mi amiga se lo había ganado.

—No sé cómo darle las gracias —dijo Mi-ja con una voz delicada como los pétalos de una flor—. Ha sido usted como una madre para mí, y siempre le estaré agradecida.

—Y tú eres como otra hija para mí —replicó Madre—. Hoy, Halmang Samseung ha terminado su trabajo. La diosa que cuida del embarazo, el parto y la crianza de los niños hasta los quince años ya se ha liberado por completo de sus obligaciones. Muchas niñas tienen amigas, pero vosotras dos estáis mucho más unidas. Sois como hermanas, y espero que hoy y siempre cuidéis la una de la otra como lo hacen los que tienen un vínculo de sangre.

Además de una bendición, era una advertencia.

Mi-ja fue la primera en expresar sus temores:

—Entiendo lo de tomar «aire de agua» antes de sumergirme: debo retener todo el aire que pueda dentro de mí. Pero ¿y si no sé cuándo subir? ¿Y si no consigo hacer un buen sumbisori?

Tomar aire de agua es el método que emplean las haenyeo para acumular en los pulmones suficiente aire para mantenerse vivas mientras bucean. El sumbisori es el sonido característico (parecido a un silbido, o a la llamada de un delfín) que hace la haenyeo cuando rompe la superficie del mar, suelta el aire que tiene en los pulmones e, inmediatamente, vuelve a inhalar.

—Coger aire no tiene por qué suponer ningún problema —dijo Madre—. Cuando estás en tierra respiras todo el rato.

—Pero ¿y si me quedo sin aire en aguas profundas? —preguntó Mi-ja.

—Inhalar, exhalar. A todas las haenyeo principiantes les preocupa eso —soltó Abuela antes de que mi madre pudiera contestar. A veces, Mi-ja la impacientaba.

—Tu cuerpo sabrá qué tiene que hacer —la tranquilizó Madre—. Y, si no, yo estaré allí contigo. Soy la responsable de que todas las mujeres vuelvan sanas y salvas a la orilla. Escucho los sumbisori de todas las mujeres de nuestra cooperativa: juntos crean la canción del aire y el viento de Jeju. En nuestro sumbisori resuenan las entrañas del mundo. Nos conecta con el futuro y con el pasado. Nuestro sumbisori nos permite servir primero a nuestros padres y luego a nuestros hijos.

Esas palabras me reconfortaron, pero también me di cuenta de que Mi-ja me miraba fijamente, expectante. El día anterior habíamos acordado contarle nuestras preocupaciones a mi madre. Mi-ja ya le había dicho las suyas, pero yo no me atrevía a confesar las mías. Había muchas formas de morir en el mar, y tenía miedo. Pese a que mi madre acababa de decir que Mi-ja era como una hija para ella (y a mí me hacía feliz que amase a mi amiga), yo era su verdadera hija, y no quería parecer menos que Mi-ja.

Me libré de tener que decir nada porque Madre se puso en marcha. Mi-ja y yo la seguimos; Abuela iba detrás de nosotras. Fuimos dejando atrás una casa tras otra, todas de piedra y con tejado de paja. En la plaza principal sólo había mujeres, que iban camino del mar, atraídas por el olor a salitre y el sonido de las olas. Justo antes de llegar a la playa, todas nos detuvimos a recoger un puñado de hojas de una mata de artemisa y nos lo guardamos en el cesto. Doblamos otra esquina y llegamos a la orilla, donde caminamos sobre las rocas, irregulares y rugosas, hasta el bulteok, el sitio de la hoguera.

Era una estructura circular, sin techo, construida con piedras de lava. No tenía puerta, pero las dos paredes curvadas se solapaban para impedir que nos vieran desde fuera. En el arrecife había otra construcción parecida que usábamos para bañarnos y lavar la ropa. Ya en el agua, donde ésta nos llegaba por las rodillas, había una zona cercada por un muro de piedra. Las anchoas entraban con la marea alta y quedaban atrapadas cuando bajaba, y en ese momento las recogíamos con unas redes.

En Hado teníamos siete bulteok, uno para cada barrio y su cooperativa de buceadoras, que en nuestro caso estaba formada por treinta mujeres. Quizá parecería más lógico tener la entrada orientada al mar, porque las haenyeo van y vienen muchas veces a lo largo del día, pero que estuviera en la parte de atrás nos protegía del azote constante de los vientos marinos.

Por encima del ruido de las olas oíamos las voces de las mujeres, que reían, bromeaban y se lanzaban pullas las unas a las otras. Cuando entramos, las mujeres que estaban allí reunidas se dieron la vuelta para ver quién había llegado. Todas llevaban chaquetas acolchadas y pantalones.

Mi-ja dejó su cesto en el suelo y corrió hacia la hoguera.

—Ahora no hace falta que te preocupes por el fuego —le dijo Yang Do-saeng con cordialidad. Tenía los pómulos prominentes y los codos puntiagudos. Era la única persona que conocía que siempre llevaba trenzas. Era un poco mayor que mi madre y, además de bucear juntas, eran íntimas amigas. El marido de Do-saeng le había dado un hijo y una hija, nada más. Una pena, desde luego. Sin embargo, nuestras familias estaban muy unidas, sobre todo desde que el marido de Do-saeng se había marchado a Japón a trabajar en una fábrica. En esa época cerca de una cuarta parte de la población de Jeju vivía en Japón, porque en nuestra isla un billete de ferry valía la mitad de lo que costaba una bolsa de arroz. El marido de Do-saeng llevaba tantos años en Hiroshima que yo ya no recordaba su cara. Mi madre ayudaba a Do-saeng en el culto a sus antepasados, y Do-saeng ayudaba a cocinar a mi madre cuando hacíamos los ritos en nuestra familia—. Ya no eres una aprendiza. Hoy vas a venir con nosotras. ¿Estás preparada, niña?

—Sí, Tía —contestó Mi-ja, empleando el nombre honorífico, e hizo una reverencia y se retiró.

Las otras mujeres rieron, y Mi-ja se ruborizó.

—No os burléis de ella —dijo mi madre—. Hoy, estas dos ya tienen bastantes preocupaciones.

Como jefa de su cooperativa, Madre se sentó dando la espalda a la parte del muro de piedra más protegida del viento. Una vez que ella estuvo instalada, las otras mujeres ocuparon sus sitios siguiendo un orden estricto, según el nivel de buceo de cada una. Las abuelas buceadoras (mujeres que, como mi madre, habían alcanzado el máximo estatus en el mar aunque todavía no fueran abuelas en tierra) tenían los mejores asientos. Las abuelas de verdad, como la mía, no tenían apelativo. Eran nuestras abuelas, sencillamente, y había que tratarlas con respeto. Pese a haberse retirado del trabajo en el mar, disfrutaban de la compañía de las mujeres con las que habían pasado la mayor parte de la vida. Ahora a Abuela y a sus amigas les gustaba recoger las algas que el viento dejaba en la arena, o bucear cerca de la orilla, en el arrecife; así podían pasar el día bromeando y compartiendo sus problemas. Eran muy respetadas, y ocupaban los segundos asientos en importancia en el bulteok. A continuación estaban las jóvenes buceadoras, de entre veinte y treinta años, que todavía estaban perfeccionando su técnica. Mi-ja y yo nos sentamos con las pequeñas buceadoras: las dos hermanas Kang, Gu-ja y Gu-sun, que eran dos y tres años mayores que nosotras respectivamente, y la hija de Do-saeng, Yu-ri, que tenía diecinueve años. Las tres tenían un par de años de experiencia buceando, mientras que Mi-ja y yo éramos verdaderas principiantes; sin embargo, las cinco pertenecíamos a la categoría inferior de la cooperativa, lo que significaba que nuestros asientos estaban junto a la abertura del bulteok. El viento frío soplaba a nuestro alrededor, y Mi-ja y yo nos acercamos cuanto pudimos al fuego. Era importante calentarse bien antes de entrar en el mar.

Madre comenzó la reunión preguntando:

—¿Hay comida en esta playa?

—Hay más comida que granos de arena hay en Jeju —dijo Do-saeng con voz cantarina—, suponiendo que en la isla abundase la arena en lugar de las rocas.

—Más comida que en veinte lunas —terció otra mujer—, suponiendo que hubiese veinte lunas en el firmamento.

—Más comida que en cincuenta tarros de la casa de mi abuela —soltó otra que había enviudado prematuramente—, suponiendo que mi abuela tuviese cincuenta tarros.

—Estupendo —respondió Madre, cerrando aquellas chanzas rituales—. Pues vamos a decidir dónde bucearemos hoy.

En casa siempre nos parecía que hablaba en voz muy alta, sin embargo allí su voz no destacaba entre la de las otras mujeres.

Con el tiempo, todas las haenyeo perdían audición, por la presión del agua, así que algún día yo también hablaría en voz muy alta.

El mar no es propiedad de nadie, pero cada cooperativa tenía asignados derechos de buceo en territorios específicos: lo bastante cerca de la orilla para llegar andando, a una distancia de entre veinte y treinta minutos a nado desde tierra, o más alejados y sólo accesibles en barca; una cala, una meseta submarina no lejos de la orilla, la costa norte de determinado islote, etcétera. Mi-ja y yo escuchábamos mientras las mujeres valoraban las distintas opciones. Como pequeñas buceadoras, todavía no teníamos derecho a hablar, e incluso las jóvenes buceadoras guardaban silencio. Madre descartó la mayoría de las propuestas.

—Esa zona está sobreexplotada —le dijo a Do-saeng.

Ante otro comentario, replicó:

—Igual que sucede en tierra, nuestros campos del mar siguen el ritmo de las estaciones. Para respetar las épocas de desove, no se pueden coger moluscos del fondo entre julio y septiembre, ni abulones entre octubre y diciembre. Tenemos el deber de guardar y cuidar el mar. Si los protegemos, nuestros campos submarinos siempre nos darán de comer.

Por fin tomó una decisión:

—Remaremos hasta ese cañón submarino que hay cerca de aquí.

—Las pequeñas buceadoras no están preparadas —objetó una de las abuelas buceadoras—. Todavía no son lo bastante fuertes, y tampoco se han ganado ese privilegio.

Madre levantó una mano.

—En esa zona, la lava que derramó Abuela Seolmundae formó ese cañón rocoso. Sus paredes son aptas para buceadoras de todos los niveles. Las más expertas podemos llegar hasta la profundidad que queramos, y las pequeñas buceadoras pueden buscar más cerca de la superficie. Las hermanas Kang enseñarán a Mi-ja lo que tiene que hacer. Y me gustaría que la hija de Do-saeng, Yu-ri, vigilase a Young-sook. Yu-ri pronto será una joven buceadora, de modo que esto le servirá de entrenamiento.

Después de que Madre nos explicara el porqué de su decisión nadie puso más objeciones. Las madres tienen una relación más estrecha con las otras mujeres de su cooperativa de buceadoras que con sus propios hijos. Ese día, mi madre y yo habíamos empezado a formar esa relación más íntima. Observando a Do-saeng y a Yu-ri juntas, podía imaginar cómo sería mi relación con mi madre al cabo de unos años. Pero aquel momento también me demostró por qué habían escogido a Madre jefa de buceadoras. Era una auténtica líder, y su criterio era muy apreciado.

—Toda mujer que entra en el mar lleva un ataúd a la espalda —les advirtió a las buceadoras—. No olvidéis que en el mundo submarino llevamos a cuestas el peso de nuestros problemas en la tierra. Todos los días bordeamos la línea que separa la vida de la muerte.

Esas frases eran dichos tradicionales que se repetían a menudo en Jeju, pero todas asentimos con solemnidad, como si acabáramos de oírlas por primera vez.

—Cuando nos adentramos en el mar, compartimos el trabajo y el peligro —añadió Madre—. Cosechamos juntas, seleccionamos juntas y vendemos juntas. El mar es un bien comunal.

Tras declarar esta última norma (como si alguna pudiese olvidar algo tan básico), se dio dos palmadas en los muslos, lo que indicaba que la reunión había terminado y teníamos que ponernos en marcha. Mi abuela y sus amigas salieron en fila y se pusieron a trabajar en la orilla, mientras que Madre le hizo señas a Yu-ri para que me ayudara a prepararme. Yu-ri y yo nos conocíamos de toda la vida, y obviamente formábamos una buena pareja. Las hermanas Kang no conocían mucho a Mi-ja y seguramente querrían mantenerse a cierta distancia de ella. Mi-ja era huérfana, su padre había sido colaboracionista y había trabajado para los japoneses en Ciudad de Jeju. Pero, aunque no les gustara, las hermanas Kang tenían que obedecer las órdenes de mi madre.

—Quédate cerca del fuego —me dijo Yu-ri—. Cuanto antes te desvistas y te prepares, antes entraremos en el agua. Cuanto antes entremos en el agua, antes saldremos. Y ahora, haz lo mismo que yo.

Nos acercamos más al fuego y nos quitamos la ropa. Nadie tenía vergüenza a la hora de desnudarse. Era como estar juntas en el baño comunal. Algunas jóvenes estaban embarazadas y tenían el vientre hinchado. Las mayores tenían estrías. Las aún más mayores tenían los pechos caídos de tanto vivir y tanto dar. Mi cuerpo y el de Mi-ja también reflejaban nuestra edad. Teníamos quince años, pero debido a nuestras duras condiciones de vida (poca comida, mucho trabajo físico y clima frío), estábamos flacas como anguilas, todavía no nos habían crecido los pechos y sólo teníamos un poco de vello entre las piernas. Nos quedamos allí plantadas, temblando, mientras Yu-ri, Gu-ja y Gu-sun nos ayudaban a ponernos el traje de buceo de tres piezas, hecho de sencillo algodón blanco. El color blanco hacía que se nos viera más fácilmente bajo el agua, y se suponía que ahuyentaba a los tiburones y los delfines, pero la tela era muy fina y no serviría para calentarnos.

—Haced como si Mi-ja fuese un bebé y abrochadle bien el traje —dijo Yu-ri a las hermanas Kang. Entonces añadió dirigiéndose a mí—: Los lados están abiertos, ¿lo ves? Se abrochan con estas correas. Así, el traje se ciñe o se da de sí cuando la mujer está embarazada, o engorda o adelgaza por otras razones. —Se inclinó hacia mí—. Estoy deseando que llegue el día en que pueda anunciarle a mi suegra que mi esposo ha plantado una semilla en mi vientre. Será un varón, estoy segura. Cuando yo muera, mi hijo celebrará los rituales en mi honor.

La boda de Yu-ri estaba fijada para el mes siguiente y, como es lógico, ella ya soñaba con tener un hijo varón; pero en aquel momento su expectación no me parecía importante. Notaba el roce de sus dedos gélidos, y se me puso la piel de gallina. Yu-ri me ciñó el traje cuanto pudo pero, aun así, me quedaba holgado. A Mi-ja le pasaba lo mismo. Estos trajes siempre se han considerado indecorosos, pues ninguna coreana correcta y formal habría expuesto tanta piel, ni en el continente ni en nuestra isla.

Yu-ri no paraba de hablar.

—Mi hermano es muy listo, y se esfuerza mucho en la escuela. —Mi madre quizá fuese la jefa de la cooperativa, pero Do-saeng tenía un hijo que era el orgullo de todas las familias de Hado—. Todos dicen que, algún día, Jun-bu irá a estudiar a Japón.

Jun-bu era el único hijo varón de la familia, y el beneficio de la educación le estaba reservado a él. Yu-ri y su padre contribuían con sus ingresos a los gastos familiares, aunque no ganaban tanto como Do-saeng, mientras que mi madre tenía que ganar todo el dinero para enviar a mis hermanos a la escuela sin ayuda de mi padre. Si conseguían pasar de primaria, podrían considerarse afortunados.

—Tendré que trabajar mucho para ayudar a pagar la matrícula de Jun-bu y, al mismo tiempo, mantener a mi nueva familia. —Yu-ri se volvió hacia su madre y su futura suegra y les dijo—: Soy muy trabajadora, ¿verdad?

En nuestro pueblo, Yu-ri tenía fama de cotorra. Parecía muy alegre y optimista y era cierto que era muy trabajadora, y por eso había sido fácil encontrarle marido.

Se volvió de nuevo hacia mí.

—Si tus padres te quieren mucho, te buscarán un marido aquí, en Hado. Así conservarás tus derechos de buceo, y podrás ver a tu familia a diario. —Entonces, al darse cuenta de lo que acababa de decir, le dio una palmadita en el brazo a Mi-ja—. Lo siento. Se me había olvidado que tú no tienes padres. —Pero no se lo pensó mucho, y enseguida añadió, con sincera curiosidad—: ¿Qué harás para buscar marido?

Miré de reojo a Mi-ja, confiando en que no se hubiese ofendido por el poco tacto de Yu-ri, pero mi amiga estaba muy entretenida tratando de seguir las instrucciones de las hermanas Kang.

Una vez abrochados los trajes, nos pusimos encima las chaquetas de agua. Sólo se usaban si hacía frío, aunque yo no lo entendía, porque estaban confeccionadas con el mismo algodón fino que el resto del traje. Por último, nos atamos los pañuelos a la cabeza, para conservar el calor corporal y porque nadie quería que un mechón de pelo suelto se le enredara con las algas o se le enganchara en una roca.

—Tomad —dijo Yu-ri poniéndonos unos paquetitos de papel llenos de polvo blanco en las manos—. Comeos esto, así evitaréis la enfermedad de las buceadoras: mareo, dolor de cabeza y otras molestias. ¡Pitidos en los oídos! —Yu-ri hizo una mueca de desagrado—. Yo sólo soy una pequeña buceadora y ya lo tengo: ¡Ñiii*iii*! —dijo haciendo el sonido agudo que por lo visto sonaba dentro de su cabeza.

Siguiendo el ejemplo de Yu-ri y de las hermanas Kang, Mi-ja y yo abrimos los paquetes de papel, echamos la cabeza hacia atrás como si fuésemos polluelos, nos metimos aquel polvo blanco y amargo en la boca y nos lo tragamos. Luego vimos a las otras buceadoras escupiendo en sus cuchillos para tener buena suerte y encontrar orejas de mar, unos moluscos muy codiciados, pues se pagaba mucho dinero por ellos.

Madre revisó mi equipo y se aseguró de que lo tuviera todo. Se concentró especialmente en mi tewak, una calabaza vaciada y secada al sol que me serviría de boya. A continuación hizo lo mismo con Mi-ja. Todas teníamos un bitchang para obligar a salir a los animales de sus guaridas y un gancho de dos puntas para hurgar entre las grietas que también usábamos para desplazarnos, clavándolo en la arena y en las rocas. Además llevábamos una hoz para cortar algas, un cuchillo para abrir erizos de mar y un arpón para defendernos. Mi-ja y yo habíamos practicado con estos utensilios cuando jugábamos en el arrecife, pero Madre, muy seria, nos dijo: «Hoy no los utilicéis. Sólo quiero que os familiaricéis con el agua. Prestad atención a vuestro entorno, porque todo será diferente.»

Salimos juntas del bulteok. Unas horas más tarde regresaríamos para guardar y reparar nuestro material, pesar la captura del día, dividir las ganancias y, lo más importante, volver a entrar en calor. Quizá hasta cocinásemos y compartiésemos algo de lo que habíamos sacado en nuestras nasas, si la captura había sido abundante. Yo estaba impaciente y entusiasmada.

Las otras mujeres subieron a la barca, pero Mi-ja y yo nos quedamos en el embarcadero. Mi-ja hurgó en su cesto y sacó un libro; yo saqué un trozo de carbón del mío. Mi amiga arrancó una hoja del libro y la colocó sobre el nombre de la barca, escrito en el costado. Aunque todavía estaba amarrada, las olas la hacían cabecear, y a Mi-ja le costaba sujetar la hoja que yo tenía que frotar con el trozo de carbón. Con esfuerzo, al final lo conseguimos. Luego nos paramos a examinar el resultado: la imagen borrosa de un carácter que, aunque no sabíamos leer, sabíamos que significaba «amanecer». Llevábamos años registrando nuestros momentos favoritos de esa manera. Aquél no era nuestro mejor calco, pero serviría para recordar aquel día el resto de nuestras vidas.

—Daos prisa —nos apremió Madre; su paciencia tenía un límite.

Mi-ja guardó la hoja en el libro para que no se estropeara y subió a la barca. Empezamos a remar y, poco a poco, nos separamos del embarcadero. Mi madre empezó a cantar.

—Vamos a bucear.

Su voz, áspera, cortaba el viento y llegaba hasta mis oídos.

—Vamos a bucear —le respondimos nosotras remando con la melodía.

—Caracolas doradas y abulones plateados —continuó.

—¡Vamos a cogerlos todos!

—Para regalárselos a mi amante...

—Cuando llegue a casa.

No pude evitar sonrojarme. Mi madre no tenía ningún amante, pero aquélla era una canción muy bonita y a todas las mujeres les gustaba cantarla.

Había buena marea y el mar estaba relativamente en calma. Aun así, y a pesar de que íbamos remando y cantando, empecé a marearme, y las mejillas de Mi-ja, normalmente sonrosadas, se tornaron de un gris ceniza. Llegamos al sitio donde íbamos a bucear y recogimos los remos. La barca se mecía con suavidad. Me até el bitchang a la cintura y cogí mi nasa y mi tewak. Soplaba un viento ligero, y me puse a temblar. Me sentía muy desgraciada.

—Le suplico al divino dragón del mar durante mil años, durante diez mil años —entonó Madre—. Por favor, espíritu que reinas en los océanos, no nos envíes vientos fuertes. Por favor, no nos envíes corrientes fuertes.

Vertió al agua las ofrendas de arroz y vino de arroz. Una vez realizado el ritual, frotamos el interior de nuestras gafas de buceo con la artemisa que habíamos recogido en la playa para que no se empañaran, y entonces nos las colocamos. Madre iba contando a medida que las mujeres saltaban al agua y se alejaban nadando, por parejas o de tres en tres. Ahora la barca se mecía más, porque casi todas las haenyeo habían saltado. Yu-ri se sujetó para mantener el equilibrio, hasta que por fin se zambulló aprovechando una ola. Las hermanas Kang se dieron la mano para lanzarse. Eran inseparables, y yo confiaba en que su lealtad se expandiera e incluyera a Mi-ja, y que las hermanas la cuidasen tanto como se cuidaban la una a la otra.

Madre nos dio un último consejo:

—Dicen que el mar es como una madre. El agua salada, las pulsaciones y las oscilaciones de las corrientes, el amplificado latido de tu corazón y los ruidos amortiguados que resuenan a través del agua recuerdan a las sensaciones del interior del útero. Pero las haenyeo tenemos que pensar siempre en ganar dinero... y en sobrevivir. ¿Entendido? —Asentimos, y ella continuó—: Hoy es vuestro primer día. No seáis codiciosas. Si veis un pulpo, no os acerquéis. Las haenyeo deben aprender a dejar sin sentido a los pulpos bajo el agua antes de que ellos se defiendan con sus tentáculos. ¡Y tampoco os acerquéis a las orejas de mar!

No hizo falta que nos explicara nada más. Una haenyeo inexperta puede tardar meses en estar preparada para arriesgarse a arrancar una oreja de mar de una roca. Cuando están tranquilos, estos moluscos se desprenden de las rocas y flotan, dejando que las nutritivas aguas del mar los atraviesen y los impulsen. Si se asustan (aunque sólo sea por la corriente causada por un pez grande al pasar), se agarran a las rocas, porque la concha protege al animal que hay dentro de los depredadores. Por esa razón, siempre hay que acercarse a una oreja de mar con cuidado; hincar la punta del bitchang bajo la concha y hacer palanca para desengancharla de la roca con un movimiento rápido, antes de que el molusco se cierre y atrape el utensilio que la buceadora lleva atado a la cintura, anclándola a la roca. Las mujeres necesitan años de experiencia para aprender a soltarse y tener tiempo suficiente para salir a la superficie a respirar. Yo, desde luego, no tenía ninguna prisa por probar una actividad tan peligrosa.

—Hoy me seguiréis a mí, igual que yo seguí a mi madre en su día —continuó Madre—, y como un día vuestras hijas os seguirán a vosotras. Sois pequeñas buceadoras. No queráis ir más lejos de lo que os corresponde.

Tras esa bendición y esa advertencia, Mi-ja me dio la mano y, juntas, saltamos de pie al agua. Sentí un frío instantáneo y sobrecogedor. Me aferré a mi boya mientras pataleaba con fuerza. Mi-ja y yo nos miramos a los ojos. Había llegado el momento de tomar aire de agua. De nuevo las dos a la vez tomamos una bocanada, y otra, y otra, llenando los pulmones al máximo y expandiendo el pecho. Entonces nos sumergimos. Cerca de la superficie, la luz que se filtraba se volvía de un brillante color turquesa. A nuestro alrededor veíamos descender a otras buceadoras, con la cabeza apuntando al fondo y los pies al cielo, adentrándose en el cañón que Madre nos había descrito. Fuertes y rápidas, se hundían más y más con cada brazada y avanzaban hacia unas aguas de un azul más oscuro. Mi-ja y yo intentábamos conseguir aquel ángulo recto. Para mí, lo peor eran las gafas. El marco de metal se me clavaba en la cara por culpa de la presión del agua, a pesar de que no estábamos a mucha profundidad. Además, al limitar mi visión periférica, mi sensación de peligro aumentaba y me obligaba a estar aún más atenta en aquel entorno tan inquietante.

Como pequeñas buceadoras, Yu-ri, las hermanas Kang, Mi-ja y yo sólo podíamos llegar a una profundidad equivalente al doble de nuestra estatura, no así mi madre, a quien vi desaparecer en el cañón oscuro. Siempre había oído decir que mi madre podía bajar veinte metros, e incluso más, cogiendo aire una sola vez, sin embargo a mí ya me ardían los pulmones y notaba los latidos del corazón en los oídos. Pataleé para ascender, porque tenía la sensación de que mis pulmones iban a explotar. En cuanto llegué a la superficie, mi sumbisori estalló y se dispersó por el aire. Sonó como un profundo suspiro, aaaaaah, y me di cuenta de que era cierto lo que Madre siempre me había explicado: mi sumbisori era único. El de Mi-ja también, como pude comprobar cuando mi amiga salió a la superficie a mi lado: ¡uiiiiii! Nos sonreímos, volvimos a tomar más aire de agua y nos sumergimos de nuevo. El instinto me indicaba lo que debía hacer. La siguiente vez que salí a la superficie tenía un erizo de mar en la mano. ¡Mi primera captura! Lo metí en la nasa que llevaba atada al tewak, volví a respirar hondo varias veces y me sumergí. No me alejaba de Yu-ri aunque subiéramos a la superficie a intervalos diferentes. Cuando buscaba con la mirada a Mi-ja, siempre la veía a escasos metros de una de las hermanas Kang, que no se separaban nunca.

Repetimos varias veces esta secuencia, parando de vez en cuando para descansar sobre nuestras boyas, hasta que fue la hora de regresar a la barca. Cuando la alcancé, subí mi nasa, mucho más ligera que la de las otras buceadoras, y sin mucha dificultad la llevé hasta el otro lado de la cubierta para que la mujer que iba detrás de mí pudiera subir con su captura. Madre lo supervisaba todo y a todas. Un grupo de mujeres cerraba sus nasas asegurando la parte superior para que no se les escapara nada de valor, mientras Do-saeng y otras buceadoras, sentadas alrededor del brasero para entrar en calor, bebían té y alardeaban de lo que habían capturado. Todavía quedaban cuatro rezagadas nadando hacia la barca. Vi a Madre contando para asegurarse de que todas estábamos a salvo.

Yu-ri rió al vernos temblar y nos dijo que pronto nos acostumbraríamos a tener frío siempre.

—Hace cuatro años, a mí me pasaba lo mismo que a vosotras, y miradme ahora —se jactó.

Hacía un día muy bonito, y todo había salido a la perfección. Me sentí orgullosa de mí misma. Pero las olas cada vez eran más altas y la barca se zarandeaba cada vez más, y ahora lo único que yo quería era llegar a casa. Aunque no pudo ser: en cuanto el calor devolvió a nuestros brazos y piernas algo de color, volvimos a saltar al agua. Las cinco pequeñas buceadoras permanecimos juntas; siempre había alguna que sacaba la cabeza para respirar. Nunca me había concentrado tanto en mi estado físico, en los latidos de mi corazón, en la presión de mis pulmones, en observarlo todo. Mentiría si dijese que Mi-ja y yo encontramos muchos animales marinos. Bastante teníamos tratando de no hacer el ridículo al ejecutar la inmersión en vertical. Dábamos pena. Nos llevaría tiempo dominar aquella técnica.

Cuando Madre hizo sonar la campana que indicaba que la jornada había llegado a su fin, sentí un gran alivio. Madre miró hacia donde yo estaba, pero no supe si me había visto o no. Vi a Mi-ja y a las hermanas Kang nadar hacia la barca. Iban a ser las tres primeras en subir, y podrían oír cómo las otras mujeres soltaban su sumbisori al asomar a la superficie. Me disponía a empezar a nadar cuando Yu-ri dijo:

—Espera. En mi última inmersión he visto algo. Vamos a buscarlo. —Miró a su alrededor y calculó a qué distancia estaban las abuelas buceadoras de la barca—. Podemos bajar y volver a subir antes de que lleguen las abuelas. ¡Vamos, tenemos tiempo!

Madre me había dicho que no podía separarme de Yu-ri, pero también nos había ordenado regresar a la barca. Tardé una milésima de segundo en tomar la decisión; respiré hondo varias veces y seguí a Yu-ri. Fuimos al mismo saliente donde habíamos estado cogiendo erizos. Yu-ri se arrastró por la superficie rocosa, cogió su bitchang, lo metió en un agujero y sacó un pulpo. ¡Era enorme! Sus tentáculos debían de medir un metro. ¡Menuda captura! Parte del mérito también sería mío.

El pulpo extendió un tentáculo y me rodeó la cintura. Me lo arranqué, pero entonces vi que otros tentáculos se habían enroscado alrededor de Yu-ri. Uno me agarró por la pierna y tiró de mí, mientras que otro se deslizaba ventosa a ventosa por mi otro brazo. Tiré de ellos para soltarlos. El pulpo dirigió su cabeza bulbosa hacia la cara de Yu-ri, pero ella estaba tan ocupada defendiéndose de los tentáculos, que cada vez la tenían más atrapada, que no se fijó. Quise gritar para pedir ayuda, pero no pude. Debajo del agua no se podía gritar.

Al cabo de sólo un instante el pulpo había tapado la cara de Yu-ri por completo. En lugar de oponer resistencia o pelear, nadé hacia allí, abracé al pulpo y a Yu-ri y pataleé hacia arriba con todas mis fuerzas. En cuanto asomamos a la superficie, me puse a gritar:

—¡Socorro! ¡Socorro! ¡Socorro!

El pulpo tenía mucha fuerza: seguía cubriéndole la cara a Yu-ri y a la vez intentaba sumergirnos. Yo no dejaba de patalear. El animal soltó a Yu-ri y dirigió sus tentáculos hacia mí al darse cuenta de que yo suponía una amenaza mayor. Notaba sus ventosas avanzando por mis brazos y mis piernas.

Oí un chapuzón, y entonces unos brazos me agarraron. Los cuchillos brillaban bajo el sol, arrancaban las ventosas de mi piel, cortaban trozos de pulpo que luego volaban por los aires, desechados. Mientras las otras buceadoras me sostenían, levanté una pierna para que pudiesen arrancarme las ventosas. Vi la cara de mi madre, su gesto de furiosa concentración, y supe que estaba a salvo. Las otras buceadoras también se esforzaban por liberar a Yu-ri, pero ella no parecía ayudarlas. Do-saeng llevó un brazo hacia atrás con el puñal encerrado en el puño. En su lugar, yo habría empleado todas mis fuerzas y habría clavado el puñal en la cabeza del pulpo, pero Do-saeng no podía hacer eso porque debajo del pulpo estaba Yu-ri. Do-saeng deslizó la hoja del puñal entre la cabeza del animal y la cara de su hija e intentó separarlas. Pese al apoyo de las mujeres que nos rodeaban, noté que eran mis piernas las que mantenían a flote a Yu-ri mientras el pulpo seguía intentando arrastrarnos hacia el fondo. La flaccidez del cuerpo de Yu-ri, a la que yo tenía abrazada, me indicaba algo de lo que las otras aún no habían notado. Yo quería ser fuerte, pero no pude evitarlo: rompí a llorar con las gafas aún puestas.

Las mujeres seguían cortando; poco a poco iban llegando a la parte más gruesa de los apéndices del pulpo. Eso, combinado con los repetidos golpes y pinchazos que le asestaba Do-saeng en la cabeza con su puñal, acabó debilitando al animal. Si no estaba muerto, poco le faltaba, pero su cuerpo, como el de una rana o una lagartija, todavía se agarraba y se sacudía.

Por fin quedé libre.

—¿Puedes nadar hasta la barca? —me preguntó Madre.

—¿Y Yu-ri?

—Nosotras nos ocuparemos de ella. ¿Puedes volver sola?

Asentí, pero ahora que la batalla había terminado, lo que fuera que me había hecho pelear con tanto ímpetu estaba disipándose rápidamente. Cuando había recorrido la mitad de la distancia que nos separaba de la barca, tuve que tumbarme boca arriba y quedarme flotando un momento para descansar. En el cielo, las nubes se deslizaban deprisa, impulsadas por el viento. Vi pasar un pájaro. Cerré los ojos e hice acopio de fuerzas. El agua me tapaba y destapaba los oídos al ritmo de las olas, y cuando me los destapaba los dejaba expuestos a las expresiones de preocupación de las mujeres que seguían junto a Yu-ri. Oí un chapuzón, y luego otro, y un tercero. Otra vez volvieron a sujetarme varios pares de brazos. Abrí los ojos: eran Mi-ja y las hermanas Kang. Me ayudaron a subir a la barca. Gu-ja, la más fuerte de las cuatro, subió a pulso por un costado de la embarcación. Yo me agarré al borde y traté de darme impulso, pero aquella experiencia tan dura me había debilitado. Mi-ja y Gu-sun me pusieron una mano cada una bajo el trasero y me empujaron hacia arriba. Caí en la cubierta como un pez. Me quedé allí tumbada, jadeando, con las extremidades inertes, emocionalmente agotada. Me quité las gafas y las oí caer al suelo. Mientras tanto, las tres chicas hablaban sin parar.

—Tu madre nos ha dicho que nos quedáramos en la barca.

—No quiere que vayamos a ayudar.

—Las pequeñas buceadoras sólo causan más problemas...

—... en los rescates.

Apenas entendía lo que decían.

Empezaron a llegar otras mujeres. Hice un esfuerzo y me incorporé. Mi-ja y las hermanas Kang se asomaron a un lado de la barca y extendieron los brazos. Me uní a ellas y las ayudé a subir el pesado cuerpo inerte de Yu-ri. Tiramos de ella, la pasamos por la borda y nos desplomamos en la cubierta. Yu-ri cayó encima de mí; no se movía. La barca cabeceó, y Yu-ri rodó hacia un lado. La siguiente en subir a la barca fue Do-saeng, y después lo hizo mi madre. Se arrodillaron al lado de Yu-ri. Mientras las otras haenyeo subían a bordo, Madre acercó la mejilla a la boca y los orificios nasales de Yu-ri para comprobar si respiraba.

—Está viva —anunció Madre, luego se echó hacia atrás y se sentó sobre los talones.

Do-saeng y otras haenyeo empezaron a frotar las extremidades de Yu-ri para reanimarla, pero Yu-ri no reaccionaba.

—Hay que vaciarla de agua —sugirió Madre.

Do-saeng se apartó. Madre presionó con fuerza el pecho de Yu-ri, pero por su boca no salió nada. Al ver que no lo conseguía, Madre dijo:

—Pensad que, en realidad, el pulpo le ha salvado la vida al taparle la cara. Si no, habría tragado agua.

Las otras mujeres volvieron a rodear a Yu-ri y siguieron masajeándola.

De pronto, Madre se volvió hacia nosotras: Mi-ja, las hermanas Kang y yo. Se quedó mirándonos mientras repasaba mentalmente nuestro comportamiento. Nos había ordenado permanecer juntas. Mi-ja y las hermanas Kang habían seguido las instrucciones, pero parecían avergonzadas. No hizo falta que Madre dijese una sola palabra para que empezásemos a farfullar excusas.

—Yo la he visto la última vez que he subido a coger aire —balbuceó Gu-sun.

—No nos hemos alejado de Yu-ri —dijo Mi-ja con voz entrecortada—. Nos ha vigilado todo el día.

—Ha dicho que había visto algo grande —musité yo.

—Y habéis vuelto a sumergiros las dos. Os he visto, a pesar de que ya había hecho sonar la campana.

No soportaba que Madre pensara que yo tenía parte de responsabilidad en lo que le había sucedido a Yu-ri, y por eso dije:

—No te hemos oído.

Agaché la cabeza y me estremecí, superada por la angustia y la tristeza, pero también avergonzada por haberle mentido a mi madre.

Madre nos ordenó a todas que ocupásemos nuestros lugares. Cogimos los remos. La barca empezó a dar bandazos remontando las olas coronadas de espuma. Do-saeng se quedó al lado de su hija, suplicándole que despertara. La futura suegra de Yu-ri se encargó de dirigir nuestro canto. «En esta noche gélida, mis hombros tiemblan al vaivén de las olas, mientras el dolor que sacude a esta mujer menuda la acompañará de por vida.» Era una canción tan triste que al cabo de unos minutos a todas nos resbalaban las lágrimas por las mejillas.

Madre tapó con una manta a Yu-ri y con otra le cubrió los hombros a Do-saeng, que se enjugó las lágrimas con una esquina del tejido áspero. Hablaba, pero el viento se llevaba sus palabras. Una mujer dejó de cantar, y luego otra; todas queríamos oír a Do-saeng. La futura suegra de Yu-ri seguía golpeando el costado de la barca con el mango de madera de un utensilio de buceo para marcarnos el ritmo de los remos.

—Una buceadora codiciosa es una buceadora muerta —se lamentó Do-saeng.

Todas conocíamos aquel dicho, pero era estremecedor oírselo decir a una madre refiriéndose a su propia hija. Entonces comprendí lo fuertes que deben ser las madres.

—Ése es el peor pecado de una haenyeo —continuó—: Quiero ese pulpo. Me darán mucho dinero por él.

—Bajo el mar hay muchas cosas más poderosas que nosotras —dijo Madre.

Rodeó con un brazo a Do-saeng, que entonces se atrevió a expresar su peor temor:

—¿Y si no se despierta?

—No podemos perder la esperanza.

—Pero ¿y si se queda así, suspendida entre este mundo y el más allá? —insistió Do-saeng. Levantó con cuidado la cabeza de su hija y la puso sobre su regazo—. Si no va a poder bucear ni trabajar en el campo, ¿no sería mejor dejarla marchar?

Madre abrazó más fuerte a Do-saeng.

—No digas eso.

—Pero... —Do-saeng no terminó lo que iba a decir; le apartó a su hija unos mechones de pelo mojado de la cara.

—Todavía no sabemos qué tienen planeado las diosas para Yu-ri —dijo Madre—. Quizá mañana se despierte tan parlanchina como siempre.

Yu-ri no se despertó a la mañana siguiente. Ni la otra. Ni al cabo de una semana. Desesperada, Do-saeng pidió ayuda a la chamana Kim, nuestra líder y guía espiritual, portadora de la sabiduría divina. A pesar de que los japoneses habían prohibido el chamanismo, ella seguía celebrando en secreto funerales y rituales por las almas perdidas. Había celebrado ritos para las abuelas que empezaban a perder visión, para las madres con hijos en el ejército y para las mujeres con mala suerte, como a las que se les morían tres cerdos seguidos. Era nuestro vínculo entre el mundo de los humanos y el de los espíritus. Sabía entrar en trance para hablar con los muertos y los desaparecidos, y luego transmitía sus mensajes a amigos, familiares e incluso enemigos. Do-saeng confiaba en que la chamana Kim lograra comunicarse con el alma de Yu-ri y hacer que su mente volviese a su cuerpo y con su familia.

El ritual se celebró en casa de Do-saeng. La chamana Kim y sus ayudantas llevaban llamativos hanbok, los vestidos tradicionales coreanos del continente, en lugar de los típicos y anodinos pantalones y túnicas de Jeju. Sus ayudantas tocaron tambores y címbalos. La chamana Kim se puso a girar sobre sí misma con los brazos levantados mientras pedía a los espíritus que devolviesen a aquella joven haenyeo a su madre. Do-saeng lloraba desconsoladamente. Jun-bu, el hermano de Yu-ri, a quien ya le asomaba vello en el mentón, trataba de reprimir sus emociones, pero todas sabíamos cuánto quería a su hermana. El futuro marido de Yu-ri estaba desolado, y sus padres hacían todo lo que podían para consolarlo. Era muy doloroso verlos sufrir. Y Yu-ri seguía sin abrir los ojos.

Esa noche le conté mi secreto a Mi-ja: que Yu-ri me había pedido que desobedeciera a mi madre y que yo le había hecho caso.

—Si me hubiese negado a volver a bajar, Yu-ri no estaría como está.

Mi-ja trató de consolarme.

—Yu-ri tenía la obligación de vigilarte, y no al revés.

—Lo sé, pero me siento culpable —admití.

Mi-ja caviló un momento, y entonces dijo:

—Nunca sabremos por qué Yu-ri hizo lo que hizo, pero no se lo cuentes a nadie. Piensa en el dolor que le causaría a su familia.

También pensé en la agonía que añadiría al corazón de mi madre. Mi-ja tenía razón. Tenía que guardar aquel secreto.

Una semana después, Do-saeng le pidió a la chamana Kim que volviese a intentarlo. Esta vez la ceremonia se celebró en nuestro bulteok, al amparo de las miradas curiosas de los japoneses. De hecho, no asistió ningún hombre, ni siquiera el hermano de Yu-ri. Do-saeng llevó a su hija al bulteok y la tumbó junto a la hoguera. Habían montado un altar contra la pared curvada de piedra. En el altar había platos con modestas ofrendas de comida: una pirámide de naranjas, un cuenco con granos de los cinco cereales de Jeju y unos tarros de licor casero. Las velas parpadeaban. Madre le había ofrecido dinero a Jun-bu para que le escribiera mensajes a Yu-ri en unas largas cintas de papel, pero él lo había hecho gratis.

—Para mi hermana —me dijo cuando fui a casa de sus padres a recogerlas. Entre varias habían metido los extremos de esas cintas en los huecos del muro, y el viento las hacía ondular al colarse por las rendijas.

La chamana Kim llevaba su hanbok de seda más vistoso. Una faja del color de las hojas de arce en primavera le ceñía el corpiño azul. La pieza principal del vestido, de color fucsia, era de una tela tan fina que ondulaba a su alrededor mientras realizaba la ceremonia. Llevaba una cinta roja en la cabeza, y las mangas eran amarillas como las flores de la colza.

—En Jeju abundan los conos volcánicos. Su cima es cóncava como las partes íntimas de la mujer, y por lo tanto es natural que en nuestra isla manden las mujeres y los hombres obedezcan —empezó a decir la chamana—. La diosa siempre es la figura más importante, mientras que el dios no es más que un consorte o un guardián. Y por encima de todos ellos está la diosa creadora, la gigantesca Seolmundae.

—Abuela Seolmundae nos vigila a todos —cantamos todas a la vez.

—Siendo una diosa, sobrevoló los mares en busca de un nuevo hogar. Los pliegues de su falda estaban llenos de tierra. Encontró este enclave, donde el mar Amarillo se junta con el mar de China Oriental, y empezó a construirse un hogar. Le pareció que era demasiado llano, así que utilizó la tierra metida entre los pliegues del vestido para construir una montaña que fuera lo bastante alta como para permitirle llegar a la Vía Láctea. Pronto tuvo la falda tan gastada y deshilachada que la tierra se desprendía de ella y formaba colinas a su paso, y por eso tenemos tantos oreum. En cada uno de esos conos volcánicos vive una deidad femenina. Ellas son nuestras hermanas espirituales y siempre podemos acudir a ellas para pedir ayuda.

—Abuela Seolmundae nos vigila a todas —cantamos.

—Tomó muchas precauciones, como debe hacer toda mujer —prosiguió la chamana Kim—. Comprobó la profundidad del agua para que las haenyeo estuviesen a salvo cuando entraran en el mar. También revisó los estanques y los lagos, y buscó formas de mejorar la vida de quienes trabajaban en el campo, tierra adentro. Un día, atraída por la misteriosa bruma que coronaba el oreum de Muljang-ol, descubrió que en el cráter había un lago. El agua era de un azul intenso y de una profundidad insondable. Inhaló hondo y se zambulló. No regresó nunca.

Varias mujeres asintieron en señal de aprobación, satisfechas con el relato.

—Ésta es una versión —continuó la chamana—. Según otra, Abuela Seolmundae, como todas las mujeres, estaba agotada de tanto esforzarse por los demás, especialmente por sus hijos. Sus quinientos hijos siempre tenían hambre. Estaba preparándoles crema de avena cuando se mareó y se cayó dentro de la olla. Sus hijos la buscaron por todas partes. Fue el más pequeño quien por fin encontró lo que quedaba de ella, apenas unos pocos huesos, en el fondo de la olla. Había muerto de amor materno. Los hijos se quedaron tan conmocionados que en ese mismo instante se petrificaron y formaron los quinientos afloramientos rocosos que todavía podemos ver hoy en día.

Do-saeng lloraba en silencio. Oír la historia del sufrimiento de otra madre aliviaba su aflicción.

—Los japoneses dicen que si Abuela Seolmundae existió y ese oreum era el canal que llevaba hasta su palacio submarino —continuó la chamana Kim—, significa que nos abandonó, igual que todas nuestras diosas y nuestros dioses. Pero yo digo que nunca nos abandonó.

—Todas las noches dormimos encima de ella —recitamos las demás—. Todas las mañanas nos despertamos encima de ella.

—Cuando entras en el mar, buceas entre las ondulaciones submarinas de su falda. Ella es el inmenso volcán que se alza en el centro de nuestra isla. Algunos lo llaman monte Halla, la cumbre que llega a la Vía Láctea, o la montaña de la isla bendita. Para nosotras ella es nuestra isla. Allá adonde vamos, podemos invocarla y contarle nuestros infortunios, y ella siempre nos escucha.

La chamana Kim dirigió la atención hacia Yu-ri, que no se había movido.

—Estamos aquí para ayudar a Yu-ri a resolver el problema de su alma viajera, pero también debemos preocuparnos por aquellas de vosotras que habéis sufrido «pérdida de alma», que, como sabéis, afecta a las personas que han pasado por un gran sobresalto emocional —dijo—. Nuestra cooperativa ha recibido un golpe muy duro. La que más está sufriendo es la madre de Yu-ri. Do-saeng, arrodíllate ante el altar, por favor. Si alguien más está angustiada, que se arrodille también.

Mi madre se arrodilló al lado de Do-saeng; a continuación las demás también nos arrodillamos y formamos un corro, unidas por nuestra angustia. La chamana cortaba la negatividad blandiendo dos cuchillos rituales de los que colgaban unas cintas blancas que revoloteaban alrededor de nosotras como golondrinas persiguiéndose por el aire. Su hanbok se infló formando nubes de colores. Cantamos. Lloramos. Nuestras emociones salieron de dentro de nosotras acompañadas por la cacofonía de los címbalos, las campanas y los tambores que tocaban las ayudantas de la chamana Kim.

—Invoco a todas las diosas para que nos devuelvan el espíritu de Yu-ri del mar, o de donde sea que se haya escondido —suplicó la chamana Kim, y tras hacer esa petición dos veces más le cambió la voz, porque Yu-ri se había encarnado en ella, y dijo—: Echo de menos a mi madre. Echo de menos a mi padre y a mi hermano. Mi futuro marido... *Aigo*... —La chamana se volvió hacia mi madre—. Jefa de buceadoras, tú me has traído aquí. Ahora llévame a casa.

La voz de Yu-ri que salió por la boca de la chamana Kim sonaba más a acusación que a súplica. Aquello no era un buen presagio; la chamana Kim se percató de ello.

—Dime, Sun-sil, ¿qué te gustaría contestarle?

Mi madre se levantó. Miró a Yu-ri con gesto severo y dijo:

—Acepto mi responsabilidad por haberte llevado al mar, pero ese día sólo te asigné un deber: no separarte de mi hija y ayudar a las hermanas Kang a vigilar a Mi-ja. Eras la mayor de las pequeñas buceadoras. Habías contraído una obligación respecto a ellas y respecto a todas nosotras. Por culpa de tu comportamiento, yo podría haber perdido a mi hija.

Quizá yo fuese la única capaz de ver lo profundamente afectada que estaba Madre por lo ocurrido. Me sentía a la vez sobrecogida y humillada. Confiaba en poder demostrarle algún día que la quería tanto como ella me quería a mí.

La chamana Kim miró entonces a Do-saeng.

—¿Qué quieres decirle a tu hija?

Do-saeng habló con dureza a Yu-ri.

—¿Pretendes culpar a otras de las consecuencias de tu codicia? ¡Me avergüenzo de ti! ¡Deja tu avaricia allí donde estés y vuelve a casa ahora mismo! ¡No le pidas a nadie que te ayude! —Entonces suavizó el tono—: Vuelve, querida hija. Tu madre y tu hermano te echan de menos. Vuelve a casa y tendrás todo nuestro amor.

La chamana Kim recitó unos cuantos conjuros más. Las ayudantas golpeaban sus címbalos y sus tambores. Después ya no había nada más que decir.

A la mañana siguiente, Yu-ri despertó, pero ya no era la misma. Podía sonreír, pero no podía hablar. Podía andar, pero cojeaba y a veces sacudía los brazos involuntariamente. Las dos familias coincidieron en que no podía celebrarse la boda. Mi-ja y yo guardábamos nuestro secreto, y eso nos hizo sentir más unidas que nunca. Cada día de las semanas que siguieron fuimos a ver a Yu-ri después de trabajar en los campos, ya fueran los de tierra o mar. Mi-ja y yo hablábamos y reíamos para que Yu-ri tuviese la impresión de que seguía siendo una niña sin preocupaciones. A veces Jun-bu venía con nosotras y leía en voz alta las redacciones que estaba escribiendo para la escuela, o intentaba chincharnos como antes chinchaba a su hermana. En otras ocasiones, Mi-ja y yo ayudábamos a Do-saeng a lavarle el cuerpo y el pelo a Yu-ri. Y cuando empezó a mejorar el tiempo, Mi-ja y yo la llevábamos a la playa. Nos sentábamos en la orilla y dejábamos que el agua le acariciara los pies. Le contábamos historias, le dábamos palmaditas en las mejillas, le recordábamos continuamente que estábamos allí, y ella nos recompensaba con una hermosa sonrisa.

Todas las veces que fui a visitar a Yu-ri, Do-saeng me saludó con una reverencia y me expresó su gratitud.

—Si no llega a ser por ti, mi hija habría muerto —decía mientras me servía el té de trigo sarraceno, o me ofrecía un plato de eperlano en salazón, pero su mirada me transmitía un mensaje más siniestro. Quizá no supiese exactamente qué papel había interpretado yo en el accidente de Yu-ri, pero sin duda sospechaba que había algo más aparte de lo que yo les había contado a ella y a mi madre.

¿Cómo nos enamoramos?

(Antes)

Cuando Mi-ja y yo nos conocimos, éramos muy diferentes. Yo era como las rocas de nuestra isla: cortante, áspera, dura, pero práctica y sensata. Ella era como las nubes: voluble, sutil, imposible de atrapar o de comprender del todo. Aunque ambas nos convertimos en haenyeo, yo siempre estaría arraigada a la tierra, en el sentido de que era pragmática y me preocupaba por mi familia. Mi-ja, en cambio, pertenecía más al mar: su personalidad era cambiante, a veces incluso tempestuosa. Yo estaba muy unida a mi madre, ansiaba seguir sus pasos y tener mi vida en el mar; Mi-ja no recordaba a su madre, pero añoraba muchísimo a su padre. Yo contaba con el amor y la admiración de mis hermanos y mi hermana, mientras que Mi-ja sólo tenía una tía y un tío que no se preocupaban lo más mínimo por ella. Yo trabajaba mucho (iba a sacar agua, me cargaba a mi hermano pequeño a la espalda, me ocupaba del corral y recogía estiércol seco para el fuego), pero Mi-ja aún más: hacía las tareas que le asignaban sus tíos, faenaba en los campos y trabajaba para nuestra cooperativa. Yo no sabía leer ni escribir mi nombre, y Mi-ja sabía escribir su nombre y además recordaba unos cuantos caracteres japoneses. Yo, por muy serena que les pareciera a los demás, muchas veces estaba muerta de miedo por dentro; y ella, por muy despistada que pareciera por fuera, tenía la fortaleza del bambú y era capaz de soportar casi

cualquier peso o adversidad. En Jeju teníamos un dicho que rezaba: «Si a los tres años eres feliz, serás feliz a los ochenta.» Yo me lo
creía. Mi-ja, en cambio, solía decir: «Nací un día sin sol y sin luna.
¿Sabían mis padres lo dura que sería mi vida?» No habríamos
podido ser más diferentes, y sin embargo estábamos muy unidas.

   ¿Cómo nos enamoramos? La primera vez que ves la cara de tu
esposo, el día de tu compromiso, no sabes cómo evolucionarán
tus emociones con el tiempo. El día que nace tu hijo, quizá no sea
amor lo primero que sientas al verle la cara. El amor tenemos que
cuidarlo y cultivarlo del mismo modo que cuidamos nuestros
campos submarinos. Nuestros matrimonios son concertados: muchas se enamoran rápidamente de sus esposos, algunas en cambio tardan años, y hay otras que sufren décadas de soledad y
tristeza, porque nunca llegan a crear un vínculo real con la persona con la que comparten la esterilla de paja. En cuanto a los
hijos, toda mujer sabe que le darán disgustos y le tocará sufrir.
La dicha es un regalo que disfrutamos con la cautela ante la
certeza de que la tragedia se esconde a la vuelta de la esquina.

   La amistad es completamente diferente. Nadie nos impone
a los amigos; los elegimos nosotros. No nos une una ceremonia,
ni la responsabilidad de engendrar un hijo; nos unen las experiencias y los momentos vividos. Nos une la chispa que saltó
cuando nos conocimos; las risas y las lágrimas que hemos compartido; los secretos que guardamos y protegemos como un tesoro. La fascinación ante la certeza de saber que el otro, aún
siendo tan diferente a ti, entiende las razones de tu corazón
como nadie lo hará jamás.

   Recuerdo con claridad el primer día que vi a Mi-ja. Yo acababa de cumplir siete años y llevaba una vida sencilla pero feliz.
Éramos pobres, ni más ni menos que nuestros vecinos. Teníamos
nuestros campos mar adentro y nuestros campos tierra adentro.
También teníamos un pequeño huerto junto a la cocina, donde
Madre cultivaba rábanos blancos, pepinos, perilla, ajos, cebollas
y pimientos. Si bien la inmensidad del mar podría llevar a pensar
que contábamos con un caudal de riquezas inagotable, lo cierto
es que constituía una fuente de alimentos poco segura. La isla no

tenía puerto natural y el mar podía ponerse muy bravo. Desde la época de nuestros reyes coreanos, los hombres tenían prohibida la pesca intensiva, y ahora, bajo el dominio de los japoneses, a nuestros pescadores sólo se les permitía construir balsas, con una sola vela y un solo tripulante. (En cambio, podían trabajar en los grandes barcos de pesca japoneses o en sus fábricas de conservas.) Muchos hombres de Jeju habían muerto por culpa de las corrientes, los oleajes y los vientos. En el pasado, ellos eran los buceadores, pero los monarcas coreanos los obligaban a pagar unos impuestos tan elevados por realizar su trabajo que acabaron dejándoselo a las mujeres, que pagaban unos impuestos más reducidos. Y resultó que a las mujeres se les daba muy bien bucear. Las mujeres, como mi madre, tenían mucha paciencia. Además, sabían qué era sufrir. Además, tenían más grasa, por lo que soportaban mejor el frío. Sin embargo, era difícil para Madre, y para cualquier mujer, preparar una comida nutritiva para una gran familia a base de huevas de erizo, turbantes cornudos, caracolas y abulones. Además, esos animales no eran para nosotros. Eran para los ricos (o, como mínimo, más ricos que nosotros) del continente o de Japón, China y la Unión Soviética. Eso significaba que durante la mayor parte del año mi familia vivía a base de mijo, coles y boniatos que cultivábamos en nuestros campos tierra adentro, mientras que con el dinero que ganaba Madre buceando pagábamos la ropa, las reparaciones de la casa y todo aquello para lo que se necesitara dinero en efectivo.

La esposa tenía la obligación social y familiar de dar a luz a un varón que perpetuara el linaje de su marido. Sin embargo, todas las familias de los pueblos costeros de Jeju se alegraban del nacimiento de una hija, porque ella siempre podría traer dinero a casa. En este sentido, mi familia no había sido muy afortunada, porque éramos cuatro mujeres: Abuela, Madre, yo y Hermana Pequeña, que entonces sólo tenía once meses y todavía no podía ayudar. Pero llegaría el día en que ella trabajaría conmigo y ayudaría a nuestros padres a pagar sus deudas y a construirse una vivienda mejor para cuando fuesen mayores, además de aportar algo para enviar a nuestros hermanos varones a la escuela.

Ocho años atrás, el día de verano en que conocí a Mi-ja, Padre se quedó en casa, como solía hacer, para cuidar de mis hermanos. Madre y yo fuimos a nuestro campo seco a desherbar. Madre tenía una barriga inmensa y parecía un melón deforme; pronto nacería mi Hermano Tercero, y su espalda se doblaba bajo el peso de un cesto cargado de herramientas y fertilizante. Yo llevaba un cesto con el cántaro de agua para beber y la comida. Recorrimos los olle. Dentro del pueblo, los olle de piedra construidos alrededor de las casas eran lo bastante altos como para impedir que los vecinos se asomaran y vieran a sus habitantes. Una vez fuera del pueblo, sin embargo, los olle no alcanzaban el metro de altura. Las parcelas también estaban cercadas por muros de piedra, pero su función no era delimitar la propiedad de una familia, sino parar el incesante viento que podía partir por la mitad los cultivos de tallo largo. Tanto si se utilizaban para una cosa como para la otra, los olle estaban construidos con piedras volcánicas tan grandes que debían de haber hecho falta al menos dos de nuestros antepasados para colocarlas una a una.

Cuando llegamos a nuestra parcela, Madre paró tan en seco que choqué con ella. Temí que nos hubiésemos encontrado con soldados japoneses, pero entonces Madre gritó:

—¡Eh, tú! ¿Qué haces aquí?

Me puse de puntillas para mirar por encima del muro de piedra y vi a una niñita acurrucada entre nuestras plantas de boniato que escarbaba en la tierra. Jeju era famosa por tener tres cosas en abundancia: viento, piedras y mujeres, pero también por carecer de otras tres: mendigos, ladrones y puertas cerradas. ¡Pero aquello era una ladrona! Incluso de lejos, vi que la niña valoraba sus opciones. No podía huir por la abertura del muro porque entonces se metería en nuestro olle. Saltó y corrió hacia el fondo del campo. Madre me dio un empujón y me gritó:

—¡Atrápala!

Solté mi cesto y corrí por el olle que bordeaba el campo. Torcí a la izquierda al llegar a la parcela contigua, la atravesé corriendo, salté el muro de piedra del fondo y caí al otro lado. Cuando llegué al siguiente muro, trepé por él y entonces la vi: estaba al otro lado, debajo de mí, correteando como una rata. Antes de que pudiese verme, salté sobre ella y la aprisioné contra el suelo. Ella se defendió, pero yo era mucho más fuerte. Una vez que le hube sujetado bien las muñecas, pude verle la cara. Era evidente que aquella niña no era de nuestro pueblo, aquí no había nadie tan pálido. Parecía que hubiese vivido siempre dentro de casa. O tal vez fuese un fantasma hambriento, uno de esos espíritus que deambulan sin descanso por el mundo y que tantos problemas les causan a los vivos. En otras circunstancias me habría muerto de miedo. Pero el corazón me latía muy deprisa. La persecución. La captura.

—Deja que me marche —me suplicó en japonés—. Por favor, deja que me marche.

Entonces fue cuando me asusté. Todos teníamos que hablar japonés por imposición de los colonizadores, pero aquella niña tenía un acento impecable. ¿Y si había perseguido e inmovilizado a una niña japonesa? Entonces vi las lágrimas que resbalaban por sus mejillas hacia sus orejas. ¿Y si me descubrían torturando a una niña japonesa? Me disponía a liberarla cuando la voz de Madre cayó flotando sobre nosotras.

—Tráela aquí —me ordenó.

Miré hacia arriba y vi a Madre observándonos desde lo alto del muro de piedra. Me levanté con cuidado de encima de la niña, pero seguí sujetándole fuertemente el brazo. La levanté y la empujé para que caminara delante de mí. La niña no tuvo más remedio que trepar por el muro. Cuando estuvimos las dos al otro lado, Madre miró de arriba abajo a la chiquilla, dos veces. Y entonces le preguntó:

—¿Quién eres? ¿A qué familia perteneces?

—Me llamo Han Mi-ja —contestó la niña enjugándose las lágrimas con el talón de las manos—. Vivo con mis tíos en el barrio de Sut-dong de Hado.

Madre aspiró entre dientes.

—Me parece que conozco a tu familia. Tú debes de ser la hija de Han Gil-ho.

Mi-ja asintió.

Madre permaneció callada. Vi que estaba disgustada, pero no tenía ni idea de por qué. Al final, dijo:

—Pues, entonces, explícame qué hacías robándonos.

A Mi-ja se le atropellaban las palabras:

—Mi madre murió al nacer yo. Mi padre murió hace dos meses. De un infarto. Ahora vivo con tía Lee-ok y con tío Himchan, y...

—Y no te dan de comer —la interrumpió Madre—. Ya me imagino por qué.

La indignación se reflejó en el rostro de Mi-ja.

—Mi padre no era ningún traidor. Trabajaba para los japoneses en Ciudad de Jeju, pero eso no significa...

Madre la interrumpió recitando un aforismo:

—«Si plantas alubias rojas, recoges alubias rojas.» —Con eso quería decir que el carácter y la conducta de los hijos dependían de cómo los hubiesen educado sus padres—. A nadie le gustan los colaboracionistas —añadió sin miramientos—. Los habitantes de los siete barrios de Hado sintieron vergüenza cuando tus padres escogieron esa forma de vida. Y mira qué nombre te pusieron: Mi-ja. Un nombre japonés.

Pese a mi corta edad, yo sabía que mi madre estaba arriesgándose mucho al hablar tan abiertamente contra los japoneses y quienes los apoyaban.

Mi-ja tenía las manos y la cara manchadas de tierra. Su ropa era de una calidad que yo nunca había visto, pero también me fijé en que estaba sucia. En algún momento de su huida había perdido el pañuelo, y se le veía el pelo enmarañado, como si no se hubiese pasado un peine desde hacía semanas. Sin embargo, lo que más me llamó la atención fue lo flaca que estaba. Su estado era lamentable, pero Madre no aflojaba.

—Déjame ver qué llevas en los bolsillos —le ordenó.

Mi-ja rebuscó entre su ropa y se aseguró de enseñárselo todo a Madre. Sacó un trozo de carbón y volvió a guardárselo en el bolsillo. Se limpió con cuidado la mano en la blusa, metió la mano por debajo de la manga y sacó un libro. Era el primero que yo veía, así que ni me impresionó ni me dejó de impresionar, pero

Madre abrió mucho los ojos. Mi-ja lo soltó, por nerviosismo o temor. Madre se agachó para recogerlo, pero Mi-ja se le adelantó. Volvió a lanzarle a Madre una mirada desafiante.

—Por favor. Es mío —dijo, y se apresuró a meterse otra vez el libro debajo de la manga. Entonces hurgó en su último bolsillo, sacó la mano cerrada en un puño y le puso a Madre un puñado de boniatos del tamaño de guijarros en la suya. Se produjo otro largo silencio; Madre hizo rodar los tubérculos en la palma de su mano, examinándolos para comprobar si estaban deteriorados. Cuando volvió a hablar, lo hizo con tono autoritario, como siempre, pero un poco más amable.

—Eres una niña con suerte —dijo—. Si yo fuese de otra manera... Pero no lo soy. Vas a volver a nuestro campo a plantar esto. Cuando termines, nos ayudarás. Si te portas bien, compartiremos nuestra comida contigo. Si no te escapas, si me obedeces y si cumples mis órdenes, te dejaré volver mañana. ¿Me has entendido?

No me enamoré de Mi-ja aquel primer día; estaba cansada por la persecución, desconcertada por la reacción de mi madre y enfadada por tener que compartir nuestra comida con una ladrona. Mi-ja escuchó atentamente las órdenes de Madre, pero después me hizo caso a mí: yo le enseñé a plantar los tubérculos y a apisonar la tierra para que no se la llevara el viento. El resto del tiempo lo pasamos arrancando malas hierbas y aireando el suelo con una herramienta de tres puntas. Cuando cambió la luz y el cielo empezó a teñirse de rojo, Mi-ja nos ayudó a recoger nuestras cosas.

Madre le dijo:

—Nos vemos mañana. No hace falta que les cuentes nada a tus tíos.

Mi-ja le hizo una serie de profundas reverencias a Madre. Tras recibir esa muestra de agradecimiento, Madre se puso en marcha. Yo me dispuse a seguirla, pero Mi-ja me retuvo.

—Quiero enseñarte una cosa. —Se sacó el libro de debajo de la manga y me miró a los ojos. Con las dos manos, y con una formalidad que yo sólo había visto en el culto a nuestros antepasados, me lo ofreció—. Puedes cogerlo, si quieres.

Yo no estaba segura de querer cogerlo, pero de todas formas lo cogí. Era un libro delgado y encuadernado en piel.

—Es lo único que me queda de mi padre —me dijo—. Ábrelo.

Lo abrí. Las hojas eran de papel de arroz. Supuse que estaba escrito en japonés, aunque también podía ser coreano. En medio del libro había un par de hojas mal cuadradas. Lo abrí por esa parte y vi que las habían arrancado. Me pareció poco respetuoso, pero entonces vi que Mi-ja sonreía.

—Mira lo que he hecho —dijo, y volvió a coger el libro—. Esto es un calco que hice de una talla que teníamos en nuestro apartamento de Ciudad de Jeju. Este otro es de las bisagras de hierro del ataúd de Padre. Éste lo hice el día que tía Lee-ok fue a recogerme. Es el dibujo del suelo de mi antigua habitación. Era la única forma que tenía de conservar esos recuerdos.

Mientras ella hablaba, yo intentaba imaginar cómo debía de haber sido su vida en la ciudad, con su propia habitación, rodeada de libros.

—Mi tía vendió nuestras cosas. Dijo que la gente de Hado no quería ver nada que le recordara a mi padre. También dijo que emplearía ese dinero para alimentarme y enviarme a la escuela. Ahora estoy aquí, y... —Levantó la barbilla—. Aquí no hay escuela para niñas. Mi tía tenía que saberlo. Ella cree que mi padre era malo, y por eso sólo me da algas y kimchee para comer. Con el dinero de mi padre se ha comprado cerdos y... no sé... —Tras una larga pausa, su seriedad se esfumó—. Tu madre y tú sois las personas más agradables que he conocido desde que llegué aquí, y éste es el mejor día que he pasado desde que murió mi padre. Vamos a hacer un recuerdo de este sitio y este día. Así, nunca lo olvidaremos.

Sin esperar a que yo diera mi aprobación, arrancó una hoja del libro, la puso sobre una de las rocas de la entrada de nuestro campo, sacó su trozo de carbón y empezó a frotar el papel. Para mí las rocas no tenían nada de especial. En Jeju había rocas por todas partes. Pero cuando Mi-ja me puso el calco en la mano, vi la rugosidad de mi tierra natal, mientras que las palabras ininteligibles que había debajo pertenecían a un mundo que nunca conocería ni entendería. Los agujeritos diminutos que habían aparecido donde el carbón y la roca habían perforado el papel parecían las infinitas posibilidades que prometían las estrellas del firmamento. Sentí que me habían regalado algo muy especial, y se lo dije a Mi-ja.

Mi-ja se lo pensó un momento; frunció los labios, asintió con la cabeza y guardó la hoja en el libro, junto con las otras.

—Me lo quedo yo —dijo—, pero es nuestro recuerdo. Pase lo que pase, siempre sabremos dónde encontrarlo.

Cuando tienes siete años, puedes decirle a alguien que serás su mejor amigo toda la vida, pero lo cierto es que eso casi nunca sucede. Sin embargo, Mi-ja y yo éramos diferentes. A medida que iban pasando las estaciones, nos sentíamos cada vez más unidas. Los tíos de Mi-ja seguían tratándola muy mal. Para ellos, su sobrina era una especie de sirvienta o esclava. Dormía en el granero, una estructura de apenas un metro de diámetro, entre la casa grande y la letrina, rodeada de cerdos y malos olores. Yo le enseñé a hacer muchas tareas, además de las canciones para moler el mijo. Aprendió a tejer sombreros de pelo de crin de caballo, a pescar anchoas, a recoger excrementos de cerdo para abonar los campos y a arar, plantar y desherbar. Y ella me recompensó con su imaginación.

En la isla de Jeju tenemos muchos proverbios. Hay uno que reza: «En Jeju, da igual donde estés, a Abuela Seolmundae siempre la ves.» Pero también decimos: «Abuela Seolmundae nos vigila a todos.» Dondequiera que estuviésemos (en los campos, paseando por la orilla del mar, correteando de su barrio al mío, ambos dentro de los confines de Hado y a escasos minutos de distancia), Mi-ja y yo siempre la veíamos alzarse hacia el cielo. En invierno, la cima estaba cubierta de nieve. Entonces era más difícil hacer cualquier tarea como ir a sacar agua, por ejemplo: hacía un frío gélido por la mañana, y además de tener que caminar sobre nieve o escarcha, a menudo soplaba un viento tan fuerte que nos atravesaba la ropa como si no llevásemos nada encima.

El primer y el segundo mes Mi-ja y yo ayudamos a Madre a desherbar nuestros cultivos de mijo y colza, porque, como todo el mundo sabe, los hombres tienen las rodillas demasiado rígidas para ese trabajo, y además no se les da nada bien el manejo de la hoz y la azada. En Jeju se cultivaban cinco cereales: arroz, cebada, soja, mijo y moha. El arroz era para la fiesta de Año Nuevo, pero sólo si Madre había ahorrado suficiente dinero para comprarlo. La cebada era para los ricos, que vivían en Ciudad de Jeju y en la región montañosa del interior. El mijo era para los pobres, era la comida que nos llenaba el estómago, mientras que de la colza podíamos extraer aceite, de modo que ambos cultivos eran importantísimos para nosotros.

Aquel primer invierno Madre también contrató a Mi-ja para trabajar en la cooperativa.

—Así podrás compartir con nosotras la comida comunitaria cuando volvamos del mar —le dijo—. Ocúpate de que el fuego no se apague y ten la boca cerrada, y nadie se meterá contigo.

De modo que Mi-ja entró en el bulteok mucho antes que yo. Recogía leña, mantenía la hoguera encendida y ayudaba a seleccionar los erizos, las caracolas, el agar-agar y las algas marinas que las haenyeo sacaban del mar.

A Abuela no le hizo ninguna gracia.

—Jamás podrá borrar el estigma de que su padre trabajara para los japoneses, y por eso nadie salvo tú la contratará para hacer las tareas como si fuese una huérfana cualquiera —sentenció.

Pero Madre se mantuvo firme.

—Cuando la miro —dijo—, veo a una niña inteligente y hambrienta, y sé que gracias a eso siempre saldrá adelante.

En primavera veías desde lejos las laderas de Abuela Seolmundae cubiertas de los colores magenta, morado y carmesí de las azaleas. Los campos de colza, de amarillo intenso, brillaban como el sol. Recolectamos nuestra cosecha de cereales, aramos el campo a mano y sembramos alubias rojas y boniatos. A finales de primavera, todas las familias de la isla arrancaban la paja de sus tejados. Los tíos de Mi-ja le hicieron llevarse la paja vieja, ir a buscar paja nueva, y luego pasarles como pudiera las piedras a los hombres, que las colocaron sobre el nuevo tejado para asegurarlo. Cuando acabó, vino a mi casa, donde Madre le dejó ayudarme a buscar larvas de insectos en nuestra paja vieja, y Madre luego las hirvió para que nos las comiésemos.

El verano llevó el frescor de la vegetación a las laderas de Abuela Seolmundae, pero en el resto de la isla la atmósfera era calurosa, húmeda y lluviosa. Madre me regaló mi primer tewak, que había confeccionado ella misma. Yo estaba muy orgullosa de él y no tenía ningún reparo en compartirlo con Mi-ja. Como ella había crecido en Ciudad de Jeju, y sin una madre que le diese ejemplo, no sabía nadar. La llevé a las pozas de marea donde yo jugaba cuando tenía tres o cuatro años. Los días más calurosos del verano íbamos a una cala de aguas poco profundas a retozar y chapotear con otros niños de Hado. Las hermanas Kang siempre estaban allí, y nos encantaba oírlas pelearse y hacer las paces. Yu-ri iba con su hermano Jun-bu, que, junto con otros niños de su edad, buceaba más allá de la pared protectora de rocas, en mar abierto. Nos encantaba mirar a aquellos chicos. Sobre todo a Jun-bu. No entendíamos que un chico tan aplicado y estudioso pudiera reírse de aquella forma tan escandalosa.

A veces Madre y las otras haenyeo regresaban a la orilla a mediodía para amamantar a sus bebés. Nos miraban y nos decían que pataleásemos más fuerte, o que inhalásemos más hondo para ensanchar nuestros pulmones. Pero la mayoría de los días las madres no tenían tiempo de acercarse a la orilla durante la jornada, y al caer la tarde se oía por todas partes el llanto de los bebés hambrientos y el murmullo consolador aunque inútil de los padres, porque obviamente sólo las madres podían alimentarlos. A finales de nuestro segundo verano, Mi-ja ya sabía nadar, y empezamos a practicar bajando hasta un metro de profundidad: una escondía algo debajo de una piedra y la otra tenía que encontrarlo, o buceábamos juntas hasta tocar una anémona para verla cerrarse.

Evidentemente, los veranos no eran sólo para jugar. Durante el sexto mes del calendario lunar, cosechamos la cebada y la secamos en el patio que separaba la casa grande de la pequeña. Para una ceremonia, ayudamos a Madre a sacrificar un gallo, que luego cocinamos y ofrecimos a Abuela para que no padeciera las enfermedades propias de la vejez. Aprendimos a mezclar ceniza con algas para hacer fertilizante y lo llevamos a nuestro campo. Plantamos trigo sarraceno y desherbamos, desherbamos, desherbamos... Y como siempre, a finales del séptimo mes del calendario lunar, o agosto del calendario occidental, hacíamos gal-ot, un tejido de algodón teñido con jugo de caquis verdes con el que nos confeccionábamos la ropa. Los taninos de la fruta impedían que la tela retuviera o desprendiera malos olores, así que podíamos usarla durante días e incluso semanas seguidas sin que oliera mal. También era resistente al agua, repelente de mosquitos y no se le enganchaban los pelos de la cebada. Además, como el jugo de caqui la fortalecía, nuestra ropa no se desgarraba aunque nos frotásemos contra los espinos. Utilizábamos gal-ot para todo. Hasta Mi-ja, a la que se le había quedado pequeña la elegante ropa de la ciudad, llevaba pantalones, camisas y chaquetas hechos con esa tela. Yo les pasaba mi ropa a mis hermanos y a mi hermana, pero Mi-ja conservaba la suya.

—Cuando tenga hijos —decía—, les haré sábanas y pañales con ella porque la tela estará gastada y suave.

A mí todavía no se me había ocurrido pensar que algún día pudiese tener un bebé.

En otoño, las laderas de Abuela Seolmundae se cubrían de hojas amarillas, naranja y rojas y parecía que estuviesen en llamas. En esa época del año, Mi-ja y yo escalábamos los oreum —conos volcánicos secundarios, más pequeños—, que Abuela Seolmundae había parido al entrar en erupción, y una vez arriba nos sentábamos una al lado de la otra. Desde allí, contemplábamos los campos cercados, que se extendían como una colcha de retales allá abajo; el cielo sin nubes; el océano reluciente a lo lejos; los oreum más altos, coronados por antiguas torres de vigía en las que antaño el fuego advertía a los isleños de los ataques de piratas. Hablábamos sin parar. A mí me encantaban sus historias sobre Ciudad de Jeju, a cual más fantástica.

Un día Mi-ja mencionó que en Ciudad de Jeju había electricidad. Cuando le reconocí que no sabía qué era eso, se echó a reír.

—Ilumina la habitación, pero sin quemar resina de pino ni aceite. Hay luces en las calles. Los escaparates de las tiendas están adornados con bombillas de colores. Es... —Frunció el ceño mientras buscaba la mejor forma de describirme algo tan intangible—. ¡Es japonesa!

Mi-ja y su padre también tenían una radio. Me explicó que era una caja, fabricada en Japón, de la que salían voces. Aquello tampoco podía imaginármelo, y además me desconcertaba que aquellos demonios con pezuñas pudiesen haber creado tantas cosas maravillosas.

Me contó que su padre tenía un coche (¡un coche!) y la había llevado por toda la isla gracias a las carreteras que habían construido los japoneses, cuando lo único que yo había visto eran los carros tirados por ponis y algún que otro camión que venía a nuestro pueblo a recoger a las haenyeo para llevarlas a hacer la temporada de invierno a otros países.

—Padre trabajaba de capataz para los japoneses. Dirigía a los obreros que construían las carreteras —me explicó Mi-ja—. Con su ayuda, conectaron por primera vez las cuatro partes de la isla.

Yo sólo conocía Hado.

—Mi padre era muy respetado. Me quería mucho. Se ocupaba de mí. Me compraba juguetes y ropa bonita.

—Y te daba de comer.

La animé a seguir, me encantaba oírla hablar de todos aquellos platos que había probado y que yo no había visto jamás: fideos de trigo sarraceno con faisán o carne de caballo de las montañas asada con especias. Para una niña que nunca había comido otra cosa que carne de cerdo y animales marinos, todo aquello sonaba disparatado pero delicioso. Y luego estaba el azúcar...

—Imagínate comer algo que te hace sonreír hasta que te duele la cara. Eso es lo que pasa cuando comes caramelos, helados, pasteles, *wagashi* y *anmitsu*.

Pero ¿cuándo iba yo a probar un postre occidental o japonés? Nunca.

En Ciudad de Jeju, Mi-ja tenía «amigos para jugar», otra cosa que yo no concebía, ni siquiera cuando me describía las reglas del escondite o el pilla-pilla. ¿A quién podían interesarle los juegos que no te enseñaban nada práctico, como, por ejemplo, cómo bucear para extraer las mejores caracolas o cómo recolectar algas? También me costaba imaginar que alguien pudiese vivir en una casa con su propio huerto, árboles frutales y un estanque donde los sirvientes criaban peces para comer. Era imposible que Mi-ja pasara hambre.

Ella era consciente de todo lo que había perdido, por eso, aunque para mí era divertido hablar de su pasado, a veces ella se entristecía. Entonces yo le pedía que sacara el libro de su padre. Sentadas una al lado de la otra, pasábamos las páginas. Era una guía que su padre había utilizado cuando viajaba por la isla. Al principio, Mi-ja todavía se acordaba del significado de algún carácter («aceite», «este», «carretera», «montaña», «puente»), pero al cabo de unos meses, y como no podía practicar con nadie, perdió la capacidad de leer. Sin embargo, había algo misterioso, incluso mágico, en los caracteres que cubrían las páginas, y a ella le gustaba deslizar un dedo por aquellas líneas verticales y «leerme» las historias de diosas y madres que se inventaba.

El proverbio «Bajo la lluvia no se siente la ropa mojada» viene a decir que los cambios son graduales, y tiene dos interpretaciones, una positiva y otra negativa. La primera estaría relacionada con la amistad, que crece con el tiempo. Conoces a alguien, te haces amigo de esa persona, luego se establece una relación más íntima y un día te das cuenta de que la quieres. Un caso menos bonito podría ser el de un delincuente. Una persona comete un pequeño hurto, después roba algo más grande y, finalmente, se convierte en ladrón. Es decir, que cuando empieza a lloviznar no te das cuenta de que te estás mojando. Sin embargo, Mi-ja y yo, a diferencia de la mayoría de la gente, teníamos pruebas físicas de que cada vez éramos amigas más íntimas, porque, tal como ella había dicho el primer día, capturábamos momentos con nuestros calcos. Pese a que el libro de su padre tenía un gran valor para ella, a Mi-ja nunca le importaba arrancar una hoja para que pudiésemos hacer un calco juntas. Una sujetaba la hoja y la otra frotaba encima el trozo de carbón para capturar la textura dentada de una concha ganada en una carrera de natación; el relieve de la puerta de madera de mi casa la primera vez que la dejaron quedarse a dormir; la superficie de su primer tewak, que le confeccionó Madre como si Mi-ja fuese, verdaderamente, una hija más.

Cuando cumplimos nueve años, las haenyeo de Hado ayudaron a organizar una manifestación antijaponesa por toda la isla. Madre había empezado a asistir a la escuela nocturna para adultos de Hado. Que yo sepa, no hizo muchos avances en lo que a leer y a escribir se refiere, pero tanto ella como sus amigas aprendieron a pesar sus capturas para que no pudiesen engañarlas. También aprendieron cuáles eran sus derechos. Inspiradas por las palabras de un joven maestro (intelectual y de izquierdas, según Madre), cinco haenyeo se organizaron para luchar contra las reglas que los japoneses les imponían a las buceadoras. Mi madre no formaba parte de ese pequeño núcleo, pero repetía lo que les oía decir a ellas.

—Los japoneses no nos pagan un precio justo. Se quedan un porcentaje demasiado elevado. ¡El cuarenta por ciento! ¿Cómo vamos a poder vivir así? Y algunos funcionarios colaboracionistas sacan a hurtadillas nuestra cosecha de agar-agar por el puerto de Ciudad de Jeju en beneficio propio.

«Colaboracionista.» Mi-ja encogió los hombros como si quisiera esconder la cabeza. Madre le acarició la nuca para tranquilizarla.

—Tenemos que oponernos —continuó.

Las noticias pasaban de boca en boca de una mujer a otra, de una cooperativa a otra, y se extendieron por toda la isla. Al oír tantas quejas, los japoneses prometieron hacer algunos cambios.

—¡Pero nos mintieron! —dijo Madre con rabia—. Ya han pasado meses y...

Abuela, que odiaba más que nadie a los japoneses, le advirtió:

—Ten cuidado.

Pero era demasiado tarde porque ya se había diseñado un plan. Las haenyeo de Hado desfilarían hasta el mercado que se organizaba cada cinco días en el pueblo de Sehwa, donde se les unirían otras haenyeo. Desde allí continuarían hasta las oficinas del distrito de Pyeongdae para presentar sus reclamaciones. Todas estaban emocionadas, pero también nerviosas, porque nadie sabía cómo reaccionarían los japoneses.

Una noche antes de la manifestación, Mi-ja se quedó a dormir en nuestra casa. Estábamos a principios de enero y hacía demasiado frío para estar fuera mirando las estrellas, pero Padre había salido con Hermano Tercero para intentar dormirlo. Madre nos pidió que fuésemos con ella y con Abuela a la habitación principal.

—¿Quieres venir con nosotras mañana? —me preguntó Madre.

—¡Sí! ¡Por favor! —Me alegré muchísimo de que me lo propusiera. Mi-ja estaba cabizbaja. Madre sentía simpatía por Mi-ja, y había hecho mucho por ella, pero seguramente pensaba que una invitación a una manifestación antijaponesa era pedirle demasiado.

—He hablado con tu tía —le dijo a mi amiga—. ¡Qué mujer tan antipática!

Mi-ja levantó la cabeza, esperanzada.

—Le he explicado que, si nos acompañaras, limpiarías, al menos en parte, la mancha que llevas por la conducta de tu padre —continuó Madre.

—¡Bieeeeeen! —gritó Mi-ja, loca de alegría.

—Entonces todo decidido. Ahora escuchad a Abuela.

Mi-ja se acurrucó a mi lado. Abuela nos contaba a menudo historias que a ella le había contado su abuela, quien a su vez se las había oído contar a su abuela, y así sucesivamente. Gracias a ella conocíamos nuestro pasado, pero también nos enterábamos de lo que sucedía en el mundo. Madre debía de querer recordarnos algunas cosas antes de la manifestación.

—Hace mucho tiempo —empezó Abuela—, tres hermanos que se llamaban Ko, Bu y Yang surgieron de la tierra y fundaron Jeju. Trabajaban mucho, pero se sentían muy solos. Un día, tres hermanas, todas ellas princesas, llegaron en una barca cargada de caballos, reses y semillas de los cinco cereales. Todos esos bienes eran regalos de Halmang Jacheongbi, la diosa del amor. Juntas, aquellas tres parejas crearon el reino de Tamna, que duró mil años.

—Tamna significa «país de la isla» —dijo Mi-ja, demostrando lo bien que había asimilado los relatos anteriores.

—Nuestros antepasados de Tamna eran navegantes —continuó Abuela—. Comerciaban con otros países. Siempre con la mirada abierta al mundo, nos enseñaron a ser independientes. Nos dieron nuestro idioma...

—Pero mi padre decía que el idioma de Jeju también tiene palabras de China, Mongolia, Rusia y de otros países —volvió a interrumpirla Mi-ja—, como Japón. Y también de Fiji y Oceanía. Además tenemos palabras coreanas de hace cientos, quizá miles de años. Decía que...

Mi-ja no terminó la frase. Podía ser muy entusiasta, y a veces le gustaba alardear de los conocimientos que había adquirido en Ciudad de Jeju, pero a Abuela no le gustaba que le recordaran al padre de Mi-ja. Esa noche, en lugar de modular la voz para expresar su desaprobación, Abuela se limitó a continuar.

—Tamna nos enseñó que en el exterior se esconden innumerables peligros. Durante siglos hemos luchado contra los japoneses, que tenían que pasar a nuestro lado cuando iban a...

—A saquear China —dije yo.

Nunca había oído hablar de Fiji ni de Oceanía, pero yo también sabía algunas cosas. Abuela asintió, pero al ver su gesto de enojo decidí no volver a hablar.

—Hace alrededor de setecientos años, los mongoles invadieron Jeju. Criaban caballos en las montañas. Llamaron a nuestra isla la «diosa astral guardiana de los caballos». ¡Imaginaos cómo debían de adorar nuestros prados! Los mongoles también utilizaron Jeju como puente para invadir Japón y China. Sin embargo, no podemos odiarlos. Muchos se casaron con mujeres de

Jeju. Dicen que es de ellos de quienes hemos heredado nuestra fuerza y nuestra perseverancia.

Madre nos sirvió agua caliente en unas tazas, y entonces retomó el relato donde lo había dejado Abuela.

—Hace quinientos años, pasamos a formar parte de Corea y empezaron a gobernarnos sus reyes. En general nos dejaban en paz, porque todos los reyes veían nuestra isla como un sitio de exilio para los aristócratas y los eruditos que se oponían a ellos. Trajeron el confucianismo, según el cual el orden social se mantiene mediante...

—«Persona, familia, país y mundo» —recitó Mi-ja—. Ellos creían que en este mundo todos estamos por debajo de alguien: el pueblo por debajo del rey, los hijos por debajo de sus padres, las esposas por debajo de sus esposos...

—Y ahora nosotros tenemos encima a los japoneses. —Abuela dio un bufido—. Han vuelto a convertirnos en un puente, construyen aeródromos en nuestra isla para que sus aviones puedan despegar desde aquí e ir a bombardear China...

—No podemos impedirles hacer todo lo que hacen —la interrumpió Madre—, pero quizá podamos obligarlos a hacer algunos cambios. Y quiero que vosotras participéis, niñas.

A la mañana siguiente, Mi-ja nos esperaba donde siempre, en el olle. Hacía frío y sacábamos nubes de vaho por la boca al respirar. Seguimos recorriendo los olle y recogimos a Do-saeng, a Yu-ri y a otras niñas y mujeres; todas llevábamos en la cabeza nuestros pañuelos blancos de bucear, que nos identificaban como haenyeo del pasado, el presente y el futuro.

—¡Viva la independencia de Corea! ¡Abajo la explotación laboral! —gritábamos al unísono.

El mercado semanal de Sehwa siempre estaba muy concurrido, pero ese día lo estaba aún más. Las cinco jefas de la escuela de adultos de Hado se turnaron para pronunciar sus discursos.

—Uníos a nuestra manifestación hasta la oficina del distrito. Ayudadnos a presentar nuestras peticiones. Cuando buceamos juntas, somos más fuertes. Y aún somos más fuertes cuando nuestras cooperativas se unen. ¡Obligaremos a los japoneses a escucharnos!

Las haenyeo de más categoría nos guiaban, pero era la presencia de las abuelas, que recordaban la época anterior a la llegada de los japoneses, y de las niñas como Mi-ja y yo, que habíamos vivido siempre bajo su dominio, lo que nos recordaba a todas nuestro objetivo. No se trataba únicamente del descuento del cuarenta por ciento que los japoneses les imponían a las haenyeo. La protesta tenía que ver con la libertad y la independencia de los habitantes de Jeju. Tenía que ver con la fuerza y el coraje de las mujeres de Jeju.

A Mi-ja le brillaban los ojos de una forma que yo nunca había visto. A menudo se sentía sola, pero ahora formaba parte de algo muy superior a ella. Y Madre tenía razón, la presencia de Mi-ja parecía importante para las otras mujeres de nuestro grupo, porque unas cuantas se le acercaron y caminaron un rato a su lado para oírla gritar:

—¡Viva la independencia de Corea!

Yo también me sentía emocionada, pero por motivos muy distintos. Por un lado, nunca había estado tan lejos de mi casa, y por el otro, Mi-ja estaba conmigo. Nos dimos la mano y, levantando el otro brazo con el puño cerrado, gritamos los eslóganes. Nos habíamos hecho muy amigas gracias a todo lo que yo le había enseñado y a las fantasías, historias y alegrías que ella me había regalado, pero en aquel momento nos sentíamos una sola persona.

Cuando llegamos a Pyeongdae, ya éramos miles de mujeres. Mi-ja y yo entrelazamos los brazos; Madre y Do-saeng caminaban una al lado de la otra. Entramos en el recinto de la oficina del distrito. Las cinco organizadoras subieron los escalones de la entrada principal y empezaron a dirigirse a la multitud. Dijeron más o menos lo mismo que habían dicho antes, pero sus discursos generaron más energía, porque había mucha más gente escuchando y reaccionaba repitiendo a gritos las palabras de las oradoras.

—¡Basta de colonización! —gritó Kang Gu-ja.

—¡Libertad para Jeju! —bramó Kang Gu-sun.

Pero nadie gritaba más fuerte que mi madre:

—¡Independencia para Corea!

Pese a todo lo que Madre había hecho a lo largo de su vida y pese a cómo protegía e inspiraba a las mujeres de su cooperativa de buceadoras, éste fue el momento en el que más orgullosa me sentí de ella.

Llegaron unos soldados japoneses y se colocaron entre las mujeres que estaban pronunciando discursos y la puerta de la oficina del distrito. Otros soldados se apostaron alrededor de la nutrida muchedumbre. Se respiraba una atmósfera tensa. Por fin se abrió la puerta y por ella salió un japonés. Por la fuerza de la costumbre, y por miedo, las cinco mujeres de Hado hicieron una profunda reverencia. Sin enderezarse del todo, la que estaba en el medio alargó las manos para presentar la lista de peticiones. El hombre la cogió sin decir nada, volvió a entrar y cerró la puerta. Todas nos miramos. ¿Y ahora, qué? Nada, porque ese día no habría negociaciones. Regresamos a nuestros pueblos.

Antes de marcharnos, Mi-ja y yo teníamos que inmortalizar el momento. Señalé un carácter japonés grabado en la puerta de uno de los edificios del complejo. Madre estaba hablando con sus amigas; la emoción del momento se había desvanecido y los soldados habían perdido el interés, así que nadie se fijó en nosotras cuando fuimos hasta aquella puerta y comenzamos nuestro pequeño ritual. Sin embargo, no debió de ser muy buena idea, porque sucedieron dos cosas a la vez. Cuatro guardias vinieron a toda prisa a ver qué hacíamos mientras Madre nos gritaba:

—¡Fuera de ahí ahora mismo!

Mi-ja, con el trozo de carbón bien sujeto en la mano, y yo, con el calco terminado en la mía, corrimos entre la multitud de mujeres congregadas ante el edificio y fuimos junto a Madre. *¡Hyng*, qué furiosa estaba! Pero volvimos la cabeza para ver qué hacían los soldados y vimos que estaban doblados por la cintura, con las manos apoyadas en las rodillas, muertos de risa. Tardamos años en enterarnos de que el carácter que habíamos escogido para hacer nuestro tesoro significaba «lavabos».

Aquella manifestación fue una de las tres protestas antijaponesas más numerosas jamás organizadas en Corea, la más numerosa protagonizada por mujeres y la más numerosa del año, con diecisiete mil participantes. Además, inspiró otras cuatro mil manifestaciones que se celebraron en Corea a lo largo de los doce meses siguientes. El nuevo gobernador japonés de Jeju cedió ante algunas demandas. Se puso fin al descuento y retiraron de sus cargos a algunos comerciantes corruptos. Todo eso estaba muy bien, pero también sucedieron otras cosas. Nos contaron que había habido una detención, y a los pocos días tuvimos noticias de otra. El gobierno detuvo a treinta y cuatro haenyeo, entre ellas las instigadoras de la escuela para adultos de Hado. Aunque finalmente fueron muchas más las detenidas durante la oleada represiva que siguió para impedir que se organizaran más protestas. Se extendió el rumor de que algunos maestros de la escuela para adultos de Hado eran socialistas o comunistas, y muchos se escondieron o cambiaron de domicilio. Nada de eso impidió que Madre asistiera a las clases.

—Me encantaría que pudieseis aprender a leer y escribir, además de las operaciones matemáticas básicas, porque eso os ayudaría si en el futuro alguna de las dos llega a ser jefa de haenyeo de una cooperativa —nos dijo—. Si consigo ahorrar suficiente dinero, pagaré para que podáis venir a la escuela conmigo.

Aquello sonaba mucho más peligroso que participar en una manifestación. Todas las mujeres detenidas tenían en común, precisamente, que habían estudiado y conocido nuevas formas de ver el mundo. Pero si Mi-ja quería algo, yo también lo quería, y ella quería ir a la escuela. Mi madre era su única esperanza.

Ocho meses después de la manifestación organizada por las mujeres de Hado, Madre, Mi-ja y yo seguíamos ocupándonos de las tareas agrícolas de nuestro campo seco. Desherbar es un trabajo muy duro: te pasas el día inclinada, siempre empapada de lluvia o sudor, o ambas cosas, aburrida por la precisión que requiere arrancar las plantas intrusivas sin perjudicar las raíces de las que estás cultivando. Madre nos hacía cantar con ella canciones de preguntas y respuestas para distraernos de aquel trabajo tan monótono e incómodo, pero teniendo a Mi-ja a mi lado yo nunca protestaba demasiado. Mi-ja ya llevaba mucho tiempo con nosotras y se había convertido en una experta en aquellos trabajos. Madre le pagaba con comida y siempre le pedía a Mi-ja que se la comiera estando nosotras presentes.

—No quiero que tus tíos se queden con lo que has ganado con tu esfuerzo —decía Madre.

Desherbábamos y cantábamos sin prestar atención a lo que sucedía al otro lado de los muros que rodeaban nuestro campo. Madre no oía bien, pero en cambio tenía muy buena visión periférica, y siempre estaba atenta a cualquier peligro que pudiese amenazarnos. La vi dar un respingo y colocar la azadilla delante del cuerpo. Entonces soltó la herramienta, se dejó caer al suelo de rodillas y apoyó la frente en las manos. Todo eso sucedió en unos pocos segundos. A mi lado, Mi-ja dejó de cantar. Me quedé paralizada y me puse a temblar al ver que un grupo de soldados japoneses entraba en nuestro campo.

—Agachaos —nos susurró Madre.

Mi-ja y yo nos arrodillamos e imitamos la posición suplicante de Madre. El terror agudizaba mis sentidos. El viento silbaba al pasar por las grietas de los muros de piedra. Oía cantar a las mujeres que trabajaban en los campos circundantes. Las botas de los soldados crujían al acercarse a nosotras. Incliné un poco la cabeza para poder verlos. El sargento, al que era fácil reconocer por el brillo de sus botas y por la insignia de su chaqueta, agitó el bastón que llevaba en una mano y se golpeó la palma de la otra con él. Agaché aún más la cabeza, hasta apoyar la frente en el suelo.

—Tú eres una de las agitadoras, ¿verdad? —le preguntó a mi madre.

Las ideas se arremolinaban en mi mente. Quizá hubiesen venido a detenerla. Pero si hubiesen estado al corriente de su participación en las manifestaciones, ya habrían ido a apresarla. Entonces se me ocurrió una posibilidad aún más macabra: tal vez la hubiese delatado algún vecino. Todos sabíamos que esas cosas sucedían. La información adecuada podía aportarle a una familia un saco de arroz blanco.

—Deje que las niñas se vayan a casa —dijo Madre, y a mí me pareció que aquello no era, precisamente, una declaración de inocencia.

Pero quizá fuese otra cosa. Aunque yo sólo tenía diez años, ya me habían prevenido respecto a lo que los soldados podían hacerles a las mujeres y las niñas. Volví a mirar con el rabillo del ojo, pues quería estar preparada para cuando tuviese que echar a correr.

—¿Qué cultiváis aquí? —dijo el sargento propinándole un puntapié a Madre con la punta de la bota.

Ella se puso en tensión; al principio creí que era de rabia. Mi madre había demostrado su fortaleza y su valor al ser nombrada jefa de haenyeo, de modo que quizá había estado preparándose en secreto para pelear, uno a uno, contra aquellos soldados. Pero entonces vi que se le movía un poco la ropa y comprendí que temblaba de miedo.

—¡Contéstame!

El sargento levantó su bastón y le arreó un fuerte golpe en la espalda. Mi madre contuvo un grito.

Detrás del sargento, los otros soldados arrancaban plantas y las metían en unas mochilas que llevaban colgadas de los hombros. Aquella invasión no tenía nada que ver con las actividades de mi madre ni con la intención de hacernos nada malo a Madre, a Mi-ja o a mí. Lo único que querían aquellos hombres era robarnos comida.

El sargento blandió de nuevo su bastón y se disponía a pegar a mi madre cuando Mi-ja susurró en japonés:

—Por favor, no arranquen nuestras plantas de raíz.

—¿Qué has dicho? —El sargento se volvió hacia ella.

—No le haga caso —intervino Madre—. Es una ignorante, no sabe lo que dice.

—Les cortaré unas hojas —dijo Mi-ja, y empezó a levantarse—. Así las plantas seguirán creciendo, y otro día podrán volver a por más.

Los hombres enmudecieron al oír lo que acababa de decir Mi-ja y cómo lo había dicho. Mi-ja hablaba japonés con un acento muy claro. Era hermosa según el estándar de belleza japonés: tenía la piel blanca, las facciones delicadas y era sumisa por naturaleza. De pronto, sin que Mi-ja tuviese tiempo para ponerse en tensión o apartarse, el sargento le arreó con el bastón en una pierna. Mi-ja cayó al suelo. El sargento volvió a enarbolar el bastón y la golpeó repetidamente. Mi-ja gritaba de dolor, pero mi madre y yo no nos movimos. Uno de los soldados empezó a desabrocharse el cinturón. Otro, mordiéndose el labio inferior, retrocedió hasta que su espalda tocó el muro de piedra. Mi madre y yo permanecimos inmóviles. Cuando el sargento hubo descargado toda su rabia y dejó de golpear a Mi-ja, ella levantó la cabeza.

—Agáchate —dijo Madre moviendo los labios.

Pero Mi-ja no le hizo caso: se puso de rodillas y levantó ambas manos con las palmas hacia arriba.

—Por favor, señor, déjeme recogerle las mejores hojas...

De pronto, los hombres se quedaron tan quietos como Madre y yo. Inmóviles como las viejas estatuas de abuelos protectores que había esparcidas por toda la isla, vieron a Mi-Ja levantarse con esfuerzo y arrancar las hojas externas de una col. Con la cabeza agachada, le ofreció las hojas al sargento con ambas manos. Él la agarró por las muñecas y tiró de ella.

El sonido agudo y metálico de un silbato traspasó el silencio; al oírlo, los siete hombres volvieron la cabeza. El sargento soltó a Mi-Ja, se dio la vuelta y fue a grandes zancadas hacia la abertura del muro. Cinco soldados lo siguieron inmediatamente. El sexto (el mismo que poco antes se había retirado hacia el muro) cogió las hojas de col, se las metió en la mochila y siguió a los demás, que ya habían enfilado el olle.

Mi-ja se derrumbó y rompió a llorar. Me arrastré hasta ella. Mi madre se levantó y silbó una serie de notas, agudas y estridentes como el reclamo de un pájaro, para advertir a las mujeres que trabajaban en los campos de alrededor. Más tarde nos enteramos de que habían detenido a dos mujeres, pero en ese momento debíamos ocuparnos de Mi-ja. Madre la llevó en brazos hasta nuestra casa y, una vez allí, le separó la ropa de la piel ensangrentada con agua caliente. Yo le di la mano y balbuceé:

—Eres muy valiente. Has salvado a Madre. Nos has protegido a todas.

Pero con mis estúpidas palabras no podía aliviar el dolor de Mi-ja. Ella tenía los ojos cerrados y apretaba los párpados, pero de todas formas se le escapaban las lágrimas. Siguió llorando hasta mucho después de que Madre le aplicara pomada en las heridas y le vendase las piernas con unas tiras de tela limpia.

Al día siguiente, otro grupo de soldados se presentó en nuestra casa tras haber caminado por el barro y bajo la lluvia. Esta vez parecía evidente que venían a detener a Madre. O quizá quisiesen tomar represalias contra mi familia. Mi hermano mayor se llevó a todos los pequeños que encontró: salieron por la parte de atrás y saltaron el muro. Yo me quedé sentada en el suelo al lado de la esterilla de Mi-ja. Ella estaba tan dolorida que no parecía percatarse de lo que sucedía fuera, en el patio. Pasara lo que pasase, yo no pensaba moverme de su lado. Miré entre las persianas de uno de los lados de la casa y vi que los soldados estaban hablando con mi padre. Nuestra casa estaba a su nombre, pese a que no era mi padre quien estaba a cargo de la familia. Él sabía apaciguar el llanto de un bebé mejor que mi madre, pero no estaba acostumbrado a lidiar con las adversidades ni a enfrentarse a situaciones de peligro. Sorprendentemente, los soldados le hablaron con cortesía. Es decir, cortesía tratándose de ellos.

—Tengo entendido que tus cultivos han sufrido desperfectos y que os han... cogido ciertas cosas —dijo el teniente—. No puedo devolverte lo que ya se ha consumido.

Mientras hablaba, el teniente no dejaba de pasear la mirada por el patio. Se fijó en el montón de tewak que había junto a la fachada de la casa, en la piedra donde a Padre le gustaba sentarse a fumar su pipa, en los cuencos apilados que utilizábamos para comer, como si estuviese calculando cuántas personas vivían allí. A quien más atención prestó fue a Madre: la observaba con mirada escrutadora.

—Le pido disculpas por el mal comportamiento de las mujeres de mi familia —dijo Padre en su precario japonés—. Nosotros siempre intentamos ayudar a...

—No somos malas personas —lo interrumpió el teniente—. Hemos tenido que tomar medidas enérgicas contra los alborotadores, pero nosotros también somos maridos y padres.

El teniente parecía simpático, pero de todas formas no podíamos confiar en él. Padre se mordisqueó la uña de un pulgar. Yo habría preferido que no pareciese tan asustado. El teniente le hizo señas a uno de sus hombres, que dejó una bolsa en el suelo.

—Aquí tienes tu compensación —dijo el teniente—. A partir de ahora, intenta hacer como nosotros: mantén a tus mujeres calladitas y en casa.

Era una petición imposible de cumplir, pero Padre no se lo dijo. Después de aquel día, Madre dejó de asistir a las clases y las reuniones. Decía que estaba muy ocupada dirigiendo la cooperativa de haenyeo y que no tenía tiempo para participar en manifestaciones, pero en realidad sólo intentaba protegernos. Lo que había sucedido era degradante y daba miedo. Creíamos que aquello sería lo peor que tendríamos que vivir: el dominio japonés, la resistencia, las represalias. En cuanto a Mi-ja, el valor que había demostrado al dar la cara para proteger a mi madre cambió para siempre nuestra amistad. A partir de ese día, tuve la certeza de que podía confiar ciegamente en ella. Y mi madre también. El corazón de Abuela era lo único que se resistía a ablandarse: era una anciana y se aferraba a sus ideas y costumbres. Cuando Mi-ja y yo cumplimos quince años (y por entonces ya habíamos aceptado que Yu-ri nunca volvería a ser la misma) estábamos más unidas que un par de palillos junto a un cuenco de arroz.

Burbujas vitales

Noviembre de 1938

Después del accidente de Yu-ri, no alteramos nuestra rutina. Incluso Do-saeng volvió al bulteok. Cada mes lunar buceábamos durante dos períodos de seis días cada uno, coincidiendo con la luna creciente y la menguante. Esos siete meses que siguieron mi técnica mejoró mucho. Aprendí a descender buceando en vertical, aunque todavía no podía hundirme mucho. Si hacía varias inmersiones a poca profundidad, luego podía arriesgarme a llegar más abajo. Entendí la minuciosidad con que Madre había orquestado mi educación y la de Mi-ja. Al cumplir diez años, Madre me había regalado una de sus gafas de bucear viejas, y yo las había compartido con Mi-ja. Al cumplir doce, Madre nos había enseñado a recolectar plantas subacuáticas del mismo modo que lo hacíamos en nuestros campos tierra adentro, sin dañar las raíces para que volvieran a crecer la temporada siguiente. Mi destreza a la hora de examinar el lecho marino en busca de cosas comestibles aumentaba día a día. Ya reconocía fácilmente las diferencias entre algas pardas, wakame y macroalgas, y mi capacidad para detectar el peligro (y evitar el mordisco venenoso de la serpiente marina o las dolorosas picaduras de las medusas) también mejoró.

—No se trata sólo de que dibujes en tu cabeza un mapa del fondo marino —me instruía Madre una luminosa mañana de otoño mientras íbamos hacia el bulteok—, sino de que aprendas a orientarte en el espacio. Es importante que sepas dónde estás en relación al barco, a la playa, a tu tewak, a Mi-ja, a mí y a las otras haenyeo. Estás entendiendo cómo funcionan las mareas, las corrientes y el oleaje; la influencia de la luna sobre el mar y tu cuerpo. Es muy importante que seas perfectamente consciente de dónde te encuentras en el momento en que tus pulmones empiezan a necesitar aire.

Me fui acostumbrando al frío, cada vez temblaba menos, y aprendí a aceptar ese aspecto de la vida de las haenyeo que además no tenía remedio. Estaba orgullosa de mis logros, pero todavía no había visto, y mucho menos capturado, ninguna oreja de mar, mientras que Mi-ja ya había subido cinco a la barca.

Madre se quedó callada cuando nos acercábamos al punto del olle donde siempre recogíamos a Mi-ja. Nunca sabíamos con certeza si la encontraríamos allí. Si su tío o su tía querían que hiciese algo, eso tenía prioridad y Madre no podía intervenir. Si Mi-ja estaba enferma, si sus tíos le habían pegado, si la habían obligado a andar dos kilómetros cargada con las vasijas de agua sólo por el placer de someterla a aquella crueldad, nosotras no teníamos forma de saberlo.

Llegamos a la curva del olle y la vimos.

—¡Buenos días! —nos saludó.

Noté que Madre relajaba los hombros.

—Buenos días —le dije sonriente al llegar junto a ella.

—Tenemos que disfrutar de los próximos seis días —dijo Madre—. El agua todavía está a una temperatura soportable, pero pronto llegará el invierno...

Mi-ja me miró de reojo. Todos los que conocían a mi madre se daban cuenta de que algo había cambiado en ella desde el accidente de Yu-ri, y yo procuraba que las buceadoras no se burlaran de ella echándole en cara que su hija todavía no había cogido una sola oreja de mar. Sin embargo, a veces no podía evitar que se oyera algún comentario sarcástico como «¿Qué clase de madre eres si no puedes...?» o «Una jefa de buceadoras tiene que enseñar a su hija...». Cuando eso sucedía, la pregunta o el comentario nunca llegaban a oírse enteros, porque o bien la buceadora recibía un codazo en las costillas, o bien alguien se apresuraba a cambiar de tema y se ponía a hablar de maridos, de las mareas o de la hora a la que estaba prevista la siguiente tormenta. En general, todas las haenyeo intentábamos proteger a mi madre (hasta que alguna se despistaba o se dejaba llevar por la euforia y volvía a decir algo inadecuado), conscientes de que la enorme responsabilidad de estar al frente de nuestra cooperativa cada día le pesaba más. Estábamos preocupadas: todas habíamos oído historias de haenyeo atormentadas por la gravedad de las lesiones o la muerte de otras buceadoras. Los fantasmas, la culpabilidad o la pena podían arrastrar a cualquier buceadora a cometer un error fácilmente. Todas conocíamos la historia de la mujer que vivía en el extremo más alejado de Hado. Había empezado a beber vino de arroz fermentado después de la muerte de su amiga, y una mañana, desorientada, había dejado que las olas la empujaran contra las rocas. Se hizo una herida profunda en la pierna, los músculos se vieron afectados y ya no pudo volver a bucear. O la de la vecina cuyo hijo había muerto de unas fiebres y había dejado que se la llevasen las olas. O la de la desdichada que había atraído a un banco de tiburones con su menstruación.

Ahora, cuando miraba a mi madre, la veía agotada: superada por las preocupaciones, el desgaste físico de las inmersiones y la responsabilidad de velar por la seguridad de tantas mujeres. Nunca tenía tiempo para descansar, porque cuando volvíamos a casa de trabajar en los campos, ya fueran los de tierra adentro o los de mar adentro, todavía le quedaba mucho por hacer, como amamantar a Hermano Cuarto, que ya era un robusto bebé de ocho meses. El sol salía cada mañana y había muchas bocas que alimentar, la vida seguía su curso implacable, pero trabajar de sol a sol le estaba pasando factura a Madre.

Cuando llegamos al bulteok, mi madre adoptó su expresión de jefa haenyeo. Dejó su cesto donde estaban los otros y ocupó su lugar de honor junto a la hoguera. Nos dijo dónde íbamos a bucear y cómo se compondrían los grupos. Después de cambiarnos, nos dividimos: las abuelas buceadoras fueron en barca con Madre a una zona muy alejada; las jóvenes buceadoras nadaron con sus tewak hasta otra zona que quedaba a medio kilómetro de la playa, y las abuelas verdaderas y las pequeñas buceadoras, como Mi-ja y yo, nos quedamos cuidando una cala cercana. Todas las haenyeo teníamos la obligación de limpiar y proteger nuestros campos marinos pensando en las próximas temporadas y las futuras generaciones. El trabajo era fácil, yo estaba contenta, y además me gustaba estar con mi abuela.

Cuando nuestro grupo regresó al bulteok a la hora de comer, Padre estaba esperándonos con otro hombre, con sendos bebés en brazos. Alrededor de sus piernas se agolpaban otros niños y niñas de menos de cinco años. Los bebés lloraban como cerditos que alguien sujetara boca abajo por una pata. Padre me dio a Hermano Cuarto, que olfateó mis pechos insignificantes y rompió a llorar de anhelo y frustración al ver que no podía satisfacerlo. Cuando la barca llegó a la orilla, las dos madres saltaron ágilmente de la cubierta y corrieron hacia las rocas donde estábamos los demás. Al cabo de unos segundos de haberse llevado a sus quejumbrosos bebés al bulteok, sólo se oían las caricias rítmicas de las olas y las risas de las haenyeo que entraban en el bulteok. Padre y su amigo se alejaron unos metros, seguidos de los otros críos, y se sentaron en las rocas, donde encendieron sus pipas y se pusieron a hablar en voz baja.

—¡A comer! —dijo Mi-ja y me golpeó con el codo.

Una estela de aromas deliciosos nos dio la bienvenida al entrar en el bulteok. Aunque nosotras nos habíamos quedado haciendo tareas de limpieza, Abuela había visto un pepino de mar y ya lo había hervido, aliñado y cortado en rodajas para compartirlo con las demás mujeres. Otra abuela había cogido unos cangrejos de arena y los había cocinado con judías. El sol estaba muy alto y sus rayos nos caían a plomo mientras comíamos en el bulteok, desprovisto de techo.

Después de comer, volvimos a trabajar y repetimos las actividades que habíamos hecho por la mañana. Tres horas más tarde, todos los grupos se reunieron de nuevo en el bulteok, junto con los padres y los bebés que lloraban en sus brazos. Las madres cogieron a sus hijos para amamantarlos mientras las demás nos poníamos la ropa de calle, nos calentábamos junto a la hoguera y nos sentábamos a comer los calamares que habíamos cocinado. Pero todavía no habíamos terminado la jornada. Clasificamos lo que había en nuestras nasas: separamos las orejas de mar de las pechinas, los pepinos de mar de los erizos, los cangrejos de las caracolas, las jeringas de mar de las babosas.

A continuación, preparamos la captura para la venta: había que abrir los erizos y sacar las huevas, poner los calamares a secar y meter el resto de la captura en cubos de agua de mar para que los compradores viesen que la mercancía todavía estaba viva. Hacer todo eso algunas veces no nos llevaba más de veinte minutos, pero otras nos quedábamos allí dos o tres horas. Por eso, si bien por la mañana reinaba un ambiente serio, al final de la jornada el bulteok se llenaba de risas, de suspiros de alivio por haber regresado todas sanas y salvas, y de los comentarios de las que alardeaban de sus capturas. Formábamos una cooperativa, pero no todo se repartía de igual manera. Las diferentes especies de algas se pesaban juntas y las ganancias se repartían equitativamente. En cambio, el dinero que se obtenía por la venta de marisco pertenecía a la haenyeo que lo hubiese capturado. Se les preguntaba, si era el caso, cuántos kilos de moluscos llevaban en la nasa o quién había encontrado el abulón. ¡Ésa sí que tenía suerte!

Luego llegaba el turno de las quejas, una suerte de ritual que ninguna pasaba por alto. Había mucho barullo; todavía teníamos los oídos tapados por el aumento de la presión bajo el agua.

—Mi marido se bebe todo lo que gano.

—El mío se gasta la paga que le doy en las apuestas.

—El mío se pasa el día bajo el Árbol de la Aldea hablando de confucianismo, como si fuese un próspero granjero. ¡Ja, ja, ja!

—¡Hombres! —dijo otra resoplando—. No pueden evitarlo. Tienen la mente débil y perezosa. Siempre lo dejan todo para más tarde...

—Es verdad. No tienen iniciativa. Por eso nos necesitan a nosotras.

Aquellas quejas eran tan habituales que a veces parecía como si las mujeres compitiesen para ver qué marido era el peor.

—He tenido que dejar que mi esposo trajera a mi casa a una «pequeña esposa» —contó otra buceadora—, porque yo no he podido darle un hijo. Es una viuda; guapa, joven y con dos hijos varones. Y no hace más que quejarse.

Mi-ja y yo habíamos hablado de este tema, y coincidíamos en que no soportaríamos que nuestro marido iniciase una relación con una de aquellas viudas o divorciadas que hechizaban con sus encantos al marido de otra mujer y lo convencían para que les montara una casita aparte. O peor aún: que él se marchase a vivir a casa de la pequeña esposa. Aquellos arreglos surgían por las ganas de diversión de los hombres, que olvidaban sus obligaciones para con su primera familia. Pero había una haenyeo que no opinaba así.

—«Dos esposas son dos monederos» —recitó la mujer, que venía a decir que una segunda esposa podía ser muy conveniente.

—Una pequeña esposa puede aportar dinero si es una haenyeo —concedió a regañadientes la primera buceadora—. A veces, puede ser incluso mejor que una hija. Pero ésta no. Y mi marido lo sabe: ¡ni siquiera le da dinero de bolsillo!

—La única forma de impedir que tu marido se busque una pequeña esposa es engendrando un hijo varón. Si no le das un hijo que pueda ocuparse de venerar a los antepasados el día que tú no estés, no eres más que una sirvienta.

Las mujeres murmuraron en señal de aprobación ante esa verdad incuestionable.

—Pero ¿qué mujer desea que su marido traiga a casa a otra mujer más joven y más hermosa? —preguntó una de las haenyeo de más edad, riendo escandalosamente y aportando un poco de humor a la conversación—. Yo hago todo el trabajo y ella se lleva toda la diversión.

—¿Qué diversión?

Las mujeres rieron alegremente.

—Ya conocemos todas el proverbio: «Es mejor nacer vaca que mujer.»

—¿Quién tendría que comer más, el hombre o la mujer? —saltó Do-saeng con la intención de cambiar de tema.

En el bulteok, todas gritaron a la vez:

—¡La mujer!

—Siempre la mujer. —Do-saeng sonrió satisfecha—. Porque trabaja más. ¡Miradme a mí! Trabajo en el mar y en el campo. Me ocupo de mi hijo y de mi hija. ¿Y dónde está mi marido? Seguro que trabajar en una fábrica es mucho más fácil que hacer lo que hago yo.

—¡Por lo menos, tu marido envía dinero a casa!

Do-saeng rió por lo bajo y dijo:

—Pero está demasiado lejos para remover la olla.

Me puse roja al oír esa expresión, «remover la olla».

La mujer que habría sido la suegra de Yu-ri volvió a la pregunta original de Do-saeng:

—¿Cómo es posible que los hombres disfruten de la comida sabiendo que contribuyen tan poco?

—No seamos tan duras con nuestros maridos —intervino Madre, haciendo brincar a mi hermano pequeño en su regazo—. Cuidan de nuestros hijos cuando nosotras estamos en el mar. Nos preparan la cena. Lavan nuestra ropa.

—¡Y no paran de pedirnos dinero!

Las mujeres rieron a carcajadas.

—A mí no me sobra el dinero —dijo una, y las otras empezaron a alborotar otra vez—. Y no pienso dejar que el poco que tengo se le escape a él entre los dedos.

—Todo el mundo sabe que las mujeres nos administramos mejor que ellos.

—Porque no nos lo gastamos en alcohol.

—No podemos reprocharles a nuestros maridos que beban —opinó Madre—. No tienen nada que hacer en todo el día, ningún objetivo que los motive. Se aburren. Y pensad en lo que debe de suponer para ellos vivir en una casa que depende de los pliegues de una falda. —Hizo una pausa para que las otras asimilaran aquel aforismo y pensaran en lo que debía de significar para un hombre depender por completo de su mujer—. Al menos nosotras tenemos el mar —continuó—. El mar es mi segunda casa, es más, diría incluso que es mi verdadero hogar. Me lo conozco mejor (sus rocas y sus piedras, sus campos y sus cañones) que el interior de nuestra isla, por no decir el interior de la mente de mi marido. En el mar es donde de verdad siento paz.

Las otras mujeres asintieron en señal de aprobación.

Cuando terminamos el trabajo (clasificar las capturas, amontonar los tewak y reparar las nasas), algunas echaron arena al fuego. Por la mañana habíamos recorrido el embarcadero juntas, y ahora todas caminábamos en fila india por la playa, hasta subir por el terraplén y llegar al camino paralelo a la orilla. Algunas mujeres iban solas, otras en grupos de dos o tres: suegras y nueras, madres e hijas, parejas de amigas, como Madre y Do-saeng o Mi-ja y yo. Primero se despidió Do-saeng, que vivía junto a la orilla, y nosotras seguimos nuestro camino hacia el interior. Pasamos por la plaza principal de Hado, donde, como era de esperar, había un grupo de hombres sentado bajo el Árbol, jugando a cartas y bebiendo. Un par de mujeres se separaron del grupo, fueron a buscar a sus maridos y se los llevaron a casa. Para mí, el día terminaba cuando Mi-ja se desviaba y tomaba el olle que conducía a la casa de sus tíos.

A la mañana siguiente, Mi-ja no estaba en el sitio de siempre en el olle. Cuando llegamos al bulteok, vimos que Do-saeng tampoco estaba allí.

—Tendremos que bucear sin ellas —dijo Madre, y procedió a hacer el reparto.

Las abuelas (las verdaderas) y las pequeñas buceadoras trabajarían en la zona del final de la escollera.

—Las demás nadaremos hasta alejarnos un kilómetro de la orilla. Como hoy no están Mi-ja ni Do-saeng, mi hija buceará conmigo. Ya va siendo hora de que capture su primera oreja de mar.

Yo no daba crédito a lo que acababa de oír. Para una pequeña buceadora, aquello era un honor inimaginable. Mientras nos
estábamos poniendo el traje de bucear, un par de mujeres me
felicitaron.

—Tu madre fue quien me enseñó todo lo que sé del mar
—me dijo una.

—Estoy segura de que conseguirás tu oreja de mar —añadió
otra haenyeo.

Yo no cabía en mí de felicidad. Una vez listas, salimos en fila
con las nasas y los tewak colgados del hombro, los utensilios
pendiendo de la cintura y los arpones en la mano. Saltamos al
agua una a una. Las pequeñas buceadoras y las ancianas, entre
ellas Abuela, nadaron juntas hacia la derecha. Las jóvenes buceadoras, las abuelas buceadoras y yo entrelazamos los brazos
por encima de nuestros tewak y nos alejamos nadando de la
orilla, siguiendo a mi madre hasta el lugar que nos había asignado. Un sol espléndido bañaba nuestras caras, brazos y hombros.
El agua era de color azul cerúleo. Había un oleaje muy suave, y
no teníamos corrientes con las que lidiar. Me habría gustado
que Mi-ja pudiera verme.

—¡Ya está! —gritó Madre, lo bastante fuerte para que su voz
nos alcanzara por encima del viento y las olas, y escupió en su
bitchang para que le diese buena suerte.

Yo la imité. A continuación nos sumergimos todas a la vez.
No había mucha profundidad, buceábamos sorteando grandes
rocas, y Madre iba señalando erizos de mar y otros animales que
podríamos pescar más tarde. Pero lo primero era conseguirme
una oreja de mar. Me sentía muy afortunada de que fuera precisamente mi madre quien me enseñase aquella técnica.

Subimos a respirar y volvimos a bajar. Faltaban años para
que yo tuviese la capacidad pulmonar de mi madre, pero ella no
se quejó. Tenía mucha paciencia. Subimos otra vez a respirar y
volvimos a bajar. Mi madre vio una roca cubierta con orejas de
mar. Estaban tan bien camufladas que entendí por qué no las
había visto antes. A partir de ahora ya sabría qué buscar: un
bulto azul-grisáceo o negro, no demasiado liso, que sobresaliera

del contorno irregular de una roca cubierta de algas. Subimos a respirar.

—Recuerda todo lo que has aprendido —me dijo Madre—. No me separaré de tu lado, así que no tengas miedo.

Respiramos hondo varias veces seguidas y nos sumergimos, acercándonos despacio para no agitar demasiado el agua. Veloz como una serpiente que ataca a su presa, metí mi bitchang por debajo de la oreja de mar y la separé de la roca antes de que tuviese ocasión de adherirse por completo a la superficie. La agarré cuando empezaba a precipitarse hacia el fondo del mar. Al ver que lo había conseguido, y como ella tenía más aire que yo, Madre metió su bitchang por debajo de otra oreja de mar mientras yo nadaba hacia la superficie. Saqué la cabeza del agua con mi premio encerrado en la mano levantada. Mi sumbisori sonó triunfal. Las haenyeo, que descansaban apoyadas en sus tewak, me aplaudieron.

—¡Felicidades!

—¡Que sea la primera de muchas!

Siguiendo la tradición, me froté suavemente la mejilla con la oreja de mar para mostrarle mi cariño y mi gratitud, y luego la metí con cuidado en mi nasa. Estaba lista para volver a sumergirme, impaciente por capturar otra oreja de mar, y entonces me di cuenta de que mi madre todavía no había subido a respirar. Aunque podía contener la respiración mucho rato, ya debería haber subido. Respiré hondo tres veces y volví a sumergirme.

En cuanto me coloqué en posición vertical, vi que Madre seguía junto a la misma roca donde yo la había dejado. Intentaba alcanzar algo que estaba en la arena, por debajo de ella, donde los rayos de sol que se filtraban a través del agua hicieron brillar el borde de su cuchillo. Comprendí que era eso lo que mi madre intentaba coger, di dos fuertes patadas más y buceé hasta ella. Entonces vi que su bitchang se había quedado enganchado debajo de la oreja de mar. Mi madre debía de haber sacado el cuchillo para cortar la correa de cuero, atada a la muñeca, de la que pendía el bitchang, y se le había caído. El pánico es el peor compañero en el mar, pero yo estaba aterrorizada. Me concentré y me saqué el cuchillo del cinturón, temiendo que se me cayera, igual que debía de habérsele caído a Madre. Sin embargo, empezaba a notar la presión de los pulmones contra las costillas. Madre, que llevaba mucho más rato que yo bajo el agua, debía de estar sufriendo muchísimo. Me acerqué más e intenté deslizar la hoja del cuchillo por debajo del nudo de la correa de cuero, pero el agua lo había apretado. El corazón me martilleaba en el pecho y notaba las pulsaciones en la cabeza. Necesitaba aire, pero mi Madre lo necesitaba más que yo. No tenía tiempo de salir a la superficie para pedir ayuda. Si subía, al volver... Estábamos las dos en una situación desesperada. Mi madre cogió mi cuchillo e intentó cortar la correa de cuero. Con las prisas, se hizo una profunda herida en el antebrazo. La sangre, que enseguida enturbió el agua, nos impedía ver con claridad qué era lo que Madre estaba cortando. Empezó a sacudir las piernas frenéticamente, intentando liberar el bitchang de debajo de la oreja de mar a base de fuerza. Tiré del brazo de mi madre tratando de ayudarla. Ya no podía aguantar mucho más...

De pronto, Madre dejó de forcejear. Dejó el cuchillo encima de la roca, con calma, y me puso la mano en la muñeca para pedirme que le prestara atención. Tenía las pupilas dilatadas a causa de la oscuridad y el terror. Me miró fijamente a los ojos un par de segundos, llegando hasta lo más profundo de mi ser, como para no olvidarse nada. Entonces soltó el poco aire que le quedaba. Su último aliento se elevó borboteando entre las dos. Transcurrió otro segundo. Mi madre todavía me sujetaba por la muñeca; yo le puse mi otra mano en la mejilla. Toda una vida de amor pasó entre nosotras, y entonces mi madre abrió la boca y tragó agua. Su cuerpo dio una sacudida. Ya no aguantaba un segundo más sin respirar, pero no me separé de ella hasta que sucumbió y se quedó flotando apaciblemente, atada a la roca.

Como pudimos recuperar su cadáver fácilmente y llevarlo a la orilla, mi madre no se convertiría en un fantasma hambriento. Fue el único consuelo que pude ofrecer a mi abuela, mi padre y mis hermanos al darles la noticia de que Madre nunca volvería a respirar ni su cuerpo volvería a estar caliente. Ellos me insistieron para que les contara cómo habían sido sus últimos momentos. Todos lloramos, pero Padre no me reprochó nada. Y si me reprochaba algo no debía de ser nada comparado con cómo me maldecía yo a mí misma. La sospecha de que yo había provocado la muerte de mi madre me corroía por dentro. Me sentía tremendamente desgraciada y culpable.

Mi-ja vino a verme a la mañana siguiente. Tenía ojeras y las mejillas hundidas después de haber pasado un día y una noche con dolores de barriga. Me escuchó mientras yo le explicaba llorando lo que había sucedido.

—Quizá asusté al abulón al patalear para alcanzar la superficie. Estaba tan emocionada y tan orgullosa... O quizá agité demasiado las aguas y entonces la oreja de mar aprisionó el bitchang de Madre.

—No te culpes por cosas que ni siquiera sabes si sucedieron —me dijo ella.

Aunque mi amiga tuviese razón, yo no encontraba la forma de librarme de la sensación de culpa.

—¿Por qué motivo no recogí su cuchillo y se lo entregué? Si hubiese hecho eso, ella habría podido cortar la correa. Y peor todavía —me lamenté—, no supe utilizar mi cuchillo correctamente.

—Nadie espera que una pequeña buceadora tenga semejante sangre fría. Por eso nos entrenamos.

—Pero tendría que haberla salvado...

Mi-ja había perdido a su madre y a su padre, así que comprendía mi dolor mejor que nadie. No quiso marcharse de mi lado. Me dio la mano cuando mi padre anunció el comienzo oficial del duelo de mi familia cogiendo la última túnica que mi madre se había puesto, llevándola al tejado, sacudiéndola por encima de la cabeza y gritando tres veces al viento:

—Mi esposa, Kim Sun-sil, del barrio de Gul-dong de Hado, ha fallecido a los treinta y ocho años. Os informo de su regreso al lugar de donde vino.

Mi-ja se quedó a dormir en nuestra casa, se levantó temprano y me ayudó a sacar agua y recoger estiércol para el fuego. Me ayudó cuando lavé el cadáver de mi madre, le puse semillas de trigo sarraceno en las palmas de las manos y en el pecho (para alimentar a los espíritus de perro que hallaría en su viaje al más allá) y la envolví en la mortaja. Para una hija, no hay honor más grande ni mayor desolación que este ritual. Mi-ja vistió a mi hermana y mis hermanos pequeños con la ropa blanca de luto. Me ayudó a preparar sopa de erizos de mar y otros platos para el funeral.

Mi-ja caminó a mi lado en la procesión que hicimos por Hado. Llevaba a Hermano Cuarto en brazos y lo mecía para que no llorase. Yo llevaba la tablilla funeraria y me esforzaba mucho para no volver la cabeza por temor a que mi madre regresara a este mundo. Las mujeres del bulteok iban detrás de nosotras y nos ayudaban a despejar la calle para que la difunta pudiese llegar hasta su tumba. Detrás de ellas, doce hombres transportaban el ataúd de mi madre. Los olle estaban llenos de gente. Muchos vecinos querían participar en el viaje de mi madre al más allá.

Llevaron el ataúd a nuestra casa. Los amigos y vecinos trajeron ofrendas y las dejaron frente al altar: pegajosos pastelillos de arroz, cuencos de cereales y vino de arroz. El retrato de boda de mis padres estaba en el centro. Ella había sido muy guapa de joven, antes de que el sol, el viento, el agua salada, las preocupaciones y la responsabilidad llenaran su cara de arrugas y la volvieran del color del cuero viejo. Pero yo sólo podía pensar en cómo debía de estar ahora, con la piel teñida de azul por el frío del mar y la muerte.

Mi-ja se sentó conmigo en el suelo, frente al altar, con la rodilla derecha pegada a mi rodilla izquierda, mientras nuestros vecinos nos presentaban sus respetos y nos ofrecían sus condolencias. Cuando volvieron a levantar el ataúd, Mi-ja acompañó a mi familia al campo que el geomántico le había señalado a Padre como lugar propicio para el entierro de Madre. Estaba rodeado de muros de piedra para impedir que el viento la molestara y que los animales se pasearan por encima de ella. Mi-ja se quedó a mi lado mientras cavaban la tumba. Juntas, vimos cómo les repartían la comida primero a los ancianos, luego a los hombres jóvenes y por último a los niños pequeños. Después les tocaba a las mujeres, también por orden de mayor a menor edad. A Mi-ja, a Yu-ri y a mí no nos dieron prácticamente nada de comer. Algunas niñas, entre ellas Hermana Pequeña, no recibieron nada, y eso hizo que algunas haenyeo gritaran con sus sonoras voces marinas que aquello era injusto. Pero ¿acaso es justa la muerte? Bajaron el ataúd de Madre a la tumba y lo colocaron en armonía con el terreno; luego, unos hombres ayudaron a poner sobre la tumba una piedra con su nombre grabado. A partir de ese día, siempre iría allí a recordar a mi madre; allí la lloraría y le llevaría ofrendas para agradecerle que me hubiera traído al mundo.

—¿Lo ves? —dijo Mi-ja en voz baja—. Siempre estará protegida por los muros de piedra que nos rodean. Aquí siempre la encontrarás. —Me sonrió con ternura—. Todos los años, en marzo, iremos a las montañas a coger helechos para ofrecérselos.

Se dice que aunque cortes un helecho nueve veces, siempre vuelve a brotar (el proverbio «Cáete ocho veces y levántate nueve» nos lo recuerda) y por eso los helechos simbolizan el deseo de los difuntos por allanar el camino a las generaciones futuras. Tendríamos muchas oportunidades a lo largo del año para hacer todo tipo de ofrendas, pero ese día, después de montar en nuestra casa el altar conmemorativo (uno permanente) con la tablilla funeraria de mi madre, Mi-ja fue la primera en poner una mandarina encima de la mesa. Cuando pienso en el dinero que debió de costarle...

Esa noche, Mi-ja se tumbó a mi lado en mi esterilla de paja y me consoló mientras yo lloraba.

—No estás sola. Nunca estarás sola. Siempre me tendrás a mí —me susurraba estas tres frases, una y otra vez, hasta convertirlas en un ritmo hipnótico que retumbaba en mi cabeza.

Pero el viaje de mi madre todavía no había terminado. La chamana Kim realizó un ritual especial de dos días (en dos sesiones de doce horas) para la cooperativa de haenyeo con el propósito de «limpiarla» del espíritu de Madre y guiarlo apaciblemente hacia la tierra de los muertos. La chamana también tuvo que ocuparse de los vivos, consciente de que a muchas de nosotras nos había afectado profundamente la muerte de Madre: a mí, por haberla presenciado; a Do-saeng y a Mi-ja, por haber influido en la decisión de mi madre de ayudarme a conseguir mi primera oreja de mar ese día; a las otras haenyeo, por haberla liberado y conducido hasta la orilla. Había sido un golpe tremendo, y todas sufríamos pérdida de alma.

La ceremonia se celebró en un viejo santuario medio escondido en una zona rocosa cerca de la orilla. Las mujeres y niñas de los pueblos vecinos trajeron cuencos de pescado cocido, arroz, huevos y botellas de licor que dejaron en el altar improvisado, donde había una fotografía de Madre. No era la foto del día de su boda sino otra más reciente en la que posaba junto con sus compañeras de clase delante de la escuela de adultos de Hado. Para honrar a su compañera de inmersiones, Do-saeng había pedido a su hijo que escribiera mensajes en unas cintas de papel blanco, que ondeaban al viento con aire festivo. Y aquélla no era la única nota alegre. A pesar del inevitable halo de tristeza, la chamana Kim trajo consigo los colores del arcoíris y el jolgorio de una fanfarria. Vestía un hanbok de color magenta, amarillo y azul, y hacía girar unas borlas rojas. La acompañaban cinco ayudantas; dos tocaban los címbalos y tres los tambores. Una cadencia incesante de lloros y lamentos lo envolvía todo. Al poco rato éramos una masa de cuerpos que se mecía bailando al ritmo de la música, y luego alzamos nuestras voces para rezar y cantar.

Con la puesta de sol, fuimos andando a la orilla del agua. La chamana Kim hizo ofrendas a los dioses del mar.

—Liberad el espíritu de Sun-sil. Dejadla volver conmigo —les suplicó, y lanzó al agua el extremo de una cinta de tela blanca que luego recogió, poco a poco, para recuperar el espíritu de mi madre.

Al amanecer, el viento soplaba tan fuerte que era imposible mantener encendidas las velas. Ese día estaba dedicado a la liberación: mi madre debía liberarse del plano donde se encontraba, y nosotras, de nuestros tormentos y de los lazos que nos unían a ella. Empezamos con el mismo ritual de lamentos, lloros, danzas y cantos, hasta que la chamana Kim nos pidió que nos sentáramos. A mi alrededor veía caras llenas de tristeza, pero también de emoción.

—Oh, queridas diosas —exclamó la chamana Kim—, os damos la bienvenida y os hacemos saber que todas las mujeres de la cooperativa de Sun-sil se sienten muy desgraciadas. Nuestro deber es aliviar el dolor de los que más sufren. Los espíritus me piden que la hija mayor de Sun-sil, su suegra, Do-saeng y Mi-ja se arrodillen ante mí.

Las cuatro obedecimos e hicimos tres reverencias ante el altar. La chamana Kim acarició el pecho de mi abuela con una borla.

—Fuiste una buena suegra. Fuiste amable. Nunca te quejaste de Sun-sil.

Las dolientes canturreaban en señal de aprobación. La borla de la chamana Kim acarició el pecho de Mi-ja.

—No te culpes por haber estado enferma ese día. Fue el destino lo que se llevó a Sun-sil de este mundo.

Tras estas palabras, Mi-ja rompió a llorar. Yo había estado tan consumida por mi propia pena que hasta ahora no me había dado cuenta de cómo se sentía Mi-ja.

—Ella era la única madre que he conocido —dijo Mi-ja entre sollozos.

A continuación, le tocó a Do-saeng.

Escuchar a la chamana Kim consolando a Do-saeng quizá fuese la parte más desgarradora de la ceremonia. Ella ya había perdido a la muchachita alegre que había sido su hija, y ahora se quedaba sin su mejor amiga. La chamana usó varios cuchillos con cintas blancas para cortar la negatividad que rodeaba a Do-saeng.

—Llevaos la pena y el dolor de esta mujer. Permitid que la cooperativa la nombre su nueva jefa. Que dirija a sus buceadoras con prudencia y sabiduría. Y no dejéis que a este grupo le sucedan más desgracias.

Por último, la chamana Kim se volvió hacia mí. Deslizó los dedos por mi espalda y noté que me relajaba, luego me dio unos golpecitos en la frente con el dedo índice para abrir mi mente. Y finalmente, me acarició el pecho con una borla mientras emitía un sonido sibilante que revelaba la profundidad de mi angustia.

—Sanemos el espíritu de esta niña —dijo—. Permitid que deje atrás su pena. —Entonces se apartó de mí y se concentró en el más allá—. Invoco al dios dragón del mar y le pido que nos traiga el espíritu de Sun-sil una última vez.

Delante de mí, la chamana Kim abrió por completo su corazón, y entonces oí la voz de mi madre. Hablaba de su vida, como tantas veces.

—Me casé a los veinte años; fue un matrimonio concertado. Esto sucedía el mismo año de la epidemia de cólera que mató a mi madre, a mi padre, a mis hermanos y a mi hermana. Me convertí en huérfana y en esposa a la vez. Mi matrimonio ni fue muy armonioso ni todo lo contrario. Después me convertí en madre.

Yo necesitaba que Madre me eximiera de mi culpa. Necesitaba que me pidiese que fuese fuerte. Necesitaba consejos sobre cómo cuidar de mis hermanos y mi hermana. Necesitaba mensajes de amor dirigidos únicamente a mí, pero los espíritus no se manifiestan para decir ni hacer lo que nosotros queremos. Están en el más allá y gozan de sus propios privilegios. Nos corresponde a nosotros descubrir el sentido más profundo de sus palabras.

La chamana subió el tono de voz. Me sentí rodeada de amor y se me erizó el vello de la nuca.

—El mar ha sido mi vida, pero mi corazón siempre ha estado con mis hijas. Amo a mi hija mayor por su valor, y a mi hija pequeña por el sonido de su risa. Las voy a echar de menos en la fría oscuridad de la muerte.

Tras decir esto, la chamana Kim salió de su trance, y juntas seguimos con más cantos y danzas. Luego compartimos una comida llena de frutos del mar: rodajas de pulpo, huevas de erizo y pescado crudo. Mi madre había muerto en el mar, pero no podíamos olvidar que el mar nos daba la vida.

Aquella noche Mi-ja también se quedó a dormir en casa, acurrucada junto a mí en la esterilla.

—Cada año llorarás un poco menos y te liberarás un poco más —me susurró al oído—. Con el tiempo, tu tristeza desaparecerá igual que la espuma del mar.

Asentí como si lo entendiera, pero sus palabras no me consolaban; yo sabía mejor que nadie que ella nunca se había liberado del dolor por la pérdida de sus padres.

Hay un proverbio que dice «Si la gallina llora, la casa se derrumba.» Sin embargo, no tenemos ningún proverbio que diga qué pasa si la gallina muere. Como Hermana Mayor, yo siempre había sido la responsable de mis hermanos pequeños. Ahora tenía que procurarles comida y ropa y hacerles de madre. Mi padre no podía ayudarme; era un buen hombre, pero le superaba nuestra nueva realidad. A menudo me lo encontraba fuera de la casa, hundido en su soledad. Los hombres no están hechos para cargar con la responsabilidad de alimentar y ocuparse de su familia. Por eso se casaban y tenían hijas.

Por si no teníamos bastante con las preocupaciones familiares, durante los meses que siguieron a la muerte de mi madre se recrudeció la opresión que ejercían sobre nosotros los colonizadores japoneses. Madre confiaba en ganar dinero suficiente para enviar a mis hermanos a la escuela por lo menos hasta los diez años, y mis ingresos extra habrían servido para asumir ese gasto. Pero, aunque hubiésemos podido contar con ese dinero, se había convertido en un objetivo demasiado peligroso, porque en esa época los japoneses decidieron que los «afortunados» que estudiaban en las escuelas de la isla tenían que ponerse a construir búnkeres subterráneos para sus soldados.

Me sentía bajo una presión enorme. Trataba de encontrar fortaleza e inspiración de la misma forma que lo hacía mi madre. «Da igual dónde estés, a Abuela Seolmundae siempre la ves.» Salía a pasear sobre la piel de la diosa, nadaba entre sus faldas, respiraba el aire que ella había exhalado. También tenía dos personas con las que siempre podía contar: Mi-ja, que era una superviviente, y mi abuela, que me quería mucho y también había sufrido sus propias tragedias. Y ambas confiaban en que yo sabría hacer lo mejor para nuestra familia.

—Los padres viven en sus hijos —me decía Abuela para ayudarme a tener más confianza en mí misma—. Tu madre siempre vivirá en ti y te dará fuerzas allá donde estés.

Y los días que íbamos caminando hasta el mar y encontrábamos a Mi-ja esperando en aquella curva del *olle*, Abuela recitaba proverbios para consolar a las dos huerfanitas.

—El océano es mejor que una madre —decía—: El mar es para siempre.

Día 2: 2008

La mañana posterior al encuentro con la familia en la playa, Young-sook se despierta temprano. Apenas ha dormido en toda la noche. En la cama, a oscuras, no podía dejar de pensar en la extranjera, en su marido y sus hijos, mientras recordaba todos los rumores que había oído sobre Mi-ja a lo largo de los años. Se decía que estaba en Estados Unidos, vivía en una mansión, conducía su propio coche y enviaba dinero a la gente de Hado. Pero también corría otra historia: que tenía un pequeño supermercado en Los Ángeles y vivía en un apartamento de la misma ciudad, pero que se sentía sola porque era demasiado mayor para aprender inglés. Ahora que ha conocido a la familia de Mi-ja, Young-sook no sabe qué creerse.

Va a la cocina, calienta agua, añade mermelada de mandarina, remueve y da un sorbo. Es una bebida cítrica y de sabor ácido. Sale al huerto de la cocina y coge cebollino y ajo para sazonar la crema de cangrejo que tiene lista en un cuenco. Luego vuelve a su habitación para vestirse, guardar la ropa de cama y desayunar. Todavía no ha salido el sol.

Cuando Young-sook era una niña, las haenyeo se jubilaban oficialmente a los cincuenta y cinco años. Las que seguían respirando el aire de este mundo no querían quedarse en casa, de modo que hacían trabajos relacionados con el mar pero en la orilla. Pero los tiempos han cambiado. Cuando desayuna en la casa grande, sentada con su nieto y su familia, a menudo les dice:

—Me siento sola en mi casa; creo que voy a bajar a la playa.

En realidad, lo que quiere decir es que se aburre quedándose en casa con sus bisnietos más pequeños. Es cierto, el tiempo pasa rápido y debería disfrutar de ellos ahora que aún son bebés, sobre todo porque no lo pudo hacer con sus hijos, pero los bebés no cuentan historias ni hacen bromas. Y trabajar en los campos de tierra adentro «nunca ha sido lo suyo», como dicen sus bisnietos; a ella no le va eso de agacharse para desherbar, sachar, sembrar y cosechar. A ella le gusta vivir en armonía con la naturaleza, sentir el viento, las mareas y la luna.

Young-sook es autosuficiente económicamente y por tanto puede hacer lo que quiera. Nunca ha tenido un sueldo ni un jefe, y no los tendrá jamás. Para ella, su banco es el mar; aunque no tuviera talonario ni tarjeta de crédito, siempre podría sacar su sustento del fondo marino. Además, se siente más en forma cuando bucea, como si el agua la sanara. Durante toda su vida, por muy graves que fueran sus problemas, siempre ha ido a bucear. Es peligroso, desde luego, pero todos los días algo la empuja hacia el mar. Cuando su cuerpo no está en el agua, lo está su mente.

—El mar me llama —le dice esta mañana a su nieto.

Él no piensa discutir con ella; ni él ni los otros miembros de la familia. Después de jubilarse, Young-sook siguió siendo una de las mejores haenyeo mucho tiempo. Nadie tenía tanta experiencia buceando como ella, ni conocía tan bien las mareas, las corrientes y los oleajes, ni sabía tanto de escondrijos de pulpo, ni dominaba tanto las técnicas para contener la respiración. Curiosamente, hoy en día es difícil encontrar a una haenyeo de menos de cincuenta y cinco años, y se dice que dentro de veinte años las haenyeo se habrán extinguido.

Tras décadas soportando la presión del agua, Young-sook tiene dolor crónico y un zumbido constante en los oídos. Sufre dolores de cabeza, vértigo, mareos y náuseas, como si viviese en una barca que no para de mecerse. Le duelen las caderas de cargar con los pesos que llevaba en el cinturón para hacer el descenso marino cuando empezó a utilizar un traje de submarinismo y del esfuerzo necesario para contrarrestar su peso y salir a la superficie. Además de llevar esos pesos, tenía que nadar hasta la barca o la orilla con la nasa a cuestas, que una vez llena podía llegar a pesar treinta kilos, y luego tenía que arrastrarla fuera del agua, hasta el bulteok. Aun así, el mar insondable... La atrae de un modo irresistible.

Young-sook camina hacia la orilla y ve los restos del viejo bulteok de piedra y los cercados para el baño. Ahora sólo lo utilizan los jóvenes; se reúnen allí para escuchar música y fumar cigarrillos a escondidas. Es una pena. Se desvía hacia la izquierda y entra, junto con otras ancianas, en el nuevo bulteok. Tiene duchas individuales, vestuarios, aire acondicionado, una estufa y una bañera enorme donde caben hasta doce mujeres, que pueden quitarse la sal y calentarse al mismo tiempo. No hay hoguera, pero sí techo, y una zona donde pueden encender estufas si es necesario. El gobierno les ha proporcionado todas esas comodidades, además de asistencia médica, en agradecimiento por la labor que han desempeñado las haenyeo.

Las mujeres se quitan la ropa. Los pechos, que un día alimentaron a bebés y dieron placer a maridos, les cuelgan por el ombligo. Los vientres, antes lisos, se pliegan en capas de grasa aislante. El cabello, antaño de un negro lustroso, se ha vuelto blanco y mate. Las manos, que han conocido toda una vida de trabajo, tienen dorsos nudosos, arrugados y cubiertos de cicatrices. Junto a Young-sook, las hermanas Kang tiran hacia arriba los pantalones de su traje negro de neopreno hasta que les cubren sus nalgas caídas. Luego se ponen por la cabeza el chaleco reglamentario, de neopreno naranja, que las hace más visibles para los barcos que navegan por la zona.

Young-sook se pone la capucha de buceo. La abertura le enmarca la cara por las cejas y justo por debajo del labio inferior. Echa un vistazo alrededor del bulteok: caras curtidas como la suya, las de sus amigas de toda la vida, asoman por aberturas idénticas. El carácter de esas mujeres (y sus vidas llenas de bondad, generosidad, miseria y crueldad) queda resumido en esos pocos centímetros. Detrás de cada arruga hay tantas historias... de inmersiones, de nacimientos y muertes, de supervivencia y superación. Los profundos surcos que rodean la boca de Kang Gu-ja parecen rayos de sol dibujados por un niño pequeño, y las patas de gallo le recorren las mejillas. Pero siempre será Hermana Pequeña, y pese a tantas desgracias sus ojos transmiten bondad. Algunas mujeres no tienen dientes, y eso, junto con sus prominentes pómulos, hace destacar aún más sus arrugas, las de dolor y las de felicidad. Casi todas se ponen las gafas a la vez, pero cada una las lleva a su manera: sobre las cejas, en lo alto de la cabeza, inclinadas hacia un lado. Algunas, para reafirmar su individualidad, se han confeccionado un chaleco estampado de flores que se ponen encima del de neopreno.

Las abuelas salen del bulteok, con sus tewak, nasas, aletas y otros utensilios, bajan unos escalones y caminan por el embarcadero hacia la barca. Se dirigen a una cala de una isla cercana donde se sabe que hay mucho marisco. Cuando la barca llega a su destino, Young-sook y sus compañeras se detienen unos instantes para hacer ofrendas de arroz y licor de arroz al divino dragón del mar. Rezan para tener una captura abundante y regresar sin incidentes y con el espíritu en paz.

Actualmente la vida de Young-sook puede resumirse en tres palabras: rezar, rezar y rezar. Ella confía plenamente en la efectividad de esos rezos.

Se mete en el agua. Hace unos treinta años que las haenyeo empezaron a usar trajes de neopreno.

—Iréis cubiertas de la cabeza a los pies —les informó un funcionario del gobierno—. Eso pondrá fin a las críticas de que las haenyeo son unas indecentes y no se cubren lo suficiente. ¡Y estaréis contribuyendo al incremento de nuestra industria del turismo! —Se refería al turismo que provenía del continente, y en eso tenía razón. En aquella época nadie podía prever que acudirían también turistas extranjeros y les encantaría ir a la playa a ver cómo las ancianas como ella se metían en el agua, o a ver las «recreaciones» del nuevo Museo de las Haenyeo, donde unas chicas contratadas, vestidas con el traje de buceo tradicional, cantaban canciones marineras en un espectáculo diario. Con el traje de neopreno, Young-sook pasaba menos frío y podía quedarse más tiempo en el agua. El traje también la protegía de las picaduras de medusa y de las serpientes de mar (no así de otros peligros, como las cañas de pescar o las lanchas rápidas de los turistas), y los pesos y las aletas la ayudaban a alcanzar más profundidad. Por tanto, trabajaba más segura, sus capturas eran más abundantes y ganaba más dinero. Sin embargo, cuando la gente empezó a decir que las haenyeo deberían utilizar botellas de oxígeno se negó en redondo, igual que las demás buceadoras de la isla.

—Debemos hacerlo con métodos naturales —le dijo al resto de la cooperativa—, si no nuestras capturas serán excesivas y nuestros campos de mar adentro mermarán, y entonces no podremos ganarnos la vida.

El equilibrio, una vez más.

En cuanto se adapta a la ingravidez, todos sus dolores y molestias desaparecen. Y en un día como hoy, cuando reina la confusión, la inmensidad del océano le resulta reconfortante. Patalea para descender en vertical e impulsa su cuerpo a más y más profundidad, con la esperanza de que la presión en los oídos aplaste los recuerdos del pasado. Sin embargo, sucede todo lo contrario: tiene la sensación de que los empuja hacia fuera, como la pasta del tubo de dientes. Esa imagen la distrae. Necesita concentrarse (tiene que estar siempre alerta), pero su madre y su abuela, además de Mi-ja, que merodea por las zonas más oscuras de su mente, insisten en abrirse paso hasta sus retinas.

La madre de Young-sook solía decir que el mar era como una madre, mientras que su abuela decía que era mejor que una madre. Con los años, Young-sook ha llegado a la conclusión de que su abuela tenía razón: el mar es mejor que una madre. Por mucho que la ames, tu madre puede abandonarte en cualquier momento; en cambio, el mar, tanto si lo amas como si lo odias, siempre estará allí. Siempre. El mar ha sido el centro de su vida. Le ha dado cosas y también se las ha quitado, pero nunca se ha marchado.

En su tercera inmersión, su mente comienza a relajarse. Sintoniza con el rumor que la conecta con la tierra, con aquellos que ha perdido, con el amor. El bombeo de la sangre en su cabeza hace que se sienta viva. Allí, bajo el mar, está en el vientre del mundo.

Y se olvida de ser prudente.

Young-sook sigue bajando y llega a una profundidad que no alcanzaba hace mucho tiempo. La presión del agua se incrementa. Se acuerda de cuando podía descender veinte metros; allí la presión aplastaría incluso una botella de plástico. Aunque eso era antes de que existiesen las botellas de plástico...

Sale a la superficie. ¡Aaaaaah! Su sumbisori suena por encima de las olas. Respira varias veces, jadeando. Está haciendo muchas inmersiones cortas seguidas en un lapso de tiempo muy breve: en cuanto suelta su sumbisori, coge aire para volver a sumergirse. Sabe que no debería hacerlo, pero se siente muy a gusto en el agua. En la siguiente inmersión, intentará alcanzar de nuevo los veinte metros; sólo por curiosidad, para comprobar si todavía puede. Inhala una vez más, hunde la cabeza y patalea con fuerza. Desciende más y más. Sabe que hay otras haenyeo que la observan, y eso la hace ser aún más audaz. Por fin, durante unos pocos y valiosos segundos, consigue olvidarse de la familia con la que ha hablado en la playa, de sus fotografías y de su hija, que tanto se parece a Mi-ja. Pero de pronto se da cuenta de que en este lapso de tiempo ha olvidado también lo más importante: controlar el aire. Debe volver rápidamente a la superficie. Puede verla... Hasta que todo se vuelve negro.

Sus amigas la están esperando junto a su tewak cuando el cuerpo de Young-sook, inconsciente, sale a la superficie. La llevan entre todas hasta la barca. El barquero agarra a Young-sook por la parte de atrás del traje de neopreno mientras las mujeres la empujan desde abajo. Una vez que están todas a bordo, el barquero acelera. Una de las mujeres pide ayuda con su teléfono móvil. Young-sook sigue sin recobrar el sentido, con los ojos cerrados y el cuerpo fláccido.

Hay una ambulancia esperando en la orilla. Young-sook, que ya se ha despertado, está furiosa consigo misma por haber sido tan insensata.

En urgencias la atiende una doctora joven y guapa nacida en la isla. Sin embargo, pese a ser hija de una haenyeo, la doctora Shin le hace preguntas incisivas e incómodas mientras va marcando en una lista los síntomas y posibles causas.

—Quizá se trate de lo que ustedes, las haenyeo, llaman «síncope de las aguas superficiales», provocado por una hiperventilación antes de la inmersión. He visto morir a varias mujeres por eso. Respiran hondo muchas veces seguidas para expandir la capacidad pulmonar, pero esa hiperventilación rompe el equilibrio entre el oxígeno y el dióxido de carbono de la sangre y puede causar hipoxia cerebral.

Young-sook no entiende los términos científicos, y eso debe de reflejarse en su cara porque la doctora le explica:

—Cuando el tallo cerebral se olvida de enviar la señal de que necesitas aire, te desmayas en el agua. Pero sigues respirando... agua. Si no hubiese habido nadie más allí...

—Ya lo sé. Te ahogas en silencio —dice Young-sook empleando la expresión que utilizan las haenyeo para denominar lo que sucede cuando una buceadora deja de pensar con normalidad y empieza a respirar como si estuviera en tierra—. No he tenido cuidado con mi respiración, pero no ha sido eso lo que me ha pasado.

—¿Cómo lo sabe?

—Lo sé.

—Muy bien —dice la doctora Shin cuando ve que la paciente no tiene nada más que añadir. Luego continúa hablando sola—: Podemos descartar un infarto, pero quizá deberíamos considerar la narcosis de nitrógeno. Bucear a grandes profundidades puede provocar disfunción física generalizada, pero también sensación de euforia: pérdida de sentido común agravada por un fallo de memoria producto de la emoción, por ejemplo. Dicen que esos momentos de felicidad son los que convierten a las haenyeo en unas adictas al mar. —Frunce los labios, asiente con la cabeza y vuelve a dirigirse a la mujer que tiene delante—. ¿Se ha olvidado de respirar y de la distancia que había hasta la superficie porque se sentía eufórica, en éxtasis, feliz, como fuera de su cuerpo?

Young-sook apenas la escucha. Le duele todo, pero no quiere reconocerlo. «¿Cómo he podido ser tan estúpida?», se pregunta, convencida de que la doctora piensa lo mismo.

—¿Y el frío? —pregunta la doctora Shin—. El cuerpo humano se enfría muy deprisa dentro del agua.

—Ya lo sé. Yo buceaba en invierno. En Rusia.

—Sí, me lo habían contado.

Así que la doctora Shin conoce la reputación de Young-sook.

—Tenga más cuidado en el mar —continúa la doctora—. Su trabajo es peligroso. ¿Ha visto a muchos hombres que lo hagan?

—¡Claro que no! —exclama Young-sook—. Todo el mundo sabe que con el agua fría su pene se encoge y se muere.

La doctora niega con la cabeza y ríe.

Young-sook se pone seria.

—He visto morir a más de una haenyeo nada más entrar en el agua por culpa del frío.

—Se les para el corazón...

—Pero hoy no hacía mucho frío.

—¿Qué más da? —dice la doctora Shin, mostrando cierta impaciencia—. A su edad, es peligroso bucear incluso en agua templada.

—Noto un poco de entumecimiento en el costado derecho del cuerpo —confiesa de pronto Young-sook, pero en realidad siente algo mucho peor. De hecho, los dolores se han vuelto insoportables.

—Entre las mujeres que llevan tantos años como usted buceando, son frecuentes los derrames cerebrales. —La doctora Shin se queda mirándola—. ¿Le duele algo?

—Me duele todo.

De pronto la mirada de la doctora se ilumina.

—Debería haberme dado cuenta inmediatamente, pero no es fácil con los pacientes poco comunicativos. Lo que usted practica es apnea. Creo que sufre el síndrome de descompresión.

—No he buceado a suficiente profundidad para...

—Las haenyeo han aprendido de sus madres y sus abuelas, pero lo que les han enseñado a ustedes es lo peor que pueden hacer: esas respiraciones profundas, seguidas de una inmersión prolongada (que las obliga a contener la respiración durante mucho rato) y luego ascender rápidamente a la superficie. Y eso lo repiten una y otra vez. Es terrible y muy peligroso. Padece usted la enfermedad del buzo. Por suerte, las burbujas de aire que tiene en las venas y los pulmones todavía no le han llegado al cerebro.

Young-sook suspira. No será la primera haenyeo de Jeju que deba pasar un tiempo en una cámara hiperbárica. Aun así, está preocupada.

—¿Podré volver a bucear?

La doctora examina su estetoscopio, evitando mirarla a los ojos.

—Llega un punto en que no hay más remedio que aceptar los límites del cuerpo humano, pero si le dijese que no, ¿usted lo dejaría? —Young-sook no contesta, y la doctora continúa—: ¿Qué pasará la próxima vez que pierda el conocimiento dentro del agua? No sería raro sufrir una muerte súbita a su edad.

Ha dejado de escuchar a la doctora; no le interesa su sermón. Cierra los ojos mientras la llevan por los pasillos en silla de ruedas hasta otra sala. Unas enfermeras la ayudan a meterse en un tubo que parece un ataúd, con una ventanita por la que puede ver el exterior. Le dicen que tendrá que quedarse en la cámara hiperbárica varias horas.

—¿Quiere que pongamos música? —le pregunta una enfermera.

Le dice que no con la cabeza. La enfermera atenúa las luces.

—No se preocupe, yo me quedo aquí. No estará sola.

Pero en la cámara Young-sook está sola. «En el pasado, antes de que llegase la medicina moderna, me habría muerto. Aunque en el pasado esto no me habría ocurrido, porque Mi-ja habría estado allí para protegerme.» A partir de ahí su mente se desboca e irrumpen de golpe todos los pensamientos que está intentando ahuyentar desde que ayer se le acercó aquella familia.

SEGUNDA PARTE

Amor

PRIMAVERA DE 1944 - OTOÑO DE 1946

Trabajo de temporada

Febrero de 1944

—¿Para qué me trajo mi madre al mundo? ¿Sólo para que me salieran callos en las manos? —cantó Mi-ja.

—¿Para qué me trajo mi madre al mundo? ¿Para que tuviese un futuro próspero? —le respondimos nosotras.

—¡Mirad lo bien que rema nuestro barquero! —cantó Mi-ja.

—Dinero, dinero que no habla —contestamos siguiendo su ritmo—. Dinero, dinero que llevo a casa. Rema, barquero, rema.

Yo prefería aquellas canciones antes que los lamentos que entonaban las hermanas Kang sobre madres que añoraban a sus hijos, o sobre lo difícil que era vivir bajo el mismo techo que la suegra. Aquellas dos chicas habían cambiado mucho desde que se habían convertido en esposas y madres, y ya no eran nada graciosas. Parecían haber borrado de su cabeza los días en que nos susurraban los nombres de los chicos con los que se habían besado en los tubos de lava o en la cima de los conos volcánicos. Ya no se acordaban de lo divertido que era cantar por puro placer. Todas teníamos motivos para quejarnos, pero ¿ayudaba eso a que nuestra situación fuera emocional o físicamente más llevadera?

Era febrero y el cielo todavía estaba oscuro a esa hora. La barca cabeceaba sobre el mar agitado y se alejaba de la costa de Vladivostok. Las cuatro nos habíamos acurrucado alrededor de un brasero, pero no calentaba lo suficiente como para quitarnos el frío que llevábamos dentro, y tiritábamos sin cesar. Como no queríamos gastarnos el dinero que ganábamos en té, bebíamos agua caliente. Yo estaba hambrienta, pero siempre estaba hambrienta. El trabajo combinado con los temblores que me sacudían constantemente, en tierra, en la barca o en el agua, consumía las reservas de mi cuerpo más deprisa de lo que yo podía reponerlas.

Me habría gustado estar en mi casa, en mi isla, pero eso era imposible. Cuando cumplí dieciséis años, mi hermano pequeño cogió unas fiebres y murió tres días después. En su momento, padre había colgado cuatro veces sobre el dintel de nuestra puerta la guirnalda de hilo dorado y guindillas rojas secas con la que se anunciaba a los vecinos el nacimiento de un varón, y dos veces las ramas de pino con las que se les informaba de la llegada de una hija (una proveedora). Si al morir Hermano Cuarto la familia hubiese estado completa, le habría tocado a Madre poner boca abajo su cuna delante del santuario de Halmang Samseung para simbolizar que la diosa se había liberado de él. Pero como Madre ya no estaba con nosotros, me correspondía a mí hacer ese ritual. Tras la muerte de Hermano Cuarto, la cara de mis otros hermanos se cubrió con un velo de tristeza y desaliento. Mi hermana, que sólo tenía once años, todavía era demasiado pequeña para ayudar. Y mis hermanos, como no podían ir a la escuela, se pasaban el día holgazaneando por casa o haciendo travesuras con los niños del pueblo. Mi padre cuidaba de la casa y se reunía con los hombres bajo el Árbol de la Aldea, pero no quería tomar otra esposa, lo que significaba que yo era la única que podía hacer algo para cambiar nuestro destino.

Después de haber visto morir a mi madre, yo no quería saber nada del mar, y mucho menos volver a bucear, pero no podía hacer otra cosa. Do-saeng había sido nombrada jefa de la cooperativa, y aunque era imposible hacerme sentir más culpable de lo que ya me sentía, ella siempre me asignaba zonas estériles, en calas o bajíos, dejándome claro lo que pensaba sobre mi papel en la muerte de mi madre y el accidente de Yu-ri. Pero yo necesitaba llevar dinero a mi casa para comprar comida y cosas de primera necesidad, y por suerte tenía alternativas. En esa época, una cuarta parte de la población de Jeju se había marchado a Japón. Los hombres trabajaban en la producción de hierro y esmalte; las mujeres, en las hilanderías y los talleres de costura. Por supuesto, también había estudiantes. Pero las mujeres teníamos otra forma legítima de abandonar la isla: ir a trabajar de haenyeo a otros países. Yo no era estudiante, ni me veía trabajando encerrada en una fábrica, así que cinco años atrás, cuando un reclutador de los que buscaban a haenyeo para «hacer la temporada de verano» se presentó en el pueblo con un camión de plataforma, yo había firmado el contrato que me permitía trabajar fuera de la isla.

—Iré contigo —me dijo Mi-ja.

Le supliqué que no lo hiciese.

—Para ti será un viaje muy difícil.

—Pero ¿qué voy a hacer en Jeju si no estás tú?

Nos unimos a las hermanas Kang, Gu-ja y Gu-sun, que habían tenido hijos varones y ya habían trabajado dos temporadas enteras fuera de la isla. Subimos las cuatro a la trasera del camión (para mí era la primera vez) y fuimos parando en otros pueblos hasta que el reclutador contrató a suficientes haenyeo para llenar varios barcos. Entonces nos dirigimos al puerto de Ciudad de Jeju, embarcamos en un ferry y navegamos casi trescientas millas de mar agitado hasta llegar a China. Al año siguiente, recorrimos más de ciento cincuenta millas hacia el este, con unas olas monstruosas, hasta Japón. El siguiente, nos zarandeamos a lo largo de más de cincuenta millas por el estrecho de Jeju hasta la Corea continental, donde nos embarcamos en otro ferry que nos llevó a la Unión Soviética. Nos habían dicho que allí era donde más dinero se podía ganar, por eso los dos últimos años Mi-ja y yo fuimos a hacer la temporada de verano y la de invierno a Vladivostok, lo que significa que pasábamos fuera nueve meses y regresábamos a Jeju en agosto, a tiempo para la cosecha del boniato.

De modo que a lo largo de un total de cinco años, Mi-ja y yo firmamos (ella escribiendo su nombre y yo estampando la huella) multitud de contratos en los que aceptábamos el compromiso de ausentarnos del hogar. Durante ese tiempo, el mundo (y no sólo nuestra isla) vivió un período convulso. Los japoneses, aunque los odiábamos profundamente, a lo largo de los treinta y cuatro años que habían transcurrido desde la anexión de Corea, habían ejercido un poder estable sobre Jeju. Sí, había tensiones. Sí, los colonizadores japoneses nos maltrataban impunemente. Y sí, se aprovechaban descaradamente de nosotros, y por muchas huelgas y manifestaciones que hiciéramos (nuestro único recurso), al final ellos siempre se salían con la suya. Pero, en nuestro segundo año de temporeras, Japón (que no se contentaba con haber colonizado Corea e invadido China) lanzó ataques al otro lado del Pacífico, y cuando Estados Unidos entró en guerra, de pronto nos encontramos rodeados de conflictos bélicos.

Mi-ja y yo nos enterábamos de las noticias como podíamos: en Hado pasábamos cerca del Árbol de la Aldea y oíamos discutir a los hombres, y en Vladivostok escuchábamos la radio en nuestro dormitorio. Cuando estábamos en Jeju, veíamos con nuestros propios ojos que había muchos más soldados japoneses que antes. Siempre habían supuesto un peligro para las jóvenes que iban solas, pero ahora habían empezado a amenazar a mujeres de todas las edades. Las abuelas, que siempre se habían reunido en la orilla para charlar y distraerse, ahora estaban obligadas a recoger y secar una cierta cantidad de algas cada día, porque los japoneses las utilizaban como ingrediente para fabricar pólvora. Los hombres y los niños aún corrían más peligro si cabe, pues a ellos los reclutaban y los obligaban a alistarse en el ejército japonés, a veces sin darles siquiera la oportunidad de comunicárselo a su familia.

Y aquí estábamos nosotras, en un barco frente a la costa de Vladivostok. Yo acababa de cumplir veintiún años, y Mi-ja lo haría al cabo de unos meses. Cada día daba las gracias por tenerla a mi lado, por contar con su coraje y su voz bonita y melodiosa. Al principio pensamos que acabaríamos acostumbrándonos al frío de Vladivostok, tanto en el mar como en tierra, porque en Jeju las temperaturas también bajaban mucho. En invierno la nieve se acumulaba alrededor de las pozas de marea y los trajes de buceo se congelaban cuando los poníamos a secar sobre las rocas. Pero resultó que las condiciones de nuestra isla no eran nada comparadas con las de Vladivostok. Mi-ja y yo no dejábamos de recordarnos la una a la otra que el sacrificio valía la pena; habíamos llegado a la edad en que debíamos empezar a ahorrar dinero para casarnos y crear nuestra propia familia.

El barquero apagó el motor. Nuestra barca se balanceaba en las olas como un trozo de madera a la deriva. Mi-ja, las Kang y yo nos quitamos los abrigos, las bufandas y los sombreros. Debajo ya llevábamos nuestros trajes de bucear de algodón y las chaquetas finas, también de algodón, con las que nos abrigábamos. Todas iban de blanco, pero yo tenía la regla y me había puesto el traje negro. Lo normal es que la regla te venga por primera vez hacia los diecisiete años, pero a todas nosotras se nos había retrasado por culpa del frío y las adversidades. Nos atamos los pañuelos a la cabeza, salimos de la cabina y un fuerte viento nos golpeó en la cara. No se veía tierra en ninguna dirección.

Le hice una ofrenda al divino dragón del mar, como hacía cada vez que me adentraba en el reino acuático y como hacían todas las mujeres que habían perdido a un ser querido en el mar. Recogí mi equipo a toda prisa, y luego, una a una, saltamos del barco. No había aguas más frías que las de Vladivostok; si el mar no se congelaba era sólo por la concentración de sal. El temblor constante que habitaba en lo más hondo de mi pecho se apoderó de todo mi cuerpo. Me obligué a no pensar en aquella tortura física. «He venido a trabajar», me dije. Inhalé, apunté con la cabeza hacia abajo y me zambullí. Oí arrancar el motor del barco y noté el movimiento de la corriente mientras el barquero se alejaba dejándonos a las cuatro solas en el mar. Aquel anciano no era nuestra tabla de salvación, sólo nuestro conductor. Se detuvo no demasiado lejos (a una distancia desde la que podía oírnos), pero no lo suficientemente cerca para ayudarnos si alguna de nosotras tenía algún problema. Para no aburrirse, solía tirar una caña o una red de pesca.

Yo subía y bajaba sin cesar, una y otra vez. Mi-ja siempre estaba cerca de mí, aunque guardaba una distancia prudencial para no coger algo que yo ya hubiese visto. Éramos competitivas, pero nos respetábamos. Y siempre estábamos alerta. Los delfines no nos preocupaban, pero los tiburones eran otro cantar, sobre todo porque ese día yo tenía la regla.

Media hora más tarde, oímos la barca que surcaba el agua hacia nosotras. Vi un pulpo escondiéndose aún más en una grieta al notar las vibraciones; pensé que iría a buscarlo más tarde. Salimos a la superficie, nadamos hasta la barca y le dimos nuestras nasas al barquero. Nosotras subimos por la escalerilla y corrimos a refugiarnos en la cabina mientras el vendaval nos azotaba los trajes de algodón mojados. El brasero estaba encendido y el barquero había llenado un barreño de agua caliente para que metiésemos los pies. Mi-ja apoyaba un muslo contra el mío. Teníamos la piel de gallina y las venas apenas se nos veían de tan finas, como si el caudal de sangre se hubiera reducido y circulara más lento por culpa de aquel frío implacable.

—He encontrado cinco erizos de mar. —Las palabras de Gu-sun se desintegraron entre el castañeteo de sus dientes.

El frío tenía un efecto aún peor sobre la voz de Gu-ja:

—¿Y...? Yo he encontrado una oreja de mar.

—Habéis tenido mucha suerte, pero yo he encontrado un pulpo —dijo Mi-ja sonriendo con orgullo.

Y seguimos así un buen rato, porque las haenyeo tenían el derecho y el deber de alardear.

Pese a los peligros, las dificultades y los sacrificios, o quizá debido a todo eso, todas luchábamos por lo mismo: convertirnos en la mejor haenyeo. Todas conocíamos los riesgos que suponía arrancar una oreja de mar, pero pescar un pulpo implicaba un triunfo y un riesgo aún mayores. Además, a la mejor haenyeo de aquella barca el capitán la recompensaría con una muda de ropa interior y unos zapatos nuevos.

—No hay un solo rincón del mar inaccesible para mí —se jactó Mi-ja, y me dio un golpecito con el muslo animándome a hablar.

—Yo soy tan buena que podría preparar y zamparme una comida bajo el agua —alardeé.

Nadie podía negarlo ni superarlo, porque yo podía sumergirme a más profundidad y permanecer bajo el agua mucho más tiempo que ninguna otra de nuestro grupo. En el pueblo decían que, al haberme quedado junto a mi madre hasta el final, mis pulmones se habían expandido y alcanzado una capacidad mucho mayor que la de cualquier chica de mi edad y experiencia.

Después de media hora, salimos de la cabina, cogimos nuestros utensilios y nos lanzamos al agua. El barquero volvió a apartarse para no molestar a los animales que vivían en el fondo del mar mientras nosotras buceábamos. Pasábamos media hora en el agua y media hora fuera, para calentarnos, y luego vuelta a empezar. A veces íbamos a zonas donde había muchas especies diferentes para pescar; otras, en cambio, nos dirigíamos directamente a un caladero de orejas de mar o a uno de pepinos de mar. A veces incluso salíamos de noche, porque está comprobado que es cuando se encuentran más erizos.

Ese día, mientras estábamos haciendo la cuarta inmersión, notamos que el agua vibraba intensamente: se acercaba un barco. Los animales marinos se escondieron en cuevas y rendijas. No podríamos seguir buceando hasta que las aguas se hubiesen calmado, pero eso no significaba que no pudiésemos sacar algún provecho. Nos habían contado que los soldados japoneses no podían pasar sin su ración diaria de huevas de erizo de mar, mientras que a los chinos les gustaba llevar calamar, pescado y pulpo secos en sus mochilas. Los rusos no tenían manías: se comían cualquier cosa.

El barquero nos recogió y nos pusimos las chaquetas para protegernos de las miradas de la tripulación del barco que se acercaba. A los soviéticos, que no participaban en la Guerra del Pacífico, se los consideraba relativamente inofensivos. Si hubiera sido un barco japonés, habríamos tenido que volver al agua y dejar que el barquero manejase la situación, porque todo el mundo sabía que aquellos demonios con pezuñas secuestraban a las jóvenes y se las llevaban a unos campamentos especiales donde los soldados las utilizaban para satisfacer sus necesidades sexuales. Ese barco, sin embargo, llevaba la bandera de Estados Unidos.

Nuestra barquita cabeceaba a medida que se acercaba el destructor, largo pero no muy alto. Había muchos marineros que nos miraban y gritaban apoyados en la barandilla. Nosotras no entendíamos lo que decían, pero eran chicos jóvenes que estaban lejos de casa y que iban en un barco donde no había mujeres. Nos imaginábamos lo tristes y lo emocionados que estaban. Uno de ellos, que llevaba una gorra distinta a la de los otros marineros, nos hizo señas para que nos acercáramos. Nos lanzaron una escalerilla de cuerda y Gu-ja la agarró. Cinco hombres bajaron como arañas por ella hasta que llegaron a nuestra barca. En cuanto el primero saltó a la cubierta, desenfundó un arma, pero no nos asustamos porque eso no era inusual. Cuatro de nosotras levantamos las manos mientras Gu-ja seguía sujetando la escalerilla.

El de la gorra diferente se puso a gritarles órdenes en inglés a sus hombres y señaló varios puntos de nuestra barca que debían registrar. No encontraron armas. Cuando se convencieron de que sólo éramos un anciano y cuatro haenyeo, el hombre de la gorra diferente les gritó algo a los que seguían en el barco, y al cabo de un momento bajó por la escalerilla un hombre con un delantal manchado de grasa. El cocinero nos habló a gritos, como si así fuésemos a entenderle mejor. Como no funcionó, juntó las yemas de los dedos y se tocó los labios:

—Comida. —Entonces se golpeó el pecho con la palma de la mano—. Pagaré.

Gu-sun, Mi-ja y yo abrimos nuestras nasas y le enseñamos los erizos de mar. Él dijo que no con la cabeza. Mi-ja le enseñó el pulpo que había pescado. El cocinero puso cara de asco y soltó un rotundo no. Lo hice aproximarse a otra nasa que ya habíamos revisado y contenía caracolas. Cogí una, me la acerqué a los labios y succioné por la abertura para extraer el carnoso bocado. Sonreí mirando al cocinero; quería transmitirle lo delicioso que estaba. Entonces cogí dos puñados de caracolas y se las ofrecí.

—Baratas —le dije en mi dialecto.

El cocinero señaló primero las caracolas y luego a sus hombres, y se metió un dedo en la boca como si fuese a provocarse el vómito. Lo encontré terriblemente insultante.

Entonces el cocinero juntó las palmas de las manos y las hizo ondular de un lado a otro. Me miró con gesto interrogante:

—¿No tienes pescado?

—¡Yo tengo pescado! —dijo el anciano barquero, aunque el cocinero no podía entenderlo—. ¡Ven, ven!

Genial. El cocinero estadounidense le compró cuatro pescados al barquero, que llevaba horas tranquilamente sentado en su barca, sin hacer nada, mientras nosotras buceábamos. Y ya habíamos perdido media hora de trabajo.

Los estadounidenses volvieron a trepar por su escalerilla, las dos embarcaciones se separaron y nuestra barca se tambaleó en la estela del destructor.

Era la hora de comer. El barquero nos dio kimchee. Las guindillas picantes nos calentaron por dentro, pero un poco de col fermentada no era suficiente para recuperar la energía que habíamos gastado ni para aliviar nuestra decepción.

—Mi hermana y yo todavía tenemos hambre —protestó Gu-ja en voz alta.

—Mala suerte —dijo el barquero.

—¿Por qué no nos dejas cocinar el pescado que no has vendido? —le preguntó Gu-ja—. Mi hermana y yo podemos preparar una olla de sopa de pez espada.

El anciano se echó a reír.

—No pienso compartirlo con vosotras. Me lo voy a llevar a casa para comérmelo con mi mujer.

Mi-ja y yo nos miramos. No odiábamos a aquel anciano; él cumplía su deber. Se encargaba de que nuestra jornada no se prolongase más de ocho horas, incluyendo el trayecto de ir y volver al puerto. Estaba atento a los cambios del tiempo, aunque seguramente le preocupaba más su barca que nuestra seguridad. Pero Mi-ja y yo ya habíamos decidido que no volveríamos a apuntarnos para hacer la temporada con él. Había otras barcas y otros barqueros, y nos merecíamos comer decentemente.

• • •

Vivíamos en una pensión para haenyeo coreanas, en un callejón cerca de los muelles. El domingo, nuestro único día libre, la casera nos preparaba crema de avena para desayunar. Las raciones eran pequeñas, pero de nuevo las guindillas nos hacían entrar en calor. En cuanto nos terminábamos el cuenco, las hermanas Kang desaparecían detrás de la cortina que nos proporcionaba un poco de intimidad en la habitación que compartíamos. Se pasaban el resto del día durmiendo.

—¿Te imaginas haciendo eso? —me preguntó Mi-ja—. Yo jamás desperdiciaría las horas de luz en la oscuridad del sueño.

En realidad, muchos domingos me habría gustado quedarme en la esterilla todo el día, sobre todo cuando tenía la regla y me dolían la barriga y la espalda, pero Mi-ja no me lo habría permitido, igual que nunca permitía que me dominara la nostalgia. Organizaba excursiones para distraernos. Después de cinco años viajando a diferentes países, la luz eléctrica (aunque en nuestra pensión no la había), los coches (aunque todavía no me había subido a ninguno) y los tranvías (¡tampoco, eran demasiado caros!) ya no me impresionaban. Es curioso lo rápido que se acostumbra uno a las cosas nuevas. Poco tiempo atrás Mi-ja me contaba historias de la época en que iba a «hacer turismo» con su padre, y ahora éramos nosotras las que vivíamos nuestras propias aventuras. Nos gustaba pasear por las avenidas de la ciudad, amplias y flanqueadas por edificios antiguos de varias plantas, ornamentados y completamente distintos a los que teníamos en Jeju. También subíamos a la colina de Vladivostok para visitar la fortaleza, que había sido construida décadas atrás para defender la ciudad de las incursiones japonesas. No registrábamos cada una de aquellas experiencias escribiendo un diario ni enviando cartas a casa (no podíamos hacer ninguna de esas dos cosas), sino haciendo calcos de lo que veíamos: la base decorada con filigranas de un candelabro que había junto a la puerta de un hotel; una insignia con una marca de coche pegada en el parachoques o el maletero; una placa conmemorativa de hierro clavada en una pared.

Esa mañana nos arreglamos tranquilamente. Nos pusimos el mejor de los dos conjuntos de ropa que habíamos llevado, y yo me rellené el sujetador con trozos de algodón. Cogimos las bufandas, los abrigos y las botas y salimos a la calle. Hacía una mañana fría y el cielo estaba despejado. Cada respiración iba acompañada de una nube de vaho. Pasaron unos cuantos hombres que regresaban tambaleándose a sus barcos o sus habitaciones de alquiler. Dos de ellos llevaban mujeres con la cara pintarrajeada colgadas del brazo. No vivíamos en un buen barrio de la ciudad; había peleas y apestaba. Cuando volvían borrachos del permiso del sábado por la noche, los hombres orinaban en las paredes y vomitaban en los callejones, y esos olores se mezclaban con los del pescado, la gasolina y el kimchee, dando lugar a un hedor nauseabundo. Los pasajes se convertían en callejones, y éstos en calles, y finalmente en avenidas. Nos cruzábamos con familias que paseaban; los padres empujaban los cochecitos de los bebés, las madres daban la mano a los otros hijos, que llevaban abrigos, sombreros y mitones a juego. Muchos se quedaban mirándonos, claro. Nuestro color de piel y ojos, así como la ropa que llevábamos, revelaban que éramos extranjeras.

No queríamos malgastar una hoja del libro del padre de Mi-ja, así que buscamos algo realmente especial. Entramos en un parque y recorrimos los senderos hasta llegar ante la estatua de una mujer que parecía una diosa. Su túnica de mármol blanco ondeaba a su alrededor, su rostro tenía una expresión serena y en una mano sostenía una flor. La otra la tenía abierta, con la palma extendida. Las líneas de esa mano estaban tan bien esculpidas que parecían las de una mano de verdad.

—Es demasiado hermosa para ser Halmang Juseung —le dije en voz baja a Mi-ja. Me refería a la diosa que, cuando toca con la flor de la desgracia la frente de un niño o un bebé, le provoca la muerte.

—Pero quizá es Halmang Samseung —especuló Mi-ja, también en voz baja.

—Entonces, si es la diosa de la fertilidad, el parto y los niños pequeños, ¿por qué lleva la flor en la mano? —pregunté, intrigada.

Mi-ja se mordió el labio inferior mientras cavilaba. Al cabo de un rato, replicó:

—No lo sé, pero, cuando volvamos aquí después de casarnos, traeremos ofrendas, por si acaso.

Una vez zanjada esa cuestión, puse una hoja de papel sobre la palma de la mano de la diosa y Mi-ja frotó el papel con el trozo de carbón. Estábamos las dos tan concentradas viendo cómo las líneas de la palma de la mano de la estatua trazaban caminos sobre las palabras impresas que no reparamos en que se oían pasos hasta que ya fue demasiado tarde.

«¡Eh! ¡Coreanas!»

Cuando el policía empezó a gritar otras cosas que no entendimos, Mi-ja me agarró por un brazo y salimos corriendo del parque. Pasamos a toda velocidad entre las familias que llenaban las aceras y nos metimos por una callejuela. Teníamos las piernas y los pulmones fuertes: nadie podía alcanzarnos. Nos paramos tres manzanas más allá, con las manos apoyadas en las rodillas, jadeando y riendo.

Nos pasamos el resto del día deambulando. No entramos en ninguna de las cafeterías de la plaza principal. Nos sentamos en un murete y nos quedamos viendo el ir y venir de la gente. Un crío corría con un globo azul en la mano enguantada. Una mujer con zapatos de tacón y una estola de piel de zorro sobre el abrigo de lana se contoneaba con desparpajo por la calle. Ricos y pobres, jóvenes y viejos. Por todas partes había marineros, y muchos intentaban hablar con nosotras. Nos sonreían, nos lisonjeaban, pero nosotras no nos íbamos con ellos. Sin embargo, algunos eran tremendamente guapos, y nos hacían reír y sonrojarnos. Quizá sólo fuésemos unas coreanas pueblerinas, con nuestra ropa hecha en casa y teñida con zumo de caquis, pero éramos jóvenes, y Mi-ja era increíblemente guapa.

Se acercaron otros dos marineros. Llevaban pantalones de lana, jerséis gruesos y gorras idénticas. Uno, al sonreír, torcía la boca hacia la izquierda; el otro tenía una mata de pelo rebelde que asomaba por debajo de su gorra. Nosotras, evidentemente, no entendíamos ni una sola palabra de lo que nos decían, así que empezaron a hacer gestos y a sonreír, a mirarnos y asentir con la cabeza. Parecían simpáticos, pero Mi-ja y yo teníamos normas estrictas respecto a los chicos soviéticos. Conocíamos a muchas haenyeo que se habían quedado embarazadas lejos de casa; aquellas chicas habían arruinado su vida. Nosotras jamás permitiríamos que nos pasara eso. Dicho esto, aunque éramos haenyeo (mujeres fuertes donde las haya), no dejábamos de ser jóvenes, así que nos dijimos que por coquetear un poco no podía pasarnos nada malo. Tras mucho señalar con el dedo y muchas risas, llegamos a la conclusión de que uno se llamaba Vlad y el otro, Alexi.

Alexi, el chico del pelo alborotado, corrió hasta una cafetería y dejó a Vlad vigilándonos. Unos minutos después, Alexi volvió con cuatro cucuruchos de helado cuidadosamente intercalados entre los dedos. Mi-ja y yo habíamos visto a la gente comerlos, pero nunca nos habríamos permitido semejante lujo. Alexi repartió los cucuruchos; luego su amigo y él se sentaron en el murete, uno a cada lado de nosotras.

Mi-ja sacó la punta de la lengua, tocó con ella la bola cremosa de helado y la retiró rápidamente. Se quedó inmóvil, quizá recordando los postres de su infancia. Yo no esperé a que diese su opinión: saqué toda la lengua (se lo había visto hacer a la gente) y di un gran lametazo. ¡En la calle hacía frío, pero aquello estaba congelado! Me heló la coronilla, como cuando saltaba de la barca y me zambullía en aguas gélidas; sin embargo, mientras que el agua del mar estaba salada, aquello era lo más dulce que yo había probado jamás. ¡Y qué textura! Me comí el helado demasiado deprisa, y luego tuve que sufrir viéndolos a ellos tres terminarse los suyos. En cuanto Mi-ja hubo acabado, saltó del murete, dijo adiós con la mano y se dirigió a los muelles. A mí me habría gustado quedarme un poco más con Alexi (quizá me invitase a otro cucurucho o a alguna otra golosina), pero no quería separarme de mi amiga. Cuando bajé del murete, los chicos gimieron melodramáticamente. Vlad y Alexi nos siguieron, tal vez creyendo que tenían alguna posibilidad con nosotras; tal vez suponiendo, incluso, que no éramos tan inocentes como parecíamos. Pero cuando estábamos a punto de entrar en la zona roja, nos dimos la vuelta y entramos en el barrio coreano. Los chicos se detuvieron; no querían meterse allí. Los soviéticos tenían fama de duros, pero nuestros hombres eran mejores luchadores, y mientras estuviésemos en el barrio coreano nos protegerían. Volvimos la cabeza y miramos a Vlad y a Alexi (¿estaba tentándolos Mi-ja para que nos siguieran?), vimos que se encogían de hombros, se daban el uno al otro una palmada en la espalda («Por lo menos lo hemos intentado») y daban media vuelta. Yo tenía sentimientos encontrados. Quería casarme, y por lo tanto tenía que comportarme y no meterme en líos, pero, al mismo tiempo, me intrigaban los chicos, incluso los extranjeros. Sí, tendríamos que haber hecho como las hermanas Kang, tendríamos que habernos quedado en casa, sin correr riesgos y asegurándonos de que nuestra reputación permanecía intacta, pero entonces ¿qué aventuras íbamos a vivir? Mi-ja y yo estábamos tentando al destino.

—Estoy segura de que te gustaba el melenudo —comentó Mi-ja.

—Tienes razón —dije riendo—. No me gustan los hombres con la cabeza afeitada...

—Porque parecen un melón.

—¿Y tú? ¡Cómo te comías el helado! ¡Pobres chicos!

Éramos así: nos chinchábamos continuamente, pero con cariño. En este caso, las dos sabíamos que aquellos extranjeros no significaban nada para nosotras. Queríamos casarnos con coreanos; encontrar a nuestra media naranja. El año anterior, de vuelta en casa para la cosecha, Mi-ja y yo habíamos visitado el santuario de Halmang Jacheongbi, la diosa del amor. Su nombre significa «lo que uno desea para sí», y nosotras teníamos muy claro lo que queríamos. Habíamos hecho sandalias de paja para regalárselas a nuestros futuros maridos como regalo de compromiso. También habíamos empezado a comprar cosas que nos llevaríamos a nuestro nuevo hogar: esterillas, palillos, cazuelas y cuencos. El mío sería un matrimonio concertado. La boda se celebraría en primavera, cuando las flores de cerezo revoloteasen por el aire, fragantes, rosa y delicadas. Había chicas que conocían a su futuro marido con mucha antelación, porque habían crecido en el mismo pueblo. Si tenía suerte, podría intercambiar algunas palabras con mi futuro marido el día de la reunión del compromiso. Si era menos afortunada, no lo vería hasta el mismo día de la ceremonia. De una forma u otra, soñaba con enamorarme a primera vista de mi esposo y celebrar una unión de dos personas destinadas a pasar juntas el resto de la vida.

Cuando entramos en la pensión, encontramos a Gu-ja y Gu-sun sentadas en el suelo, con las piernas recogidas a un lado y un cuenco en la mano. Nos quitamos el abrigo, la bufanda y las botas. La casera nos dio un tazón de puré de mijo sazonado con pescado seco a cada una. Era lo mismo que habíamos comido la noche anterior, y la anterior, y casi todas las noches desde que habíamos llegado.

—¿Nos enseñáis el calco de hoy? —dijo Gu-sun.

—Contadnos lo que habéis visto —añadió Gu-ja.

—¿Por qué no venís con nosotras un día de éstos? —les propuso Mi-ja—. Así podréis verlo con vuestros propios ojos.

—Es peligroso, ya lo sabes —replicó Gu-ja con aspereza.

—Eso sólo lo dices porque ahora eres una esposa obediente —replicó Mi-ja.

Yo sabía que Mi-ja lo decía en broma (¿cómo se le iba a ocurrir a alguien insinuar que una haenyeo fuese obediente?), pero Gu-ja debió de interpretarlo como un insulto, porque le espetó:

—Y tú sólo lo dices porque ningún hombre se casará nunca contigo.

En cuestión de segundos, una charla inofensiva se había vuelto hostil. Todas sabíamos que Mi-ja tenía pocas posibilidades de celebrar un matrimonio concertado, pero ¿qué sentido tenía herirla deliberadamente si al día siguiente íbamos a bucear juntas? La explicación era sencilla: pasábamos demasiado tiempo juntas, las vidas de unas estaban en manos de las otras seis días a la semana y todas añorábamos nuestro hogar. Sin embargo, el daño ya estaba hecho, y el irreflexivo comentario de Gu-ja ensombreció aún más la habitación en penumbra. Con ánimo de relajar el ambiente, Gu-sun repitió su pregunta original:

—¿Nos enseñáis lo que habéis hecho hoy?

Mi-ja sacó el libro de su padre.

—Enséñaselo tú —me dijo.

Cogí el libro y la miré desconcertada. Ambas sabíamos que el calco que habíamos hecho ese día todavía no lo habíamos guardado entre las páginas del libro y que aún lo tenía ella en el bolsillo. Mi-ja se quedó callada dándome a entender que no quería enseñarles nuestra nueva imagen a Gu-ja y Gu-sun. Entonces cambió de postura y se sentó de tal modo que su hombro derecho no nos dejaba verle la cara. En aquella habitación abarrotada, ésta era su forma de conseguir un poco de intimidad y de reponerse así de la ofensa que acababa de sufrir.

—Mirad. —Abrí el libro y fui pasando las hojas para mostrarles a las hermanas algunos calcos de cosas que había en el mundo de ahí afuera, un poco más allá de nuestro inhóspito enclave—. Éste es del pedestal de una estatua que hay delante de un edificio del gobierno. Éste es de un camión de juguete que encontramos tirado en una plaza. Éste me gusta mucho: es de la carrocería abollada de un autobús de hierro que cogimos un día para subir a un parque que hay en la montaña. Ah, y esto de aquí es la corteza de un árbol. ¿Te acuerdas de aquel día, Mi-ja?

Mi amiga no me contestó. Las dos hermanas tampoco mostraron interés.

—¿Sabéis esa fortaleza que vemos en lo alto de la colina cuando zarpamos del puerto? —pregunté—. Este calco es de sus muros rugosos.

—Todo eso ya nos lo habíais enseñado —protestó Gu-ja—. ¿Piensas enseñarnos lo que habéis visto hoy o no?

—A lo mejor, si fuerais un poco más simpáticas... —dijo Mi-ja, que seguía de espaldas a nosotras—. A lo mejor, si os esforzarais para ser un poquito más amables...

Lo dijo con acritud, y Gu-ja se quedó callada; quizá se había dado cuenta de que había ido demasiado lejos. Pero aquel diálogo me hizo comprender lo mucho que le había dolido a mi amiga el comentario de Gu-ja sobre sus perspectivas de matrimonio. De pronto vi claramente que Mi-ja debía de desear casarse aún más que yo. Si se casaba, podría crear su propia familia, con una madre, un padre y unos hijos.

Más tarde nos sentamos las dos en nuestras esterillas, bajo unas colchas gruesas, dándonos calor la una a la otra y hablando en voz baja para no molestar a las hermanas Kang, que dormían al otro lado de la cortina. Mi-ja y yo examinamos en silencio el calco que habíamos hecho ese día y lo comparamos con los otros. Éramos amigas desde los siete años, y llevábamos catorce coleccionando aquellos calcos. Conmemoraciones, recuerdos, celebraciones, homenajes. Los teníamos de todo tipo, y nos ayudaban a sobrellevar la soledad y la añoranza. Y también la preocupación, ya que no teníamos forma de saber si los militares habían bombardeado o invadido Jeju, algo que podía pasar en cualquier momento.

Como de costumbre, el último calco que miramos fue el primero que habíamos hecho: la superficie rugosa de una piedra del muro que rodeaba los terrenos de cultivo de mi familia. Alisé el papel con los dedos y le susurré a Mi-ja una pregunta que ya le había hecho muchas veces:

—¿Por qué no hice ningún calco del día del funeral ni del rito conmemorativo de mi madre?

—Deja de castigarte por eso —replicó mi amiga en voz baja—. Sólo consigues ponerte triste.

—Es que la echo de menos.

En cuanto me brotaron las lágrimas, Mi-ja también empezó a llorar.

—Tú conociste a tu madre —dijo—. Yo sólo puedo echar de menos la idea de una madre.

Al otro lado de la cortina se apagó la lámpara de aceite. Mi-ja guardó las hojas en el libro de su padre y yo apagué nuestra lámpara. Mi-ja me envolvió con su cuerpo y me abrazó más fuerte de lo habitual. Encajó las rodillas detrás de mis rodillas, pegó los muslos contra mis muslos, los pechos contra mi espalda. Me rodeó las caderas con un brazo y apoyó la mano en mi vientre. Al día siguiente teníamos que levantarnos temprano y volver a sumergirnos en el mar helado, así que necesitábamos dormir, pero al notar en mi nuca su respiración irregular y sentir la tensión de su cuerpo, supe que Mi-ja estaba completamente despierta y aguzando el oído. También sabía que, al otro lado de la habitación, las hermanas Kang trataban de escuchar lo que decíamos. Pero Gu-sun no tardó en roncar suavemente, como todas las noches. Al poco rato, aquel sonido adormiló a su hermana, cuya respiración se hizo más profunda y regular.

Mi-ja relajó los músculos y me susurró al oído:

—Quiero que mi marido rebose entereza y valor. —Era evidente que seguía pensando en los comentarios de Gu-ja—. No hace falta que sea guapo, pero quiero que tenga un cuerpo fuerte que demuestre que es un buen trabajador.

—Por lo que dices, parece que hables de un hombre del continente —dije—. ¿Cómo piensas encontrarlo?

—A lo mejor la casamentera me consigue uno —me contestó.

Los matrimonios se concertaban a través de casamenteras o de algún pariente que fuera muy respetado por la comunidad. Pero era poco probable, o al menos así me lo parecía a mí, que los tíos de Mi-ja contrataran a una casamentera, y Mi-ja nunca me había hablado de ningún pariente respetable que pudiese proponer a algún pretendiente. Y lo más importante: los hombres del continente consideraban que las mujeres de Jeju éramos feas y ruidosas y que nuestro físico delgado y de músculos fuertes era masculino. Tampoco les gustaba que estuviéramos tan bronceadas. Los hombres del continente también tenían ideas estrictas sobre cómo debían comportarse las mujeres, porque seguían los ideales del confucianismo más a rajatabla que los hombres de Jeju. Se suponía que la mujer debía hablar con dulzura. Mi-ja tenía una voz preciosa, pero, si seguía buceando, acabaría perdiendo el oído y gritando como cualquier haenyeo. Si se casaba con un hombre del continente, tendría que conservar la piel clara y aterciopelada. ¿Cómo iba a conseguirlo si se pasaba el día bajo el sol, sumergida en agua salada y azotada por los vientos? Los hombres del continente no concebían una esposa que vistiera sin recato, y por eso consideraban que las haenyeo iban medio desnudas casi todo el día. Una esposa debía tener los labios rojos, los ojos brillantes y un carácter sumiso. Eran estereotipos sobre la feminidad que los hombres del continente llevaban grabados a fuego en los genes. Los maridos de Jeju quizá fuesen indolentes, pero ni se les pasaba por la cabeza decirles a sus esposas cómo debían comportarse o de qué podían hablar; sabían que ésa era una batalla perdida. Sin embargo, esto no se lo mencioné.

—A mí tampoco me importa que sea guapo —dije.

—¡Sí te importa! —exclamó Mi-ja.

Al otro lado de la cortina, los ronquidos de Gu-sun se interrumpieron y su hermana se dio la vuelta.

—Vale, sí me importa —admití bajando aún más la voz cuando dejamos de oír a las hermanas Kang—. No quiero casarme con un hombre flaco como unos palillos. Quiero que tenga la piel bronceada, eso querrá decir que no le da miedo trabajar al sol.

Mi-ja soltó una risita ronca.

—Las dos queremos a un hombre trabajador.

—Y ha de ser buena persona.

—¿Buena persona?

—Madre siempre decía que una haenyeo no debe ser avariciosa. ¿No debería decirse lo mismo de un hombre? No quiero a un marido con mirada avariciosa ni tener manos avariciosas a mi alrededor. Y tiene que ser valiente. —Como Mi-ja no decía nada, continué—: Y lo más importante es que sea un chico de Hado. Así podré seguir viendo y ayudando a mi familia. Si tú también te casas con un chico de Hado, las dos conservaremos nuestro derecho a bucear. Recuerda que, si te casas con un chico de fuera, tendrán que aceptarte en la cooperativa de su pueblo.

—Y lo que es más importante: si me caso con un chico de fuera, tendremos que separarnos —dijo mi amiga, y me abrazó aún más fuerte, hasta que entre las dos no quedó espacio ni para una hoja de papel—. Tenemos que estar siempre juntas.

—Siempre juntas —repetí como un eco.

Nos quedamos calladas. Se me cerraban los ojos, pero quería compartir con ella otra cosa más antes de dormirme. Le susurré una de las peores quejas que siempre había oído sobre los hombres de Jeju.

—No quiero a un marido blando; no toleraré a un marido que necesite que lo regañen...

—Ni a uno que necesite que le dedique atención constante para saber que lo quiero —añadió ella—. No puede beber, ni apostar, ni tomar a una pequeña esposa.

Allí, al abrigo de las sombras nocturnas, podíamos soñar.

Sueños que se convierten en bodas

Julio - agosto de 1944

A finales de julio, cuando terminó la temporada, las hermanas Kang, Mi-ja y yo cogimos un ferry que nos llevó de Vladivostok a Corea continental, y allí cogimos otro ferry que nos llevó a Busan por la costa oriental. Antes de embarcarnos en el ferry que nos llevaría a Jeju, fuimos de compras. En público teníamos que hablar en japonés, como exigían los colonizadores. Las Kang hicieron sus compras a toda prisa y se marcharon a casa. Mi-ja y yo no teníamos maridos ni bebés que nos echaran de menos, y nos quedamos un día más deambulando por las callejuelas y los mercadillos.

Paramos en un puesto donde vendían cereales y acabamos con varios sacos de arpillera llenos de cebada y arroz de baja calidad. Nos los cargamos uno encima del otro en la espalda y nos los llevamos a la pensión. A un vendedor ambulante le compramos unas colchas, que enrollamos apretándolas al máximo para que no abultasen tanto y fuesen más fáciles de transportar. Las colchas eran para cuando nos casáramos. Yo me gasté mis ganancias de una semana en un transistor, pensando que sería un buen regalo para mi futuro marido; Mi-ja escogió una cámara fotográfica para el suyo. Regateé sin piedad para comprarles regalos útiles a mis hermanos: una pieza de tela, hilo y agujas, una navaja y cosas por el estilo. A Padre le compré unos zapatos, y a Abuela, unos calcetines para que se calentara los pies en las noches de invierno. Mi-ja y yo compramos a medias un ovillo de lana para hacerle una bufanda a Yu-ri en el viaje de regreso a casa. Mi-ja también compró cosas para sus tíos. La vi pararse varias veces y mirar al vacío: trataba de recordar todo lo que ellos le habían pedido que llevara a casa. En algún momento fuimos cada una por su lado, pero la mayor parte del tiempo estuvimos juntas; regateábamos, sonreíamos a los vendedores cuando creíamos que eso podía ayudarnos y gritábamos con nuestra potente voz de haenyeo cuando percibíamos que nos habían tomado por unas simples obreras.

—Nos llevaremos seis bolsas en lugar de dos para mí y tres para ella —decía Mi-ja con firmeza, gracias a su japonés casi perfecto—, pero sólo si nos las dejas a un buen precio.

Cuando acabamos con las compras, todavía nos quedaba dinero para pagar la habitación, comprar los billetes de cubierta del ferry a Jeju y compartir una comida sencilla, y aún nos sobró un poco que guardamos para los preparativos de la boda que un día habría que celebrar. Tardamos un buen rato en trasladarlo todo al muelle. No queríamos dejar nuestras compras desatendidas, así que una se encargaba de coger las bolsas y cajas de nuestra habitación y llevarlas al muelle, mientras la otra montaba guardia junto a la pila, cada vez más alta. Luego nos turnamos para moverlo todo hasta la pasarela, y de ahí al rincón que habíamos encontrado en la cubierta, junto a un grupo de haenyeo que también regresaban a casa. Las haenyeo jamás se robarían entre ellas. Y tampoco teníamos que preocuparnos por si un desconocido se llevaba nuestras cosas del barco mientras estuviésemos navegando.

La travesía fue movida pero el cielo estaba despejado. Mi-ja y yo íbamos en la proa del ferry, agarradas a la barandilla, viendo cómo la embarcación salvaba las olas. Por fin apareció Abuela Seolmundae (el monte Halla) en la lejanía. Yo estaba ansiosa por llegar a mi isla; impaciente, de hecho, y no podía evitar la sensación de que la tripulación estaba tardando una eternidad en llevar el ferry al otro lado del rompeolas y atracar en el puerto.

Desde el mismo muelle pudimos apreciar que en esos nueve meses se habían producido cambios significativos. Nunca habíamos visto tantos soldados japoneses en el puerto de Ciudad de Jeju; de hecho, había muchos más aquí (sin duda, muchos más) que en el continente. Algunos montaban guardia en los puntos de entrada, salida y transacción de mercancías. Otros desfilaban en formación, con el fusil con bayoneta en el hombro. También había algunos que parecían fuera de servicio, apoyados en las paredes o sentados en cajas y con las piernas colgando. Mi-ja y yo habíamos vivido solas en Vladivostok, y estábamos acostumbradas a que los hombres nos silbaran o nos lanzasen piropos que no entendíamos. Eso siempre nos había parecido inofensivo, pero esto de ahora era diferente. Los soldados no dejaban de mirarnos mientras nos turnábamos para descargar nuestros equipajes y compras; una se quedaba en la cubierta del ferry y la otra trasladaba los bultos. No podían hacernos nada porque todavía había pasajeros saludando a familiares o descargando baúles y maletas, y hombres de negocios abriéndose paso con decisión entre la multitud. Sin embargo, las otras haenyeo descargaron más deprisa que nosotras, y pasados unos minutos Mi-ja y yo éramos las únicas mujeres que quedábamos en el muelle.

Me llamaron la atención tres cosas más. La primera, que nuestro puerto olía igual de mal que cualquiera de los que había conocido: apestaba a gasoil y a pescado. La segunda, que en el muelle no había chicos de la isla, que siempre se congregaban allí para buscar trabajo cuando atracaban los barcos y los ferris. Y la tercera, que ver a todos aquellos soldados, marineros y guardias japoneses me hizo recordar aquel día que una patrulla entró en nuestro campo. Pero ahora éramos mayores (teníamos veintiún años), y debíamos de parecerles atractivas. Por lo visto Mi-ja también había reparado en su interés, porque me preguntó:

—¿Qué vamos a hacer? No pienso dejarte aquí sola.

—Y yo no pienso dejar que vayas sola hasta el puesto del reclutador.

Me encontré con la mirada lasciva de un soldado que comía fruta a unos metros de nosotras.

—¿Necesitáis ayuda? ¿Puedo hacer algo por vosotras? —nos preguntó una voz en japonés.

Mi-ja y yo nos volvimos a la vez. Yo esperaba encontrar a un japonés, pero era evidente que no lo era, y sentí un profundo alivio. Tampoco parecía de Jeju, porque llevaba pantalones, camisa blanca con cuello y una cazadora cerrada con cremallera. No era mucho más alto que nosotras, pero sí más robusto. No era fácil discernir, por cómo iba vestido, si su corpulencia era consecuencia de trabajar duro o de comer demasiado.

Mi-ja le explicó, mirando al suelo, por qué nos costaba tanto decidirnos a trasladar nuestro equipaje hasta la parada. Él la escuchaba atentamente, y eso me dio la oportunidad de examinarlo sin que ninguno de los dos se diese cuenta. Tenía el pelo negro y la piel no demasiado bronceada. Su físico me resultaba atractivo y familiar, no como el de los soviéticos o los japoneses. Empecé a fantasear, me pregunté quién podía ser, y de pronto me encontré pensando en bodas. Me ruboricé y temí que la expresión de mi cara me hubiese delatado, pero ninguno de los dos me prestaba atención.

En cuanto Mi-ja dio por terminadas sus explicaciones, el hombre se inclinó hacia nosotras y nos susurró en el idioma de Jeju:

—Me llamo Lee Sang-mun. —Tenía un aliento dulzón, como si hubiese comido naranjas; otro indicio de que provenía de buena familia y no se alimentaba a base de ajo, cebollas y kimchee, como hacían los hijos de los campesinos. Se enderezó y, alzando la voz, dijo en japonés—: Yo os ayudaré.

Me sorprendió la reacción que hubo a nuestro alrededor. Muchos soldados japoneses bajaron la vista o dejaron de observarnos, y eso me dio otro dato más: por algún motivo Sang-mun era una persona importante.

Chasqueó los dedos y tres estibadores vinieron corriendo hacia nosotras.

—Tenéis que llevar las cosas de...

—Yo me llamo Kim Young-sook —balbuceé—. Y mi amiga, Han Mi-ja.

—Por favor, chicos, seguid a la señorita Kim hasta el punto de recogida de las haenyeo. Ya sabéis dónde está. —Hablaba japonés con una fluidez y un acento casi tan perfectos como Mi-ja—. Que uno de vosotros se quede con ella allí. Los otros dos volved aquí a buscar el resto del equipaje y escoltad a la señorita Han hasta donde la esté esperando su amiga.

Intenté coger una bolsa y colgármela del hombro, pero dijo:

—No, no, ni hablar. Mis chicos se ocuparán de todo.

Nunca me habían ofrecido tanta ayuda, y me sentía como una diosa. Eché a andar con los estibadores trotando detrás de mí; levanté la barbilla y enderecé la espalda, convencida de que Sang-mun me estaría mirando hasta perderme de vista.

Cuando llegamos a la parada, dos estibadores volvieron al embarcadero, tal como les había ordenado Sang-mun, y el otro se quedó esperando en cuclillas a mi lado. ¡Qué mal les sentó eso a las otras haenyeo!

—¡Mirad! ¡Una haenyeo que tiene criado! —bromeó una mujer.

—¿Buscas una esposa? —le preguntó otra al estibador.

—¡Vigílala bien, no se te vaya a escapar!

El hombre se abrazó las rodillas, agachó la cabeza y trató de ignorar aquellos comentarios.

Media hora más tarde (a mí me pareció una eternidad), llegó una nueva procesión. Esta vez los dos ayudantes empujaban sendas carretillas llenas de paquetes. Mi-ja y Lee Sang-mun caminaban uno al lado del otro. A él lo oí reír desde lejos, y entonces comprendí que Lee Sang-mun me había hecho adelantarme para poder quedarse a solas con Mi-ja. Estaba segura. Cuando se acercaron, vi que Mi-ja estaba pálida como una medusa, y no me extrañó que él se hubiese sentido atraído por ella. Yo nunca había tenido celos de Mi-ja, pero entonces los tuve, y fue una sensación perturbadora. Me alisé el pelo e intenté imitar la expresión reservada del semblante de Mi-ja. Yo no podía aspirar a ser tan perfecta como ella, pero tenía mis recursos.

Llegaron y se fueron varios camiones con diferentes destinaciones, pero ninguno iba en la dirección que a nosotras nos convenía. Mientras esperábamos, aproveché para hacerle preguntas a Sang-mun, y él me contestaba de buen grado. Había nacido en Ciudad de Jeju y luego había estudiado en Japón.

—¡Somos tantos los que hemos ido a estudiar a Japón que ahora en Jeju hay más gente con estudios que en ningún otro lugar de Corea!

Quizá fuera así, pero sin duda no era mi caso.

—Mi padre dirige una de las fábricas de conservas del puerto —continuó Sang-mun.

Eso sólo podía significar que su padre era colaboracionista, porque todas las fábricas de conservas eran propiedad de los japoneses. Debería haber perdido el interés de inmediato. O no. Si mi mejor amiga era la hija de un colaboracionista, quizá mi marido también podía ser el hijo de un colaboracionista. Además, era tan encantador y tenía una sonrisa tan contagiosa que yo no podía dejar de pensar en lo guapo que era. Le hice más preguntas. Con cada respuesta, me reafirmaba en la opinión de que nunca había conocido a un hombre como él. Entretanto, Mi-ja, con la vista fija al final de la calle, ignoraba nuestra conversación. Su desinterés me infundió aún más seguridad en mí misma.

—Crecí viendo el trasiego del puerto —me explicó—. Supongo que llegará el día en que sustituiré a mi padre, pero de momento trabajo para el gobierno de Ciudad de Jeju. Superviso sus almacenes, entre ellos los de alimentos. —Eso era otra confirmación de su estatus: era colaboracionista y además de alto nivel. Trabajar «para el gobierno de Ciudad de Jeju» significaba que estaba contratado por los militares japoneses—. Lo reconozco: soy ambicioso. Mi trabajo puede no parecer muy importante, pero por algo hay que empezar.

Llegó un camión. El conductor paró, sacó la cabeza por la ventanilla y anunció a voz en grito que se dirigía hacia el este por la carretera de la costa y que pasaba por varios pueblos de la playa, entre ellos Hado. Su destino final era Seongsan, donde el resto de las haenyeo podían coger el último ferry que iba a la pequeña isla de Udo, no lejos de la costa. Unas cuantas mujeres se separaron del grupo y empezaron a lanzar sus bolsas a la plataforma trasera del camión.

—Vamos —murmuró Mi-ja—. Es nuestro camión. —Se apresuró a recoger nuestras cosas en silencio y a lanzarlas a la plataforma. Sang-mun y yo la ayudamos mientras seguíamos tratando de intercambiar toda la información que fuera posible.

—¿En qué parte de Hado vivís? —me preguntó.

—Yo vivo en Gul-dong —contesté, e intenté aparentar recato, pero me resultaba difícil. Si él no estuviese interesado por mí, no me habría preguntado dónde vivía. Entonces, al ver que Mi-ja seguía allí plantada, y como no quería mostrarme demasiado entusiasta, añadí—: Mi amiga vive cerca, en Sut-dong.

Mi-ja cerró los ojos y se llevó el puño al corazón. Si creyó que ese gesto la haría parecer más delicada, no se equivocaba. Tuve que lidiar con otra oleada de envidia.

Di las gracias a Sang-mun por su ayuda. Mi-ja subió al camión, me tendió una mano y me ayudó a subir. El conductor puso la primera, el camión dio una sacudida y arrancó. Le dije adiós con la mano a Sang-mun, pero Mi-ja ya se había dado la vuelta y se había unido al corro de haenyeo que estaban sentadas en la plataforma. Mi amiga desató un pañuelo en el que había guardado un poco de fruta, y yo abrí un cesto y saqué unas bolas de arroz. Las otras mujeres aportaron sepia seca, tarros de nabo encurtido y kimchee casero y un manojo de cebolletas. Una mujer trajo una jarra de barro llena de agua, y otra abrió una jarra de vino de arroz fermentado. Mi-ja tomó un sorbo y apretó los párpados. Yo también bebí y el sabor de mi pueblo me calentó el pecho.

Lo normal habría sido que entonces Mi-ja y yo nos hubiésemos dedicado a analizar cada detalle de nuestro encuentro con Sang-mun, como habíamos hecho con Vlad, Alexi y otros chicos a los que habíamos conocido en uno de tantos puertos. Pero esta vez no fue así. Cuando comenté que habíamos tenido suerte de que hubiese aparecido Sang-mun, ella me respondió poniéndose a la defensiva:

—Yo jamás te habría dejado sola en el muelle.

—¿Te ha preguntado algo de mí?

—No me ha dicho nada de ti —me contestó con frialdad—. No hablemos más de él.

Ya no quiso contestar una sola pregunta más, así que nos pusimos a hablar con las otras mujeres. La comida, el vino de arroz y saber que habíamos vuelto a casa nos levantaba el ánimo a todas.

Pese a los baches disfrutábamos de cada kilómetro del trayecto y del desfile constante de lugares de nuestra infancia o de paisajes que tanto amábamos. Pasamos por Samyang, Jocheon, Hamdeok, Bukchon y Sehwa, y en cada uno de esos lugares nos detuvimos para que se apearan una o dos mujeres. Los muros de piedra de los olle serpenteaban por las laderas de las colinas y rodeaban los campos de cultivo creando una colcha de retazos de diferentes colores y estampados. A cada rato se oían graznidos de cuervos, que nos sobrevolaban en caóticas bandadas. En el mar, vimos a varios grupos de haenyeo, con sus tewak cabeceando en el agua. Y en el centro de la isla, siempre visible, se alzaba Abuela Seolmundae. Pese a tanta belleza y a cuánto me alegraba de haber vuelto a casa, no podía parar de imaginarme cosas: quizá la chamana Kim querría dirigir los rituales de la ceremonia de mi boda. Quizá podría ponerme el traje de novia de mi madre, o quizá Sang-mun me regalase tela para confeccionarme el mío propio. O quizá él prefiriese un kimono y un rito japonés, como exigían los colonizadores. Sí, seguramente sucedería eso. Nada de chamana: kimono japonés. Quizá Padre pagase los banquetes en Hado y en Ciudad de Jeju, pero no sabía con qué.

—Ya casi hemos llegado —anunció Mi-ja, y empezó a recoger las bolsas.

Las pocas personas que estaban trabajando en los campos levantaron la cabeza cuando se detuvo el camión. Nos apeamos. Nos recibieron las sonoras voces isleñas de nuestras vecinas.

—¡Mi-ja!

—¡Young-sook!

Una madre ordenó a uno de sus hijos que fuese corriendo a mi casa a anunciar mi llegada. Las mujeres que seguían en el camión nos lanzaron nuestros bultos. Todavía estábamos descargando cuando empecé a oír gritos y exclamaciones de alegría. Hermano Tercero y Hermana Pequeña venían corriendo por el olle; me abrazaron por la cintura y hundieron la cabeza en el hueco entre el cuello y mis hombros. Luego Hermana Pequeña se apartó y se puso a brincar de alegría: había cumplido dieciséis años y ya trabajaba de haenyeo en la cooperativa de Do-saeng. A partir de ahora, la vida sería más fácil, suponiendo que fuese cierto el proverbio de Jeju: «Una familia con dos hijas en edad de bucear siempre puede pedir dinero prestado y pagar sus deudas.» ¡Estaba tan contenta de verla! Pero no habían venido todos, y miré hacia el final del olle buscando al resto de la familia.

—¿Dónde está Padre? ¿Dónde están Hermano Primero y Segundo?

Antes de que ellos pudiesen contestarme, el conductor del camión gritó por la ventanilla:

—¡Daos prisa! ¡No puedo esperar todo el día!

Con la ayuda de mis hermanos, Mi-ja y yo recogimos el resto de nuestras cosas a medida que nos las iban lanzando. Hermano Tercero cargó cuanto pudo y echó a andar por el olle hacia nuestra casa, y entonces aparecieron tía Lee-ok y tío Him-chan, la familia de Mi-ja. Mi-ja los saludó con una profunda reverencia, pero ellos ni siquiera se lo agradecieron, sólo se interesaron por lo que ella les había comprado.

—Young-sook ha traído más cosas que tú —protestó la tía de Mi-ja—. Y está más delgada. ¿No será que te has comido todo lo que has ganado?

Intenté intervenir:

—Es que yo he comprado cosas de más tamaño. Aunque mi montón parece más grande, yo sólo...

Pero la tía de Mi-ja me ignoró.

—¿Has traído arroz blanco? —le preguntó a Mi-ja.

—¡Claro que no! —salté, con la intención de defender a mi amiga—. Mi-ja es muy ahorradora y...

—Sí, tía Lee-ok, he traído arroz blanco.

Me quedé perpleja. Mi-ja debía de haberlo comprado cuando yo no estaba con ella. Era tan trabajadora y tan entregada; no debería haberles traído a sus tíos un capricho tan caro. Pero aquél no era el momento indicado para preguntárselo, y de todas formas no habría podido hacerlo porque Hermano Tercero llegó corriendo para ayudarnos a Hermana Pequeña y a mí. Al cabo de unos minutos, salí corriendo detrás de mis hermanos y Mi-ja se quedó sola con sus tíos.

El sonido de mis sandalias pisando el olle y el rumor de las olas rompiendo rítmicamente en la orilla resultaba acogedor y reconfortante. ¡Había vuelto a casa! Pero noté que pasaba algo nada más entrar por la puerta. El espacio que separaba la casa grande de la casita donde vivía Abuela estaba muy desordenado. Las persianas de la fachada frontal de la casita de Abuela estaban levantadas y sujetas con unos bastones de bambú. La vi levantarse con esfuerzo del suelo, pasar por debajo de las persianas y acercarse hasta nosotros. Siempre la había visto como una anciana, incluso cuando yo era pequeña, pero en los últimos nueve meses había perdido mucha vitalidad. Lancé una mirada interrogante a mis hermanos, y tuve un mal presentimiento que me hizo estremecer. Comprendí que el recibimiento de hacía unos minutos no era de felicidad sino de alivio, especialmente el de mi hermana. Ella había sido quien había asumido las responsabilidades de la familia en mi ausencia.

—¿Dónde está Padre? —volví a preguntar—. ¿Y nuestros hermanos?

—Los japoneses se llevaron a nuestros hermanos —me contestó Hermana Pequeña—. Los han reclutado.

—¡Pero si son unos críos! —¿Eran unos críos? Hermano Primero tenía diecinueve años, y Hermano Segundo, diecisiete. En el ejército japonés había soldados mucho más jóvenes—. ¿Cuándo se los llevaron?

Pensé que si era reciente quizá aún estuviese a tiempo de rescatarlos.

—Los japoneses se los llevaron justo después de marcharte tú —dijo Hermana Pequeña.

Habían pasado nueve meses.

—A lo mejor puedo darles comida y otras provisiones que he traído a cambio de su liberación —dije tratando de ser positiva.

Mis hermanos me miraron con tristeza. La desesperanza se apoderó de mí.

—¿Habéis sabido algo de ellos? —Seguía buscando algo alentador en mi vuelta a casa, pero los tres me miraron con aflicción—. ¿Están aquí, en Jeju?

Si fuese así, sólo significaría que tendrían que trabajar duro.

—No sabemos nada —dijo Abuela.

Mi familia había vuelto a reducirse, y yo ni siquiera me había enterado. Toda la felicidad que había sentido al llegar a Jeju (al conocer a Sang-mun, anticipar la alegría de volver a casa y ver las caras de mis hermanos) se disolvió y dio paso a una tristeza abrumadora. Pero yo era la hija mayor. Era una haenyeo. Mi cometido era proporcionar sustento y estabilidad a mi familia, así que compuse una sonrisa débil e intenté tranquilizar a mis hermanos.

—Volverán a casa, ya lo veréis —dije—. Mientras tanto, vamos a vender algunas de las cosas que he traído. Con ese dinero podremos enviar a la escuela a Hermano Tercero, al menos un tiempo.

—No, sería peligroso —dijo mi hermana—. Sólo tiene catorce años. Los japoneses se lo quedarían y lo llevarían a construir barricadas, o lo enviarían al frente. Le he dicho que durante el día debe quedarse escondido dentro de casa.

Aunque me alegré al comprobar que mi hermana tenía mucho sentido común (lo que sería de gran ayuda para ella a la hora de trabajar de haenyeo), me costaba digerir tanta pena. Sin embargo, la noticia del reclutamiento de mis hermanos no fue la peor: la verdadera conmoción me la llevé cuando mi padre entró tambaleándose en casa, completamente borracho, pasada la medianoche.

• • •

En mi primer día en casa hizo un tiempo horrible. Un manto de nubes espesas cubría toda la isla. El aire era caliente y húmedo, y la presión atmosférica resultaba opresiva. No tardaría mucho en caer un chaparrón, pero en lugar de refrescar el ambiente sólo añadiría agua caliente a mi sudor. Me pasé todo el día agachada desenterrando boniatos (lo hacía con cuidado, para no estropearles la piel) y repartiéndolos en tres cubos: los que nos comeríamos pronto, los que venderíamos a la destilería para fabricar alcohol y los que cortaríamos en rodajas, secaríamos y almacenaríamos (otra tarea tediosa) para comérnoslos en invierno. Habría preferido mil veces estar buceando.

Me sentía muy inquieta. No echaba de menos los bocinazos de los coches, los autobuses y los camiones, ni el estruendo de las fábricas y las refinerías. Lo que echaba de menos era el silbido del viento de Jeju, ahogado por el rugido de los aviones japoneses que despegaban, uno detrás de otro, de las tres bases aéreas que habían construido en la isla. El rugido de los motores de aquellos pájaros de la muerte era un recordatorio incesante de las intenciones de los japoneses en el Pacífico.

Así pues, por encima de mi cabeza, los espectros de la muerte. Bajo mis pies, la tierra. A mi lado, Mi-ja, como siempre. A su lado, Hermana Pequeña, que no paraba de hablar de chicos. Le interesaban más a ella que a nosotras, y constantemente nos preguntaba cuándo se iba a casar.

—Lo que marca la tradición es que me case yo primero —le expliqué—. Y por mucho que lloriquees, eso no va a cambiar. Además, eres demasiado pequeña. —Traté de suavizar el tono y añadí—: Eres una niña muy guapa; si te conviertes en una buena trabajadora, Abuela no tendrá problemas para encontrarte marido.

—¿Que no tendrá problemas? —preguntó Hermana Pequeña mientras cavaba en la tierra con su pala, sacaba un boniato y le quitaba con cuidado la tierra de la piel—. Pero si en Jeju ya no quedan hombres. ¿No te has dado cuenta?

Le recité las excusas clásicas:

—Muchos de nuestros hombres murieron en el mar, víctimas de los tifones y de otras tormentas. Los mongoles los mataron o los obligaron a exiliarse, y ahora...

—Ahora los reclutan los japoneses —dijo mi hermana, terminando la frase por mí. Estaba tan preocupada por su boda que no parecía importarle demasiado estar hablando de nuestros propios hermanos—. Muchas niñas de mi edad ya han concertado su matrimonio, pero a mí no me ha llegado ninguna proposición.

—A mí tampoco —dijo Mi-ja—. A lo mejor es porque no tenemos una madre que se encargue de hacer los contactos.

A mi hermana le brillaban los ojos.

—O porque no hemos querido compartir amor...

—¡Cállate y haz tu trabajo! —Tenía que cortar aquella conversación, porque me acordé de cuando las hermanas Kang presumían de escaparse con chicos. Habían tenido suerte de no quedarse embarazadas. Aunque, pensándolo bien, ¿la boda de la hermana pequeña no se había celebrado muy pronto, poco después de la de la hermana mayor? El primer hijo de Gu-sun había nacido...

—Ya sabes lo que dicen —continuó mi hermana con aire soñador—. Tener relaciones sexuales es «compartir amor».

«Compartir amor.» A las hermanas Kang les encantaba hablar de lo que hacían en la esterilla de paja con sus maridos, de lo maravilloso que era, de cómo lo echaban de menos y de cómo los añoraban cuando estábamos lejos.

—Yo no estoy tan segura respecto al matrimonio —dijo Mi-ja—. «Cuando una mujer se casa, disfruta durante tres días de los mejores manjares. Eso debe durarle toda la vida.» Si no fuese cierto, ¿por qué lo dirían nuestros mayores?

—¿Por qué estás tan pesimista? —le pregunté—. Siempre has dicho que querías casarte, y hemos hablado muchas veces de cómo deseábamos que fuese nuestro marido.

Ella me cortó.

—A lo mejor estar con un hombre es lo que se supone que debemos desear, pero quizá sólo nos haga desgraciadas.

—No entiendo a qué viene tu cambio de opinión —dije.

Antes de que Mi-ja pudiera responderme, Hermana Pequeña gritó:

—¡Lo que yo quiero es compartir amor! ¡Ya no aguanto más!

Le di un cachete en la mano.

—¡Para de hablar de compartir amor y ponte a trabajar! Todavía nos quedan tres hileras antes de irnos a casa.

Mi-ja y Hermana Pequeña se callaron, y yo me puse a pensar en mis cosas. Mi-ja y yo necesitábamos casarnos. Era lo que hacía todo el mundo. Y aunque no hablásemos de ello a cada momento, era en lo que pensábamos constantemente. Yo ya estaba decidida a conseguir algo imposible: a Sang-mun. Pero todavía no le había contado a Mi-ja lo que sentía por él, y no lo haría hasta que ella se decidiera por alguien. Sin embargo, aquella nueva actitud suya me desconcertaba. ¿Cómo podía ser que de pronto no quisiera casarse, si llevábamos meses ahorrando para poder comprarnos todo lo que íbamos a necesitar para nuestras respectivas bodas?

Tres días más tarde, una vez restablecidas nuestras rutinas domésticas, envié a Hermana Pequeña a buscar agua y recoger leña. Padre todavía dormía, y Hermano Tercero estaba sentado en la parte de atrás de la casa, lejos de las miradas escrutadoras de los japoneses. Yo acababa de coger mis herramientas y mis sacos de arpillera cuando Mi-ja vino a buscarme por sorpresa. Nos disponíamos a salir para ir al campo y Abuela nos hizo señas desde la casita.

—Sentaos aquí un momento. Tengo que hablar con vosotras de una cosa.

Nos quitamos las sandalias y entramos.

—«El novio construye la casa y la novia la llena» —recitó.

Sonreí. Sólo llevaba cuatro días en casa y ya estaba oyendo la fórmula tradicional que anuncia una boda y muchos años de feliz matrimonio. Mi-ja, en cambio, controló mejor sus emociones.

—Vuestras vidas siempre han estado muy unidas —continuó Abuela—. Por ese motivo, lo mejor es que os caséis las dos a la vez.

—Le resultará fácil encontrarle un marido a Young-sook —dijo Mi-ja—, pero ¿quién va a querer casarse conmigo después de...? —Titubeó buscando la forma de expresar lo que quería decir—. Me refiero a mi... conflictivo pasado.

—Te equivocas, pequeña. Tu tía me ha dicho que ha recibido una propuesta para ti. Me ha pedido que hable en nombre de tu familia, puesto que siempre fuiste como una hija para Sun-sil. ¿No te lo ha dicho tu tía?

Yo estaba muy sorprendida y muy contenta, pero Mi-ja frunció el ceño.

—Tía Lee-ok por fin se librará de mí.

—En muchos aspectos, tus circunstancias mejorarán considerablemente —comentó Abuela.

Yo no estaba segura de qué había querido decir Abuela con eso, y Mi-ja no se lo preguntó. No parecía contenta en absoluto. Yo iba a empezar a hacer preguntas cuando Abuela continuó:

—Y tú, mi querida Young-sook, te casarás la misma semana que tu amiga del alma. A tu madre le habría hecho muy feliz saberlo.

Sus palabras hicieron que se disipara toda mi preocupación por Mi-ja.

—¿Quién será mi marido? —pregunté emocionada.

—¿Y el mío? —preguntó Mi-ja con una voz pesada como el plomo.

—Yo no vi a mi esposo hasta el día de la boda —dijo Abuela con brusquedad—, y tardé semanas en atreverme a mirarlo a la cara.

¿Nos estaba previniendo porque sabía que no iban a gustarnos nuestros maridos? Mi-ja me cogió la mano, y yo se la apreté. Daba igual lo que pasase, siempre nos tendríamos la una a la otra.

• • •

El día siguiente también amaneció húmedo y caluroso. Yo estaba acostumbrada a trabajar en el mar, y por tanto a lavarme entera todos los días. Ahora, durante la cosecha del boniato, me conformaba con que mi ropa no se viera demasiado sucia, después de todos esos días y con la jornada que me esperaba, y también que mi tinte de zumo de caquis impidiera que oliese muy mal, pero no podía evitar arrugar la cara cada vez que me ponía los pantalones y la túnica. Una vez que mi padre, mi abuela y mi hermano hubieron comido y estuvieron atendidos, mi hermana y yo nos dirigimos hacia nuestro campo seco. Nos encontramos con Mi-ja en el sitio de siempre, en el olle.

—Tía Lee-ok y tío Him-chan me han pedido que hoy me quede trabajando para ellos —me dijo—. Pero ¿podemos vernos esta noche en la playa para hablar y bañarnos?

Ya tenía la espalda chorreando de sudor, así que su plan me pareció muy tentador. Hablamos un poco más, y luego Mi-ja se marchó, y mi hermana y yo seguimos nuestro camino. Arrancamos boniatos, sudamos, bebimos agua, y vuelta a empezar, una y otra vez. Cada vez que levantaba la cabeza, veía el mar a lo lejos, brillante y cautivador; estaba deseando que llegara la noche para ir a nadar con Mi-ja. Quizá simplemente nos sentáramos en la orilla, dejando que el agua se arremolinara a nuestro alrededor, calmante, curativa, tonificante. Sin gastar una gota de energía.

Al final de la jornada, mi hermana y yo, cansadas y sucias, andando de camino a nuestra casa oímos un automóvil. ¡Aquello era inaudito! El coche paró a nuestro lado; delante iba el conductor y en el asiento trasero dos hombres. El del lado más alejado de nosotras era Sang-mun, que llevaba un traje occidental. Sentí que se me paraba el corazón.

El hombre que estaba más cerca de mí (tenía que ser el padre de Sang-mun) vestía del mismo modo. Bajó el cristal de la ventanilla, apoyó el codo y se asomó para mirarme. Saludé con profundas y repetidas reverencias. Recé para que, gracias a mi humildad y mi respeto, mi futuro suegro viese algo más que a una muchacha con la cara y las manos sucias. Quería que viese a una mujer trabajadora, que cuidaría bien a su hijo, contribuiría a la economía familiar y crearía un buen hogar. En el fondo, confiaba en eso. Miré de soslayo a mi hermana, que había terminado de hacer reverencias y miraba boquiabierta a aquellos dos hombres vestidos con ropa extranjera, a su chófer y su coche. Ella nunca había salido de Hado, y era tan poco refinada como lo era yo no hacía mucho; pero, aun así, me avergoncé. Sin embargo, me fijé en que Sang-mun miraba al frente y ni siquiera me había saludado, como habría sido lo correcto que hiciese un joven que se dirigía a su reunión de compromiso.

Mi futuro suegro, pasando por alto las presentaciones, me dijo:

—Muchacha...

Nerviosa y abochornada por mi apariencia, balbuceé:

—Permitan que los guíe hasta la casa de mi abuela y mi padre.

Sang-mun se quedó mirándome fijamente, intrigado. Su padre fue más discreto y disimuló su sorpresa. No se rió de mí ni me miró con desdén, pero su expresión me dejó profundamente humillada.

—He venido a conocer a la familia de Han Mi-ja —dijo sin inmutarse—. ¿Puedes guiarnos hasta su casa?

¿A la familia de Mi-ja? ¡Claro! Se me cayó el alma a los pies. Ella era más guapa, y se había criado en Ciudad de Jeju. Su padre era un colaboracionista, y por tanto aquélla iba a ser una boda entre iguales. Todo tenía sentido, pero yo estaba tremendamente dolida por el hermetismo de Mi-ja y la traición de mi abuela. Yo no le había contado a Abuela lo que sentía por Sang-mun, pero sin duda durante las negociaciones ella se había enterado de que ya nos habíamos conocido. Tuve que hacer un gran esfuerzo para no romper a llorar, pero no podía hacer el ridículo más de lo que ya lo había hecho.

—Tendrán que dejar su coche aquí —dije— y recorrer el resto del camino a pie.

El chófer aparcó en la cuneta, dio la vuelta alrededor del coche y abrió la puerta del padre y luego la del hijo. Sang-mun seguía sin saludarme. Como hacía un día caluroso, las persianas de la fachada delantera de todas las casas frente a las que pasábamos estaban levantadas y sujetas con bastones de bambú para que entrara algo de brisa, así que todos pudieron ver nuestra procesión. Cuando llegamos a la casa de Mi-ja, sus tíos también tenían las persianas levantadas y estaban sentados con las piernas cruzadas en la habitación principal. A un lado estaba mi abuela, con el pantalón y la túnica más limpios y cuidados que tenía. Al otro lado estaba Mi-ja, sentada al estilo japonés, sobre los talones, y con las manos puestas delicadamente sobre las rodillas. Vestía un kimono de algodón con estampado de peonías; le habían cardado el pelo y llevaba un recogido japonés. Estaba muy pálida, casi blanca, pero no era maquillaje sino otra cosa. ¿Tristeza? ¿Remordimientos? Quizá yo era la única que se daba cuenta de que tenía los bordes de los párpados enrojecidos, como si hubiese llorado. Los cuatro se levantaron y saludaron con profundas reverencias a los recién llegados. Sang-mun y su padre se inclinaron también, pero no tanto.

—Soy Lee Han-bong, el padre de Sang-mun.

—Siéntense, por favor —dijo el tío de Mi-ja—. Mi sobrina nos servirá el té.

Padre e hijo se descalzaron y agacharon la cabeza al pasar por debajo del alero para entrar en la casa. A mí no me invitaron a entrar, pero tampoco me pidieron que me marchase. Me aparté un poco, me senté en el suelo, al sol, y agaché la cabeza.

En Jeju no se pagaba dote por la novia, a diferencia de lo que ocurría en el continente, pero había otras formalidades que era necesario negociar y que Abuela arbitró con escasas discrepancias u objeciones por ninguna de las dos partes. El geomántico ya había sido contratado, y tras examinar los años, meses, días y horas de nacimiento de Sang-mun y de Mi-ja, había anunciado que la fecha propicia para celebrar la boda era al cabo de cinco días. Pese a ser obvio que la del novio era una familia pudiente, ambas partes prefirieron que las ceremonias se concentraran en un solo día, en lugar de extenderse durante tres, como marcaba la tradición.

—No es habitual que alguien del interior se case con alguien de la costa —explicó el padre de Sang-mun—. Tienen costumbres demasiado diferentes. Y tampoco suele pasar que alguien del norte de la isla quiera casarse con alguien del sur.

Lo que el anciano quería decir era que los hombres del interior eran más refinados que las novias haenyeo, y que a los hombres que vivían en las regiones del norte de la isla no les gustaban las mujeres (esas adoradoras de serpientes) de las aldeas del sur. Pero era evidente que el anciano quería llegar a algún sitio con esas comparaciones. Levanté la cabeza para ver cómo estaban encajando los demás sus comentarios. El tío y la tía de Mi-ja habían bajado un poco la mirada para ocultar su reacción. Mi amiga, en cambio, mantenía la vista al frente, aunque daba la impresión de estar ausente, como si su mente hubiera salido volando de la casa y planeara sobre el mar. Pero yo conocía demasiado bien a Mi-ja. No estaba fingiendo ser una novia delicada y recatada al estilo japonés, ni ocultando su tristeza o su preocupación ante la perspectiva de casarse con Sang-mun. Lo que hacía era tratar de ignorarme. La expresión del rostro de Abuela, por otra parte, era sumamente desagradable. Le habían ofrecido una posición privilegiada y muy respetada, pero yo estaba preocupada por lo que pudiese decir.

—Es conveniente que un chico de ciudad se empareje con una chica de ciudad —expuso Abuela, aunque lo que estaba pensando era que los hijos y las hijas de los colaboracionistas formaban buenas parejas.

—Exactamente —coincidió el padre de Sang-mun—. Es absurdo que las familias se vean obligadas a hacer tantos viajes de ida y vuelta de Ciudad de Jeju hasta aquí.

Por fin lo entendí. Lee Han-bong no quería saber nada de la familia de Mi-ja ni del pueblo que ella consideraba su hogar desde hacía catorce años. Qué hombre tan repugnante. Y qué terrible humillación para los tíos de Mi-ja, aunque ellos no dijeron nada. Siempre habían tratado a Mi-ja con crueldad, pero ahora podrían beneficiarse de las influencias de la familia Lee. Estaban demostrando, una vez más, que eran unos hipócritas.

—Como podrá comprobar, Mi-ja no ha perdido las costumbres de la ciudad —continuó Abuela con serenidad—. Es más, ha vivido y trabajado en el extranjero. Tiene mucha experiencia...

—Conocí a su padre y también a su madre —la cortó Lee Han-bong—. Me imagino que ella no se acordará de mí, pero yo me acuerdo perfectamente de ella. —Mi-ja no lo miró, ni siquiera al oír esas palabras—. Siempre llevaba un gran lazo blanco en la cabeza. —Sonrió—. Iba siempre muy guapa, con sus botitas y sus falditas. La mayoría de la gente prefiere buscar a una nuera que se haya criado en una gran familia, porque eso garantiza que sabrá llevarse bien con todo el mundo.

—Además, es muy trabajadora...

—Pero mi hijo también es hijo único. Sang-mun y Mi-ja tienen eso en común. —Siguió enumerando los beneficios de aquella unión, pero centrándose en las características físicas de Mi-ja y Sang-mun y no en cuestiones de economía doméstica—. Ninguno de los dos tiene la piel demasiado oscura —observó—. Estoy seguro de que son ustedes conscientes de lo sorprendente que es eso, tratándose de una buceadora. De todos modos, cuando Mi-ja se case con mi hijo ya no tendrá que volver a trabajar al sol. Su cutis recuperará la blancura que tenía cuando era niña.

Escuché todo eso con el corazón desgarrado, y luego vi el intercambio formal de regalos. Sabía que Mi-ja le había comprado una cámara a su futuro marido, pero no distinguí, por la forma, qué era el regalo de la familia de Sang-mun, aunque vi claramente que no era la clásica pieza de tela para que se hiciese el traje de novia. (Pero ¿por qué iban a hacerle unos colaboracionistas japoneses un regalo tan coreano?) En cuanto concluyeron las negociaciones, y después de que a los hombres les sirvieran sus vasitos de vino de arroz para cerrar el trato, me levanté despacio, salí del patio y corrí por el olle hacia mi casa. Lloraba a lágrima viva, y casi no veía por dónde iba. Me detuve, me tapé la cara y lloré apoyada en la pared de piedra. ¿Cómo podía haber abrigado sueños tan ridículos? Sang-mun jamás se había interesado por mí, y yo no debería haberme planteado siquiera la posibilidad de casarme con el hijo de un colaboracionista.

—Young-sook.

Me estremecí: era la voz de Mi-ja.

—Entiendo que estés triste —me dijo—. Antes ni siquiera me he atrevido a mirarte por miedo a romper a llorar. Queríamos casarnos con chicos de Hado para continuar juntas, y ahora...

Yo estaba tan celosa y tan dolida que no había caído en que Mi-ja se marcharía de Hado para siempre. ¿Cómo había permitido que un único y breve encuentro con un hombre guapo y de risa cautivadora me alejara tanto de mi amiga como para ni siquiera pensar en las consecuencias que tendría una boda con él, ya fuese la suya o la mía, en nuestra amistad? Mi-ja y yo nos separaríamos. Quizá la viese si pasaba por el puerto para ir a hacer la temporada de verano a algún sitio, pero, por lo demás, ninguna esposa responsable gastaría dinero en un billete de barco o de camión (había camiones que llevaban productos agrícolas al mercado semanal) sólo por el capricho de visitar a una amiga. Si antes estaba desconsolada, ahora estaba destrozada.

—Yo no quiero este matrimonio —me confesó—. Mis tíos serían capaces de vender mi pelo si eso les diera algún beneficio, pero ¿y tu abuela? Le supliqué que no lo hiciera.

Sentí que mis emociones volvían a revolverse.

—Tú sabías lo que yo sentía por él —le reproché.

—Me lo imaginaba —dijo ella—. Pero que supiera lo que sentías no significa que estuviera en mis manos cambiar el curso de los acontecimientos. Se lo conté todo a tu abuela. Le supliqué... —Titubeó y, al cabo de un momento, prosiguió—: Eres afortunada por no tener que casarte con él, salta a la vista que no es un buen hombre. Se nota en la fuerza de sus brazos y en la curva de su mentón.

Sus palabras me dejaron helada. Noté que un escalofrío me subía por la columna, y entonces Mi-ja rompió a llorar.

—¿Qué puedo hacer? No quiero casarme con él y tampoco quiero alejarme de ti.

Lloramos juntas y nos hicimos promesas que no podríamos cumplir.

Más tarde, ya en mi casa, lloré en el regazo de Abuela. Con ella podía hablar sin ambages de mis confusas emociones, y le conté que me había hecho ilusiones de casarme con Sang-mun. Estaba disgustada, pero también enfadada con Mi-ja. Quizá mi amiga no me lo había robado, pero de todas formas se había quedado con él, y eso me dolía. Mi-ja se convertiría en una mujer de ciudad y disfrutaría de un sinfín de comodidades: calles asfaltadas, electricidad, agua corriente...

—¡Sang-mun hasta podría contratarle un profesor particular! —le dije llorosa, indignada y celosa. Seguía terriblemente dolida.

Sin embargo, Abuela no se molestó en consolarme y se limitó a expresar cuánto le desagradaba Lee Han-bong, el padre de Sang-mun.

—¡Ese hombre! Viene aquí con sus zalamerías, proponiendo una boda de un solo día y comportándose como si su propósito fuese ahorrarles el viaje a los tíos de Mi-ja. Lo que pasa es que son demasiado pobres para celebrar una boda como es debido, y él no quiere que sus amigos lo sepan. Dice que quiere una esposa bella para su hijo, una joven a la que recuerda de tiempos mejores, pero en realidad sólo quiere quedar bien con sus amigos. Le tiene sin cuidado lo que esto pueda significar para los tíos de Mi-ja.

—Pero si a ti nunca te han caído bien...

—¿Caerme bien? ¿Y eso qué tiene que ver? ¡Cuando ese hombre los insulta, está insultando a todo Hado! Es un colaboracionista y tiene a los japoneses en la cabeza.

Eso era lo peor que Abuela podía decir de nadie, pues odiaba con toda su alma a los japoneses y a quienes los ayudaban. Me froté los ojos con las palmas de las manos; estaba pensando demasiado en mí misma.

Abuela, a mi lado, seguía enfurecida.

—Mi-ja dice que tiene las manos suaves.

—¿Quién? ¿Lee Han-bong?

—Claro que no —me espetó Abuela—. El hijo.

Le hice las preguntas obvias:

—¿Cómo lo sabes? ¿Quién te lo ha dicho?

—Mi-ja dice que se propasó con ella el día que lo conocisteis en el puerto.

—¿Que se propasó? No puede ser. Mi-ja me lo habría dicho.

—Esa pobre muchacha estaba condenada a la tragedia desde el momento en que respiró por primera vez —continuó Abuela—. Debes compadecerte de ella, tú que tienes tanta suerte. No olvides que también he estado trabajando para concertar tu matrimonio.

Yo era muy joven (demasiado joven al menos para comprender semejante torbellino de emociones) y me esforzaba por llevar mi corazón y mis pensamientos por otro camino. Pero me había sentido atraída por Sang-mun. Y a pesar de que Mi-ja me había dicho que no quería casarse con él y que la razón que me había dado Abuela quizá fuese cierta, en el fondo yo estaba convencida de que, si hubiese sido cierta, Mi-ja me lo habría dicho. Tal vez Abuela sólo me estuviese explicando todo aquello para que no me sintiese mal por no ser tan guapa, ni tan pálida, ni tan delicada (con lazos blancos en el pelo) como ella. En cuanto me despistaba, volvía a dudar de mi amiga, en la que siempre había confiado ciegamente.

—No puedo decirte quién es el novio, pero sé que te alegrarás —declaró Abuela—. Jamás te concertaría una boda con alguien que no fuese de tu agrado. Mi-ja es otra historia; sus posibilidades siempre estuvieron limitadas, y puede estar contenta con lo que tiene. —Entonces le brillaron los ojos, y añadió—: Tu marido llegará mañana en el ferry.

—¿Es un hombre del continente? —pregunté.

Sabía que eso era lo que soñaba Mi-ja. Abuela me apartó el pelo de la cara y me miró a los ojos. ¿Veía mi mezquindad en ellos? ¿O llegaba más hondo y veía mi tristeza y mi sensación de haber sido traicionada? Parpadeé y desvié la mirada. Abuela suspiró.

—Si vas al muelle mañana... —Me puso unas monedas en la mano—. Con esto tienes suficiente para pagarle a un pescador para que te lleve en su barca a la ciudad. Es mi regalo, un regalo moderno: podrás ver al hombre con el que te casarás antes de la reunión del compromiso. Pero te lo advierto: que no te vean. ¡Sobre todo, que él no te vea! Ya sé que ahora las costumbres modernas son otras, pero nunca hay que olvidar la tradición.

Tenía el estómago revuelto por los nervios. Volví a notar que Abuela me observaba.

—Cuando te cases —continuó—, aprenderás a privarle a tu marido de una pequeña parte de su paga. «Esta semana he cosechado menos de lo previsto» o «He tenido que pagar un dinero extra a la cooperativa para comprar más leña». Así tendrás dinero para tus gastos. Mi-ja y tú estaréis separadas, pero con unas monedillas y un día de fiesta siempre podréis encontrar ocasiones para veros.

En la esterilla

Agosto - septiembre de 1944

A la mañana siguiente, Mi-ja y yo fuimos en una balsa con una pequeña vela hasta el puerto. Nos sentamos en el rompeolas a esperar. Siempre habíamos estado muy unidas, pero ahora se notaba la tensión entre nosotras. No le pregunté qué le había hecho Sang-mun, y ella tampoco sacó el tema. Nos concentramos en buscar a mi marido. Abuela no me había especificado en qué ferry llegaría ni me había dado pista alguna sobre su aspecto. Podía ser alto o bajo, con pelo abundante o escaso, con la nariz prominente o chata. Si era del continente, podía ser campesino, pescador o empresario. Francamente, ¿cómo esperaba Abuela que lo reconociese en medio de la multitud?

Mi-ja escudriñaba los remolinos de soldados japoneses buscando a su futuro esposo. Me esforcé por aceptar la situación. ¿Quería verlo o le daba miedo verlo? Si lo veía, ¿le dirigiría la palabra? ¿Permitiría que él le diese la mano? ¿O la tocaría Sang-mun, como Abuela aseguraba que había sucedido? Si alguien veía a Sang-mun y a Mi-ja hablando, ahora que se había concertado su boda, quien vería perjudicada su reputación sería ella y no él.

Llegó el ferry de Busan. Mientras los tripulantes amarraban la embarcación, Mi-ja y yo escudriñamos el muelle. ¿Era el de las cejas pobladas mi futuro marido? ¡Era muy guapo! Vimos bajar a otro joven por la pasarela, pero era tan patizambo que desvié la mirada para no echarme a reír. Debía confiar en que Abuela no me emparejaría con un hombre del que se burlarían más que del típico marido perezoso. (Además, Abuela me había asegurado que el elegido me gustaría.) Ya quedaban pocos pasajeros, y ninguno parecía un posible marido. Quizá no fuese un hombre del continente, al fin y al cabo. Qué desilusión. Pero Abuela me había dicho que mi unión era mejor que la que le había concertado a Mi-ja, así que me prometí ser optimista.

Mi-ja y yo nos comimos unos boniatos cocidos que yo me había traído de casa, mientras tratábamos de hacer caso omiso a los comentarios de soldados y estibadores. Al cabo de un par de horas, llego el ferry de Osaka. Primero desembarcaron los pasajeros varones más importantes. Vimos a soldados japoneses, por supuesto, y a unos cuantos hombres de negocios, también japoneses, ataviados con trajes elegantes, bombín y bastón. A esos hombres los seguían sus mujeres, vestidas con kimonos, andando a pasitos cortos, balanceándose sobre sus sandalias con plataforma de madera. Esas mujeres nunca podrían correr sobre las aristas de las rocas hacia el mar, ni arrastrar una captura. Por lo visto, estaban en el mundo para ser bellas, igual que las otras japonesas, las que vestían al estilo occidental, con el dobladillo de la falda rozándoles las pantorrillas y unos sombreritos prendidos con alfileres. A continuación, empezaron a bajar por la pasarela los hombres de Jeju que venían de trabajar en Osaka, cargados de bolsas y cajas con las cosas que habían comprado para sus familias (o quizá para sus novias), como habíamos hecho Mi-ja y yo al regresar de Vladivostok. La mayoría estaban flacos e iban desaliñados.

Vi una cara conocida. Era Jun-bu, el hermano de Yu-ri. Titubeó un momento en lo alto de la pasarela y recorrió el muelle con la mirada. Vestía un traje occidental. Sus ojos eran negros como el carbón y llevaba el pelo muy corto, del color de la corteza del castaño. Las gafas de montura metálica delataban todo lo que había leído y estudiado desde que éramos unos críos. Levanté un brazo para saludarlo, pero Mi-ja me lo agarró y me lo bajó, dejándolo junto a ella.

—¡Ésa no es forma de conocer a tu futuro marido!

Me reí.

—¡No es mi futuro marido! ¡Su madre jamás lo permitiría!

Pero Mi-ja me llevó hacia una zona en sombra.

—Ya sabes lo que dijo tu abuela. No debéis veros bajo ningún concepto el uno al otro antes de la reunión del compromiso.

Seguimos mirando hasta que hubieron desembarcado todos los pasajeros. No vi a nadie más que pudiese ser mi futuro marido.

—¡Qué suerte tienes, vas a casarte con un hombre al que conoces de toda la vida!

Mi-ja se alegraba por mí, pero bajo sus palabras se ocultaba un profundo temor por todo lo que le esperaba a ella, que yo todavía no alcanzaba a comprender.

—Pero si ya nos conocemos —argumenté—, ¿qué más da que él me vea?

Mi-ja no cedió y me mantuvo apartada mientras Jun-bu se dirigía hacia las barcas de pesca para que alguna lo llevara a su casa.

—Es estudiante, y muy inteligente. ¡Qué suerte tienes! ¡Qué suerte!

Pensé que a Jun-bu todavía le quedaba un año de universidad, y eso significaba que al menos no tendría que vivir con él mucho tiempo antes de que volviese a Japón, pero no era eso lo único que me preocupaba.

Horas más tarde, después de regresar a Hado, Mi-ja y yo fuimos caminando juntas hasta nuestro cruce del olle y allí nos despedimos. La vi desaparecer por la esquina y me fui corriendo a mi casa. El farolillo encendido en la casita me indicó que Abuela todavía estaba despierta. Cuando asomé la cabeza por la puerta, me hizo señas para que entrara. Le pregunté si me había concertado una boda con Jun-bu y ella me contestó que sí.

—Pero ¿cómo va a aceptarme su madre? —pregunté—. Yo le recuerdo todo lo que ha perdido. Yu-ri...

—Es verdad. Do-saeng te mirará y recordará su tragedia, pero ahora podrás ayudarla a ocuparse de Yu-ri.

—Supongo que tienes razón.

Eso no era lo que yo esperaba, pero Abuela ignoró mi desconsuelo.

—Por otra parte, tu madre era la mejor amiga de Do-saeng. Tu presencia hará que tu suegra se sienta más próxima a tu madre.

—Pero ¿ella no me culpa de...?

Abuela, una vez más, no me dejó terminar.

—¿Qué otras quejas tienes?

—Jun-bu tiene estudios.

Abuela asintió con gesto sombrío.

—Eso ya lo hablé con Do-saeng. Ahora podrás ayudar a pagarle los estudios.

—¿Cómo? ¡Pero si no he podido ayudar a mis propios hermanos!

—Jun-bu será maestro...

—*Aigo!* —gimoteé—. Siempre le pareceré una ignorante.

Abuela me dio una bofetada.

—¡Eres una haenyeo! Que nadie te haga pensar jamás que eres menos que los demás.

Desistí de persuadirla, y ni siquiera le mencioné que casarme con alguien a quien conocía de toda la vida se parecía más a casarme con un hermano que a ganar un marido con el que acostarme y compartir amor.

Do-saeng y su hijo vinieron a mi casa al día siguiente para la reunión del compromiso. Yo me había puesto ropa limpia y, sentada en el suelo, miraba al frente como le había visto hacer a Mi-ja. Sin embargo, me venció la curiosidad y miré de reojo a Jun-bu un par de veces. Se había quitado el traje occidental y se había puesto unos pantalones y una túnica confeccionados en casa. Las persianas de las fachadas estaban levantadas, y la luz se reflejaba en los cristales de sus gafas, lo que me impedía verle los ojos. No obstante, la rigidez de su cuerpo delataba que se estaba esforzando tanto como yo para ocultar sus emociones.

—Young-sook es muy trabajadora —empezó Abuela—. Y ha comprado o ha hecho ella misma todo lo necesario para montar un hogar.

—Tiene las mismas caderas que Sun-sil —observó Do-saeng. Estaba claro lo que había querido decir: ella sólo había podido traer al mundo a dos bebés vivos, mientras que seguramente yo tendría tantos hijos como mi madre—. La casita donde residirán como marido y mujer les ofrecerá la intimidad necesaria; allí podrán comer solos y conocerse el uno al otro.

—Pues entonces, démonos prisa y pidámosle al geomántico que escoja una fecha propicia.

Nos intercambiamos regalos. Le di a Jun-bu la radio que le había comprado y las sandalias de paja que le había hecho. Él puso varias piezas de tela en el suelo. No eran de colores vivos. El día de la ceremonia de la boda yo llevaría el traje tradicional teñido con caquis. He de admitir que eso fue otra desilusión.

Ya estábamos las dos oficialmente comprometidas. La nueva familia de Mi-ja quería que se mudara cuanto antes y empezase su nueva vida; Do-saeng también tenía prisa porque Jun-bu regresaría a la Universidad de Osaka a mediados de septiembre. Así que Mi-ja y yo de pronto nos vimos arrastradas por la corriente vertiginosa de dos ríos de curso claramente distinto.

Para empezar, dos días después de mi reunión de compromiso, Mi-ja y Hermana Pequeña me ayudaron a llevar las esterillas, las mantas, los cuencos, los palillos y los utensilios de cocina que había comprado trabajando duro a la vivienda de Do-saeng, en la playa. El patio que separaba la casa pequeña y la grande estaba limpio y ordenado. El equipo de buceo de Do-saeng estaba amontonado en un rincón, y de unas cuerdas tendidas de lado a lado colgaban calamares que se secaban al sol. Vi a Yu-ri, de pie a la sombra; tenía una cuerda atada al tobillo para que no se alejara de la casa. Era la primera vez que nos encontrábamos desde mi regreso de Vladivostok. Me sonrió; tal vez me reconociese, o tal vez no. Jun-bu no estaba allí. La casita tenía una habitación y una pequeña cocina. Ya habíamos terminado de llevar todas mis cosas cuando empezaron a llegar niñas y mujeres del pueblo para ver por sí mismas qué había comprado en mis viajes. Esa noche dormí sola en mi nueva casa. Por la mañana, volví con mi padre y mis hermanos.

Al día siguiente, justo diez días después de mi regreso a Jeju, ayudé a Mi-ja a preparar su equipaje. Mi-ja no trató de fingir alegría. Yo también estaba muy triste. Los celos que había sentido ya se habían disuelto en el mar, y ahora sólo podía pensar en una cosa: en que ya no vería a mi amiga todos los días.

—Ojalá hubiese alguna forma de compartir mi corazón contigo —confesé.

—No sé si podré soportar que estemos separadas —dijo ella con voz temblorosa.

Me esforcé en ayudarla a ver el lado positivo de su situación.

—Volverás a vivir como cuando eras pequeña. Tendrás electricidad. La familia de Sang-mun quizá hasta tenga teléfono.

Pero mientras le decía todo esto también pensaba en lo difícil que sería para ella asimilar todos esos cambios. Por una parte, había vivido demasiado tiempo en Hado. Por otra, Ciudad de Jeju no era nada comparada con Vladivostok o las otras grandes ciudades a las que nosotras habíamos ido a trabajar de temporeras.

—¿Cómo sabré qué estás haciendo? —Se quedó callada, y se le humedecieron los ojos—. No podremos escribirnos. Yo sólo sé escribir mi nombre, lo demás se me olvidó, y ninguna de las dos sabe leer.

—Nos enviaremos calcos. —Le apreté el brazo para tranquilizarla—. Siempre nos hemos contado historias con nuestros dibujos.

—Pero ¿cómo? Yo no sé escribir tu dirección.

—Les pediremos a nuestros maridos que la escriban.

Pero esa idea volvió a recordarme que yo era analfabeta y que estaba por debajo de mi futuro marido.

—¿Prometes venir a visitarme? —me preguntó Mi-ja.

—A lo mejor puedo pasar por Ciudad de Jeju cuando vaya a hacer la temporada de verano.

—Ahora ya no tendrás que hacer eso. Estarás casada.

—Las hermanas Kang están casadas y tienen hijos —señalé—. Y siguen yendo.

—Pero tú no irás. —Parecía muy convencida—. Do-saeng quiere que la ayudes con Yu-ri, así que prométeme que vendrás a visitarme.

—De acuerdo, te lo prometo.

Pero sabía que no podría gastarme dinero en un billete para ir al puerto porque Do-saeng estaría vigilándome y recogiendo el dinero que yo ganase para pagar los estudios de Jun-bu.

—No puedo imaginar cómo será no verte todos los días —dijo Mi-ja.

—Ni yo.

Era la cruda realidad. Éramos dos novias desoladas ante la imposibilidad de cambiar nuestro destino. Yo quería a Mi-ja. Siempre la querría. Ese amor era mucho más importante que los hombres con los que íbamos a casarnos. Necesitábamos encontrar alguna forma de seguir en contacto.

Se puso el kimono que le había enviado la familia de Sang-mun. Una vez vestida, cogió las sandalias de paja que había hecho para el hombre que se convertiría en su marido.

—¿Qué hará Sang-mun con ellas? —se preguntó.

Realmente, era difícil imaginarlo.

Llegaron el novio y sus padres. Les regalaron una caja de vino de arroz a los tíos de Mi-ja. A ella su futuro suegro no le regaló un lechón para que lo criara y lo cuidara; le dijo que en Ciudad de Jeju no lo necesitaría. Los tíos de Mi-ja regalaron tres colchas a sus consuegros. Luego Sang-mun dio a los tíos de Mi-ja una caja envuelta en seda (símbolo de la buena fortuna) y atada con un cordel (que representa la longevidad). Dentro estaban la carta de declaración y unos regalos. Mi-ja y Sang-mun firmaron la carta. La chamana Kim no asistió. No hubo banquete, pero se hicieron dos fotografías: una de los novios y otra de todos los invitados a la boda. En una hora las celebraciones habían terminado.

Unos cuantos vecinos se unieron a la comitiva hasta la carretera y, una vez allí, metieron las pertenencias de Mi-ja en el maletero del coche de su suegro. No tuvimos ocasión de despedirnos.

Mi-ja se sentó en el asiento trasero. Nos dijo adiós con la mano, y nosotros a ella. Cuando el coche se alejó, Abuela dijo:

—Esa chica se ha marchado de Hado tal como llegó: como la hija de un colaboracionista.

Lo dijo con un tono extraño, triunfante, como si finalmente hubiese ganado. Ella emprendió el camino de vuelta a casa con la barbilla levantada, pero yo me quedé en la carretera hasta que el coche se perdió de vista y ya sólo veía nubes de polvo.

Sentía un vacío en el pecho. No podía imaginarme qué le depararía el futuro a Mi-ja, pero tampoco lo que me depararía a mí. Esa noche, ella dormiría con su esposo. Yo pronto dormiría con Jun-bu. Mi-ja y yo no podríamos compartir nuestros pensamientos ni nuestras emociones sobre nada de todo eso. La muerte de mi madre había sido un golpe muy duro, pero ahora, sin Mi-ja, me sentía completamente sola.

Mi boda fue más tradicional pero igualmente breve. Once días después de que Mi-ja hubiera regresado a casa y un día después de que se hubiera marchado de Hado, mi padre sacrificó uno de nuestros cerdos. Asamos la carne en unos pinchos y la compartimos con nuestros amigos y parientes. Jun-bu y su madre no asistieron al festejo; estaban escribiendo la carta de declaración y celebrándolo con su familia y sus amigos. Como las dos familias éramos del mismo barrio de Hado, la gente iba y venía de una casa a la otra. Mi padre bebió demasiado, como muchos de los invitados.

La segunda mañana hice ofrendas a mi madre y a mis antepasados; sabía que Jun-bu, su madre y su hermana también estaban haciéndoselas a sus antepasados. Abuela me ayudó a ponerme los pantalones, la túnica y la chaqueta que me había confeccionado con la tela que me había regalado Jun-bu. Hermana Pequeña me peinó y me hizo un moño en la nuca, y yo me pellizqué las mejillas para darles color. Luego salí al patio que separaba nuestra vivienda y la casita y me quedé esperando a que llegaran Jun-bu y su familia.

A lo lejos se oía la comitiva del novio, que se detuvo junto al Árbol de la Aldea, donde la chamana Kim y sus ayudantes tocaron címbalos y tambores. Cesó el ruido y se oyó la potente voz de haenyeo de Do-saeng:

—Mi hijo es listo. Es trabajador. Goza de buena salud. Cumple las tradiciones y confía en los regalos del mar.

Yo había presenciado esa ceremonia muchas veces, así que sabía qué venía a continuación. La chamana Kim cogería un pastel de arroz especial y lo lanzaría contra el árbol. Contuve la respiración, atenta a la reacción de la gente que estaba allí reunida. Si el pastel se adhería al árbol, mi matrimonio estaría bendecido. Si se caía, tendría que casarme de todas formas con Jun-bu pero seríamos desgraciados el resto de nuestra vida. Oí vítores y de nuevo címbalos y tambores. Mi matrimonio sería afortunado.

El estruendo fue en aumento hasta que por fin Jun-bu entró por la cancela con la caja nupcial en las manos y los brazos extendidos. Vestía prendas rituales: una túnica por debajo de la rodilla, encima de varias capas de ropa interior, junto con un cinturón de tela que le daba varias vueltas a la cintura. Un tocado de piel de perro le tapaba la frente y le caía sobre los hombros; la parte de atrás, atada con una cinta de tela brillante, quedaba levantada y separada de la cabeza. Pese a llevar puestas muchas capas de ropa se notaba que estaba delgado, pero su cara era redonda y lisa. Tenía los ojos negros y las cejas tupidas y arqueadas, como si estuviera formulando una pregunta. Los dedos eran largos y estilizados, como patas de araña, y las manos asombrosamente pálidas, lo que demostraba que nunca había trabajado al sol, ni siquiera en los campos de cultivo de su familia.

Como el padre de Jun-bu seguía en Japón, Do-saeng lo sustituyó y me ofreció un cerdo de dos meses. Si el animal sobrevivía, al cabo de un año habría triplicado su valor. Abracé el lechón unos minutos antes de dárselo a alguien para que lo llevara a casa de Jun-bu y lo pusiera en su cercado de piedra, con la letrina y los otros cerdos. Nos intercambiamos más regalos de boda: colchas compradas en el continente, vino de arroz casero, así como sobres con dinero para ayudar a ambas partes a pagar los gastos de la boda.

Jun-bu firmó la carta de matrimonio y me pasó la pluma.

—Toma —me dijo. Era la primera palabra que me dirigía; me ruboricé y desvié la mirada. Entonces él recordó quién y qué era yo y se puso un poco de tinta en la palma de la mano. Mojé el pulgar en la tinta y le toqué la piel. Era la primera vez que nos tocábamos desde que éramos pequeños y jugábamos en la orilla. Sin decir nada, dejé mi marca en el papel. En ese momento nos miramos y comprobé que Jun-bu no era mucho más alto que yo. Él me sostuvo la mirada, y entonces esbozó una levísima sonrisa. Supe en el acto que yo había sido la única que la había detectado, y ese detalle tan tierno me tranquilizó.

A continuación, la comitiva nupcial volvió a casa de la familia de Jun-bu. En el patio que separaba la vivienda grande de la pequeña había gente sentada en esterillas esperando a que comenzara el banquete. Do-saeng y sus amigas habían preparado numerosos platillos, entre ellos nabo encurtido, pescado salado y kimchee. También ofrecieron una crema de pajarillos estofados con los cinco granos de Jeju. Además Do-saeng, que había matado uno de sus cerdos para el banquete, sirvió panceta asada, que los invitados envolvían en hojas de lechuga, y salchichas con salsa de vinagre de soja y guarnición de puré de alubias. Do-saeng y Jun-bu se sentaron a comer, y a mí me llevaron a la casa grande, a una habitacioncita con vistas al granero. Yu-ri entró cojeando seguida de varias pequeñas buceadoras de la cooperativa de Do-saeng y algunas niñas más. Las pequeñas buceadoras me habían traído comida, pero la tradición exigía que yo se la regalara casi toda a las niñas en un gesto que servía para garantizar la fertilidad de la novia. Yu-ri, a la que en circunstancias normales habríamos considerado demasiado mayor para participar en aquella tradición, se comió con deleite su pastel de arroz.

Luego me acompañaron otra vez afuera para que Jun-bu y yo pudiésemos posar para el retrato de boda. Por último, llegó el momento de hacer las «grandes reverencias», con las que mostré mi respeto y obediencia a mi suegra, a Yu-ri, a varios tíos, tías y primos de la familia de Jun-bu, y también a todos los mayores de mi familia.

Ya era, oficialmente, una mujer casada.

Volví a mi habitacioncita, y traté de impregnarme de los conceptos de fortuna, felicidad, suerte y fertilidad. Fuera, la gente seguía bebiendo, comiendo y compartiendo su buen humor. Abrí un armario, saqué dos esterillas, las tendí una al lado de la otra y las tapé con las colchas que había comprado para cuando me casara. Horas más tarde entró Jun-bu.

—Te conozco desde que éramos niños —dijo—. Si tengo que casarme con una chica de pueblo, mejor que seas tú. —Hasta él debía de haberse dado cuenta de que aquello no era un gran cumplido—. Siempre nos lo hemos pasado bien jugando en el agua, espero que nuestras noches de casados sean igual de felices.

Nunca me había importado desnudarme en el bulteok ni en la barca, cuando nos íbamos a bucear lejos de la isla, e intenté no mostrar vergüenza. Además, a diferencia de los hombres del continente o de las regiones montañosas de Jeju, Jun-bu estaba acostumbrado a ver a mujeres casi desnudas con su traje de bucear, entre ellas su madre y su hermana. Y también había ayudado a cuidar de su hermana desde el accidente, por lo que debía de saber cómo era el cuerpo femenino. Por tanto, fui yo la que superó su pudor y le quitó la ropa. Se le puso la piel de gallina en cuanto lo toqué. Sin embargo, luego resultó que ambos sabíamos qué debíamos hacer. El hombre es frágil y débil durante el día, pero en la esterilla de paja siempre sabe comportarse. La mujer arriesga su vida para mantener a su familia, pero en la esterilla de paja debe hacer todo lo que esté en su mano para ayudar a su marido a convertirse en padre de un varón.

Cuando terminamos, mientras yo me limpiaba la mucosidad sanguinolenta que resbalaba por mis muslos, mi marido me dijo en voz baja:

—Cada vez lo haremos mejor, te lo prometo.

Sinceramente, no entendí a qué se refería.

A la mañana siguiente, me desperté mucho antes del amanecer y fui a la letrina a hacer mis necesidades. Subí la escalerilla, entré en el recinto de piedra, me bajé los pantalones y me acuclillé, sin dejar de vigilar por si había ciempiés, arañas o serpientes. El hedor que ascendía del foso me irritaba los ojos, y los cerdos de la familia resoplaban debajo de mí. Me acostumbraría a esa nueva letrina, como debían hacer todas las recién casadas. Luego bajé por la escalerilla y miré al otro lado del muro de piedra; habían acordonado una zona del corral para proteger a mi lechón, que estaba despierto y buscando comida. Cuando creciese un poco su tarea cotidiana sería comerse los excrementos de la familia; después yo recogería los suyos y los llevaría a los campos para usarlos como fertilizante. Años más tarde, sacrificaríamos mi cerdo para una boda, un funeral o una ceremonia de veneración a los antepasados. Era un círculo constante: los cerdos dependían de nosotros y nosotros de los cerdos. Le di al lechón algunas sobras que no había tirado de la noche pasada, le dije unas palabras cariñosas y fui a buscar estiércol para el fuego y a sacar agua del pozo. Confiaba en que los días siguientes me dejaran repartir mi tiempo y ayudar a terminar la recolección de la patata tanto a mi familia como a la de Do-saeng. Demostraría que era una buena esposa y una buena nuera desde el principio.

Más tarde, cuando todos se hubieron vestido y desayunado, Jun-bu, su madre, su hermana y yo hicimos una última comitiva hasta la casa de mi familia. Mi hermana cocinó, y comimos todos juntos. Después, Do-saeng y Yu-ri volvieron a su casa, pero Jun-bu y yo nos quedamos a dormir en casa de mi familia. Esta tradición, que sólo se practicaba en Jeju, transmitía el mensaje de que una haenyeo siempre permanecería unida a su familia de nacimiento. Fui a acostarme temprano, pero mi marido, mi padre y mi hermano se quedaron levantados hasta tarde jugando a cartas y charlando.

—Volverás a bucear con nuestra cooperativa —me dijo Do-saeng el séptimo día de mi vida de casada—. Todavía queda trabajo en los campos de tierra adentro, pero hay que comer, y las mareas son favorables.

—Me alegro —le dije—. Es maravilloso volver a estar en Hado y poder permanecer cerca de mi familia.

—Y ayudar a tu padre a pagar sus deudas de borrachera.

Suspiré. Sí, era verdad, pero continúe con mi idea original:

—Y también podría ayudar a mi hermana ahora que ya es pequeña buceadora.

Do-saeng arrugó el ceño.

—Estoy segura de que tu madre habría preferido que yo me hiciera cargo de ella. Al fin y al cabo, no todo el mundo ha tenido suerte cuando ha buceado contigo.

Sus palabras me golpearon como una bofetada. ¿Iba a tratarme siempre así Do-saeng, iba a recordarme constantemente los defectos de mi familia y a culparme por lo que le había sucedido a Yu-ri?

—Por supuesto, usted es la responsable de Hermana Pequeña y de todas las haenyeo de su cooperativa —dije—. Mi hermana es muy afortunada de tenerla a usted para guiarla. Yo sólo quería decir...

—¿Vas a ponerte el traje de bucear negro este mes?

«Cuanto más lejos de la letrina y de la casa de tu suegra, mejor.» Me estaba resultando muy difícil convivir con Do-saeng. Abuela me había asegurado que me acostumbraría a mi nueva situación, pero yo no estaba tan segura, sobre todo si mi suegra iba a humillarme constantemente. Respecto al tema que acababa de sacar a colación, Jun-bu estaba haciendo cuanto podía para plantarme una semilla, y yo me esforzaba mucho para que ésta encontrara un lugar acogedor en mi cuerpo. Jun-bu me había dicho que nuestras actividades nocturnas mejorarían, y así era. A veces incluso tenía que taparme la boca con una mano para evitar que mis gemidos de placer se oyeran en la casa grande. Pero sólo había transcurrido una semana.

—Lo sabrá cuando yo lo sepa —le contesté por fin.

Así que me esforcé aún más para ayudar a Jun-bu a plantar su semilla antes de tener que regresar a Japón. Lo que mi esposo me hacía sentir entre las piernas me gustaba mucho, pero el día a día del matrimonio no tanto. Mi marido calentaba agua para que yo entrase en calor cuando regresaba del mar, pero la mayor parte del tiempo se dedicaba a leer libros, escribir en sus libretas o reunirse con los otros hombres junto al Árbol de la Aldea para hablar de filosofía y de política. Los únicos cambios reales que se habían producido en su vida eran que me preparaba la cena que nos comíamos juntos en la casita, y que por la noche me tenía a su lado. Yo, por mi parte, salía a bucear con la cooperativa de Do-saeng, trabajaba en los campos y me ocupaba de Yu-ri: le cepillaba el pelo, le cambiaba y lavaba la ropa interior cuando tenía algún accidente, vigilaba que no se lastimara acercándose demasiado al fuego de la cocina, la buscaba por los olle si se había soltado de la cuerda mientras su madre y yo estábamos en el mar. Yu-ri casi siempre estaba de buen humor, pero a veces se ponía quejumbrosa. Y eso no era lo mismo que tratar con una niña enfadada o triste, porque ella ya era una mujer adulta: era fuerte y obstinada, una típica haenyeo, aunque nunca volvería a bucear. Yo me compadecía de ella y no me habría importado en absoluto cuidarla el resto de mi vida, pero a veces todo aquello resultaba un poco abrumador. Entonces era cuando más añoraba a Mi-ja. Echaba de menos salir corriendo de mi casa para ir a buscarla por la mañana. Echaba de menos hablar, reír y bucear con ella.

Doce días después de la boda, Do-saeng y yo estábamos sentadas reparando nasas en el patio cuando Jun-bu salió de la casita. Do-saeng lo miró con amor, como todas las madres.

—Si no necesitas a tu nuera —le dijo él—, me gustaría que me prestaras a mi esposa.

¿Cómo va a responder una madre bondadosa a esa petición? Pasados unos minutos, Jun-bu y yo caminábamos por los olle; íbamos uno al lado del otro, pero en público no nos tocábamos.

—¿Adónde me llevas? —le pregunté.

—¿Adónde te gustaría ir?

Unas veces íbamos a la playa o a pasear por los olle. Otras, subíamos hasta la cima de un oreum, contemplábamos el paisaje, charlábamos y a veces practicábamos actividades nocturnas a plena luz del día. Eso me gustaba mucho, y a él también.

Le propuse visitar el lado en sombra de un oreum que había no muy lejos.

—Hace calor, sentados en la hierba estaremos frescos.

Jun-bu sonrió; eché a correr, y él me persiguió. Aunque era un hombre, yo corría más deprisa. Fuimos serpenteando por los olle, llegamos a un prado y empezamos a subir la ladera empinada. Llegamos a la cima y nos dejamos caer sobre la hierba en la zona umbría. Un segundo después ya estábamos retozando entre las flores. Yo todavía no me había acostumbrado al contraste entre su piel pálida y mi tono oscuro. Jun-bu deslizó las manos por la musculatura fibrosa de mis brazos hasta agarrar mis nalgas firmes. La suavidad de su torso y sus brazos coincidía con la ternura y el cariño de sus ademanes. Cuando volvimos a ponernos los pantalones, nos tumbamos boca arriba viendo desfilar las nubes en el cielo.

Me gustaba mi marido. Era igual de bueno y amable que cuando era un niño flacucho con el que jugábamos en la playa. Desde un principio quiso compartir sus conocimientos conmigo, y resultó que yo no era tan ignorante como creía. Yo había ido a trabajar fuera de la isla y visitado muchos lugares, mientras que él sólo había estado en Hado y en Osaka. Mi marido había leído muchos libros, pero yo también había aprendido mucho escuchando y observando. Además yo conocía el fondo marino, y Jun-bu nunca se cansaba de preguntarme cosas sobre eso, mientras que a mí me fascinaba que él supiera tanto acerca de la guerra y de cuestiones de política internacional. Así que, al contrario de lo que yo había imaginado (que no tendríamos nada de que hablar), entre nosotros siempre había temas de conversación, porque cada uno tenía sus propias ideas sobre Jeju y el resto del mundo. A él le gustaba hablar de la época en que Jeju era un reino independiente, y yo me sentía muy cómoda cuando hablábamos de eso porque Abuela me había contado muchas cosas del reino de Tamna. Jun-bu también me explicó todo lo que sabía de la Conferencia de Moscú y la Conferencia de El Cairo, donde los líderes de los aliados habían hablado de la futura independencia de Corea. A mí jamás se me habría ocurrido imaginar que el nombre de mi país apareciera en las conversaciones de los líderes internacionales, ni que la independencia fuese posible.

—En la universidad he conocido a estudiantes de China y de la Unión Soviética que están convencidos de que la vida puede ser diferente —me explicó—. Deberíamos luchar para decidir el destino de nuestro país. Los terratenientes y los propietarios de las fábricas deberían compartir su riqueza con quienes se dejan la piel trabajando para ellos. La educación debería ser obligatoria para niños y niñas. ¿Por qué tienen que trabajar y sacrificarse tanto las mujeres, las hermanas y las esposas? —Se quedó callado. ¿Acaso él no se había casado para que yo pudiese ayudar a su madre a pagarle los estudios?—. Lo que quiero decirte, Youngsook, es que deberíamos hacer lo posible para que nuestros hijos y nuestras hijas leyeran, conocieran el mundo y pensaran en cómo quieren que sea nuestro país.

Cuando hablaba así, me recordaba a mi madre en los días previos a la manifestación de las haenyeo contra los japoneses, y me gustaba imaginármelo en el papel de padre de nuestros hijos. Y mientras pensaba en eso, estiré el brazo y deslicé una mano por su barriga y por debajo de sus pantalones. Él era joven, y descubrí que yo podía ser persuasiva.

El 1 de septiembre, la suegra de Mi-ja llegó a Hado para hablar con mi suegra. Madame Lee fue derecha al grano.

—Mi-ja todavía no está encinta. ¿Y tu nuera? ¿Ya se ha quedado embarazada?

Do-saeng le dijo la verdad: que yo todavía no había tenido la menstruación desde el día de la boda (e imaginaos cómo debía de sentirme yo oyéndolas hablar de aquello como si yo no estuviera allí sirviéndoles el té). Entonces Madame Lee dijo:

—Tal vez sería conveniente que las nueras que han entrado en nuestras respectivas familias visitaran a la diosa.

—Sólo llevan dos semanas casadas —le recordó Do-saeng.

—Pero tu nuera es una muchacha de pueblo. Tengo entendido que su madre fue muy fértil.

No me gustó nada el tono de Madame Lee, y a Do-saeng tampoco, pues no debió de hacerle ninguna gracia que le recordaran su infertilidad.

—Sólo hay una forma de concebir un bebé —dijo Do-saeng con rabia—. A lo mejor tu hijo no ha podido...

—Tengo entendido que tu hijo regresa a Japón dentro de dos semanas. Necesita engendrar un bebé antes de marcharse, ¿verdad?

Eso era algo que yo también deseaba, y estaba convencida de que Do-saeng también. Era su papel como madre de Jun-bu y como suegra.

Madame Lee insistió.

—El gobierno local va a enviar a mi hijo al continente para que aprenda a supervisar almacenes. Me ha dicho que estará fuera un año entero. —Dejó que mi suegra valorase esa información. Si Sang-mun no le plantaba una semilla a Mi-ja pronto, Madame Lee no tendría un nieto como mínimo hasta transcurrido un año y nueve meses—. Mi nuera es de Ciudad de Jeju, pero parece ser que vuestras costumbres de pueblo costero han arraigado en ella. Cree en vuestra chamana y en vuestra diosa. —La mujer levantó la barbilla y añadió—: Así pues, la enviaré a Hado cada dos días para que tu nuera la lleve a visitar a la diosa que corresponda.

—Los japoneses castigan a quienes siguen las tradiciones de la isla —le recordó Do-saeng.

—Eso dicen, pero tengo entendido que los isleños seguís esas tradiciones de todas formas.

—Es peligroso —insistió Do-saeng, aunque yo la había visto hacer ofrendas toda la vida. Confié en que no se hiciera de rogar demasiado, porque yo estaba deseando que viniese Mi-ja.

—Lo sé, y por eso te pagaré por las molestias.

Do-saeng, al comprender que tenía ventaja, hizo un ademán para descartar esa idea, como si ahuyentase un olor desagradable.

—Mi-ja tiene a sus tíos en Hado. Mándala a su casa.

—Supongo que estarás de acuerdo conmigo en que una esposa feliz es más propensa a engendrar.

—Pero entonces tendré otra boca que alimentar. Y si tu nuera está aquí, ¿cómo va a cumplir sus deberes mi nuera?

La negociación continuó hasta que las dos mujeres llegaron a un acuerdo. Mi-ja vendría a Hado cada dos días hasta que Sang-mun se marchase al continente; la madre de su esposo pagaría por su comida y un poco más a Do-saeng por las molestias que pudiera causarle.

Al día siguiente llegó mi amiga; llevaba una falda, una chaquetita y un sombrero con velo que le tapaba los ojos. Estaba muy guapa. Me saludó con una reverencia y yo la imité. Luego nos abrazamos. Las primeras palabras que salieron por su boca fueron:

—Luego enviarán un coche a recogerme, pero al menos me han dejado venir.

Le presté unos pantalones y una túnica de tela teñida con caquis. Tras cambiarse, parecía la niña con la que yo había crecido y a la que quería con toda mi alma. Tenía mucho que contarle, pero ella no paraba de hablar mientras vaciaba el cesto que había traído.

—Kimchee, setas frescas, arroz blanco. ¡Y mira! ¡Mandarinas! ¡Naranjas! —Rió un poco, pero en la profundidad de sus ojos vi la negrura de los pulpos moribundos.

Mi-ja quería visitar la tumba de mi madre antes de ir al santuario de Halmang Samseung, la diosa de la fertilidad y el parto. Yo estaba tan contenta de verla que no le pregunté por qué. Preparamos un refrigerio, fuimos a la sepultura y almorzamos con el espíritu de mi madre. Después de comer, Mi-ja y yo juntamos nuestras cabezas, como teníamos por costumbre, y empezamos a hacernos confidencias. Estaba impaciente por saber cómo le había ido la noche de bodas y las noches, y quizá los días, posteriores.

—Bien —me dijo—. Hacemos lo que hacen los esposos.

Deduje que no le gustaba compartir amor.

—¿Has intentado inclinar las caderas hacia arriba para que él pueda...?

Pero Mi-ja ya no me escuchaba. Se sacó un trozo de seda del bolsillo y lo desdobló lentamente. Dentro había un sencillo brazalete de oro. Hasta hace poco yo no sabía qué era un brazalete, pero en las calles de Osaka, Busan y Vladivostok, en los ferris y los autobuses, había visto mujeres que los llevaban. Mi-ja me había explicado que eran «adornos». Más adelante, cuando empecé a fijarme en los escaparates de las joyerías y comprendí un poco el valor del oro y la plata, los «adornos» me parecieron un lujo absurdo.

—¿Te lo ha regalado Sang-mun? —Supuse que un marido como el suyo querría que su mujer llevase adornos.

—No. Era de mi madre —dijo Mi-ja, con un halo de melancolía—. Yo no sabía de su existencia. Tía Lee-ok me lo dio el día de la boda.

—¿Tu tía? —le pregunté extrañada—. No puedo creer que no lo vendiera.

—Ya lo sé. Con todo lo que me hacía trabajar...

—¿Te lo pondrás?

—No, nunca. Es lo único que conservo de mi madre. ¿Y si lo pierdo?

—A mí también me gustaría tener algo de mi madre.

—Ya lo tienes. Sus utensilios de buceo. Su... —Me cogió la mano—. Tienes su espíritu, mientras que yo no sé nada de mi madre. ¿Me parezco a ella? ¿Tengo su sonrisa? ¿Sentía ella por mi padre lo mismo que yo siento por mi marido? Ni siquiera sé dónde está enterrada. Nunca he podido hacer por ella lo que tú haces por tu madre. —Señaló el campo, y luego me miró con gesto serio—. Si mi marido me planta una semilla, ¿qué ocurrirá si...?

—Tú no eres tu madre. No morirás en el parto.

—Pero si sucede, ¿visitarás mi tumba? ¿Te ocuparás de que la chamana Kim haga los ritos?

Le prometí que lo haría, pero no quería ni imaginarme lo que me estaba insinuando. Recogimos nuestros cestos y fuimos al santuario de Halmang Samseung. Poco antes de llegar, Mi-ja me paró y dijo:

—Espera. No estoy segura de querer ir.

Como no me daba más explicaciones, le pregunté:

—¿Es por lo que le pasó a tu madre?

—No, no es por eso. Bueno, sí, pero también... No estoy segura de si quiero tener un hijo. —Y eso lo decía la chica que había empezado a teñir y guardar tela con caquis para hacer mantas y ropa de bebé mucho antes de que yo me plantease siquiera la posibilidad de ser madre. La sorpresa debió de reflejarse en mi cara, porque Mi-ja añadió—: Las cosas no van bien con mi marido. —Titubeó y se mordisqueó la yema del dedo índice, y finalmente admitió—: Es muy brusco conmigo en la esterilla de paja.

—¡Pero tú eres una haenyeo! ¡Eres fuerte!

—Fíjate bien la próxima vez que lo veas. Es más fuerte que yo. Es un malcriado. Y le gusta controlar la situación. No compartimos el amor. Él lo coge a la fuerza.

—Pero tú eres una haenyeo —repetí, y añadí—: Tienes derecho a dejarlo; acabáis de casaros. Pide el divorcio.

—Ahora soy una mujer de ciudad. No puedo hacer eso.

—Pero, Mi-ja...

—No importa —dijo con gesto de frustración—. Tú no lo entiendes, olvida lo que te he contado. Venga, vamos a hacer esto. A lo mejor las cosas cambian si me planta una semilla.

Justo en ese momento, yo podría haber dicho algo para cambiar el curso de los acontecimientos, pero era muy joven, y todavía no sabía mucho de la vida. Sí, sabía que todos nacíamos y moríamos, pero todavía no sabía nada de las cosas que podían llegar a suceder entre el primer y último aliento. Fue un error que arrastraría el resto de mi vida.

Hicimos nuestras ofrendas y rezamos para quedarnos embarazadas pronto.

—No sólo queremos quedarnos embarazadas —supliqué—. Queremos tener hijos varones.

—Que nacerán sanos y tendrán a unas madres amorosas que los amamantarán —añadió ella.

Al oír sus palabras, me dije a mí misma que Mi-ja superaría aquel bache.

...

La semana siguiente Mi-ja y yo visitamos a la diosa cada dos días. Ella siempre llegaba con su ropa de ciudad, pero se cambiaba y se ponía el traje de tela teñida con caquis; antes de volver a Ciudad de Jeju se vestía de nuevo con su ropa. En cuanto se marchaba, mi suegra nos echaba a mí y a Jun-bu de la casa grande «para que estuviéramos solos». Mi marido y yo aprovechábamos todas las oportunidades que teníamos de acostarnos juntos, ya fuera de día o de noche, y muchas veces ni siquiera nos hacía falta la esterilla de paja.

A mediados de la segunda semana, le pedí a Mi-ja que invitase a su marido a venir a recogerla, porque así podríamos cenar juntos. A ella le pareció bien y la siguiente vez que vino, hicimos rápidamente nuestras ofrendas y volvimos a casa a preparar la comida. Como la cocina de la casa grande y la de la casita daban al patio, teníamos que hablar en voz baja, pues sabíamos que mi suegra, pese a tener los oídos dañados después de tantos años buceando, haría todo lo posible por escuchar a hurtadillas.

Mi-ja parecía más feliz desde aquella primera visita, y le pregunté si estaba contenta de haber regresado a Ciudad de Jeju. Su respuesta me indicó que la había interpretado mal.

—De pequeña —me dijo— todo te parece grande y todo te impresiona. Llegar a Hado fue para mí como retroceder en el tiempo, y los años que había pasado con mi padre quizá me parecían más maravillosos de lo que realmente habían sido. Pero tú y yo hemos salido de esta isla y hemos visto más sitios. Nada puede compararse con la belleza de Abuela Seolmundae, con el mar extendiéndose hasta el infinito; y ahora veo Ciudad de Jeju pequeña y fea. Echo de menos Hado. Echo de menos bucear. Echo de menos visitar otros países. Y, sobre todo, te echo de menos a ti.

—Yo también te echo de menos, pero tal vez casarse significara esto.

Mi-ja aspiró entre los dientes apretados.

—Yo soy una haenyeo, no una esposa confucianista. Mi marido y sus padres no están familiarizados con nuestras costumbres. Ellos creen firmemente en el dicho: «La hija debe obedecer a su padre; la esposa debe obedecer a su esposo; la viuda debe obedecer a su hijo.»

Esa frase me dio ganas de reír.

—¿Qué haenyeo haría eso? Además, yo creía que seguir las enseñanzas de Confucio significaba pasarse el día filosofando bajo el Árbol de la Aldea.

Mi-ja no se rió, ni siquiera sonrió, a pesar de lo ridículo que sonaba mi comentario. Al contrario, una expresión de inquietud ensombreció su rostro, pero antes de que yo pudiera decir nada mi marido entró en el patio. Mi-ja sonrió y dijo en voz baja:

—No debemos olvidar que nuestros matrimonios han supuesto un paso adelante para las dos; ambas tenemos un marido que sabe leer y hacer cuentas.

Mientras Jun-bu lavaba los cacharros de cocina, Mi-ja y yo fuimos a la carretera a esperar a su marido. Por fin aparecieron unos faros en la oscuridad. Sang-mun llegó hasta donde estábamos nosotras, aparcó y salió del coche de su padre. Iba vestido con el mismo estilo informal que el día que lo habíamos conocido. Mi-ja y yo lo saludamos con una reverencia para mostrarle nuestro respeto.

—¿Qué has hecho con tu ropa? —preguntó él con brusquedad.

—No quería que se me ensuciara —respondió Mi-ja, algo cohibida.

Yo habría podido tomarme su pregunta como un insulto, pero me preocupó mucho más la actitud servil de Mi-ja.

Di un paso adelante e hice otra reverencia.

—Mi marido está deseando conocerte.

Sang-mun miró de soslayo a Mi-ja, que estaba paralizada. Era evidente que le tenía miedo.

—Yo también estoy impaciente —dijo Sang-mun por fin—. ¿Vamos?

Cuando llegamos a la casa y Sang-mun se quitó los zapatos y entró, me dio la impresión de que se relajaba. La cena ya fue otro asunto. ¡Hombres! ¿Qué pasa con ellos? ¿Por qué siempre sienten la necesidad imperiosa de ganar terreno y discutir sobre temas en los que no pueden intervenir directamente y que ni siquiera conocen en profundidad?

—Los japoneses siempre serán más fuertes —sostenía Sang-mun—. ¿Qué ganamos ofreciendo resistencia?

—El pueblo coreano, especialmente aquí, en Jeju, siempre ha combatido a los invasores —razonó Jun-bu—. Tarde o temprano nos rebelaremos y expulsaremos a los japoneses.

—¿Cuándo? ¿Cómo? Tienen demasiado poder.

—Puede ser. Pero quizá estén librando demasiadas batallas en demasiados lugares —replicó Jun-bu—. Ahora que los estadounidenses han entrado en la guerra, seguro que los japoneses perderán terreno. Cuando empiecen a retirarse, nosotros estaremos preparados.

—¿Preparados? ¿Preparados para qué? —le espetó Sang-mun—. ¡Llamarán a filas a todos los hombres del país, sin importar su edad, sus estudios, su estado civil o su lealtad!

No era una amenaza vana. Mis propios hermanos habían sido reclutados, y todavía no sabíamos dónde estaban ni si volveríamos a verlos.

—Y ten en cuenta otra cosa, amigo mío —continuó Sang-mun—. ¿Qué pasará con la gente como tú después de la victoria de los japoneses?

—¿La gente como yo? ¿Qué quieres decir?

—Tú estás estudiando fuera y has traído ideas extranjeras. De hecho, hablas como un agitador, pero ¿no serás también un comunista?

Mi marido soltó una larga y ruidosa carcajada.

—Ahora te ríes —dijo Sang-mun—, pero cuando ganen los japoneses...

—Si es que ganan.

—Ejecutarán a los traidores y los que hablan como traidores. Deberías tener cuidado, hermano —le advirtió Sang-mun—. Nunca se sabe quién puede estar escuchando.

Mi-ja me apretó la mano para tranquilizarme, pero su marido me había abierto la puerta de la incertidumbre.

Llegó el 14 de septiembre, el día en que mi esposo debía regresar a Japón para terminar sus estudios. Nuestra última noche juntos estuvo llena de besos y palabras de amor. A la mañana siguiente, cuando subió a la pequeña lancha motora que iba a trasladarlo al puerto de Ciudad de Jeju, me sorprendí a mí misma llorando. Yo, que tan decepcionada me había sentido ante el matrimonio que me habían concertado, apenas había tardado cuatro semanas en empezar a enamorarme de mi marido. En esto tuve suerte (como habían señalado Abuela y Mi-ja ya antes de la boda), porque a veces las novias ni siquiera sentían afecto por los hombres con los que compartían la esterilla de paja por la noche. En mi caso, echaría de menos a Jun-bu, y me preocupaba que estuviera lejos de mí mientras la guerra se extendía a nuestro alrededor.

Al día siguiente, acorde con nuestra rutina, llegó Mi-ja. La llevé a visitar a la diosa, pero ¿a mí de qué iba a servirme, si mi marido ya se había marchado? Hicimos nuestras ofrendas y, en el camino de vuelta a casa, nos detuvimos en una colina con vistas al mar.

—Ésta será mi última visita hasta dentro de un tiempo —me dijo—. Mi esposo se marcha en dos días; va a recorrer toda Corea para comprobar que los convoyes militares japoneses reciben todo lo necesario. Tiene que supervisar las cargas y las descargas, como ya sabes. Los japoneses confían en él, y él dice que esto va a significar un ascenso. Mi suegra ha decidido que, como él no va a estar aquí para plantarme una semilla, ya no necesito visitar a la diosa.

Aquellas pocas semanas habían sido un regalo, pero ahora teníamos que volver a separarnos. Sólo de pensarlo ya me sentía sola y triste.

Una cuerda dorada

Octubre de 1944 – agosto de 1945

—He venido a hablar contigo como jefa de la cooperativa —le dijo Kim In-ha, una mujer del barrio de Seomun-dong de Hado, a mi suegra—. Quiero llenar una barca grande con veinte haenyeo para ir a trabajar de temporada. Pasaremos nueve meses en Vladivostok y regresaremos en agosto, a tiempo para la recolección del boniato, como siempre.

Estábamos a finales de octubre y hacía seis semanas que mi marido se había marchado. Do-saeng y yo habíamos llegado pronto al bulteok, donde ya estaba esperándonos Kim In-ha. Las dos mujeres se habían sentado frente a frente, una a cada lado de la hoguera. Una aprendiza ya había encendido el fuego, y había una olla de agua sobre una parrilla. Yo había empezado a revisar mi equipo, pero me detuve cuando oí que nombraban Vladivostok. Los dos años anteriores había ganado un buen sueldo trabajando allí.

—Veinte haenyeo. Impresionante —observó Do-saeng—. ¿Cómo puedo ayudarte?

—Busco a jóvenes recién casadas que todavía no tengan hijos —contestó In-ha—. Sí, a veces añoran la isla, pero tienen poca experiencia y todavía no albergan sospechas de que sus maridos puedan compartir amor con alguna otra mujer del pueblo o buscarse una pequeña esposa en su ausencia. No tienen que preocuparse por si sus hijos enferman o se meten en líos. Me parece importante contar con haenyeo que estén emocionalmente equilibradas y no estén preocupadas pensando en los hombres.

Todo aquello sólo era un circunloquio para decir que había ido a buscarme a mí. La noticia me alegró y me emocionó; me apetecía mucho volver a embarcarme. Hacer las tareas que me encomendaba mi suegra y obedecer sus órdenes en el bulteok, por muy acertadas y razonables que fuesen, me fastidiaba. Ocuparme de Yu-ri por las tardes, que era cuando ella estaba más quisquillosa y malhumorada, también era difícil. Y no tener el amor de mi marido ni contar con el apoyo de Mi-ja me había dejado irritable e irascible. Aun así, cuando mi suegra dijo exactamente lo que yo quería oír («¿Puedo proponer que te lleves a mi nuera?»), sentí una especie de vacío en el estómago. Do-saeng estaba demasiado dispuesta a dejarme marchar.

—Por edad, todavía es una pequeña buceadora —continuó—, pero por sus aptitudes podemos considerarla una joven buceadora. —Era la primera vez que me llamaban oficialmente «joven buceadora», y por una parte me sentí orgullosa, pero aquel vacío en el estómago no desapareció—. Es muy trabajadora, pero lo mejor que puedo decir de ella es que su marido está fuera, de modo que si se va contigo no lo echará más de menos que si se queda aquí. Y por lo visto mi hijo y ella no han estado juntos el tiempo suficiente para engendrar un bebé.

Entonces comprendí hasta qué punto Do-saeng deseaba deshacerse de mí. Abuela se había equivocado y yo tenía razón. Do-saeng nunca dejaría de culparme por el papel que según ella yo había tenido en el accidente de Yu-ri y la muerte de mi madre. Si yo podía ayudarla a pagar los estudios de mi marido, estupendo, pero siempre que ella no tuviese que verme. Pues muy bien, yo tampoco quería vivir con ella.

Cinco días más tarde, me levanté antes de amanecer, preparé el equipaje, recogí mi equipo de buceo y me fui caminando a casa de mi familia, donde le di unos cuantos consejos a Hermana Pequeña:

—En el agua, no te separes nunca de las demás. Aprende con los oídos. Aprende con los ojos. Y, sobre todo, sé prudente.

A Hermano Tercero le advertí:

—Obedece a tu hermana. No salgas de casa. No dejes que te vean los japoneses.

Me despedí de mi padre, aunque no estaba muy segura de si al día siguiente se acordaría de que me había marchado. Luego recorrí el embarcadero y subí a la barca que nos iba a llevar al puerto a mí y a un par de recién casadas más de otros barrios de Hado. Empecé a sentirme más animada.

Encontré a In-ha y al resto de las buceadoras contratadas esperando junto a la pasarela del ferry. Había un par de chicas a las que conocía de otros viajes al extranjero, pero a las demás no las había visto nunca. Disimuladamente, las fui mirando una a una. Me fijaba hasta en los detalles más nimios con la esperanza de que me ayudasen a decidir con quién me convenía emparejarme (quién tenía piernas y brazos fuertes bajo la ropa; quién parecía responsable y quién temeraria; quién hablaba demasiado o era demasiado tímida). De pronto vi a Mi-ja, mirándome fijamente, con una sonrisa en los labios, después de haber estado esperando con paciencia a que la encontrara.

—¡Mi-ja!

Solté mi bolsa y mi equipo y corrí hacia ella.

—Me voy contigo —dijo.

—¿Tu suegra te deja venir?

—Mi suegro recibió una carta de Sang-mun. Les ha dicho que está aprendiendo mucho y que volverá a casa más tarde de lo que creía. En la ciudad no puedo bucear, así que, mientras mi marido está en el continente, sólo soy una boca más que alimentar.

Yo no le veía mucho sentido a que Mi-ja se marchara de temporera, porque Sang-mun no se había casado con ella por sus habilidades como buceadora ni para que ganase dinero para él y su familia, pero no quise darle importancia. Lo primordial era que volveríamos a estar juntas. Ella se echó a reír y yo la imité.

Durante los dos días siguientes, fuimos conociendo a las otras chicas. Eran bastante simpáticas, aunque la mayoría no se había embarcado para ganar dinero sino para alejarse de los peligros que entrañaba vivir en Jeju.

—Estaba buceando con mi cooperativa y empezaron a llegar cadáveres hinchados a nuestro campo, ¡parecían un banco de peces! —explicó una joven con la cara muy redonda, y se estremeció de asco—. Llevaban mucho tiempo en el agua, y los animales les habían devorado los ojos, las lenguas y las caras.

—¿Eran pescadores? —pregunté.

—No, imagino que marineros —contestó la chica—. Los cadáveres estaban chamuscados. De la guerra.

—¿Japoneses? —pregunté.

La chica negó con la cabeza.

—Los uniformes que llevaban no lo eran.

Otra chica, con los ojos tan separados que parecía un pez, había perdido a tres hermanas.

—Una mañana fueron a recoger leña y ya no volvieron a casa —nos contó.

Se decía que los soldados japoneses no se atrevían a secuestrar a una haenyeo para convertirla en mujer de compañía, pero ¿quién podía asegurarlo? Si una haenyeo o cualquier mujer de Jeju fuera secuestrada y violada por los japoneses, sufriría un desprestigio y una vergüenza tan grandes que jamás podría regresar a nuestra isla.

—Al menos nosotras, en Vladivostok, estaremos lejos de los invasores japoneses —dijo alguien—. La Unión Soviética está luchando en Europa y ha ignorado a Japón.

—En realidad son los japoneses lo que han ignorado a los soviéticos —dijo la chica de la cara redonda, que por lo visto estaba bien informada.

Mi-ja y yo nunca hablábamos de la guerra; era un tema que le tocaba muy de cerca y formaba parte del pasado de su familia. Nunca nos planteamos por qué siempre nos habíamos sentido a salvo en Vladivostok, pero nuestra intuición de haenyeo nos decía que allí estábamos lo bastante seguras como para no tener que preguntarnos qué acechaba detrás de cada esquina. Habíamos aprendido mucho de nuestros esposos sobre las conferencias mundiales, las tácticas militares y los planes que se estaban elaborando en relación con nuestro país en escenarios donde no teníamos ninguna influencia. Aun así, parecíamos menos informadas que aquellas chicas.

Mi-ja y yo teníamos nuestra pensión favorita en Vladivostok, pero esta vez nos alojamos las veinte junto con In-ha en una residencia. Era una habitación larga y estrecha con una única ventana al fondo manchada de hollín y mugre del puerto. Algunas muchachas ocuparon las camas de las literas de tres pisos. Mi-ja y yo preferimos poner esterillas para dormir en el suelo, porque así podíamos estar una al lado de la otra.

A la mañana siguiente nos levantamos, cogimos nuestro equipo y nos dirigimos al muelle. La barca no era muy grande (no había suficiente espacio para que todas durmiéramos en la cubierta o nos refugiáramos dentro si encontrábamos mal tiempo), pero el capitán era coreano y parecía de fiar. Una vez fuera de la protección del puerto, el barco remontó una ola para luego descender en picado por el otro lado. Mi estómago subía y bajaba. El motor era potente, pero el mar es infinito y poderoso. Arriba... Abajo... Arriba... Abajo... Me sentí un poco mareada, pero Mi-ja estaba aún más pálida que yo. Sin embargo, ninguna de las dos se quejó; nos pusimos de cara al viento y dejamos que nos rociara la bruma salada.

Cuando el capitán apagó el motor y la barca se quedó cabeceando sobre las cabritas, nos quitamos la ropa de calle. Mi-ja me apretó los lazos del traje de buceo, y yo comprobé los suyos. Nos atamos los cinturones donde llevábamos los utensilios, nos colocamos las gafas, lanzamos nuestros tewak por la borda y nos tiramos de pie. Me envolvió un frío vigorizante. Agité las piernas para permanecer a flote; el mar estaba bastante picado y el agua me golpeaba la cara. Tomé aire una vez, dos, tres, y me sumergí. El silencio me abrazó. El latido del corazón en los oídos me recordaba que debía ser prudente, estar alerta, recordar dónde estaba y olvidarme por completo de todo lo demás. No me dejaría llevar por la codicia y me tomaría mi tiempo. De momento me limité a mirar a mi alrededor; conté uno, dos y hasta tres turbantes cornudos que podría coger fácilmente en la siguiente inmersión. ¡Ese día iba a ganar mucho dinero! Cuando estaba a punto de volver a la superficie, vi un tentáculo saliendo, ventosa a ventosa, de su cueva de piedra. Memoricé el sitio exacto y me apresuré a subir. Lancé mi sumbisori: ¡Aaaaaah! Solté la nasa de mi tewak, respiré rápido varias veces y volví a sumergirme. Cuando llegué a la grieta, no vi un pulpo sino dos, que agitaban los tentáculos. Los aturdí de un golpe en la cabeza, los metí rápidamente en mi nasa, antes de que despertaran, y me apresuré a subir a la superficie. ¡Aaaaaah! ¡Había triunfado en la segunda inmersión!

Mi-ja fue la primera en saber que estaba embarazada. Me había imaginado que lloraría y se preocuparía, y eso fue precisamente lo que hizo.

—¿Y si mi hijo es como su padre?

—Si lo que llevas dentro es un varón, será perfecto, porque su madre eres tú.

—¿Y si me muero?

—No te dejaré morir —le aseguré.

Pero por mucho que intentara tranquilizarla, Mi-ja seguía afligida y llena de aprensión.

Una semana más tarde... ¡Qué felicidad! Eso sentía, a pesar de que estaba con la cabeza colgando por la borda porque no paraba de vomitar. Yo también tenía un bebé creciendo en mi interior. Y Mi-ja y yo no éramos las únicas. Casi todas las que íbamos en la barca llevábamos un año o menos casadas ¡y ocho estábamos encintas! Al verse rodeada de tanta alegría, Mi-ja se animó; ahora se sentía más acompañada. Evidentemente, In-ha no estaba tan contenta como nosotras.

Los hijos siempre traen esperanza y alegría, pero, obviamente, todas deseábamos un niño. Había un par de chicas que ya sabían que estaban embarazadas antes de embarcarse, pero lo habían ocultado; eso significaba que los primeros bebés llegarían en unos cinco meses. Mi-ja y yo calculamos que nuestros hijos nacerían a mediados de junio, aunque de momento teníamos bastante con superar las primeras semanas de náuseas matutinas. Al amanecer, cuando la barca zarpaba, era suficiente con que una sola haenyeo vomitase para que todas la embarazadas fuéramos detrás. Al capitán de la barca no le importaba, siempre que el contenido de nuestros estómagos cayese directamente al mar. E In-ha, por su parte, cambió de actitud. Llegó a la conclusión de que las mujeres que estaban embarazadas aún estarían más motivadas para sacarle el máximo partido a la jornada de trabajo.

Comíamos crema de orejas de mar con todos los órganos casi todos los días, pues sabíamos que era el alimento más nutritivo que podíamos ingerir, y además así les enseñábamos a nuestros bebés a apreciar su sabor. Pronto se nos empezó a hinchar la barriga y tuvimos que aflojar los lazos que nos cerraban los costados del traje. Confiábamos en que nuestros bebés nacieran ahí mismo, «en el campo», es decir, que su primer aliento de vida fuera a bordo de la barca o que nacieran mientras estábamos debajo del mar.

El embarazo conlleva cambios no sólo en el cuerpo de la mujer sino también en su mente. Las cosas que Mi-ja y yo siempre habíamos hecho en Vladivostok ahora nos parecían tonterías. Ya no corríamos de un lugar a otro para hacer calcos; todos esos recuerdos ya los habíamos capturado. Ahora estábamos haciendo crecer a nuestros bebés. Cuando llegaron los crudos meses de invierno, las náuseas matutinas de Mi-ja habían desaparecido por completo. A mí me duraron más, pero descubrí que el agua fría me aliviaba al instante. En cuanto me sumergía en ese mar helado, mi bebé parecía calmarse, ponerse a dormir, quedarse paralizado. A medida que transcurrían los meses y crecían nuestras barrigas, cada vez nos sentíamos más a gusto dentro del agua que fuera. Nada más sumergirme, mis dolores desaparecían y dejaba de notar el peso de mi bebé. Me sentía fuerte y Mi-ja también.

Nacieron los primeros bebés. Las madres no tenían a nadie en la costa que pudiera cuidar de sus hijos, así que ponían a cada niño en una cuna sujeta con una cuerda a la cubierta. Cuando nos metíamos en el agua, el capitán se alejaba, como era habitual, pero no demasiado. Los recién nacidos dormían mucho, y el balanceo de la barca los tranquilizaba. Con todo, a medida que avanzaba la mañana e íbamos subiendo a la superficie tras cada inmersión, no sólo oíamos el particular y único sonido del sumbisori de cada una de nosotras, sino también el particular y único llanto de cada bebé. Las comidas eran ajetreadas y entretenidas. Las madres amamantaban a sus hijos mientras se comían el mijo y el kimchee a toda prisa. Las demás alardeábamos y chismorreábamos. Y luego volvíamos todas al agua.

A mediados de junio, Mi-ja se puso de parto en el mar. Siguió trabajando hasta el último segundo, y entonces In-ha y yo la ayudamos a parir en la cubierta de la barca. Después de tanto preocuparse, el bebé prácticamente salió nadando del cuerpo de mi amiga. ¡Un niño! Mi-ja le puso Yo-chan. Cuando ella se hubiese ido al más allá, él sería el encargado de celebrar los ritos ancestrales para que su madre pudiera seguir en contacto con la familia en la tierra. Nada más llegar a la residencia, Mi-ja hizo sus ofrendas a las diosas Halmang Samseung y Halmang Juseung (una protege a los bebés y la otra puede matarlos con la flor de la destrucción), y yo le preparé una sopa de fideos de trigo sarraceno, que era lo que se les daba a las mujeres después del parto para limpiarles la sangre. La chamana Kim no estaba allí para bendecir las prendas de ropa que se les ponía a los recién nacidos en sus tres primeros días de vida y así darles una protección especial, pero al cuarto día Mi-ja ya había superado sus temores.

Yo habría preferido ponerme de parto en el mar y que mi hijo hubiese nacido en el campo; sin embargo, ocho días después de nacer Yo-chan, rompí aguas en plena noche. Mi parto fue aún más fácil que el de Mi-ja, pero yo tuve una niña. Le puse Min, y le añadí Lee, el nombre de familia que Min-lee compartiría con sus futuras hermanas. Seguía necesitando un hijo varón, pero era una bendición haber dado a luz a alguien que trabajaría para Junbu y para mí y nos ayudaría a ganar dinero para enviar a estudiar a nuestro futuro hijo o hijos. Mi-ja me preparó la sopa especial de la partera, hicimos las ofrendas y luego esperamos tres días para estar seguras de que Min-lee sobreviviría. Para conmemorar aquel momento tan importante de nuestras vidas, dibujamos el perfil de la huella del pie de nuestros hijos en sendas páginas del libro del padre de Mi-ja.

A los pocos días ya estábamos los cuatro otra vez en la barca. Pusimos a los bebés en sus cunas, una al lado de la otra y atadas entre sí. Cada vez que subíamos a la barca a calentarnos, nos desabrochábamos la parte de arriba del traje de bucear, nos sacábamos un pecho y dábamos de mamar a los bebés. Desde pequeña me habían inculcado la máxima «Una buena mujer es una buena madre». Había aprendido de mi madre a ser una buena madre, y había practicado haciendo de segunda madre para mis hermanos, así que amé a mi hija desde que respiró por primera vez. Mi-ja no tendría por qué haber tenido un instinto maternal tan fuerte como el mío, pero ella también creó un vínculo instantáneo y profundo con su hijo. Cuando amamantaba a Yo-chan, le susurraba al oído y lo llamaba «ojini», que significa «persona de buen corazón».

—Come bien, ojini —le decía con ternura—. Duerme bien. No llores. Tu madre está aquí.

Cuando terminaron nuestros contratos, a finales de julio, nuestros bebés tenían respectivamente seis y cinco semanas de edad. Fuimos en ferry a Jeju. Nuestra llegada fue aterradora y esperanzadora a la vez. Toda mi vida había visto soldados japoneses, pero ahora había más que nunca en el muelle. Vimos a cientos, tal vez miles, saliendo de barcos, deambulando por doquier, desfilando de aquí para allá. Me sorprendió que Mi-ja, mostrándose más curiosa de lo que era habitual en ella, preguntara a unos estibadores:

—¿Por qué hay tantos?

—Está cambiando el rumbo de la guerra —le contestó uno en voz baja.

—¡Los japoneses podrían perder! —exclamó el otro, y acto seguido bajó la mirada.

—¿Perder? —Mi-ja se extrañó.

Todos confiábamos en que sucediese algo así, pero nuestros invasores eran tan poderosos que costaba creer que fuera posible.

—¿Conoces el concepto de «última defensa»? —preguntó el primer estibador—. Los colonizadores dicen que los Aliados tendrán que atravesar Jeju para llegar a Japón. ¡Aquí tendrán lugar las batallas terrestres y marítimas más sangrientas! Dicen que hay más de setenta y cinco mil soldados japoneses escondidos bajo tierra...

—Y en la superficie todavía hay más. Dicen que doscientos cincuenta mil soldados más...

—Los Aliados vendrán, aplastarán a los japoneses y, desde aquí, pasarán a Japón.

Me acordé de Abuela, que siempre contaba que los mongoles habían utilizado Jeju como puente para invadir Japón y China. Más recientemente, Japón había utilizado la isla como base para bombardear China. Si esos hombres estaban en lo cierto, volveríamos a ser un puente, que esta vez conduciría a Japón.

—Ahora mismo aquí hay diez divisiones del ejército japonés, muchas de ellas escondidas. ¡En cuevas! ¡En tubos de lava! Y en bases especiales que han construido en los acantilados, ¡en la misma orilla! —Era evidente que el miedo era la causa de la sobreexcitación del segundo estibador—. Dirigirán sus torpedos contra los buques de guerra estadounidenses. Y ya conocéis a los japoneses: defenderán la isla a muerte. ¡Lucharán hasta que caiga el último hombre!

Mi-ja se tapó la boca con el dorso de la mano. Yo abracé a Min-lee contra mi pecho; pensar que la guerra podía llegar a nuestra isla era aterrador.

—¿Qué vamos a hacer? —preguntó Mi-ja con voz temblorosa.

—Nosotros no podemos hacer nada —dijo el primer estibador rascándose la mejilla—. Es una suerte que no estuvierais aquí hace tres meses.

—Los japoneses querían llevarse a todas las mujeres al continente y alistar a los hombres que quedan en su ejército.

—Pero entonces los estadounidenses empezaron a bombardearnos.

—¿Bombardearon Jeju? —pregunté, preocupada por mi familia.

—Y tienen submarinos frente a la costa —añadió el primer estibador.

—Hundieron el *Kowamaru* —dijo el segundo.

—¡Pero si es un barco de pasajeros! —exclamó Mi-ja.

—Querrás decir que «era» un barco de pasajeros. Murieron cientos de habitantes de Jeju.

—Ahora los japoneses pretenden que todos los ciudadanos de Jeju ataquen a los estadounidenses cuando lleguen.

—Todos los ciudadanos de Jeju —repitió Mi-ja.

—Volved a casa —dijo el segundo estibador—. No perdáis la esperanza.

Aquellas noticias aterradoras agravaron el dolor que me producía separarme de Mi-ja y de su hijo. Ella se quedaría allí, en la casa de su marido de Ciudad de Jeju, y, en caso de invasión, la ciudad sería el primer objetivo. Mi-ja, que seguramente había llegado a la misma conclusión que yo, había palidecido. Yo-chan percibió el nerviosismo de su madre y empezó a llorar. Nos apresuramos a contratar cada una a un mozo para que nos ayudara a llevar nuestro equipaje. Una vez que el mozo de Mi-ja hubo cargado al bebé y todos los paquetes en su carretilla, mi amiga se volvió hacia mí.

—Espero volver a verte.

—Volverás a verme —le prometí, pero no estaba muy segura.

Le acaricié la mejilla a Yo-chan. Mi-ja puso una mano ahuecada sobre la cabecita de Min-lee. Nos quedamos un buen rato así.

—Aunque estemos separadas, siempre estaremos juntas —dijo Mi-ja.

Me puso un trozo de papel doblado en la mano. Lo desplegué y vi unos caracteres escritos.

—Antes de que nos marcháramos, mi suegro me dio la dirección de la casa de mi marido por si me pasaba algo —dijo—. Ahora la tienes tú. Espero que vengas a visitarme algún día.

Tras decir esto, chasqueó los dedos para indicarle al mozo que se pusiera en marcha y lo siguió entre los grupos de soldados. Me quedé mirándola hasta que se perdió de vista, y ella no volvió la cabeza ni una sola vez.

En el camión, de camino a Hado, detrás de cada curva me encontraba con algo que había cambiado. La isla parecía haberse convertido en una fortaleza. Había soldados acampados por los prados y las colinas. A lo lejos vi puestos avanzados apostados en la base de todas las torres de vigilancia de la cima de los oreum. Durante siglos, los habitantes de Jeju habían utilizado aquellas torres de lo alto de los conos volcánicos como sistema de comunicación y defensa de un punto a otro de la isla. Ahora allí había cañones que apuntaban al mar. Hasta los cuervos, que tanto abundaban en Jeju, parecían siniestros.

Mis miedos respecto a lo que pudiera sucederle a nuestra isla se volvieron personales e inmediatos en cuanto llegué a mi casa. Me enteré de que Hermana Pequeña había muerto el invierno anterior de un «resfriado». Mi padre no tenía noticias de Hermano Primero ni de Hermano Segundo. Pero Padre, Abuela y Hermano Tercero se alegraron tanto de conocer a mi bebé que la tristeza no consiguió apoderarse de mí. Do-saeng, que no cabía en sí de gozo con su nueva nieta, nos recitó el proverbio nada más vernos: «Cuando nace una niña, hay una fiesta; cuando nace un niño, una patada en la cadera.» Luego colgó en la puerta de entrada una cuerda dorada con ramas de pino para compartir con nuestros vecinos la feliz noticia de que yo había tenido una hija que algún día ayudaría a alimentar a nuestra familia. Yu-ri no paraba de sonreír, pero yo tenía que vigilar que no se quedara nunca a solas con Min-lee. Yu-ri jamás le habría hecho daño intencionadamente, pero yo no podía confiar en que siempre tratara con delicadeza a la pequeña.

La persona a la que yo más deseaba ver, mi marido, no estaba allí. Jun-bu había regresado sano y salvo de Japón, e inmediatamente lo habían contratado de maestro en la escuela elemental de Bukchon, que estaba a unos dieciséis kilómetros de Hado. Él se encontraba allí ahora, preparando nuestra nueva casa. Yo quería ir cuanto antes, pero Do-saeng me dijo que ya había quedado con su hijo en que yo la ayudaría con la cosecha del boniato y me reuniría con él a principios de septiembre, cuando comenzara el curso escolar. Hasta entonces, tendría que volver a adaptarme a la vida de pueblo de Hado.

Todos estábamos aterrorizados, como es lógico. Si empezaban a caer bombas del cielo, o a llegar barcos llenos de soldados extranjeros a nuestra costa, no teníamos con qué defendernos, salvo las palas y azadas que utilizábamos en los campos de tierra adentro y los ganchos y arpones con los que pescábamos en los campos de mar adentro. Sin embargo, no hay nada como un bebé para recordarte que la vida continúa. Durante mi ausencia, una de las hermanas Kang, Gu-sun, había dado a luz a una niña, Wansoon, que tenía la misma edad que mi hija. Pasábamos muchas horas las cuatro juntas. A Gu-sun le emocionaba pensar que nuestras hijas estarían tan unidas como lo estaban su hermana y ella, o como siempre habíamos estado Mi-ja y yo.

—Min-lee y Yo-chan quizá se casen algún día, pero nunca podrán tener una amistad como la de Min-lee y Wan-soon —decía.

Yo nunca discutía con Gu-sun sobre eso. Agradecía su amistad, aunque fuese por necesidad más que por amor o afinidad. Debíamos amamantar, hacer eructar, lavar, cambiar, consolar y acostar a nuestras hijas, y yo me alegraba de tener la compañía de Gu-sun.

Por suerte, Min-lee era una niña muy buena, y me dejaba hacer muchas cosas. Cuando estaba en la casita, mecía su cuna con un pie mientras reparaba mis nasas, afilaba mis cuchillos y remendaba mi traje de buceo. Cuando íbamos a los campos de boniatos, ella se quedaba en su cesto, tapada con un paño que la protegía del sol. Cuando yo salía a bucear con Do-saeng y su cooperativa, mi padre se ocupaba de Min-lee. Me esperaba fuera del bulteok a la hora de comer y al final de la jornada para que pudiese amamantarla. Mi padre siempre había tenido buena mano con los críos y últimamente bebía menos.

Todo eso (la vida cotidiana de una mujer adulta, esposa, madre y haenyeo) sólo duró una semana, hasta el 6 de agosto. Los hombres que estaban sentados bajo el Árbol de la Aldea escucharon la noticia en sus transistores: ese día, Estados Unidos había lanzado una bomba atómica sobre Hiroshima. No sabíamos qué era una bomba atómica, pero nos explicaron que la ciudad había quedado completamente arrasada... Pensamos en mi suegro, que estaba en Hiroshima, precisamente. Si mi esposo hubiera regresado a casa para celebrar los ritos con la chamana Kim, habríamos tenido que aceptar que mi suegro había muerto. Pero Jun-bu no vino. Aun así, Do-saeng lloró amargamente, de preocupación y tristeza, sin saber si su marido había sobrevivido pero sospechando lo peor. Dos días después, el locutor de radio nos informó de que la Unión Soviética había declarado oficialmente la guerra a Japón. Ahora había otra potencia mundial que quizá querría utilizar Jeju como puente. Al día siguiente, Estados Unidos lanzó su segunda bomba atómica, esta vez sobre Nagasaki. Si Estados Unidos podía llegar a Japón por aire, también podía acceder muy fácilmente a Jeju, donde había gran cantidad de tropas japonesas. ¿Y qué haría la Unión Soviética?

Pero no cayó ninguna bomba, ni hubo invasiones por mar, porque el emperador japonés se rindió seis días más tarde. Nosotros, que siempre habíamos nombrado los acontecimientos históricos por su fecha, lo llamamos Día de la Liberación 8.15. ¡Por fin nos habíamos librado de los colonizadores japoneses! También nos habíamos librado de la gran cantidad de víctimas que habría causado una invasión. Fuimos a acostarnos sintiéndonos alborozados, pero a la mañana siguiente todos aquellos japoneses, ya fueran soldados o civiles, seguían en Jeju. Por la radio dijeron que Corea sería supervisada por una administración externa controlada por cuatro naciones: Estados Unidos, la Unión Soviética, Reino Unido y China. Además, un grupo de hombres que vivían en la otra punta del mundo había dividido nuestro país por el paralelo 38. Eso significaba (aunque ninguno de nosotros entendía qué conllevaría en la práctica) que la URSS supervisaría Corea por encima de esa línea y Estados Unidos por debajo, mientras nosotros hacíamos la transición hacia la independencia y creábamos nuestro propio país. Creíamos que éramos libres, pero lo único que cambió en Jeju, por el momento, fue que arriaron la bandera japonesa e izaron la estadounidense. Un colonizador había sido reemplazado por otro.

Los pliegues de una falda

Septiembre de 1945 – octubre de 1946

Dos semanas más tarde, me preparé para irme a vivir con mi marido. Do-saeng me ayudó con las maletas, y cuando lo tuvimos todo recogido me dijo:

—Mi hijo y tú sois una pareja de recién casados y tenéis un bebé al que Jun-bu todavía no ha visto nunca, pero te suplico que te lleves a Yu-ri. Siempre te has portado bien con ella, y sólo tendrás que cuidarla durante un tiempo.

Yo sabía que Do-saeng estaba muy preocupada por la suerte de su marido en Japón, y acepté ocuparme de Yu-ri para aliviar su carga. Y así, el 1 de septiembre, Padre se ocupó de llevar mi cerdo, mientras que Abuela y Hermano Tercero (que ya no tenía que esconderse) cargaron con mis esterillas, colchas, ropa y cacharros de cocina hasta el olle, y una vez allí lo subieron todo al carro, tirado por un caballo, que yo había alquilado. Do-saeng, tan enérgica como siempre, llevó a Yu-ri cogida del brazo hasta el carro. Le resbalaban las lágrimas por las mejillas.

—Cuídala bien —dijo Do-saeng.

—Lo haré, te lo prometo.

—Vuelve para el festival del Año Nuevo lunar —dijo Padre.

—Volveré mucho antes —dije yo—. Bukchon no está tan lejos. Podré venir de vez en cuando.

En realidad, mientras pronunciaba estas palabras, ya estaba pensando en que también podría ir a visitar a Mi-ja a Ciudad de Jeju, que estaba a unos veinte kilómetros de Bukchon. Eran distancias que podía recorrer a pie.

El carretero estaba impaciente por ponerse en marcha, y ya no nos quedaba más tiempo para derramar lágrimas, pero sentía un desasosiego que dificultaba mi partida. Cuando el carro empezó a zarandearse por el camino de tierra, seguí mirando a mi familia. Incluso Do-saeng se quedó inmóvil hasta que nos perdimos de vista.

Unas horas más tarde llegamos a Bukchon. Pedí al carretero que se quedara en el camino vigilando a Yu-ri, el cerdo y el resto de mi equipaje, y empecé a recorrer los olle; dejé atrás las casas de piedra con tejado de paja y llegué a la playa. Bukchon estaba construido alrededor de una pequeña cala bien protegida. La playa tenía más arena que la de Hado, pero también había muchas rocas de lava y tuve que andar por ellas para llegar al bulteok. Entré con mi hija en brazos. Había tres mujeres sentadas junto a la hoguera, bajo el sol que entraba en la estructura sin techo. Hice varias reverencias mientras ellas se levantaban. Con sus sonoras voces de haenyeo, me saludaron:

—¡Bienvenida! ¡Bienvenida!

Después de presentarme, les dije:

—Mi marido es el nuevo maestro de vuestro pueblo. ¿Podríais indicarme dónde está la casa de Yang Jun-bu?

Una mujer de cuarenta y tantos años, con brazos y piernas musculosos, se adelantó y dijo:

—Soy la jefa de nuestra cooperativa, me llamo Yang Gi-won. Tu marido nos avisó de que ibas a venir. Sabemos que eres una haenyeo con mucha experiencia y nos gustaría ofrecerte el derecho a bucear en nuestro pueblo.

Volví a hacer varias reverencias para mostrar mi gratitud, pero aún no podía aceptar.

—Antes necesito saber qué piensa mi marido. Como ya sabéis, él trabaja.

La mía era una situación con la que ellas no estaban familiarizadas, y rieron con cordialidad.

—La niña y tú debéis de estar cansadas —dijo Gi-won—. Te acompañaremos a tu casa. —Entonces sonrió y añadió con sorna—: Tu marido está deseando verte.

Las otras rieron a carcajadas y yo me ruboricé.

—Con nosotras no has de tener vergüenza; ese bebé no lo hiciste sólo siendo guapa.

Gi-won me hizo señas para que la siguiera, pero las otras también nos acompañaron. Después de recorrer varios olle, vi la escuela en lo alto. A la derecha había una serie de casitas, cada una detrás de su muro de piedra.

—Todos los maestros viven en esas casas —me explicó Gi-won—. La tuya es ésta.

Otra mujer gritó:

—¡Maestro Yang, ha llegado tu mujer!

Entre risas, las tres mujeres me empujaron para que entrara por la cancela. Luego se marcharon por el olle y dejaron que Jun-bu y yo nos saludáramos en privado. Cuando vi su silueta en el umbral, todas las preocupaciones de los meses pasados (estar separados, cuidar de una recién nacida sin su padre, la guerra que amenazaba con llegar a nuestra isla) desaparecieron. Yo era una haenyeo, una mujer fuerte e independiente, pero había echado mucho de menos a mi marido. Él corrió hacia mí y se detuvo a un metro de distancia para que ambos pudiéramos hacer nuestras reverencias e intercambiar muestras de cariño.

—Te he echado de menos.

—Me alegro de que no te haya pasado nada.

—Te veo muy bien.

—Estás más delgada.

—Ésta es tu hija. Se llama Min-lee.

Retiró el paño teñido con caquis que protegía la cara de la niña del sol y sonrió.

—Es una niña preciosa. Y tiene un nombre precioso.

—Yu-ri ha venido conmigo. Está en el carro —dije.

Su rostro se ensombreció un instante. Quizá eso no fuese lo que él había previsto, pero enseguida mudó la expresión.

—Vamos a buscarla y a traer tus cosas —dijo.

El carretero cargó con mi equipaje y Jun-bu acompañó a su hermana. Yo le preparé un sitio a Yu-ri junto a la pared de la cocina, que era la más caliente. Jun-bu y yo guardamos mis cosas. Min-lee se quedó dormida en su cuna. Sin comernos la cena que había preparado mi marido, nos acostamos en nuestras esterillas de paja. Él estaba ávido de mi cuerpo y yo del suyo. No nos preocupamos por si Yu-ri nos veía o nos oía. Cuando terminamos, me acurruqué junto a mi marido y le envié una plegaria a Halmang Samseung: «Planta un hijo en mi vientre esta noche.»

Al día siguiente, el emperador de Japón firmó el tratado que oficialmente ponía fin a la guerra, y muchos de los soldados que estaban en Jeju salieron en tromba de las cuevas y los túneles donde se escondían, como hormigas a las que se les hubiera inundado el hormiguero. No esperaron a que llegara el transporte militar: compraron el pasaje para el ferry y se marcharon. Pero miles de soldados se quedaron y siguieron acampados en las laderas de las colinas. Apenas una semana más tarde, el ciclo de la luna me indicó que el primer período de buceo del mes estaba a punto de terminar. Por la mañana, plantada en la puerta de mi casa y con Yu-ri sentada a mis pies, veía pasar a las haenyeo de otros barrios de Bukchon cuando se dirigían al mar. Muchas me gritaban «¡Ven con nosotras!» o «¡Ven al bulteok!»; yo les decía adiós con la mano. Por la tarde, después de barrer el patio, lavar a Yu-ri y preparar conservas de hortalizas para el invierno, las veía volver a casa: felices, ruidosas y fuertes. Me di cuenta de que echaba de menos a Kang Gu-sun y Wan-soon, el calor y el compañerismo del bulteok y muchas cosas más.

El 10 de septiembre el Comité para la Preparación de la Independencia de Corea se reunió por primera vez en Ciudad de Jeju. Todos sus miembros habían dirigido movimientos antijaponeses, o al menos participado en ellos. Los objetivos, evidentemente, eran lograr la independencia real de la isla y de toda Corea y celebrar nuestras primeras elecciones. En su momento, esta organización se convirtió en el Comité del Pueblo. En Jeju todos los pueblos se organizaron para crear sus clubes juveniles, unidades de mantenimiento de la paz y asociaciones de mujeres.

Con ayuda de esos comités, todos los pueblos pusieron en marcha programas de alfabetización. Todos los niños tenían que ir a la escuela, pero también se animaba a las niñas y las mujeres a asistir a clase.

—Los dirigentes del pueblo quieren inculcarles conciencia política a las mujeres como tú —dijo Jun-bu—. Espero que asistas a las reuniones.

—Mi madre quería que aprendiera a leer y escribir, y ella tenía inquietudes políticas —le dije yo.

—Pues ahora puedes ser un ejemplo para nuestra hija, igual que tu madre lo fue para ti.

Sin embargo, no sabía de qué me iba a servir tener estudios, si lo único que yo deseaba era bucear.

El nuestro no era un matrimonio tradicional. Jun-bu iba a trabajar todas las mañanas, y eso significaba que yo tenía que ocuparme de Min-lee, lo que a su vez significaba que no podía ir a bucear. Además de cuidar al bebé, tenía que asegurarme de que Yu-ri no salía de casa y se perdía. Limpiaba la casa y lavaba la ropa. Jun-bu volvía de la escuela cansado y todavía tenía que corregir los trabajos de sus alumnos, por lo que la cena también tenía que prepararla yo. Él seguía animándome a ir a la escuela nocturna para aprender a leer y escribir, y al final fui, aunque rápidamente comprobé que no se me daba nada bien ninguna de las dos cosas. Yo era hábil en el mar, pero me había propuesto ser una buena esposa coreana tradicional. Así que planté semillas en el huerto de la cocina. Y en otoño, un día que hizo calor, le preparé una sopa fría con pepino rallado, puré de soja casero y caldo de pez damisela. Un día mi marido se resfrió e hice una papilla de harina de judías con tofu y envolví arroz en hojas frescas de judías. Mi marido no se sentaba bajo el Árbol de la Aldea, no le preparaba ni le daba sopa de orejas de mar a nuestro bebé, no apostaba y tampoco bebía. Llevábamos una vida que no tenía nada que ver con las costumbres de Jeju. Yo pensaba que todo iría bien. Y entonces, cuando la luna cruzó el firmamento y vi que se acercaba el siguiente período de buceo, sentí la poderosa llamada del mar. Había logrado contenerme durante algo más de tres semanas.

Una noche, después de hacer el amor con Jun-bu, mientras Yu-ri y la pequeña estaban dormidas, me armé de valor para hablar con él.

—Hace poco que vivimos bajo el mismo techo, tras casi un año de separación. Antes de eso, sólo habíamos estado juntos unas semanas...

—Y aún no nos conocemos tanto —terminó él por mí—. Quiero conocerte mejor, y no sólo en la esterilla de paja. —Se inclinó y me besó en la mejilla—. ¿He hecho algo que haya herido tus sentimientos? Espero que sepas cuánto te agradezco todo lo que haces. Cuidar a mi hermana, por ejemplo; sólo eso ya... Pero dime cómo puedo ser mejor marido, por favor.

—Eres un marido maravilloso y quiero que siempre seas feliz —le dije—. Pero echo de menos el mar.

Se volvió hacia mí con gesto de confusión.

—Yo no quiero ser de esos hombres que viven en una casa que depende de los pliegues de una falda.

—Yo no digo que lo seas. —Intenté explicárselo de forma que lo entendiese—. Me encanta cómo me tocas y los ratos que pasamos juntos en la esterilla de paja, pero una haenyeo...

—Es peligroso.

—Una haenyeo lo es toda la vida —continué—. Hay cosas de esa vida que necesito. Me muero de ganas de estar en el agua y extraño la sensación de triunfo al encontrar algo valioso. Echo de menos la compañía de otras mujeres. —No mencioné que me encantaba que las mujeres pudiesen hablar y reír en el bulteok sin miedo a herir los sensibles oídos de los hombres—. Y, sobre todo, echo de menos contribuir a los gastos del hogar. He trabajado toda la vida, ¿qué sentido tiene que deje de hacerlo ahora porque tú seas maestro?

—Yo confiaba en poder protegerte después de lo que les pasó a tu madre y a Yu-ri, pero ahora entiendo que es muy importante para ti y no voy a enfrentarme contigo por este tema. Mi madre no dejó de bucear cuando mi hermana sufrió el accidente, y tampoco ha dejado de hacerlo ahora que mi padre está...

Ni siquiera Jun-bu podía verbalizar lo que ya nadie ponía en duda: que su padre se había convertido en un fantasma hambriento que vagaba por las ruinas de Hiroshima.

—Ya tenemos una hija —dijo, cambiando rápidamente de tema—. Si Halmang Samseung se porta bien con nosotros, quizá tengamos muchos hijos más. Quiero que todos estudien, ya sean niños o niñas, y también quiero que tú tengas una oportunidad para aprender.

¿Enviar a una niña a la escuela? No estaba segura de poder hacer eso, a pesar de que mi marido creía fervientemente en la educación. Es cierto que las niñas podían asistir a la escuela pública, pero yo no quería gastar nuestro dinero en la matrícula. Y la idea de enviarla a una escuela privada... Jun-bu debió de leerme el pensamiento.

—Ya decidiremos juntos qué es lo mejor para nuestros hijos. Para ti es importante el mar, y para mí es importante la educación, pero con lo que yo gano nunca podría pagar la matrícula de cinco, seis o siete niños. Necesitaré tu ayuda.

—¿Siete?

Traté de calcular mentalmente el precio de la matrícula. Era imposible. Nos reímos, y Jun-bu me atrajo hacia él.

—Aunque sólo tengamos una hija, quiero ofrecerle las mismas oportunidades que me ofreció mi madre. Irá a la escuela y...

—¡Pero si tenemos siete hijos, no! Necesitaré que nuestra hija me ayude a ocuparme de los más pequeños, y después, a pagar los estudios de sus hermanos.

—Hermanos y hermanas —me corrigió él.

Le di unas palmaditas en la espalda. Se estaba haciendo muchas ilusiones, pero ¿qué otra cosa podía esperarse de un hombre?

A la mañana siguiente, fui de puerta en puerta buscando a una chica joven o una abuela para cuidar a Yu-ri y a Min-lee. Encontré a una anciana que se había retirado hacía poco de la vida en el mar, Abuelita Cho, que accedió a trabajar para nosotros a cambio del cinco por ciento de lo que yo extrajera del fondo del mar, así ella podría comprarse alimentos. Esa noche rebusqué entre mis objetos personales hasta que encontré mi traje de buceo, mis gafas, mi tewak y mis utensilios de pesca.

Al día siguiente, Abuelita Cho llegó temprano a nuestra casa. La niña enseguida se acostumbró a ella, y a Yu-ri no parecía importarle lo más mínimo que hubiese una desconocida en casa. Todas las madres deben dejar a sus hijos para ir a trabajar y todas las madres sufren al hacerlo, pero no queda más remedio y lo hacemos. Después de las despedidas, cogí mi equipo y me dirigí al bulteok.

—¡Nos preguntábamos cuánto tardarías en aparecer! —me gritó Gi-won a modo de saludo—. ¡Las mujeres no están hechas para quedarse en casa!

A veces las cooperativas de los pueblos no están dispuestas a aceptar a una nueva esposa. Quizá sus terrenos de pesca sean pequeños, o estén sobreexplotados por culpa de una mala gestión o de la codicia, o quizá no les caiga bien esa nueva candidata, o la familia de su marido haya provocado conflictos o rencores, o no sea lo bastante hábil para adaptarse a unas nuevas aguas. Pero no era mi caso.

—¡Eh, tu esposo es el maestro de mi hijo! —me gritó una mujer—. ¡Ven a sentarte a mi lado!

—¡Yo vivo muy cerca de tu casa! —me gritó otra—. Me llamo Jang Ki-yeong. Ésta es mi hija. —La mujer señaló a una joven que estaba en el corro y que me hizo señas para que me acercara a ella. Ki-yeong rió y dijo—: Déjalo, Yun-su, tus amigas y tú sólo sois pequeñas buceadoras, y creo que Young-sook es una joven buceadora.

—Ya veremos —dijo Gi-won—. De momento, siéntate con Ki-yeong, hoy bucearás con ella. Ella evaluará tus habilidades y mañana te diré con qué grupo tienes que sentarte. —Mientras iba a sentarme con Ki-yeong, Gi-won se dirigió al grupo—: Bueno, ¿dónde bucearemos? He pensado...

Más tarde, remamos mar adentro. Dar un largo tirón para vencer la resistencia del agua; levantar el remo por encima de la superficie; hundir de nuevo la pala en el mar y dar otro fuerte tirón. En los últimos años había trabajado de temporera en un barco a motor. No había perdido toda la fuerza de mis brazos, pero seguro que al día siguiente me dolerían. ¡Qué sensación tan maravillosa!

No nos alejamos demasiado de la costa y tampoco fuimos muy abajo. Pero incluso allí, en aquellas aguas relativamente poco profundas, había mucha vida en el lecho marino. Para una mujer que nunca se hubiera sumergido en aguas nuevas y sólo conociera los campos submarinos donde había buceado con su madre, sus hermanas, sus primas y las haenyeo de la cooperativa de su pueblo natal, la experiencia podría haber resultado intimidante. Pero yo había buceado en el mar de Japón, el mar Amarillo y el mar de China Oriental. Cada enclave de buceo es diferente porque el océano, pese a ser una entidad única y vasta, es diverso y complejo, y los paisajes marinos, como los terrestres, están formados por montañas, cañones, arena y rocas. Además, igual que en tierra, en el mar habita una gran diversidad de animales: unos son presas y otros depredadores; unos adoran estar al sol y otros prefieren la oscuridad y la seguridad de una grieta o una cueva. Las plantas también nos demuestran que la tierra y el mar son imágenes especulares entre sí, con sus bosques, sus flores, sus algas y muchas cosas más. Por eso, aunque yo no hubiese estado nunca allí, me sentía en mi elemento, en mi verdadero hogar, y eso se notaba. Gi-won quedó impresionada y me recompensó con un asiento entre las jóvenes buceadoras y las abuelas buceadoras.

—Young-sook sólo es una recién casada, pero tiene mucha experiencia —les explicó Gi-won a sus compañeras—. Young-sook, le damos la bienvenida a tu sumbisori.

Dos semanas más tarde, mientras remábamos mar adentro, sentí náuseas e inmediatamente supe qué significaban. Sonriendo de oreja a oreja, subí el remo a la barca, me incliné por la borda y vomité el desayuno. Las guindillas me ardieron al salir como me habían ardido al ingerirlas. Las otras haenyeo se alegraron mucho por mí.

—¡Ojalá sea una niña! —gritó Gi-won—. ¡Así un día podrá unirse a nuestra cooperativa!

—¡Ojalá sea un niño! —exclamó Ki-yeong—. Young-sook todavía no tiene uno y lo necesita.

—Ojalá nazca sano —dijo mi marido cuando llegué a casa.

—Las mujeres no deberíamos subestimar el sentimentalismo de los hombres —sentenció Gi-won al día siguiente, y todas le dimos la razón.

A finales de septiembre, un grupo de oficiales estadounidenses llegó a Jeju para aceptar la rendición de los japoneses que habían permanecido escondidos bajo tierra. Nos dijeron que los estadounidenses traerían la democracia y sofocarían el comunismo, pero la mayoría de nosotros no sabíamos qué diferencia había entre esas dos cosas. Lo que queríamos era que nos dejaran en paz para controlar nuestras propias vidas. Ni siquiera queríamos que nuestros paisanos del continente interfirieran en nuestros asuntos. Mientras tanto, los estadounidenses arrojaron al mar fusiles y artillería japonesa, hicieron explotar tanques y prendieron fuego a sus aviones. El estruendo despertaba a los ancianos de sus siestas. El humo acre que los vientos erráticos de Jeju esparcían por todas partes nos irritaba los ojos, nos abrasaba los pulmones y nos dejaba un gusto amargo en la lengua.

—Estos días no salís a bucear. ¿Por qué no aprovechas para ir a visitar a tu amiga a la ciudad? —me sugirió Jun-bu—. Seguro que el cambio de aires os sienta bien a ti y a Min-lee.

Era una idea perfecta, pero yo no quería dejar solo a Jun-bu. Sin embargo, él insistió. Dediqué varios días a buscar y recoger los regalos para Mi-ja: setas, que encontraba en las laderas de los oreum; artemisa, que crecía en la playa y le sería muy útil para limpiar cristales, y algas, para que aderezara la sopa de su marido. Lo metí todo en un cesto. Jun-bu le dio la dirección de Mi-ja a un carretero y me marché a visitar a mi amiga.

Cuando llegué con Min-lee a Ciudad de Jeju... *Hyng!* Apenas se podía transitar por las calles. Miles de soldados, hombres de negocios y comerciantes japoneses (estos últimos con sus familias) avanzaban formando largas colas hacia el puerto, donde tenían que embarcar. En la dirección opuesta iban miles de ciudadanos de Jeju que regresaban al hogar procedentes de Osaka y otras ciudades de Japón adonde habían emigrado para trabajar. Por todas partes deambulaban hombres y mujeres sin trabajo porque las fábricas, que eran propiedad de los japoneses, habían cerrado. Y luego estaban los refugiados que, tras la división de nuestro país por el paralelo 38, habían huido al sur del continente y desde allí a nuestra isla. Las últimas semanas habían sido aterradoras, pero aquellas multitudes y aquel caos me angustiaron profundamente.

Todavía estaba preocupada cuando el carretero paró delante de una casa de estilo japonés. Llamé a la puerta y Mi-ja salió a abrirme con su bebé en brazos; el niño intentaba mirarme, pero aún no tenía fuerza en el cuello y no aguantaba erguida la cabeza. Mi-ja no sabía que yo iba a visitarla; sin embargo, no parecía muy conmovida por mi inesperada presencia, pero yo atribuí su reacción a la sorpresa. Sin decir nada, se adentró sigilosamente en la casa; yo me descalcé y la seguí. Era aún más grande y más elegante de lo que yo había imaginado. Todo estaba limpio y ordenado. Había un jarrón con flores en la repisa de una ventana. El suelo era de teca pulida y no de tablones gastados, como yo estaba acostumbrada. Los cojines en los que nos sentamos eran de seda. En la habitación reinaba un silencio inquietante, pese a haber allí dos bebés que todavía no habían cumplido cuatro meses. Los tumbamos uno al lado del otro. El hijo de Mi-ja se chupaba el pulgar y mi hija dormía. Mi-ja y yo tardaríamos mucho en verlos jugar juntos, y mucho más en hablar de una unión matrimonial. «Los hijos siempre traen esperanza y alegría.» Me invadió una sensación de paz, de que todo fluía (algo que en Hado nunca había sentido con Gu-sun y su hija Wan-soon, pese al cariño que les tenía a ambas), pero cuando volví a mirar a Mi-ja mis sensaciones cambiaron por completo. Mi amiga estaba muy pálida y parecía igual de asustada que la última vez, cuando nos habíamos despedido en el muelle. Le hice la primera pregunta que se me ocurrió.

—¿Dónde están todos?

Levantó las cejas, que parecían dos orugas en su frente.

—Lo lógico habría sido que los colaboracionistas como mi suegro hubiesen sufrido represalias. Pero lo ha contratado... —dijo, y aquí se concentró para articular bien aquellas palabras que eran nuevas para todos nosotros—: el gobierno norteamericano de transición para que ayude al ejército de Estados Unidos con los asuntos logísticos.

Las palabras y los conceptos eran extraños para mí, pero lo que más me desconcertaba era la forma en que Mi-ja los pronunciaba: a pesar de que estábamos solas, hablaba en susurros.

—Los americanos quieren que todo siga funcionando en la isla lo mejor posible —continuó, como si hubiese memorizado lo que creía que tenía que decir—. Quieren recuperar los negocios y las empresas que han cerrado al marcharse los japoneses. Bueno, todavía siguen marchándose. Mi suegro dice que podría haber revueltas porque hay demasiados ciudadanos sin empleo. Dice que más de cien mil emigrantes han regresado de Japón. —Imaginé que debían de ser esos que yo había visto deambulando por las calles—. Los hombres, y también las mujeres, son capaces de cualquier cosa cuando tienen hambre.

—En Jeju siempre hemos pasado hambre —dije.

—Esto es diferente. Hay demasiada gente y muy poca comida. —Suspiró—. Mi suegro colaboraba con los japoneses. Ahora colabora con los americanos. Nunca me libraré de esa etiqueta.

¿Era eso cierto? ¿De verdad Mi-ja no podía hacer nada para cambiar su destino? Por muchas ofrendas que hagamos a las diosas, es casi imposible alterar lo que ya está escrito. Intenté llevar la conversación por otro camino.

—Mi suegra no es mala persona —dije—. Respeto profundamente sus dotes de buceadora, pero me alegro de no tener que convivir con ella. ¿Cómo te va a ti con tu suegra?

Todas las esposas hablan de estas cosas y yo creía que Mi-ja se sinceraría conmigo, como siempre habíamos hecho.

—Madame Lee se ha ido al mercado semanal —se limitó a contestarme, y miró a la ventana.

Me dio la impresión de que añoraba el mar, pero me extrañó que no me preguntara nada de mí, de mi marido, ni de alguno de los conocidos que teníamos en común. Y ni siquiera mencionó Hado.

Cambié de táctica.

—¿Y tu marido? ¿Está bien?

De tan delgada parecía ingrávida... Habría podido elevarse del suelo y salir volando por la ventana.

—La última vez que Sang-mun escribió a sus padres fue hace cinco meses —me contestó—. Estaba en Pionyang, por encima del paralelo 38, visitando unas instalaciones y aprendiendo a gestionar mejor los envíos y los almacenes. No hemos vuelto a saber nada de él.

Quizá eso no fuese tan mala noticia. Sin embargo, vacilé antes de hablar. Le puse una mano en la rodilla a Mi-ja y traté de adoptar un tono optimista.

—No debes preocuparte. Un coreano jamás le haría daño a otro coreano.

Pero a medida que avanzaba la tarde, comprendí que no tenía sentido que tratara de consolar a mi amiga. Era evidente que estaba paralizada por su desdicha y que necesitaba salir de allí.

—Podrías regresar a Hado —insinué.

—¿Y vivir con tía Lee-ok y tío Him-chan? No, eso jamás.

—Podrías venir a Bukchon y alquilar una vivienda cerca de mi casa.

—No. Si me fuese a vivir a otro pueblo como viuda, no tendría nada.

—No como viuda —repliqué, dolida—. Como mi amiga.

Fue una visita descorazonadora en todos los sentidos.

Antes de marcharme, Mi-ja me dio dinero para que contratara a la chamana Kim la próxima vez que fuese a Hado; me pidió que celebrara un ritual para recuperar el alma perdida y errante de Sang-mun. Al regresar a Bukchon, me invadió una oleada de gratitud por tener a mi marido, nuestra casa y una vida estable (tan diferente a la que yo había tenido antes). Ahora me sentía segura, tranquila y feliz. Yo ejercía mi profesión de haenyeo y mi marido daba sus clases sin que los japoneses le pusieran trabas. Jun-bu podía hablar con sus alumnos en nuestra lengua autóctona, y ellos utilizaban sus nombres coreanos y hablaban el dialecto de Jeju sin temor a ser castigados. Podíamos hacer todas esas cosas porque por fin nos habíamos liberado de los colonizadores, aunque todavía no sabíamos cómo sería la vida bajo el control de los estadounidenses.

Cuando Jun-bu y yo nos llevamos a la familia de visita a Hado, fui a buscar a la chamana Kim y le pedí que celebrara el ritual por el alma de Sang-mun.

—¿Dónde está el marido de Mi-ja? —preguntó Kim a los dioses—. Devolvédselo a su esposa. Devolvedlo a casa para que pueda expresar su respeto a sus padres. Devolvedlo a casa para que pueda conocer a su hijo.

En junio di a luz a un niño, Sung-soo, que llegó al mundo sin ninguna dificultad. «Soo» es el nombre de familia que compartirían todos nuestros hijos varones. Le puse a Sung-soo la ropa especial que debía llevar sus tres primeros días de vida, confeccionada con la tela de la buena suerte que me regaló Gi-won. La chamana de Bukchon lo bendijo y le infundió su poderoso espíritu. Nuestro hijo no sólo sobrevivió sus tres primeros días, sino que además resultó ser un bebé fuerte, con buenos pulmones y buen apetito.

Cuando el niño cumplió cuatro meses y los colores del otoño tiñeron las faldas de Abuela Seolmundae, Jun-bu, Yu-ri, Minlee y yo fuimos en barco a Hado para ayudar a mi padre a celebrar el culto a los antepasados en honor de mi madre, mi hermana, Hermano Cuarto y mis dos hermanos que no habían regresado al finalizar la guerra. En cuanto llegamos y nos instalamos en la casa de mi familia, Jun-bu fue a buscar a su madre. Do-saeng estaba exultante cuando entró en casa de mi padre.

—¡Un nieto! —gritó.

Pero además de alegrarse por tener la garantía de que una generación más celebraría el culto a los ancestros por ella, también estaba muy contenta de ver a su hija, a pesar de que no pareció que Yu-ri reconociese a su madre. Do-saeng y yo cocinamos juntas los platos rituales. Ese año nuestros ingredientes eran muy escasos, pero pudimos preparar sopa de blanquillo, rábanos y algas, un cuenco de helechos encurtidos, y tortitas de trigo sarraceno con nabos y cebollas tiernas, que son los platos preferidos de los antepasados.

Mi padre estaba persiguiendo a Min-lee, que tenía quince meses y ya caminaba muy bien, cuando oímos una bocina. Yo sólo conocía a una familia que tuviese automóvil. Me sequé las manos y corrí por los olle hasta la carretera. No me había equivocado: allí estaba el coche de la familia de Sang-mun. Vi a Mi-ja inclinada junto a la portezuela trasera, que estaba abierta; al enderezarse, sacó a Yo-chan del coche y lo puso de pie en el suelo. Mi amiga llevaba un vestido occidental y un sombrero decorado con una gran pluma de faisán. Yo-chan, cuyas mejillas rojizas lo hacían parecer una copia en miniatura de su padre, había crecido mucho aquel año.

—¿Alguna vez he olvidado pasar este día contigo? —me preguntó mi amiga—. Sun-sil era como una madre para mí.

La otra portezuela del coche se abrió lentamente y salió Sang-mun. No lo había visto desde hacía dos años, y no lo habría reconocido si a su lado no hubiesen estado Mi-ja y su hijo. Se había quedado en los huesos. Tenía los ojos y las mejillas hundidos. También vestía ropa de estilo occidental, pero llevaba en los pies las sandalias de paja que Mi-ja le había regalado el día del compromiso. Tenía los pies cubiertos de llagas.

—Mi marido logró escapar del norte —me explicó Mi-ja en nombre de su marido, que parecía destrozado—. Cuando llegó a casa creímos que no sobreviviría. Hemos venido a pedirle a la chamana Kim que dé las gracias a los dioses y a los espíritus que lo han ayudado. Creo que aquí podrá curarse.

Nos quedamos juntos en Hado una semana. Jun-bu preparaba crema de erizos de mar (un remedio tradicional para los ancianos y los bebés enfermos), y Sang-mun se la tomaba a pequeños sorbos. Todas las mañanas, mi marido lo ayudaba a caminar hasta la orilla y sumergía los pies en el agua salada. Los dos vigilaban a nuestros hijos para que Mi-ja y yo pudiéramos ir a bucear con la cooperativa de Do-saeng. Al atardecer, los cuatro nos sentábamos en las rocas y admirábamos la puesta de sol mientras bebíamos vino de arroz y contemplábamos a nuestros hijos, que se levantaban, se caían, se agarraban a una roca, volvían a levantarse, correteaban por la superficie irregular y se caían otra vez.

Un día Sang-mun cogió la cámara que mi amiga le había regalado y nos fotografió a Mi-ja y a mí saliendo del mar con nuestros trajes de buceo. Lo interpreté como una señal de que se encontraba mejor, a pesar de que seguía amargado y aterrorizado. Como muchos de los que habían logrado huir del norte, odiaba el comunismo y desconfiaba de la dirección que iba a tomar Jeju y el resto del país, mientras que mi esposo era optimista acerca de nuestra nueva nación y de su futuro. Cuando llegó el momento de regresar a nuestras casas, nuestros maridos apenas se hablaban.

Día 3: 2008

Young-sook pasa otra mala noche. Tumbada en su esterilla de paja, con la vista clavada en el techo, escucha el romper de las olas contra las rocas. Se reprende a sí misma por su falta de sentido común durante la inmersión del día anterior; se pregunta si será un aviso, una señal de que podrían pasar cosas peores. Le preocupan sus hijos, sus nietos y sus bisnietos. Le preocupa qué pasará si Kim Il-sung decide volver a invadir Corea del Sur. Le preocupa Roh Tae-woo, un ex general que ahora es el primer presidente elegido por el pueblo de Corea del Sur, aunque su predecesor lo designara a dedo. Se pregunta si es mejor tener un líder corrupto conocido que... Pero Roh está organizando los Juegos Olímpicos en Seúl, y ella no para de oír hablar del «escaparate mundial»; pero ¿y si...? Si algo ha aprendido en ochenta y cinco años de vida es que los gobiernos llegan y se van, y que da igual quien venga después, porque tarde o temprano acabará corrompiéndose.

Todas esas ideas se agolpan en su cabeza, y de alguna forma lo agradece porque hay otros pensamientos, recuerdos más antiguos y más persistentes, ecos de gritos y súplicas, que se empeñan en aflorar. Cuenta hacia delante y hacia atrás. Pasa una goma de borrar imaginaria por dentro de su cráneo. Relaja uno a uno los dedos de los pies, los empeines, los tobillos, las pantorrillas, va subiendo despacio hasta la cabeza y vuelve a bajar. Hace todo lo posible para ahuyentar las imágenes desagradables de su pensamiento. Pero nada funciona. Nunca funciona.

Cuando por fin amanece, Young-sook se viste, desayuna y se plantea qué hacer a continuación. Algunas amigas suyas se distraen viendo telenovelas, pero a ella no le interesan los problemas de los personajes. No, ella no es de esas ancianas que se quedan en casa viendo la televisión. Sin embargo, hoy está agotada, aunque le cueste admitirlo. Qué bien le sentaría bajar a la playa y descansar en la caseta. Desde allí podría contemplar el mar, observar a las haenyeo, que emergen una y otra vez no lejos de la costa, y escuchar los gritos cantarines y evocadores de sus sumbisori. O podría dormir. Nadie la molestaría porque es una anciana que se ha ganado el respeto de todos los habitantes de Hado.

Pero la fuerza de la costumbre la lleva al edificio de hormigón con tejado de hojalata que ahora es el bulteok de Hado. Hay varias mujeres fuera, sentadas en cuclillas. Visten blusas de manga larga con estampado de flores o a cuadros. Se protegen la cara del sol con grandes sombreros de paja o capotas de ala ancha. Llevan calcetines blancos dados de sí y sandalias o zuecos de plástico. El encargado de la cooperativa les habla por un megáfono. Young-sook no sabe qué le molesta más: que un hombre les dé órdenes o el sonido chirriante de su megáfono. «Aunque hoy en día lo llamemos de otra forma, vuestra tarea de hoy siempre ha formado parte del trabajo desempeñado por las haenyeo como guardianas del mar.» Antes se decía que los frutos del mar eran como el amor de una madre, inagotables, pero hay zonas que se están quedando blancas a medida que el coral, las algas y los animales se mueren. Una de las causas es el cambio climático; otra, la sobreexplotación; y otra, la indiferencia de los seres humanos. Así pues, las haenyeo bucearán para recolectar trozos de porexpán, filtros de cigarrillo, envoltorios de caramelo y trocitos de plástico. El encargado de la cooperativa concluye sus instrucciones diciendo que «hoy Young-sook y las hermanas Kang recogerán basura en la orilla». El hombre intenta quitarle importancia al error que ayer estuvo a punto de costarle la vida, pero ella no sabe cuándo la dejarán bucear de nuevo, aunque sea en el arrecife.

Las mujeres más jóvenes (hay muchas menos que diez años atrás) cogen su equipo y suben a la trasera del camión que las llevará hasta la barca. Las hermanas Kang y Young-sook recogen sus nasas y sus cojines y echan a andar por la playa. Las hermanas enseguida se ponen manos a la obra.

—¡Gracias por este regalo, vieja! —le reprocha Kang Gu-ja.

—¡Nos encanta sentarnos al sol! —añade Kang Gu-sun.

Young-sook debería responder con otra pulla, pero acaba de ver a esa chica mestiza, Clara, encaramada en una roca. Lleva una camiseta sin mangas y unos pantalones tan cortos que apenas le cubren la entrepierna. Se le ven las tiras del sujetador. Otra vez lleva auriculares puestos. Los bisnietos de Young-sook mueven la cabeza cuando escuchan música. Esta chica, no. La expresión de su cara es sombría.

Young-sook cambia de idea y camina hacia la joven. Le habla en el dialecto de Jeju, con palabras sencillas:

—¿Otra vez aquí?

—Yo podría decirle lo mismo a usted —dice Clara, sonriente; se quita un auricular y deja el cable colgando sobre su pecho.

—¡Es que yo vivo aquí!

—Yo he venido a pasar el día. Estoy harta de ir a ver monumentos. ¡No podía más! Mis padres me han dejado venir aquí en autobús.

—¿Sola? —pregunta Young-sook, pero en el fondo se alegra de que no haya acudido toda la familia.

—Tengo quince años. ¿Qué hacía usted cuando tenía quince años?

La anciana levanta la barbilla; no piensa contestar esa pregunta. Aunque viste de forma diferente, Clara tiene los ojos, las piernas y el aire de Mi-ja. Young-sook podría desviar la mirada o simplemente marcharse, pero dice lo que pensó la primera vez que vio a la joven:

—Así que eres la bisnieta de Mi-ja.

—Sí, soy su bisnieta —confirma Clara—. Compartíamos habitación y ella sólo me hablaba en el dialecto de Jeju, aunque sabía inglés. ¿Porque tenía que saber inglés, no?, al fin y al cabo, ella llevaba la tienda, pero lo hablaba fatal. Y ya sabe usted cómo son las abuelas, no callan nunca. Si quería enterarme de algo, no tenía más remedio que aprender su dialecto.

La niña habla en pasado, lo que debe de querer decir que Mi-ja ya no está. Young-sook clava la mirada en el caparazón vacío de un cangrejo de arena, y eso la ayuda a controlar sus emociones. Pero Clara se queda mirándola y esperando a que diga algo.

—¿Adónde habéis ido? —dice Young-sook por fin—. ¿Qué monumentos habéis visto?

Clara se echa el pelo detrás del hombro.

—Hemos recorrido el parque del monte Halla. Hemos subido al oreum Seongsan Ilchulbong para ver salir el sol. Hemos visitado Manjanggul: «el sistema de tubos de lava más grande del mundo» —dice con un resoplido.

—Mucha naturaleza, y muy hermosa —dice Young-sook, pero se acuerda de cuando estaba prohibido subir al monte Halla y un oreum era un sitio adonde ibas para sentarte a hablar con una amiga, y de cuando las cuevas eran lugares secretos y siniestros—. El monte Halla. Nosotros lo llamamos Abuela Seolmundae.

—Pero no sólo eso —continúa Clara—. También hemos visitado muchos museos, o sitios que llaman «museos», o santuarios. Hemos estado donde los tres hermanos fundadores de Jeju salieron de un agujero que había en el suelo. ¿Y sabe qué? ¡Sólo es un agujero en el suelo! Hemos ido a un parque de piedras, donde había un montón de piedras. ¡Piedras! También hemos ido a un lugar donde se venera a una tal Kim No-sé-qué, que salvó al pueblo de Jeju durante una hambruna.

—Kim Mandeok.

—Eso es. La tratan como si fuera un dios.

—Una diosa.

—¿Y qué les pasa con Suiza? Todo es suizo: la aldea suiza, los restaurantes suizos, las casas suizas...

—¿Todas las chicas americanas se quejan tanto? —le pregunta Young-sook.

Clara se encoge de hombros y calla un momento. Entonces recita el nuevo eslogan de marketing que han puesto en los laterales de los autobuses y en las vallas publicitarias, en inglés y en coreano:

—«¡El mundo viene a Jeju, y Jeju sale al mundo!» ¿De qué va eso?

—¿Turismo? ¿El futuro?

—Pues es una tontería, porque el mundo no va a venir aquí. Yo no pondría esta isla en mi lista, desde luego. —Clara arruga la nariz—. Y en cuanto al futuro, aún es más patético: la gente de Jeju parece que viva en el pasado y no en el presente. Y desde luego, no en el futuro.

¿Cómo puede explicarle Young-sook lo que piensa de todo eso a una niña de quince años? El pasado es el presente. El presente es el futuro.

La chica sonríe.

—Pero no me interprete mal. Me gusta mucho viajar.

—A mí también —admite Young-sook, y se alegra de pisar terreno más seguro.

Clara abre mucho los ojos, como si no se hubiese planteado esa posibilidad.

—¿Y dónde ha estado?

¿Es curiosidad o insolencia?

—A los veinte años ya había conocido tres países: Japón, China y Rusia. El año pasado volví a China. He estado en Europa y en Estados Unidos. Me gustaron mucho el Gran Cañón y Las Vegas. ¿Y tú?

—Ah, en los típicos sitios. Vivimos en Los Ángeles, y desde allí es fácil ir de vacaciones a México o a Hawái. Pero también hemos ido a Francia, Italia, Suiza...

—¿Suiza? ¡Yo también he estado allí!

—Caramba. En Suiza y todo.

—¿Has leído *Heidi*? —le pregunta Young-sook.

La niña ladea la cabeza como si fuese un pájaro y mira a Young-sook con gesto burlón.

—Me pusieron el nombre de un personaje del libro.

—Clara, por supuesto.

—Pero no voy en silla de ruedas. ¿No le parece que es...? —Se interrumpe y busca la palabra exacta en el dialecto de Jeju; al final dice—: ¿No es *raro* que te pongan el nombre de un personaje minusválido?

De pronto a Young-sook le viene a la memoria esa historia que le habían leído tantas veces en voz alta, y el recuerdo es como una patada en la cabeza. Quiere volver a casa, tomarse los polvos blancos de bucear, acostarse y cerrar los ojos.

—Pero Heidi ayuda a Clara a recuperarse —consigue decir—. Los Alpes. La leche de cabra. El abuelo.

—Veo que conoce muy bien la historia —observa Clara.

Young-sook cambia de tema.

—Tengo trabajo.

—¿Puedo ayudarla?

Young-sook se sorprende a sí misma y asiente.

Caminan por las rocas hasta que encuentran una zona con arena. Young-sook se ata el cojín al trasero y se agacha hasta quedar sentada con las rodillas a la altura de los hombros. La niña también se pone en cuclillas y entonces sus pantalones cortos... Young-sook desvía la mirada.

—Trabaja usted mucho para ser una abuela —dice Clara, y esta vez es Young-sook la que se encoge de hombros.

Al ver que la anciana no va a añadir nada, Clara la anima a cambiar de tema:

—Así que también viaja.

—Muchas haenyeo de mi edad viajamos juntas. ¿Ves a esas dos mujeres? Son hermanas. Hemos visitado muchos lugares.

—Pero usted todavía trabaja. ¿Nunca le entran ganas de darse algún capricho? Me refiero a hacer algo aparte de viajar.

—¿Cómo sabes que no me doy ningún capricho?

Pero lo cierto es que a Young-sook ese concepto le resulta extraño. Se ha pasado la vida trabajando para ayudar a sus hermanos y a su hermana, ha cuidado de su padre hasta el final, y ahora cultiva hortalizas y recolecta algas y turbantes cornudos para alimentar a sus hijos, sus nietos y sus bisnietos. El silencio se prolonga hasta que la anciana añade:

—Hay un proverbio que dice: «La que ha sido tejedora toda su vida llegará a la vejez con cinco rollos de tela, pero la que se ha pasado la vida buceando, cuando sea abuela ni la ropa interior tendrá decente.» Yo empecé sin nada. Jamás olvidaré la sensación de estar hambrienta, pero ese proverbio se equivoca. Yo pude ayudar a mis hijos a ir a la escuela y, más adelante, a comprarse casas y terrenos de cultivo. —Mira a la joven, que le sostiene la mirada: quiere saber más—. ¡Y tengo mucha ropa interior! —Eso hace sonreír a Clara; Young-sook continúa—: Estoy más que satisfecha.

—Pero seguro que hay algo que no hizo y que habría querido hacer.

Young-sook, sin pensarlo mucho, intenta contestar.

—Me habría gustado tener estudios. Si hubiese aprendido más, habría podido ayudar más a mis hijos. —Mira a Clara para ver cómo encaja su respuesta, pero la chica está cogiendo del suelo algas salpicadas de trocitos de plástico y tiene la cabeza agachada. Sus movimientos son rápidos y eficientes. Como no le hace otra pregunta, Young-sook contesta la que le gustaría que Clara le hubiese formulado—: Aunque quizá hice más de lo que ahora estoy dispuesta a admitir, porque mis hijos y mis nietos han salido adelante. Mi hijo dirige un negocio de informática en Seúl. Tengo un nieto que trabaja de chef en Los Ángeles y una de mis nietas es maquilladora...

Eso hace reír a Clara.

—¿De qué te ríes? —le pregunta Young-sook.

Clara se inclina hacia delante como si fuera a hacerle una confesión.

—Lleva las cejas y los labios tatuados.

Eso le duele, porque todas las haenyeo de la edad de Young-sook se han tatuado. Según su bisnieto, es «una moda». Igual que su pelo teñido y con permanente: eso también es una moda.

—*Hyng* —dice Young-sook, resentida—. A las ancianas también nos gusta estar guapas.

La chica mestiza ríe. La anciana sabe qué está pensando: «*Weird!*»

A Young-sook se le acaba la paciencia.

—Dime, ¿a qué has venido aquí?

—¿Adónde?

Young-sook se lo aclara:

—A mi playa.

—Me ha enviado mi madre. Seguro que ya lo sabe.

—Yo no puedo ayudarla.

—¿No puede o no quiere?

—No quiero.

—Eso mismo le dije yo.

—Entonces, ¿qué haces aquí?

La pregunta es sencilla, pero la chica vuelve a cambiar de tema.

—A esos hijos suyos y a sus familias, los que viven lejos, ¿los ve a menudo?

—Ya te he dicho que he viajado a Estados Unidos. Mi hijo me hace ir cada dos años...

—A Los Ángeles.

—Sí, a Los Ángeles. Y voy al continente a visitar a mi familia que vive allí. Y todas las primaveras, toda la familia viene aquí. He tenido el privilegio de enseñar a nadar a todos mis nietos y bisnietos.

—¿A qué profundidad puede llegar?

—¿Ahora, o cuando era la mejor haenyeo?

—Ahora.

Young-sook abre mucho los brazos.

—A quince veces esto.

—¿Querría llevarme a bucear? Nado muy bien. ¿No se lo he dicho? Formo parte del equipo de natación de mi escuela...

TERCERA PARTE

Miedo

1947 – 1949

La sombra de una pesadilla

Marzo – agosto de 1947

Después de la guerra, abrigábamos grandes esperanzas de lograr la independencia, pero los colonizadores japoneses fueron reemplazados por los ocupantes estadounidenses, a través del Gobierno Militar del Ejército de Estados Unidos en Corea. Por la mañana y por la noche, Jun-bu encendía su transistor, y los oíamos hablar en su idioma mientras otros traducían simultáneamente sus palabras. Por lo visto, los estadounidenses habían llegado a la misma conclusión que los japoneses años atrás: Jeju gozaba de una excelente ubicación estratégica. Ahora la isla se había convertido en un puente para Estados Unidos, sólo que esta vez conducía a la URSS, así que, en lugar de regimientos japoneses, teníamos la 749.ª Artillería de Operaciones, la 51.ª Artillería de Operaciones, el 20.º Regimiento de la 6.ª División y la 59.ª Compañía del Gobierno Militar de Estados Unidos. El jefe del equipo de gobierno, el comandante Thurman A. Stout, se convirtió en el gobernador militar de Jeju, conjuntamente con Park Gyeong-hun, a quien habían nombrado gobernador coreano. Los Comités del Pueblo se oponían a esos nombramientos, con el argumento de que ninguno de los dos había sido elegido democráticamente, pero no tenían poder para impedirlo. El gobernador Stout pronunciaba muchos discursos por la radio, pero también se emitían entrevistas al capitán Jones, al capitán Partridge, al capitán Martin y a un sinfín de capitanes más. Un día el gobernador Stout anunció que «en aras de una transferencia de poder pacífica y efectiva, pedimos a los funcionarios de la administración anterior que se reincorporen a sus puestos de trabajo. También damos la bienvenida a todos los ex policías que quieran trabajar con nosotros».

—¡Pero si son todos ex colaboracionistas! —exclamó Jun-bu, furioso.

Y no era el único que estaba enojado. La mayoría interpretamos aquellas medidas como una señal de que los estadounidenses se estaban alineando con la derecha y que el gobierno de la isla (y de los pueblos pequeños) dejaría de estar en manos de los Comités del Pueblo y pasaría a ser potestad de la policía y la policía militar. Era como si los estadounidenses no entendieran lo que habían heredado.

Pero la ira puede ser peligrosa y tener consecuencias imprevistas. La relación entre el gobernador Stout y los Comités del Pueblo se deterioraba de forma irremediable, y en esa época empezaron a repartirse carteles de reclutamiento para el 9.º Regimiento de la Policía Militar Coreana en todos los pueblos de la isla. Jun-bu me leyó uno: «La policía militar coreana no es una organización ni de derechas ni de izquierdas, es una agencia militar patriota para jóvenes que aman a sus camaradas y están dispuestos a morir por su país. No somos el perro sabueso de nadie. No somos el títere de ningún partido político. Somos simplemente el baluarte del Estado, que intenta lograr la independencia de Corea y defender nuestra querida tierra natal.» Las actividades de la policía militar, sin embargo, enviaban otro mensaje. Sus miembros, muchos de los cuales habían servido en el Ejército Imperial Japonés, se trasladaron a los cuarteles de la antigua base aérea del Servicio Aéreo de la Armada Japonesa en Moseulpo, lo que causó una gran indignación en toda la isla.

Por si fuera poco, la gente tenía que hacer grandes esfuerzos para entender lo que decían los ocupantes, hasta el punto de que el gobierno militar de Estados Unidos decidió abrir una escuela de inglés. Animaban a apuntarse sobre todo a los hombres que habían sido reclutados por los japoneses o habían trabajado como colaboracionistas y a los que habían estudiado en el extranjero. Jun-bu y Sang-mun lo hicieron. La explicación que me dio mi marido fue muy simple:

—¿Cómo puedo ayudar a cambiar las cosas si me siento a mirar y no hago nada?

Yo tenía a Jun-bu por un hombre muy inteligente, pero lo cierto es que no se le daba bien aprender el nuevo idioma. Todas las noches se peleaba con los ejercicios, y de hecho los niños y yo aprendimos las frases básicas más rápido y mejor que él. Nos repetíamos unos a otros las frases en voz alta, como si se tratara de canciones haenyeo de pregunta y respuesta: «¡Hola!... ¡Hola! ¿Cómo te llamas? Me llamo... ¿Tiene usted...? Sí, tengo... ¿Dónde está...? Gire a la derecha y...»

Sang-mun, por quien yo no sentía ninguna estima, aprendió el idioma tan deprisa que los estadounidenses lo contrataron para hacer prácticamente lo mismo que hacía antes para los japoneses. Gestionaba sus suministros y se encargaba de que fueran enviados correctamente desde el puerto o el aeródromo a una determinada base o almacén. Le asignaron una casa en el complejo militar de Hamdeok, a sólo tres kilómetros de Bukchon. Viajaba mucho, y a menudo pasaba varias noches seguidas fuera de casa. Tal vez por eso Mi-ja no volvió a quedarse embarazada, mientras que yo ya estaba superando otro episodio de náuseas matutinas. La gente no dejaba de sorprenderse de que llevara otro bebé en la barriga cuando Min-lee estaba a punto de cumplir dos años y Sung-soo sólo tenía nueve meses. Las haenyeo con las que buceaba me acribillaban con sus bromas, por supuesto, pero yo me sentía orgullosa. Sin embargo, me habría gustado que Mi-ja y yo nos hubiéramos quedado embarazadas a la vez, como cuando fuimos a hacer la temporada de buceo lejos de casa. Fue una época en la que estuvimos muy unidas, y estaba segura de que, por lo mismo, Min-lee y Yo-chan también estarían siempre muy unidos.

Durante las prolongadas ausencias de Sang-mun, Mi-ja y su hijo recorrían los olle hasta Bukchon, y yo me desviaba hacia Hamdeok, cuando volvía a casa del bulteok, y así podíamos encontrarnos a medio camino, igual que hacíamos en Hado cuando éramos unas crías.

—Hoy he subido dos nasas llenas de erizos —le decía yo.

—Yo he preparado kimchee —me contestaba ella (o lavado la ropa, o teñido telas, o molido grano...).

A veces, al llegar a nuestra curva, la veía con los brazos apoyados en la repisa del muro de piedra mientras contemplaba el mar.

—¿Echas de menos bucear? —le preguntaba.

—El mar siempre será mi hogar —decía ella.

Una vez vi que tenía cardenales en una muñeca. El matrimonio no cambia a los hombres, y yo sospechaba de Sang-mun, pero no me atrevía a interrogar a mi amiga abiertamente. Un día me armé de valor y le hice una pregunta más genérica:

—¿Eres feliz?

—Ahora, por fin, las dos vivimos con nuestros maridos —me respondió—. Sabemos cosas sobre ellos que no sabíamos al principio de nuestro matrimonio. Sang-mun a veces ronca. Si come demasiados nabos, ventosea. Muchas veces, cuando llega a casa, noto que ha bebido. Y no nuestro vino de arroz, sino otra cosa que toma con los americanos. No soporto ese olor.

Eran respuestas vacías. Mi-ja lo sabía tan bien como yo.

—Tengo que volver a casa —dijo, y llamó a su hijo.

Se alejaron por el olle hasta perderse de vista.

Como haenyeo, esposa y madre, mi vida giraba en torno al buceo, a mi marido, a mis dos hijos, a Yu-ri y al bebé que iba a nacer. «Bajamos al mundo submarino para ganarnos la vida y volvemos a este mundo para cuidar a nuestros hijos.» Las haenyeo nos regimos por la luna y las mareas, pero también nos definen la abundancia o ausencia de ciertos elementos que agrupamos de tres en tres. La abundancia del viento, las rocas y las mujeres. La ausencia de ladrones, verjas y mendigos. El sistema de tres pasos en nuestros campos y granjas: alimentamos a los cerdos con nuestras heces, los cerdos abonan los campos de tierra adentro con las suyas y, al final, esos mismos cerdos acaban en nuestro plato. No nos gustaba hablar de ello, pero Jeju también era conocida como la «isla de los tres desastres»: viento, inundaciones y sequía. El viento, siempre el viento, siempre.

Pero nos azotaron otros tres.

El primero fue una epidemia de cólera. Abuela murió. Me dolió su pérdida, pero me dolió aún más no haber podido acompañarla en sus últimas horas. Mi-ja también perdió a sus tíos.

El segundo, una cosecha extremadamente mala. Perdimos los cultivos de los que dependía nuestro sustento: el mijo, la cebada y los boniatos. Los estadounidenses nos daban bolsas de grano, que íbamos a recoger a sus puntos de abastecimiento, pero los antiguos colaboracionistas de los japoneses, que ahora se encargaban del racionamiento, robaban esas provisiones para venderlas en el mercado negro. Al cabo de cuarenta y cinco días, el precio del arroz se había doblado (y eso que nunca habíamos podido permitirnos comprar arroz salvo para las celebraciones del Año Nuevo). Al mismo tiempo, el precio de la electricidad (en los pocos sitios de la isla donde había) se multiplicó por cinco.

Y el tercero, la escasez creciente de productos de primera necesidad. La población de Jeju se había multiplicado por dos: tras la liberación, con el regreso de los que habían emigrado a Japón, y tras la división del país, con la llegada de refugiados del norte. Pero los estadounidenses nos prohibían comerciar con nuestros antiguos invasores, y eso significaba que las familias de las haenyeo no tenían dinero para comprar comida. Nosotros subsistíamos a base de una mezcla de algas y salvado de cebada, pero había familias que se comían la pulpa del boniato, que normalmente se daba a los cerdos, así que incluso los animales sufrían la carencia de alimentos.

Las mañanas que no iba a bucear me ataba a Sung-soo a la espalda y salía, con Min-lee y Yu-ri detrás de mí, para reunirme con otras mujeres en algún punto de la costa rocosa y buscar cangrejos de arena con los que preparábamos «sopa de amor de madre». Cada vez que uno de los niños encontraba uno, sus chillidos resonaban casi como un sumbisori. Luego me pasaba toda la tarde extrayendo la carne de aquellos diminutos caparazones para preparar la sopa.

Mi-ja y yo acordamos no hablar de política, pese a la agitación que nos rodeaba. Por la radio le oímos decir al coronel Brown, el nuevo gobernante de Estados Unidos, que el objetivo a largo plazo para Jeju era «ofrecer pruebas irrefutables de los males del comunismo» y «demostrar que el sistema estadounidense ofrece esperanzas sólidas».

—Sólo hay un problema —refunfuñó Jun-bu—. Nos imponen su forma de democracia, con un dictador respaldado por Estados Unidos y que ellos pueden controlar, cuando lo que queremos los coreanos, y especialmente la gente de Jeju, es celebrar nuestras propias elecciones con nuestra propia lista de candidatos y decidir nosotros mismos a quién votamos. ¿No consistía en eso la democracia?

Mi marido aún dio un paso más cuando Mi-ja y su familia vinieron de visita.

—Deberíamos echar a los americanos, igual que echamos a los misioneros franceses —afirmó convencido.

—Eso fue una pequeña rebelión que se produjo hace décadas —replicó Sang-mun—. Y de hecho los cristianos siguen aquí, y aún vendrán más, ahora que han llegado los americanos.

—¡Pero deberíamos ser independientes! Si no luchamos por defender nuestros ideales, en el fondo es como si estuviéramos colaborando con ellos.

«Colaborando.» Otra vez aquella palabra.

Al menos, Sang-mun parecía estar de acuerdo en una cosa.

—¡Sí! Deberíamos poder celebrar unas elecciones libres.

—Pero entonces advirtió—: Con elecciones libres o sin ellas, permíteme decirte una cosa, amigo mío: ándate con cuidado. Eres maestro, y en las escuelas se gestan muchas revueltas. ¿Recuerdas lo que les hicieron a las organizadoras de la manifestación de la escuela nocturna de Hado y a sus maestros?

Estaban todos muertos, pero en ese momento yo no me preocupé porque mi marido no era un agitador, ni tenía intención de liderar ninguna revuelta. Además, teníamos problemas más acuciantes de los que preocuparnos, entre ellos cómo íbamos a alimentar a nuestros hijos.

No obstante, una cosa condujo a la otra, y el recién creado Partido de los Trabajadores de Corea del Sur convocó una manifestación de ámbito nacional el 1 de marzo de 1947. Justo diecinueve meses después del fin de la guerra y exactamente el mismo día que quince años atrás mis paisanos se habían manifestado clamando por la liberación de la opresión japonesa. Ese día gente de todas las ideologías (de derechas, de izquierdas o de ninguna) y de todos los rincones de la isla acudió en masa al lugar de partida, una escuela elemental de la ciudad.

El cielo estaba despejado y soplaba una fresca brisa primaveral. Jun-bu llevaba en brazos a Min-lee, y yo a Sung-soo atado a la espalda. (Yu-ri se había quedado en casa con Abuelita Cho.) Mi-ja y Sang-mun trajeron a Yo-chan. Nuestros maridos habían acordado un punto de encuentro y no nos costó vernos, a pesar de que había mucha más gente que en la manifestación a la que mi madre nos había llevado a Mi-ja y a mí años atrás. Esta vez no nos vigilaban soldados japoneses sino cientos de policías. Muchos iban a caballo.

Nuestros maridos fueron a reunirse con un grupo de hombres; Mi-ja y yo nos quedamos con los niños. Yo-chan y Min-lee caminaban entre el gentío, tambaleándose, pero sin alejarse mucho de nosotras. Yo-chan tenía las piernas fuertes como su madre. Mi hija ya estaba bronceada por el sol, pero era delgada como su padre.

—Un niño y una niña —dijo Mi-ja sonriendo—. Cuando se casen...

—Las dos seremos muy felices —terminé, y la cogí del brazo.

Vimos a algunas conocidas. Las hermanas Kang y sus familias, varias haenyeo con las que habíamos hecho la temporada de buceo fuera de la isla. Saludé a unas mujeres de la cooperativa de Bukchon; Mi-ja me presentó a algunas vecinas suyas de Hamdeok.

Cuando comenzaron los discursos, nuestros maridos volvieron con nosotras.

—Vamos a acercarnos más al escenario —propuso Junbu—. Es importante que los niños oigan lo que van a decir los oradores.

Pero hasta yo habría podido pronunciar aquellos discursos. Corea debía ser independiente. Debíamos rechazar la influencia extranjera. El norte y el sur debían volver a unirse, y de ese modo formaríamos una sola nación. El último orador nos pidió que empezásemos a desfilar, pero poner en marcha a veinte mil personas y hacerlas caminar a todas en la misma dirección lleva su tiempo. Por fin avanzamos, pastoreados por los policías a caballo. Le di la mano a mi hija y Mi-ja cogió a su hijo en brazos. Delante de nosotros, un niño de unos seis años (aunque más tarde oí decir que era una niña) saltaba y reía, emocionado por cuanto veía a su alrededor. Su madre fue a cogerlo, pero el niño se escabulló y se cruzó en el camino de uno de los policías que iban a caballo. Cuando el jinete tiró de las riendas, el caballo se encabritó.

—¡Cuidado! —gritó la madre, pero el niño cayó al suelo y el animal lo pisó.

El policía tiró con fuerza de las riendas y trató de controlar al caballo. Todos nos dimos cuenta de que el hombre no tenía intención de desmontar para ayudar al niño, pese a ser evidente que lo que había sucedido había sido un accidente. Un coro de voces se puso a gritar:

—¡A por él! ¡A por él!

Los manifestantes empezaron a lanzar piedras y el caballo se asustó aún más. El jinete lo golpeaba con los talones en los flancos. El caballo danzaba de un lado a otro tratando de abrirse paso entre la multitud.

—¡Va hacia la comisaría! —gritó alguien—. ¡Que no escape!

—¡Perro negro! ¡Perro negro! —cambiaron los gritos.

Doblamos una esquina y llegamos a una gran plaza. Había policías apostados en las escaleras de la entrada de la comisaría;

tenían los fusiles con la bayoneta calada y apuntando hacia delante, en una actitud claramente amenazadora. Ellos no sabían qué había pasado, pero veían una masa enfurecida corriendo hacia ellos. Los manifestantes que iban delante intentaron parar, dar media vuelta y huir, pero formábamos una muchedumbre enfervorizada que se movía de un lado a otro. Se oyeron varias detonaciones; a continuación se produjo un silencio inquietante y todos nos quedamos quietos, tratando de evaluar la situación. Entonces empezaron los gritos y los manifestantes corrieron en todas direcciones. En medio del caos, Mi-ja nos metió a los niños y a mí en un portal. La masa se había dispersado y vimos pequeños corros de gente repartidos por la plaza. En el centro de cada grupo, tumbada en el suelo, había una persona; algunas estaban heridas y gritaban, pero sobre otras había caído el silencio de la muerte. El llanto de un niño pequeño resonaba por la plaza. Mi-ja y yo nos miramos; teníamos que ayudar.

Con nuestros hijos en brazos, corrimos hacia aquellos hipidos desconsolados y llegamos junto a una mujer tirada boca abajo en el suelo. Había recibido un disparo en la espalda, y el bebé había quedado atrapado por el cuerpo de su madre. Dejamos a Yo-chan y a Min-lee en el suelo; Mi-ja le levantó un hombro a la mujer, que estaba muerta, para que yo pudiera sacar al bebé. Era una niña, que seguía llorando de un modo desgarrador. Tenía los ojos cerrados y apretaba tanto los párpados que vi dónde le saldrían arrugas cuando fuese mayor. Estaba cubierta de sangre.

Mi-ja y yo nos levantamos a la vez, y yo me puse al bebé contra el hombro. Le daba palmaditas mientras Mi-ja la examinaba para ver si estaba herida. Estábamos las dos tan concentradas que, cuando Sang-mun agarró a Mi-ja del brazo y la separó de mí, nos quedamos completamente perplejas.

—¡¿Cómo has podido poner a mi hijo en peligro?! —le gritó colérico.

—No estaba en peligro —repuso ella sin perder la calma—. Cuando ese caballo se ha encabritado, lo tenía cogido de la mano.

—¿Y las balas? —Sang-mun apretaba los puños; estaba colorado como si se hubiese bebido una botella de vino de arroz—. ¿Eso no te parece peligroso?

Jun-bu entró corriendo en la plaza y se relajó al ver que los niños y yo estábamos bien. Llegó a nuestro lado justo cuando Mi-ja admitía:

—Ni se me había pasado por la cabeza que la policía pudiese dispararnos. —Hizo una pausa y añadió—: ¿Y a ti?

Sang-mun le dio un bofetón a Mi-ja. Ella se tambaleó hacia atrás y se cayó encima de Yo-chan y Min-lee. Corrí a su lado mientras Jun-bu agarraba a Sang-mun y lo apartaba. Mi marido habría perdido en una pelea a puñetazos, pero era más alto y ser maestro le confería autoridad.

Mi-ja se había quedado sentada en el suelo. Le estaba saliendo una marca roja con la forma de la mano de Sang-mun en la mejilla. Yo-chan parecía asustado, pero no demasiado sorprendido ni impresionado; comprendí que no era la primera vez que el niño veía a su padre pegar a su madre. Me sentía fatal; estaba muy preocupada, horrorizada, por lo que acababa de suceder. Mi abuela había concertado aquella unión entre la hija de un colaboracionista y el hijo de otro colaboracionista, pero Mi-ja y su marido no podían ser más distintos.

Sang-mun se metió las manos en los bolsillos, como si quisiera ocultar las armas que había empleado contra mi amiga, o quizá preparándolas para la próxima vez, no sabría decirlo. Cuando él miró hacia otro lado, me agaché a la altura de Mi-ja y le dije en voz baja algo que ya le había dicho otras veces:

—Deberías venir a vivir con nosotros. El divorcio no es algo raro entre las haenyeo.

Mi-ja negó con la cabeza.

—¿Adónde quieres que vaya? ¿Qué quieres que haga? Tenemos una casa bonita en la base. Mi hijo está bien alimentado y está aprendiendo inglés con los soldados.

No hacía falta que me recordase el resto. Mi marido y yo vivíamos en una casita humilde, con nuestros hijos y con Yuri, y era evidente que no teníamos suficiente para comer. Aun así, yo en su lugar me habría llevado a mis hijos lo más lejos que hubiese podido. Habría trabajado y los habría mantenido, y Mi-ja también habría podido mantener a su hijo si hubiese querido.

Seis personas murieron delante de la comisaria, cinco de ellas de un disparo por la espalda cuando intentaban huir. Otras seis fueron trasladadas al hospital provincial. Los agentes de policía allí apostados estaban tan nerviosos, después de haber oído los disparos de la manifestación, que habían disparado indiscriminadamente al aire y matado a dos transeúntes. Se decretó el toque de queda.

A la mañana siguiente mi marido me leyó las noticias de los periódicos, en gran medida contradictorias.

—Hay testigos que afirman que el niño murió en el acto al pisarlo el caballo. Otros aseguran que murió más tarde a causa de las heridas.

—Qué horror.

—Pero escucha esto —continuó Jun-bu, indignado—. El 24.º Cuerpo del Ejército de Estados Unidos tiene una opinión completamente diferente. Ellos dicen que «un niño resultó levemente herido al tropezar con el caballo de un policía».

Negué con la cabeza, pero Jun-bu no había terminado.

—Y, según el portavoz de la policía, los disparos que hubo en la plaza estaban justificados como medida de autodefensa, porque unos manifestantes armados con bastones habían atacado la comisaría.

—¡Pero si no hubo ningún ataque, y lo único que llevábamos eran niños o pancartas sujetas con una caña de bambú!

—Ya lo sé. —Jun-bu estaba horrorizado—. Califican el tiroteo de «desafortunado» y «desconsiderado».

Todo aquello era muy triste, pero Jun-bu volvió a la escuela y yo volví al bulteok. Al terminar la jornada, cuando remábamos hacia la costa, las haenyeo que iban en otra barca nos hicieron señas. Remamos hasta ellas para chismorrear.

—La policía ha detenido a los organizadores de la manifestación y a veinticinco estudiantes de instituto —nos informó su jefa—. Se dice que los están torturando.

No dábamos crédito a lo que oíamos.

Esa noche, violando el toque de queda, la gente salió a pegar carteles por las paredes de toda la isla. El Partido de los Trabajadores de Corea del Sur quería que todos los isleños protestaran contra el gobierno militar de Estados Unidos y se opusieran al imperialismo norteamericano. Se pedía dinero para ayudar a los heridos y a las familias de las víctimas mortales. Se exigía que se llevara a juicio a los policías que habían disparado y que fueran condenados a muerte. Se reclamaba la destitución inmediata de cualquier simpatizante o colaboracionista japonés de las filas de la policía. Por último, se exhortaba al pueblo de Jeju a participar en la huelga general del 10 de marzo.

El líder de ese movimiento era un maestro de veintidós años. Jun-bu me dijo que no lo conocía.

Se unieron a la huelga campesinos, pescadores, obreros y haenyeo, así como policías, maestros y empleados de Correos. Los ejecutivos salieron de las oficinas portuarias, los bancos y las empresas de transporte. Los comerciantes cerraron sus tiendas. La huelga tuvo un éxito inmediato y abrumador, pero nuestros dirigentes la calificaron de «roja». Eso hizo que el gobierno militar estadounidense respaldara a los partidarios de la línea dura y al gobierno del continente, que envió varios comandos del grupo paramilitar Asociación Juvenil del Noroeste para ayudar a mantener el orden.

Fui al bulteok, pero no a trabajar sino a intercambiar información.

Todas tenían algo que decir y nada era bueno.

—La mayoría de los que forman parte de la Asociación Juvenil del Noroeste son hombres que escaparon de más al norte del paralelo 38. ¡Son lo peor que hay! —exclamó Gi-won enfurecida.

Sang-mun también había conseguido huir del territorio controlado por los comunistas, de modo que yo sabía qué consecuencias podía tener aquella experiencia en una persona.

—Muchos son delincuentes, vagos y criminales —dijo Jang Ki-yeong, mi vecina. Y luego añadió tres adjetivos más, como si entonara una canción—: Violentos, fieros y crueles.

—Yo también lo he oído decir —coincidió Gi-won—. Han llegado aquí sin nada porque tuvieron que salir a toda prisa de sus casas. Ahora les han dicho que tienen que vivir de la tierra. Esperad y veréis. Seguro que aún son más voraces que los japoneses a la hora de robar nuestra comida y nuestros recursos.

Pero lo más aterrador fue lo que nos explicó Yun-su, la hija de Ki-yeong.

—Una amiga mía me ha contado que cuando algo les huele a comunismo se convierten en perros rabiosos. Odian Jeju porque creen que nosotros tenemos ideas de izquierdas. Por lo visto, para ellos Jeju es una Pequeña Moscú. La llaman la Isla de las Pesadillas.

Hubo risitas nerviosas, pero cesaron enseguida.

Entonces tomó la palabra una abuela buceadora que no había dicho nada hasta ese momento.

—Mi hija se casó con un hombre de un pueblo del otro lado de la isla. Allí tienen un dicho sobre estos recién llegados: «Hasta los bebés paran de llorar cuando alguien menciona la Asociación Juvenil del Noroeste.»

Hacía un día templado, y además el sol nos caía de pleno dentro del bulteok, pero me recorrió un escalofrío y creo que a las otras les sucedió lo mismo.

La anciana continuó en voz baja y todas nos inclinamos hacia delante para escucharla.

—Dice mi hija que en el pueblo de su marido los llaman «la sombra de una pesadilla». —Ladeó la cabeza hacia Gi-won—. Nuestra jefa dice que esos hombres nos robarán la comida y todos nuestros recursos. La gente del otro lado de la isla ya está tomando medidas al respecto. ¿Cuál es nuestro recurso más valioso? Nuestras hijas. Las que tengáis hijas debéis concertarles una boda cuanto antes. En el pueblo de mi hija están casando a las niñas de trece años.

Se oyeron varios resoplidos.

—Eso no lo hacíamos ni cuando estaban aquí los japoneses —dijo Gi-won.

La abuela buceadora miró con frialdad a nuestra jefa.

—Es una situación muy difícil. Según la tradición, un coreano jamás violaría a una mujer casada, pero ¿y si no es cierto? ¿Y si...?

Se produjo un profundo silencio mientras cavilábamos sobre lo que podía pasarnos a nosotras o a las jóvenes solteras de nuestras familias.

Esa noche, cuando Jun-bu llegó a casa, le conté lo que se había hablado en el bulteok y él no intentó desmentir nada. Es más, me dijo que él también había oído esas cosas.

No le pregunté por qué no me lo había contado, tal vez no quería que me preocupara. La verdad es que a mí no me inquietaba ni me asustaba que alguien pudiera atacarme. Sabía que podía defenderme. Pero ¿y Yu-ri?

—Tu hermana, además de no estar muy bien de la cabeza, ya es mayor, por lo que en circunstancias normales pasa desapercibida; sin embargo, tal como están las cosas no podemos correr riesgos. —Me quedé mirándolo y comprendí que Jun-bu necesitaba que yo decidiese qué íbamos a hacer—. No dejaremos que salga a pasear sola por el pueblo. Tendrá que quedarse dentro de la casa o salir siempre acompañada de Abuelita Cho.

Evidentemente, a Yu-ri le desagradaron las nuevas medidas. Seguía teniendo el carácter de una haenyeo y le fastidiaba pasarse el día atada a su cuerda. Pero no teníamos alternativa.

Entretanto nos enteramos de que en lo alto del monte Halla había escondidos cuatro mil miembros de grupos de autodefensa, parapetados en antiguas fortificaciones japonesas. Se rumoreaba que tenían en su poder los alijos de armas que habían abandonado los japoneses y que los estadounidenses no habían encontrado en sus batidas para localizar armamento y arrojarlo al mar.

Cuando le conté a Jun-bu lo que había oído en el bulteok, él comentó con pesimismo: «Otra vez, isleños contra forasteros».

Poco después, en respuesta a la huelga, la policía detuvo a doscientas personas en Ciudad de Jeju en dos días. Luego fueron detenidos otros trescientos funcionarios, ejecutivos, policías nativos de Jeju y maestros, entre ellos uno de la escuela donde daba clase Jun-bu. Mucha gente volvió al trabajo por miedo, pero mi marido y yo no. Nosotros creíamos en la fuerza de la huelga. Sin embargo, eso cambió cuando pusieron en libertad al colega de Jun-bu y éste vino a visitarnos. Ellos dos bebían vino de arroz y hablaban en voz baja, y yo los escuchaba.

—Éramos treinta y cinco en una celda de tres metros por cuatro —nos explicó el amigo de Jun-bu—. Los policías del continente nos iban sacando uno a uno. Oíamos gritos y súplicas. Al cabo de unas horas, cuando devolvían al detenido a la celda, éste estaba inconsciente o no podía hablar. Entonces escogían a otro. Cuando me llegó el turno me pegaron y lloré igual que los demás. Querían que les diera los nombres de los organizadores de la huelga.

—¿Y se los diste?

—¡Pero si no sé quiénes son! Los policías siguieron pegándome, pero lo que me hicieron a mí no es nada comparado con lo que pasaba en otras celdas. También había mujeres detenidas. Nunca podré olvidar esos gritos... Nunca.

—¿Y ahora qué vas a hacer?

—Volver a Japón. Allí mi familia y yo estaremos más seguros.

Nunca hubiera imaginado que oiría decir a un ciudadano de Jeju que prefería vivir entre esos demonios con pezuñas que en nuestra isla. Aquello nos dejó conmocionados. Al día siguiente, Jun-bu (sin decirme que había tomado esa decisión) volvió a la escuela. Escogió bien el momento, porque a la mañana siguiente los maestros que seguían haciendo huelga fueron sustituidos por ciudadanos que habían huido de Corea del Norte. Le rogué a Jun-bu que tuviera cuidado. Los que habían estudiado en el extranjero, expuestos a las ideas de igualdad, reforma agraria y educación universal, se convertían en sospechosos automáticamente.

—No sufras —me dijo—. Les da miedo el comunismo, nada más. Lo ven por todas partes.

Pero ¿cómo no iba a sufrir cuando nuestro mundo estaba cambiando de un modo tan radical, como si un tsunami estuviera absorbiendo todo lo que conocíamos y amábamos para soltarlo luego en el océano? Hubo más detenciones. Durante los juicios, organizados por los oficiales del ejército de Estados Unidos, la comunicación entre los acusados coreanos y los jueces estadounidenses era sumamente precaria. Se condenó a penas de cárcel a mucha gente. Los enfrentamientos entre ciudadanos y policías eran cada vez más frecuentes y violentos. Seguían apareciendo carteles, seguían repartiéndose panfletos y seguía deteniéndose a gente, mientras lejos, muy lejos de nosotros, Estados Unidos y la Unión Soviética continuaban discutiendo sobre el destino de nuestra tierra. Daba la impresión de que sus pleitos no tenían nada que ver con nosotros, pero en Jeju la policía se encontraba en estado de «alerta de emergencia».

Yo no podía parar de pensar en los últimos momentos de mi madre ni en cómo, bajo el agua, la correa de cuero de su bitchang se había tensado alrededor de su muñeca. Había luchado para liberarse y yo había intentado ayudarla, pero no había servido de nada. Ahora tenía la impresión de que nos estaba pasando algo parecido, sólo que en tierra, y sin embargo lo único que queríamos era que nos dejasen tranquilos. Jun-bu daba clase a sus alumnos. Abuelita Cho llevaba a Yu-ri y a los niños a dar cortos paseos hasta el mar cuando los días parecían largos y tranquilos. Yo iba a bucear con la cooperativa y empecé a instruir a una pequeña buceadora. Estaba tan ocupada, y supongo que Mi-ja también, que los tres kilómetros que separaban Hamdeok de Bukchon parecían una distancia enorme. Después de la manifestación, tardé cinco meses en volver a verla.

Y a nuestro alrededor seguían sucediéndose los acontecimientos.

• • •

Llegó el 13 de agosto. Era la temporada de cosecha del boniato, y Yu-ri, mis hijos y yo fuimos temprano a nuestros campos. Yo estaba embarazada de ocho meses, ya tenía mucha barriga y me dolía la espalda. Sung-soo daba sus primeros pasos y su hermana todavía no era lo bastante mayor para vigilarlo, así que yo tenía que estar pendiente de los tres mientras trabajaba. A las diez de la mañana se puso a llover tan fuerte que decidí volver a casa y esperar a que el tiempo se calmase. Até a Sung-soo a la espalda de Yu-ri, le di la mano a Min-lee y echamos a andar hacia el pueblo. La ropa, empapada, se adhería a mi piel, y tenía los pies y las piernas manchados de barro. Por el camino nos encontramos a mi vecina Jang Ki-yeong, a su hija Yun-su y a otras mujeres de su familia que también volvían a Bukchon.

—Tienes muchas cargas —me felicitó Ki-yeong al verme guiar a mis hijos y a Yu-ri.

—Soy afortunada —respondí, y para devolverle el elogio dije—: Tu hija sigue tus pasos. Es una buena pequeña buceadora.

—Tu hija también lo será algún día.

—Ése sería el mejor regalo que podría hacerme.

Entramos en el pueblo. Un poco más allá, un joven repartía panfletos.

—Toma. Coge uno —me dijo el joven.

—No sé leer —le respondí.

Intentó ponerles unos panfletos en las manos a Ki-yeong y a Yun-su.

—Nosotras tampoco sabemos leer —confesó Yun-su.

Justo en ese momento, dos policías doblaron la esquina. Al ver al chico, uno gritó:

—¡Alto!

—¡Detente ahora mismo! —ordenó el otro.

El chico palideció. Entonces su mirada se endureció; soltó los panfletos y echó a correr. Los policías lo persiguieron; venían hacia nosotros. Cogí en brazos a Min-lee, rodeé con un brazo a Yu-ri, que llevaba a Sung-soo atado a la espalda, y nos fuimos hacia la plaza. Con la confusión, Yun-su vino conmigo en lugar de irse con su madre, sus hermanas y su abuela. Empezamos a oír disparos, aquellas detonaciones espeluznantes que ya habíamos oído en la plaza el día de la manifestación. Yun-su, que estaba a mi lado, tropezó y se cayó. Se dio la vuelta y se levantó, y vi que le sangraba un hombro. Parecía una herida superficial, pero no me entretuve a examinarla.

—¡Agárrate a mí, Yu-ri!

Mi cuñada, horrorizada, se aferró al dobladillo de mi túnica. Min-lee lloraba tanto que casi no podía respirar. La sujeté bien y, con el otro brazo, rodeé por la cintura a Yun-su. Éramos cinco personas que se movían como si fuesen una sola. Al llegar a la plaza, nos dejamos caer al suelo. Min-lee seguía desgañitándose. Yu-ri, lívida de terror, se agachó a mi lado. Había sangre de Yun-su por doquier. Temblando, les pasé las manos por encima a Yu-ri, Min-lee y Sung-soo, y comprobé que ninguno estaba herido.

Se disparó una sirena en el pueblo. Los vecinos salieron de sus casas (algunos iban armados con aperos de labranza) y persiguieron a los dos policías que nos habían disparado. No me quedé para ver qué pasaba. Reuní a mi grupo y fuimos juntos a la casa de Yun-su. Ki-yeong y el resto de la familia estaban de pie en el patio, frenéticos. Al ver a Yun-su, se movilizaron al instante. Alguien puso agua a hervir. Otra persona desplegó una pieza de tela caqui e hizo tiras con ella para usarlas como vendas. Pero cuando Ki-yeong apareció con un cuchillo, tijeras y pinzas, la pobre Yun-su se dejó caer en mis brazos; se le doblaron las piernas y perdió el conocimiento. Estaba herida, pero no de gravedad. Cuando el olor a sangre hubiese desaparecido de su herida, podría volver a bucear.

Tenía que llevar a mi familia a casa. Deshicimos el camino y volvimos a la plaza, donde los vecinos habían capturado y atado a los policías. La gente gritaba y renegaba. Alguien le propinó una patada al más menudo de los policías.

—¡No basta con darle puntapiés con la sandalia! —bramó un anciano—. ¡Llevémoslos a la comisaría de policía de Hamdeok! ¡Nos aseguraremos de que reciben su castigo!

La multitud dio su aprobación. Debería haberme marchado a casa como tenía planeado, pero me dejé llevar y me puse a gritar yo también. Mi terror se había transformado en furia. ¿Cómo podían otros coreanos disparar contra nosotros, aunque no fuesen de Jeju? ¡Éramos inocentes y aquello tenía que acabarse! Así que me uní al gentío, que arrastró a los dos policías por el olle y por la playa; recorrimos una distancia de tres kilómetros hasta llegar a Hamdeok. Apenas hacía una hora que mi familia y yo habíamos salido de nuestros campos de tierra adentro.

—¡Venimos a presentar una queja contra estos dos! —gritó uno de los ancianos de Bukchon cuando llegamos a la pequeña comisaría de policía—. ¡Queremos exponer nuestra demanda!

Los japoneses nos escuchaban cuando protestábamos, pero resultó que nuestros propios paisanos no. Horrorizada, vi que unos policías subían al tejado, corrían hacia una ametralladora que tenían allí instalada y, sin avisar, empezaban a disparar. Tardé un momento en darme cuenta de que habían disparado balas de fogueo, pero ya nos habíamos desperdigado como escarabajos que corren por el suelo de una letrina asustados por la luz de una lámpara de aceite. Escondida detrás de unos bidones, me asomé un instante para ver si corría peligro. Y allí, en la ventana de la comisaría, mirando hacia fuera, estaba Sang-mun. Me escondí rápidamente; se me hizo un nudo en el estómago. Pensé que debía de haberme engañado la vista, pero cuando me asomé otra vez volví a verlo allí. Y nuestras miradas se encontraron.

Cuando emprendí el camino de regreso a Bukchon, no pasé a visitar a Mi-ja. No habría sabido qué decirle. Por primera vez en muchos años de amistad, no sabía si podía confiar en ella.

Mi marido estaba esperándonos en la cancela cuando llegamos a casa. Me abrazó sin decir nada y, entre sollozos, le conté lo que había visto.

—Tranquila, ya estás a salvo —me dijo—. Eso es lo único que importa.

Sin embargo, estaba profundamente avergonzada por haber dejado que la rabia y la confusión del momento me hubiesen hecho poner en peligro a mis hijos y a Yu-ri. Me prometí que nunca volvería a permitirlo. Ni como madre, ni como esposa.

Al día siguiente, el periódico informó de que la policía había «necesitado» aplicar mano dura a los repartidores de panfletos, pero que el culpable de Bukchon había logrado huir. Dos días más tarde, un informe del 24.º Cuerpo del Ejército de Estados Unidos que se había filtrado a la prensa también saltó a la primera plana. Mi marido leyó la noticia:

—«Dos mujeres y un hombre resultaron heridos en un violento tiroteo entre izquierdistas que repartían panfletos y la policía de Bukchon.»

—¡Pero eso no fue lo que pasó! —exclamé, indignada.

Jun-bu siguió leyendo el artículo.

—«Una muchedumbre de aproximadamente doscientas personas atacó la comisaría de Hamdeok —dijo—. La policía tuvo que pedir refuerzos para dispersar a los atacantes.»

—¡Pero si eso no fue lo que pasó! —repetí—. ¿Cómo pueden cambiar lo que yo vi con mis propios ojos y contar una versión tan diferente?

Jun-bu no tenía respuesta a mi pregunta. Le vi apretar los músculos de la mandíbula cuando leyó el final de la noticia:

—«Todas las manifestaciones, mítines y reuniones políticas quedan prohibidos. Se tomarán medidas enérgicas contra las reuniones en espacios públicos, y desde hoy queda terminantemente prohibido repartir panfletos.» —Dobló el periódico y lo dejó en el suelo—. A partir de ahora, habrá que tener mucho cuidado.

Yo había visto morir a mi madre en el mar. Había visto a Yu-ri entrar en el agua y salir convertida en otra persona. Sabía que el mar era peligroso, pero lo que estaba ocurriendo en tierra me confundía y me asustaba más. En los últimos meses, habían disparado y golpeado a varias personas delante de mí, miembros de los dos bandos. Todas las víctimas mortales y los heridos eran coreanos, ya fuesen del continente o de Jeju, y los responsables eran paisanos nuestros. Para mí eso era inconcebible, y no podía parar de temblar de miedo, ni siquiera mientras mi esposo me abrazaba y me aseguraba que él nos protegería.

El anillo de fuego

Marzo – diciembre de 1948

El año posterior a la manifestación del 1 de marzo estuve muy ocupada con la familia y el trabajo, y no vi a Mi-ja ni una sola vez. Mi amiga debía de estar lidiando con una situación muy difícil, y lo sentía por ella. Pero, a pesar de lo mucho que la quería y la echaba de menos, yo tenía que tomar precauciones. Ella vivía en Hamdeok, donde estaba el cuartel general de los militares. Si no me había equivocado y era el de la ventana, su marido se había alineado con el bando contrario, y su reacción era imprevisible. No podía arriesgarme a que en un momento de rabia o desconfianza él se volviera contra Jun-bu o contra mí. Como es lógico, a veces me preguntaba por qué Mi-ja no me buscaba y qué podía significar eso. También me habría gustado saber si ella pensaba en mí o si estaba tan ocupada como yo con la familia y el trabajo.

Mis hijos estaban bien. Min-lee y Sung-soo pronto celebrarían su cumpleaños; tres y dos años respectivamente. Jun-bu y yo habíamos sido bendecidos con otro niño, Kyung-soo. Era un bebé dócil, y yo veía, complacida, que Min-lee ya estaba aprendiendo a cuidar de sus hermanos. Mi marido se sentía respetado por sus alumnos y yo me había integrado muy bien como joven buceadora en la cooperativa de Bukchon. Sin embargo, pese a sentirnos afortunados, a veces discrepábamos. Jun-bu insistía en que quería que todos sus hijos estudiasen, y al menos una vez a la semana teníamos la misma conversación.

—Déjame recordarte el viejo proverbio —me dijo una tarde después de haber tenido que castigar a un alumno por copiar—: «Si plantas alubias rojas, recoges alubias rojas.» —Era un aforismo que mi madre recitaba a menudo, y venía a decir que era responsabilidad de los padres plantar, criar y educar a sus hijos para que se convirtieran en adultos de provecho. Entonces Jun-bu añadió—: Deberías alegrarte de que Min-lee disfrute de las mismas oportunidades que sus hermanos.

—Comprendo tus deseos —repliqué—. Pero sigo confiando en que, si tengo otro bebé, sea una niña, porque podrá ayudar a su hermana mayor a pagar los estudios de sus hermanos. No olvides que hicieron falta tres mujeres (tu madre, tu hermana y yo) para que tú pudieras estudiar. Cuando Sung-soo tenga edad para ir a la universidad, Min-lee tendrá diecinueve años y podrá hacer de temporera fuera de la isla. Pero cuando Kyung-soo vaya a la universidad, seguramente Min-lee ya se habrá casado. Necesito, como mínimo, una haenyeo más en la familia para ayudar a pagar las matrículas de los niños.

Jun-bu sonrió y negó con la cabeza.

Para mí todo aquello demostraba que, por mucho que yo lo amara y respetara, sólo era un hombre y no tenía tantas preocupaciones como yo. Mientras él estaba en casa o en la escuela, yo estaba fuera, en el mundo. Tenía que ser práctica y pensar en el futuro, porque vivíamos rodeados de inestabilidad. Ya había transcurrido un año desde la manifestación y todavía sufríamos represalias. Si algún anciano del pueblo presentaba una queja porque los miembros de la Asociación Juvenil del Noroeste habían intentado sobornarlo pidiéndole dinero o sacos de mijo, no volvíamos a verlo. Si un grupo de izquierdistas bajaba del monte Halla y disparaba a un policía, varias patrullas recorrían la montaña en busca de los culpables; si no los encontraban, a modo de escarmiento ejecutaban a algún vecino inocente.

El gobierno militar estadounidense decidió realizar algunos cambios. Sustituyeron a nuestro primer gobernador coreano por el gobernador Yoo, que, según contaban, llevaba gafas de sol las veinticuatro horas del día y dormía con una pistola. Incluso las autoridades estadounidenses lo habían catalogado como de extrema derecha. El nuevo gobernador expulsó a todos los funcionarios nativos de Jeju y los reemplazó por hombres que habían huido del norte y eran tan anticomunistas como él. Sustituyó a muchos policías nativos de Jeju por hombres del continente que nunca habían sentido ninguna simpatía por la gente de nuestra isla. Prohibió los Comités del Pueblo y calificó a las personas que nos habíamos beneficiado de ellos, como mis familiares y yo, de extremistas de izquierdas. Yo no era una extremista de izquierdas; de hecho, ni siquiera era de izquierdas. Pero no importaba. Se habían acabado las clases para mujeres y cualquier otra actividad que hubiesen organizado los comités de los pueblos.

En la isla tan sólo teníamos un periódico, pero cuando un ejemplar llegaba a Bukchon, muchas noticias quizá ya no tenían vigencia o directamente eran falsas. Jun-bu, que también escuchaba las noticias por la radio, dijo una noche con voz sombría:

—Me parece que la emisora la controla la derecha, que a su vez está controlada por los americanos. Oímos los cotilleos y los rumores que pasan de un pueblo a otro, pero ¿podemos fiarnos de lo que dicen?

No supe qué contestarle.

Por fin los estadounidenses anunciaron que el 10 de mayo los coreanos que vivíamos al sur del paralelo 38 podríamos celebrar nuestras propias elecciones. Mi marido se puso de mejor humor.

—Los americanos y Naciones Unidas se han comprometido a dejarnos votar libremente —me dijo, pero la realidad le hizo poner de nuevo los pies en la tierra—. Los americanos apoyan a su candidato favorito, Rhee Syngman, cuyos principales patrocinadores son ex colaboracionistas japoneses. A cualquiera que se oponga a él le cuelgan inmediatamente la etiqueta de «rojo», y a cualquiera que esté a favor de castigar a los ex colaboracionistas le cuelgan la etiqueta de «rojo». Eso significa que prácticamente a todos los habitantes de Jeju, incluidos nosotros, van a colgarnos la etiqueta de «rojos».

Me preocupaba el pesimismo cada vez más acentuado de Jun-bu.

Un programa de radio de una emisora situada al norte del paralelo 38 propuso a los dirigentes del sur que fueran a Pionyang a hablar de la reunificación y redactaran una constitución que resolviera nuestros problemas. La reacción del gobierno militar de Estados Unidos y el gobernador Yoo fue incrementar la represión anticomunista que ya ejercían en Jeju. El ex gobernador Park, que en su momento habían nombrado los militares estadounidenses, fue el primer detenido. Era un personaje famoso y su detención conmocionó a la población. Poco después apareció flotando en el río el cadáver de un joven al que se identificó como un manifestante. Un testigo que había presenciado una sesión de torturas declaró que a aquel estudiante lo habían colgado del techo por el pelo y le habían perforado los testículos con punzones. No hubo una sola madre en toda la isla que no se pusiera en la piel de la madre de ese chico e imaginara el dolor que habría sentido si aquél hubiese sido su hijo.

La madrugada del 3 de abril nos despertaron disparos, gritos y el ruido de gente que corría por los olle. Jun-bu y yo protegimos a nuestros hijos con nuestros cuerpos. Yo estaba aterrada. Los niños gimoteaban. Nos pareció que el alboroto duraba una eternidad, aunque probablemente nos dio esa impresión porque era una noche muy oscura. Por fin Bukchon volvió a quedar en silencio. ¿Habrían detenido a alguien? ¿A cuántas personas habrían disparado, cuántas habrían muerto? De la oscuridad no nos llegaban respuestas. Entonces empezamos a oír gritos.

—¡Deprisa!

—¡Vamos, rápido!

Jun-bu se levantó y se puso los pantalones.

—No salgas —le supliqué.

—Fuera lo que fuese, ya ha pasado. Podría haber heridos. Tengo que ir.

Cuando salió, yo abracé aún más fuerte a mis hijos. Oía a los hombres hablando en la calle con tono apremiante.

—¡Mirad las montañas! ¡Hay fuego en las torres de vigía!

—¡Quieren enviar un mensaje a toda la isla!

—Pero ¿qué mensaje? —preguntó mi marido.

Los hombres siguieron hablando un rato en voz baja, pero no llegaron a ninguna conclusión. Jun-bu volvió a entrar en casa y se tumbó a mi lado. Los niños se quedaron dormidos otra vez, acurrucados contra nosotros como lechones. Cuando el amanecer empezó a teñir el cielo de rosa, me levanté sin hacer ruido, me vestí y salí afuera. Estaba a punto de dirigirme al pozo del pueblo, y entonces vi salir a Jun-bu.

—Te acompaño. No quiero que vayas sola.

—Pero los niños...

—Todavía duermen. —Cogió una vasija para el agua—. Están más seguros si se quedan solos aquí unos minutos que si vienen con nosotros.

Fuimos hasta la cancela y nos asomamos. El olle estaba vacío; sólo se veían algunas lanzas de bambú por el suelo. Al llegar a la plaza, nos enteramos de que los rebeldes habían irrumpido en la pequeña comisaría del pueblo. Había muebles esparcidos por los adoquines y el viento arrastraba hojas de papel por el suelo. Unos cuantos hombres uniformados correteaban para recogerlas. Vi a un hombre con la cabeza vendada y a otro que cojeaba. Algunos vecinos se habían congregado bajo el árbol y escudriñaban un cartel clavado en el tronco. Jun-bu y yo nos abrimos paso.

—Dinos qué pone, maestro —dijo alguien.

—«Queridos ciudadanos, padres, hermanos y hermanas —leyó él, recorriendo con la mirada los caracteres—. Ayer asesinaron a uno de nuestros hermanos estudiantes. Hemos bajado armados de las montañas y vamos a asaltar todos los puestos de policía de la isla.»

La gente murmuraba; todos estábamos desconcertados y asustados. Se oyeron algunos gritos de apoyo a los rebeldes. Habían vengado al estudiante torturado y asesinado.

Jun-bu siguió leyendo:

—«Nos opondremos hasta las últimas consecuencias a unas elecciones que dividan el país. Liberaremos a las familias que han quedado separadas por una línea fronteriza. Echaremos de nuestro país a los caníbales americanos y a sus perros falderos. A los funcionarios y a los policías que les queda algo de conciencia, que se rebelen y nos ayuden a luchar por la independencia.»

Aquel lenguaje no me gustaba, pero reflejaba un sentimiento que todos nosotros compartíamos. Queríamos tener un país unificado. Queríamos poder escoger nuestro futuro.

—¡Pelearemos! —gritaron los hombres alzando los brazos.

Luego se les unieron las voces de las mujeres. Pero Jun-bu y yo habíamos aprendido a ser prudentes y nos fuimos a casa. Allí seguimos con nuestras tareas domésticas mientras las noticias corrían de boca en boca. Cuando terminamos de desayunar, Abuelita Cho se quedó a cargo de Yu-ri y los niños, y yo me fui al bulteok. Una vez allí me encontré con que todas las haenyeo tenían detalles que añadir al relato de lo ocurrido la noche pasada.

—El Partido de los Trabajadores de Corea del Sur está detrás de los ataques —dijo Gi-won cuando nos sentamos alrededor del fuego.

—¡No! Han sido los rebeldes, por su cuenta —la contradijo Ki-yeong rascándose una oreja.

—Dicen que quinientos insurgentes han bajado de Abuela Seolmundae.

—¡Qué va, muchos más! Tres mil personas se han unido a los rebeldes a medida que éstos iban de pueblo en pueblo. Por eso han podido atacar tantas comisarías a la vez.

—Y eso no es todo. Han volado puentes y carreteras.

—¿Ah, sí? ¿Con qué? —preguntó otra, sin dar crédito.

Antes de que alguien le contestara, otra buceadora exclamó:

—¡Hasta han cortado los cables de teléfono!

Eso era grave. Ninguna de nosotras tenía teléfono en casa, y los de las comisarías de policía eran los únicos a los que la gente de los pueblos podía recurrir para llamar a Ciudad de Jeju y pedir ayuda en caso de emergencia.

—A mí me ha parecido que iban armados con poco más de lo que nosotras llevamos cuando vamos a bucear —dijo Gi-won.

—¿Has salido a mirar? —le preguntó Ki-yeong, impresionada.

—¿Crees que se atreverían a hacerme algo? —Gi-won levantó la barbilla para reforzar sus palabras—. He salido a la cancela. He visto a hombres, y también a algunas mujeres, con hoces, guadañas, palas y...

—Deben de ser campesinos; dudo que hubiera haenyeo entre ellos —dijo Ki-yeong.

—Sí, son campesinos —confirmó su hija—. Y también hay algunos pescadores.

—No se trata de ser de izquierdas o de derechas, como se pasan el día diciendo por la radio —dijo Gi-won—. Simplemente no queremos que otro país nos diga lo que debemos hacer.

—Y queremos la reunificación. Yo tengo familia en el norte.

—¿A quién no le ha afectado de alguna forma? Primero fueron los japoneses; después, la guerra. Y ahora tenemos muchas dificultades para alimentarnos y subsistir.

—¿Ha habido víctimas mortales? —pregunté.

El bulteok quedó en silencio. Con los nervios y la emoción, nadie se había parado a preguntarse si había heridos ni de qué gravedad.

Gi-won sabía la respuesta.

—Han muerto cuatro rebeldes y treinta policías en toda la isla.

La mujer que estaba sentada a mi lado exclamó:

—¿Treinta policías?

—*Hyun!*

—*Aigo!*

—Y en la comisaría de Hamdeok han perdido a dos agentes —añadió Gi-won.

Eso estaba a sólo tres kilómetros. Pensé en Mi-ja. Quizá debería haberme preocupado más por ella, pero desde ese día en que había visto a Sang-mun en la comisaría daba por hecho que mi amiga no corría peligro.

—¿Perdido? ¿Qué significa eso? ¿Han desertado?

—¡No, los han secuestrado!

El miedo se reflejó en las caras de las mujeres que tenía a mi alrededor. Las agresiones y los castigos se habían convertido en el pan de cada día, y todas estábamos angustiadas.

—En Bukchon no ha muerto nadie —dijo Gi-won—. Al menos podemos alegrarnos de eso.

Eso nos alivió. Si en nuestro pueblo no habían matado a nadie, quizá no habría represalias. Todavía teníamos esperanzas de que no sucediera nada.

Una vez en el mar, dejé a un lado todos los pensamientos relacionados con la vida en tierra. Al cabo de unas horas, cuando regresamos al bulteok para comer y calentarnos, ya no estábamos tan acongojadas por lo sucedido la noche pasada. Si nosotras habíamos sido capaces de jactarnos de nuestras capturas, quizá los demás también habían podido dejar de preocuparse un rato por los asaltos a las comisarías.

El coronel estadounidense al mando tampoco quiso darle demasiada importancia a lo ocurrido.

—No me interesa el motivo del levantamiento —le dijo el coronel Brown a un reportero de la radio esa noche—. Dos semanas bastarán para sofocar la revuelta.

Pero se equivocaba. En ese momento no sabíamos que ese día, el 3 de abril, sería determinante en nuestras vidas, ni que durante mucho tiempo lo llamaríamos el Incidente 4.3 (*Sa-sam*).

Dos días después, Jun-bu me contó que el gobierno militar estadounidense había designado un alto mando militar en Jeju. Se decretó un toque de queda más riguroso.

—Pero ¿cómo voy a quedarme dentro de casa entre la salida y la puesta de sol, si tengo que ir a buscar agua, recoger estiércol y ocuparme de los cerdos? —le pregunté a mi marido.

Él se pasó las manos por el pelo. No sabía qué contestarme.

Por la radio, oímos al comandante del 9.º Regimiento de la Policía Militar Coreana explicando que había intentado negociar la paz: «He pedido la rendición incondicional de los rebeldes, pero ellos exigen que la policía entregue las armas, que sean destituidos todos los funcionarios del gobierno, que se expulse a los grupos paramilitares, como la Asociación Juvenil del Noroeste, y que se reunifiquen las dos Coreas.»

Como es lógico, ninguno de los dos bandos podía aceptar esas condiciones. Después de eso, la policía militar recibió el refuerzo de casi un millar de hombres para fortalecer su posición en Jeju. A algunos de esos hombres los enviaron a vigilar los pueblos de la costa, como Bukchon, Hado y Hamdeok, y he de admitir que yo lo agradecí. Al cabo de unos días (y todo esto lo oímos por la radio o nos lo contaron los vecinos), la policía militar subió al monte Halla y atacó a los rebeldes. A finales de abril, Ciudad de Jeju estaba completamente cercada y la policía realizaba registros casa por casa para acabar con los «simpatizantes comunistas», como ellos los llamaban. Pero muchos miembros de la policía local y la militar eran originarios de Jeju, y cuando ya no podían soportar lo que estaba pasando, desertaban y se iban a las montañas. Varios vecinos de Bukchon se unieron también a los rebeldes.

El teniente general Dean, el gobernador militar estadounidense que ahora mandaba en Corea, vino a nuestra isla para «valorar la situación». Insistió en el rumor de que el Ejército Rojo de Corea del Norte había desembarcado en Jeju y ahora estaba al mando de los rebeldes. Después llegaron rumores de que buques de la armada de Corea del Norte y un submarino soviético navegaban alrededor de la isla. Esos rumores, que eran falsos, permitieron asentar una política de línea dura. El teniente general Dean envió otro batallón a Jeju, y aunque las órdenes eran que Estados Unidos no debía intervenir, el ejército controlaba las operaciones de Corea con sus aviones de reconocimiento. Los días que trabajaba en los campos de tierra adentro, veía pasar constantemente aquellos aviones buscando sus presas. Por la noche veía cruceros de guerra que escudriñaban el horizonte con sus focos. En el mercado semanal, vendedores de hortalizas que vivían en el interior de la isla me contaron que se habían cruzado con oficiales estadounidenses, en jeeps y a caballo, que participaban en operaciones dirigidas por los coreanos. Seis semanas después habían arrestado a cuatro mil personas.

A comienzos de la séptima semana, Jun-bu invitó a nuestra casa a las mujeres de mi cooperativa que no sabían leer ni escribir para enseñarles a votar. Estábamos convencidos de que las elecciones estaban amañadas, pero queríamos aprovechar aquella oportunidad para intentar tener voz en nuestro gobierno.

—No hace falta que reconozcáis los caracteres de los nombres de los candidatos —nos explicó—. Lo único que necesitáis saber es el orden en que vuestro candidato aparece en la papeleta. ¿Está en primer, segundo o tercer lugar? ¿Es el número uno, dos o tres? Y entonces marcáis el número de la persona que habéis elegido.

Pero cuando fuimos al colegio electoral, no nos dejaron entrar.

—Ya podéis dar media vuelta. Marchaos a casa —nos dijeron unos hombres.

A la mañana siguiente, otra vez mi fuente de información fueron las haenyeo, que hablaban como cotorras en el bulteok. En Bukchon no nos habían dejado votar, pero eso no era nada comparado con lo que había pasado en otros sitios.

—La policía local, la policía militar y la Asociación Juvenil del Noroeste bloquearon...

—La carretera principal de Jeju hacia el este...

—Y hacia el oeste...

—Para que no pudiesen pasar los rebeldes.

La hija de Ki-young, Yun-su, parecía estar muy enterada de lo ocurrido, y no era la primera vez.

—Pero no consiguieron nada —dijo, y detecté orgullo en su voz—. Nada podía detener a los rebeldes. Atacaron los colegios electorales y quemaron las cajas de papeletas. Secuestraron a varios funcionarios que se ocupaban de los colegios electorales. Volvieron a cortar los cables de teléfono...

Las otras se le añadieron:

—Destruyeron puentes...

—Y bloquearon las carreteras por las que se suponía que no iban a dejarlos pasar.

Al final no hubo recuento de votos en Jeju, y el candidato de Estados Unidos, Rhee Syngman, fue elegido presidente pese a que Corea del Sur todavía no había sido declarada nación independiente.

A la mañana siguiente, cuando llegué al bulteok, el parloteo alterado del día anterior había sido reemplazado por la ansiedad. Estábamos convencidas de que el gobierno nos castigaría por los altercados de la noche previa a las elecciones.

—Soy la jefa de nuestra cooperativa —dijo Gi-won—, pero como mujer no puedo influir en lo que suceda a partir de ahora.

—Nadie escucha a las mujeres.

—Ni a los niños. ¿Y a los ancianos?

—Ellos tampoco tienen autoridad —contestó Gi-won en nombre de todas.

La mayoría de nuestros padres y maridos se habían pasado la vida filosofando bajo el Árbol de la Aldea y ocupándose de nuestros bebés, así que tampoco ejercían ninguna influencia. No obstante, todas (incluidas las jóvenes y las ancianas, las que no tenían marido que les leyera la propaganda del periódico y las que, como Yu-ri, no entendían lo que estaba pasando) nos veíamos obligadas a tomar partido.

Un día, a finales de mayo, Mi-ja se presentó en mi casa. Iba sola. Había adelgazado y tenía mal color. La invité a entrar, pero se mostraba muy cohibida. Mientras le preparaba un té de cítricos, ella fue a ver a Yu-ri.

—¿Te has portado bien? —le preguntó—. Te he echado de menos.

Yu-ri le sonrió, pero no la había reconocido.

—A ti también te he echado de menos —me dijo cuando le llevé el té.

—Dejaste de venir al olle —dije.

—Habrías podido venir a visitarme.

—Tengo a los niños...

—¿Una niña, esta vez? —Se acercó a la cuna, donde dormía Kyung-soo.

—Un niño —dije. Mi-ja volvió a su sitio y yo seguí exponiéndole mis excusas—: No puedo ir a Hamdeok con los niños y con Yu-ri. No es fácil...

—Ni seguro.

—Eso. Sobre todo no es seguro —coincidí.

Nos quedamos calladas. No tenía ni idea de por qué había venido. Inhaló y soltó el aire despacio.

—Sang-mun me plantó una semilla mucho antes de la manifestación. Me encontraba muy mal, por eso no podía venir a verte.

Me sentí culpable. Debía de haber una razón, claro.

—¿Niño o niña? —pregunté.

Ella bajó la mirada.

—Niña. Sólo vivió dos días.

—*Aigo*. Lo siento mucho.

Me miró con aflicción.

—Te necesitaba.

La barrera que, por precaución, yo había intentado levantar entre las dos se derrumbó. Le había fallado a mi mejor amiga.

—¿Y tu marido? —me aventuré—. ¿Se ha portado bien contigo?

—Fue amable mientras estuve embarazada. —Antes de que asimilase el verdadero significado de sus palabras, añadió—: No te imaginas lo difícil que es para él. Va de reunión en reunión, y de un sitio a otro, por toda la isla. Ahora el 3.er Batallón del 2.º Regimiento se ha instalado cerca de aquí, en Sehwa, pero tiene el cuartel general en Hamdeok. Eso supone mucha presión.

—Sí, tiene que ser difícil.

Mi amiga suspiró y desvió la mirada.

—La mayoría de la gente está convencida de que, cuando las cosas se pongan realmente complicadas, luchará para defenderse. Pero cuando yo era pequeña y vivía con tía Lee-ok y tío Him-chan, me di cuenta de lo que sucede en esos casos. Ellos no me alimentaban, como ya sabes. Cuando quise luchar estaba demasiado débil.

Pensé qué podía decirle para animarla.

—Esas terribles circunstancias fueron las que nos unieron a ti y a mí. Para mí siempre será un final feliz.

Pero no era en la amistad en lo que estaba pensando Mi-ja.

—Algunas mujeres se plantean quitarse la vida, pero ¿qué madre podría escoger ese camino? —dijo con los ojos llorosos—. Yo tengo a Yo-chan. Debo seguir viva por él.

Hacía mucho tiempo que conocía a Mi-ja, y nunca la había visto tan melancólica. Además de vivir en un ambiente convulso, igual que todos, había tenido que superar la desgracia de perder a su hija. Y luego estaba su marido. No vi que tuviera cardenales, pero estaba vestida, quién sabe lo que vería si estuviera desnuda o con el traje de buceo. Le puse una mano en el brazo.

—Las mujeres somos pacíficas —dije—. Por muy enfadadas o disgustadas que estemos, nunca se nos ocurre pegar a nadie, ¿verdad?

—Mi marido se ha casado con una mala persona.

Me quedé atónita al oír eso.

—¿Cómo puedes decir una cosa así?

—Le fallé. Perdí el bebé. No llevo comida a casa. Y no consigo tener la casa tan impecable como la tenía su madre...

—No lo defiendas ni justifiques sus actos como si lo que te hace fuese culpa tuya —dije cortante.

—Es que a lo mejor lo es.

—Ninguna esposa merece que le peguen.

—Tu madre entendía a los hombres mejor que tú. Decía que debíamos compadecernos de ellos. Decía que no tienen nada con lo que entretenerse, ni nada que los motive a lo largo del día. Se aburren y...

—¡Pero ése no es el caso de tu marido! Él trabaja. Tiene su propia vida.

Eso no impidió que Mi-ja siguiera justificándolo.

—Lo pasó muy mal hasta que pudo volver a casa. —Arrugó el ceño—. Además, la violencia y la crueldad están a la orden del día en la isla.

Pero su marido ya era violento mucho antes de que empezásemos a tener problemas. Me sentía impotente.

—Ojalá todo fuese como cuando nos encontrábamos en el olle todos los días...

—Pero eso ahora es peligroso. Tenemos que proteger a nuestros hijos.

Habíamos dado un rodeo y vuelto al inicio de la conversación. Al cabo de un momento, Mi-ja añadió:

—Espero que esta vez nuestra separación no sea tan larga.

—Y yo espero que la próxima vez te vea amamantando a un bebé.

La acompañé hasta la cancela. Nos despedimos y me quedé con la sensación de que no sabía hasta qué punto la vida estaba siendo cruel con ella.

El 15 de agosto se declaró oficialmente la República de Corea del Sur. Un mes más tarde, en el norte, Kim Il-sung, con el respaldo de la Unión Soviética, fundó la República Popular Democrática de Corea. Sin embargo, ni el ejército de Estados Unidos ni el de la Unión Soviética se marcharon, a pesar de que la división de nuestro país parecía finalizada. No obstante, la impresión que teníamos era que los aires se habían calmado y pensé que podría volver a ver a Mi-ja. Pero a principios de otoño las diferentes facciones reemprendieron los combates en Jeju. El ejército se equipó con ametralladoras y armamento de última generación que le proporcionaba Estados Unidos, mientras que los rebeldes llevaban espadas japonesas, un puñado de fusiles y lanzas de bambú. El 17 de noviembre de 1948, el presidente Rhee decretó la ley marcial en Jeju y publicó la primera orden:

CUALQUIER INDIVIDUO QUE SEA ENCONTRADO
A MÁS DE CINCO KILÓMETROS DE LA COSTA
SERÁ EJECUTADO DE INMEDIATO.

Esto se llamó el «anillo de fuego». Cualquiera que fuese descubierto violando esa orden sufriría las consecuencias de la política de «tierra quemada» que practicaba el gobierno.

Cuando llegué al bulteok, hablamos de lo que eso podía significar para nosotros.

—¿Adónde irá la gente de las montañas? —preguntó una de las mujeres.

—Los están enviando a la costa —dijo Gi-won.

—¡Pero si aquí no hay sitio para todos! —dijo otra buceadora.

—De eso se trata —replicó Gi-won—. Al borde del mar nadie puede esconderse.

Formulé la pregunta que sabía que todas nos estábamos haciendo:

—¿Y nosotras? ¿Corremos peligro?

—Nosotras ya vivimos dentro de un anillo de fuego —dijo Gi-won.

Al día siguiente se puso a llover y sentí que el cielo lloraba. Miembros de la policía militar coreana, la policía de Jeju y el ejército estadounidense trasladaron al primer centenar de refugiados de las montañas a las afueras de Bukchon. Las mujeres y los niños no me parecieron demasiado peligrosos. Aparte de los críos y de unos pocos ancianos que andaban cabizbajos, había muy pocos varones en aquel grupo de semblantes afligidos. Sólo podía sacar una conclusión de lo que estaba viendo: la mayoría de los hombres ya debían de haber muerto. Los niños no hablaban ni cantaban para hacer más soportable una situación tan penosa. Las familias llevaban a cuestas lo poco que habían podido salvar de sus casas (colchas, esterillas, cacharros de cocina, bolsas de grano, vasijas de barro llenas de encurtidos, boniatos deshidratados), pero se habían visto obligadas a abandonar el ganado. Acamparon lo mejor que pudieron y levantaron cobertizos con juncos y ramas de pino.

A los habitantes de Bukchon se nos ordenó construir un muro alrededor del pueblo con las piedras que había en nuestros campos. Los hombres, que no estaban acostumbrados al trabajo físico, lo pasaban muy mal. Jun-bu llegó a casa con ampollas en las manos y la espalda dolorida. Aquella faena también impedía que las mujeres trabajaran tanto en los campos de tierra adentro como en los de mar adentro. Hasta los niños tenían que ayudar. Una vez construido el muro, nos obligaron a montar guardia día y noche armados con lanzas que nosotros mismos fabricábamos.

—Si dejáis entrar a algún rebelde —nos advirtió un policía—, os castigaremos a todos.

A los refugiados pronto se les acabó la comida y por la noche lloraban de hambre. Sus lamentos cruzaban los campos iluminados por la luna y las paredes de piedra y llegaban hasta mi casa. Cuando cambiaba el viento, el hedor de aquella pobre gente, que no disponía de letrinas ni podía lavarse, nos irritaba la nariz, los ojos y la garganta.

Un día, cuando pasaba por delante del campamento, una mujer me hizo señas.

—Soy madre. Seguro que tú también tienes hijos. ¿Puedes ayudarme?

A pesar de que los habitantes del interior de la isla siempre habían mirado con desdén a las haenyeo, nuestro resentimiento se transformó en compasión cuando vimos cómo habían acabado. Por eso enseguida le pregunté qué podía hacer por ella.

—Yo no soy buceadora —dijo la mujer—. No sé cómo se cultiva el mar. ¿Puedes enseñarme?

Yo estaba dispuesta a hacerlo, pero cuando me enteré de que aquella mujer ni siquiera sabía nadar, no tuve más remedio que rechazar su propuesta. La mujer rompió a llorar y yo le dije:

—Ve a mi campo esta noche. Te dejaré allí un cesto con boniatos y algunas cosas más.

Mientras yo le daba las indicaciones, ella lloraba a lágrima viva. No tardé en saber que otras mujeres de Bukchon también dejaban comida en sus campos o junto al muro del campamento. Pero entonces los militares descubrieron a una vecina mía haciéndolo; la detuvieron, la torturaron y la mataron por hacer aquella obra de caridad, y no quise volver a arriesgarme.

Los refugiados que se habían instalado a las afueras de Bukchon y en los pueblos costeros habían acatado órdenes de la policía, pero otros (algunos por miedo, otros por testarudez y otros porque eran rebeldes) habían huido a las montañas y se habían escondido en aldeas remotas, o construido sus guaridas en cuevas y tubos de lava. Era lo peor que podrían haber hecho. Abuela Seolmundae no podía protegerlos y el «anillo de fuego» se convirtió literalmente en eso cuando ardieron pueblos enteros. Los soldados quemaron Gyorae. A los que intentaron escapar les dispararon y los arrojaron a las llamas para borrar todo rastro del crimen. Entre las víctimas había bebés y niños pequeños. En Haga, los soldados quemaron a veinticinco vecinos, entre ellos una mujer en el último mes del embarazo, y luego calcinaron el pueblo. Casi todos los días, cuando remábamos hasta el sitio adonde íbamos a bucear, veíamos columnas de humo que salían de nuestra gran montaña y se perdían en el mar.

Fui al mercado semanal, pero no había nada que comprar. La mujer del puesto de ropa me contó lo que sabía:

—Los barcos americanos han bloqueado la isla. No podemos traer provisiones para ayudar a los que están escondidos, ni comida para las decenas de miles de refugiados que ahora viven dentro del anillo de fuego.

Como estaba muy bien informada, le pregunté:

—¿Y nosotros? ¿Qué vamos a comer?

La mujer resopló.

—Pronto nadie podrá comprar alimentos en la isla. Ni siquiera los que vivimos en el lado correcto del anillo de fuego.

Pero eso no fue lo peor. Lo peor fue que un día nos comunicaron que las haenyeo ya no podíamos bucear. Los soldados japoneses nos habían robado la comida y los caballos, pero ahora nuestros propios paisanos nos mataban de hambre. Mi marido y yo subsistíamos con un boniato al día, para así poder repartir más comida entre nuestros hijos. Pero los niños empezaron a adelgazar; tenían el pelo mate y los ojos hundidos.

Un día me contaron que la cooperativa de haenyeo de Gimnyongree había conseguido permiso para abrir un restaurante y servir a policías y soldados, y le pasé esa información a Gi-won, que enseguida convocó una reunión en el bulteok.

—Las haenyeo de Gimnyongree quieren evitar la violencia policial, pero nosotras no bucearemos para los mismos que están asesinando a nuestra gente —declaró Gi-won con vehemencia—. ¿No seríamos más fieles a nuestra isla si ofreciésemos cobijo, comida y ropa a los insurgentes? Ellos son nuestro pueblo. Podrían ser nuestros hijos, hermanos o primos.

—¡Si nos descubrieran, nos matarían! —exclamó Jang Ki-yeong.

—Es mejor pasar hambre juntos que morir —añadió Yun-su.

—¿Por qué tenemos que ayudarlos? —preguntó otra—. Los rebeldes roban comida y matan a quienes intentan proteger lo que han cultivado: «Los osos me dan tanto miedo como los tigres.»

Era un dicho que había surgido hacía poco; significaba que la policía local y la militar eran tan peligrosas como los rebeldes y los insurgentes.

—No me importa quién empezó qué ni cuándo —dijo Ki-yeong—. Sólo quiero vivir en paz.

Nadie apoyó la propuesta de Gi-won. Era la primera vez que nos oponíamos a nuestra jefa y eso significaba que ya no simpatizábamos con los rebeldes.

Se colaron más noticias entre las piedras del muro que protegía Bukchon. En Tosan, los soldados habían matado a todos los hombres entre los dieciocho y los cuarenta años. Había habido ciento cincuenta muertos. En Jocheon, doscientos vecinos se habían entregado a los militares para evitar morir en una batalla contra los insurgentes. De todas formas, los habían ejecutado a todos excepto a cincuenta. Tratábamos de convencernos de que aquello no estaba sucediendo, de que no era real, pero sí lo era. Una tercera parte de la población de Jeju había sido obligada a trasladarse a la costa, y había habido tantas víctimas que era imposible llevar el recuento. El cielo se llenaba de cuervos que volaban de un escenario de muerte a otro. Se alimentaban de cadáveres, se fortalecían, se apareaban y nacían más cuervos. Las bandadas eran cada vez más numerosas y más negras. Cada vez que los veía, sentía náuseas.

Unos soldados estadounidenses encontraron casi cien cadáveres en un pueblo de las montañas y otro grupo tropezó con sesenta y seis hombres, mujeres y niños ejecutados en otro pueblo. Los estadounidenses quizá no hubiesen participado activamente en esas atrocidades, pero tampoco habían hecho nada para impedirlas.

—¿Será que no hacer nada es su forma de enviarnos un mensaje sobre sus verdaderas intenciones? —me preguntó Jun-bu.

Una vez más, no sabía qué contestarle.

Después de que murieran más hombres adultos y jóvenes en varios pueblos de las montañas, se alojó a los supervivientes (mujeres, niños y ancianos) en tiendas de campaña militares que los soldados estadounidenses montaron en el patio de la escuela elemental de Hamdeok. Cuando ya no quedó más sitio, la policía militar coreana ejecutó al sobrante de gente al borde de un acantilado para que los cuerpos cayeran al mar.

Adiviné la pregunta que iba a hacerme Jun-bu:

—Y los americanos, con sus tiendas de campaña y sus aviones de reconocimiento, ¿no vieron nada?

Me preocupaba ver cómo crecía la frustración de mi marido, pero por quien más sufrí cuando me enteré de lo que había ocurrido en Hamdeok fue por Mi-ja, porque ella vivía allí.

Habíamos crecido oyendo hablar de las «tres abundancias» (rocas, viento y mujeres), pero no estábamos preparados para la estrategia de los «tres todos» (matarlo todo, quemarlo todo, robarlo todo) ni para la táctica de la tierra quemada. Nos costaba mucho asimilarlo. Oíamos hablar de un incidente, pero no veíamos a una madre, a un niño o a un hermano. No sentíamos el sufrimiento individual; sin embargo, también empezábamos a oír otras historias: habían sacado a una familia a rastras de su casa. Habían obligado a la nuera a abrirse de piernas y a su suegro a copular con ella. Como él había sido incapaz de cumplir esa orden atroz, los asesinaron a ambos. Me contaron que un soldado había calentado su revólver en el fuego y que luego se lo había introducido a una mujer embarazada para ver qué pasaba. Esposas y madres de hombres que habían sido ejecutados enloquecían y se tiraban desde los acantilados, con la esperanza de acompañar a sus seres queridos en el más allá. En un pueblo, secuestraron a todas las niñas, las violaron en grupo durante dos semanas y luego las ejecutaron, igual que a todos los jóvenes del pueblo. Obligaban a las esposas a casarse con policías y soldados, porque el matrimonio era una forma de obtener legalmente una propiedad. Algunas haenyeo vendieron sus campos de tierra adentro para sacar a su marido o a su hijo de la cárcel. Las más desgraciadas accedieron a casarse con policías a cambio de la liberación de algún pariente, aunque muchas veces sus seres queridos acababan muertos de todas formas. Me habría gustado poder borrar todas esas cosas de mi mente, pero ya nunca, jamás, desaparecerían.

Yo quería que nuestra familia regresara a Hado, donde podríamos estar con Do-saeng, mi padre y mi hermano, pero Jun-bu creía que debíamos quedarnos en Bukchon.

—Tengo que seguir dando clases —decía—. Necesitamos el dinero.

Las escuelas habían permanecido abiertas para mantener ocupados a los niños y los jóvenes. A Jun-bu le había creado un conflicto participar en eso, pero tenía razón en que necesitábamos el dinero porque a las haenyeo ya no nos permitían bucear. Estábamos todos hambrientos y cada día más débiles. Mis hijos no tenían fuerzas para llorar, pero por la noche gimoteaban. Lo único que podía hacer era llevarle unas míseras ofrendas a Halmang Samseung con la esperanza de que ella impidiese que se me retirase la leche. Si eso llegara a suceder, no sabía cómo alimentaría a Kyung-soo.

Un soplo de vida

16 – 17 de enero de 1949

Los inviernos suelen ser largos y crudos en Jeju, y el de enero de 1949 lo fue especialmente. El viento se colaba por las rendijas de las paredes, y una noche parecía soplar con más fuerza que nunca. Mis hijos casi no podían moverse; llevaban puesta tanta ropa que tenían los brazos y las piernas tiesos como palos. Jun-bu y yo extendimos las esterillas de paja, pegados unos a otros. Min-lee y Sung-soo salieron gateando de sus esterillas y vinieron a acurrucarse contra nosotros en busca de calor. Yo cubría a Kyung-soo con un brazo. Las lámparas de aceite estaban apagadas y la habitación completamente a oscuras, pero los niños no paraban de moverse, por el frío y el hambre. No sabíamos qué decirles para consolarlos, porque en realidad estábamos tan desesperados como ellos; de todos modos, yo sabía que, si conseguía calmar a Min-lee, Sung-soo también se tranquilizaría. Quizá lo consiguiera contándole una historia.

—Tenemos la suerte de que en nuestra isla hay muchas diosas que nos vigilan —empecé, en voz baja, confiando en que mi tono les aportara serenidad—. Pero hubo una mujer de carne y hueso que fue tan valiente y tenaz como las diosas. Se llamaba Kim Mandeok y vivió hace trescientos años. Era la hija de un aristócrata que se había exiliado aquí. Su madre era... —No quería decir «prostituta»—. Su madre trabajaba en Ciudad de Jeju, pero Kim Mandeok no siguió los pasos de su madre.

Jun-bu me sonrió en la oscuridad y me apretó la mano.

—Kim Mandeok abrió una posada y se hizo comerciante. Vendía las cosas más preciadas de Jeju (crines de caballo, wakame, orejas de mar y bezoares de buey). Entonces llegó la Gran Hambruna. La gente se comía los perros. Hubo un momento en que sólo quedaba agua, y en nuestra isla no abunda el agua dulce precisamente. Kim Mandeok tenía que ayudar. Vendió todas sus posesiones y compró arroz por valor de mil lingotes de oro para el pueblo. Cuando el rey se enteró de lo que había hecho, quiso devolverle aquel dinero, pero ella rechazó su ofrecimiento. El rey le dijo que estaba dispuesto a darle cualquier cosa que ella deseara, pero ella tenía un único deseo y era más grande que la luna. Le pidió hacer un peregrinaje al continente para visitar los lugares sagrados. El rey se lo concedió, y Kim Mandeok se convirtió en la primera mujer de Jeju que salía de la isla y viajaba al continente, y en la primera persona que lo hacía en dos siglos. Gracias a Kim Mandeok lo inconcebible se transformó en concebible. Ella allanó el camino para que vuestro padre, como tantos otros, pudiera salir de Jeju.

—Kim Mandeok era una mujer con un gran corazón —le susurró Jun-bu a Min-lee—. Era abnegada y sólo pensaba en los demás. Era como tu madre, mi pequeña.

Los niños se quedaron dormidos. Puse al bebé entre su hermana y su hermano y abracé a mi marido. Hacía demasiado frío para que nos quitáramos toda la ropa, pero él se bajó los pantalones y yo me quité los míos. Víctimas del hambre y la desesperación, rodeados de muerte y destrucción, nos entregamos a aquello de donde, precisamente, surgía la vida, aquello que nos prometía que tendríamos un futuro, aquello que nos recordaba que éramos humanos.

Pocas horas más tarde nos despertó un ruido que ya habíamos aprendido a reconocer: disparos. En esa época, lo de sobresaltarse, entrar en pánico y agrupar instintivamente a los niños se había convertido en rutina. Jun-bu nos abrazó a todos. Oímos pasos que resonaban por los olle, gritos, susurros roncos. Y luego silencio. Al poco rato, el bebé se durmió; los cuerpecitos de mis otros dos hijos fueron relajándose poco a poco hasta volver también a la flaccidez del sueño. Jun-bu y yo nos quedamos un rato despiertos, escuchando, y luego nos dormimos.

Al amanecer, Min-lee y yo salimos a recoger estiércol y sacar agua, y nos encontramos a Mi-ja en el pequeño patio de delante de nuestra casa. Tenía mejor aspecto que ocho meses atrás, la última vez que la había visto. Los rayos de sol se reflejaban en su pelo, le brillaban los ojos y había engordado un poco. Echaba vaho por la boca al respirar. Estaba sola.

—¿Qué haces aquí? —le pregunté, muy sorprendida pero también un poco recelosa. Me alegré de ver que mi amiga estaba bien, pero debía ser prudente, no podía olvidar qué bando había escogido su marido.

Todavía no me había contestado cuando Min-lee gritó:

—¡¿Dónde está Yo-chan?!

Los niños iban a cumplir cuatro años en junio. Ya eran suficientemente mayores para acordarse el uno del otro, a pesar de lo espaciados que eran nuestros encuentros.

Mi-ja le sonrió.

—Ha ido con su padre a Ciudad de Jeju a visitar a sus abuelos. De camino, me han dejado aquí; no tenían que desviarse mucho. —Se volvió hacia mí—. Sólo he venido a visitar a mi mejor amiga.

Tenía muchas cosas que preguntarle, pero antes había que intercambiar los cumplidos de rigor.

—¿Has comido? ¿Te quedarás a dormir? —En realidad me estaba preguntando qué iba a darle de comer, si cabría otra esterilla de paja en nuestra casita de maestro y cómo reaccionaría su marido si se quedaba a pasar la noche.

—No hace falta. Pasarán a recogerme esta tarde. —Ladeó la cabeza—. Dame una vasija y llévame al pozo del pueblo. Quiero ayudaros.

Min-lee corrió a buscar otra vasija. Mi-ja me puso las manos en las mejillas. No supe si seguía las huellas que el tiempo y las penurias habían dejado en mi cara o si la estaba grabando en su memoria hasta la próxima vez que nos viésemos. Fuera como fuese, sentí que su amor pasaba de sus dedos a mi piel. ¿Cómo podía haber dudado de ella?

Min-lee volvió con una vasija en un cesto y Mi-ja se lo cargó a la espalda. Luego me cogió del brazo y le dijo a Min-lee:

—Ve tú delante.

Mi-ja se movía con soltura. Sus andares gráciles ocultaban una enorme fortaleza física y mental.

Oí alboroto un poco más allá. Me habría gustado volver a casa, pero las mujeres y las niñas deben ir a buscar agua para su familia. El pozo de Bukchon estaba en la plaza, y allí nos dirigíamos. A esas alturas, mi hija y yo apenas nos sobresaltábamos con los disparos nocturnos, y he de decir, con tristeza, que tampoco nos horrorizábamos al ver un cadáver. Mi-ja, sin embargo, gritó de espanto cuando llegamos a la plaza y vimos a dos soldados, reconocibles por el uniforme, tendidos en sendas camillas. Les habían disparado en el pecho, y la sangre les había empapado la camisa formando unas flores grotescas. Un grupo de ancianos contemplaban los cuerpos inertes y discutían.

—Hay que llevarlos al cuartel general de Hamdeok —dijo uno de ellos—. Así, quedará claro que no hemos tenido nada que ver con esto.

—No —replicó otro, indignado—. Lo único que pensarán es que los hemos dejado morir aquí.

—¿Por qué íbamos a dejarlos morir? Estaban aquí para protegernos de los insurgentes.

Mi-ja se había quedado blanca como la espuma del mar. La sujeté por el codo, y las tres nos abrimos paso entre los hombres para llegar hasta el pozo. Llenamos nuestras vasijas y nos fuimos, con ganas de llegar cuanto antes a casa.

—Si los llevamos a Hamdeok, los militares tomarán represalias.

—Tomarán represalias si no los llevamos.

—¡Pero si nosotros no hemos hecho nada! —gritó otro, como si alzando la voz pudiera devolverles la vida a aquellos cadáveres.

Ya en el olle, Min-lee se puso a charlar alegremente, como si no hubiese sucedido nada.

—¿A Yo-chan le gusta la aritmética? ¿Cuántos caracteres ha aprendido? ¡Mira cómo cuento yo! Uno, dos, tres...

Pero lo que para nosotras se había vuelto normal para Mi-ja había sido una experiencia espantosa. Todavía estaba conmocionada y no había abierto la boca desde la entrada en la plaza.

—Quizá deberías volver a tu casa —dije—. Aquí podría haber problemas. Si quieres, Jun-bu puede acompañarte.

—No, no te preocupes —balbuceó ella. Y entonces, con algo más de ímpetu, añadió—: Estoy de acuerdo con el anciano que ha dicho que había que llevar a esos cadáveres a Hamdeok. Los militares se darán cuenta de que esos hombres son inocentes.

Su idealismo siempre había contrastado con mi sentido práctico; su astucia, con mi ingenuidad; así había sido toda la vida, o al menos eso creíamos. Pero las cosas habían cambiado, y esta vez pensé que Mi-ja se obstinaba en su ignorancia. Los militares estaban acuartelados en Hamdeok; había refugiados en el patio de la escuela y habían asesinado mucha gente. A Mi-ja seguramente la protegía el cargo de su marido, pero eso no debería haberle impedido ver la realidad. Con todo, no quise discutir con ella. Quería verla como mi amiga y no como la mujer de su marido.

Entramos en el patio. Mi-ja dejó su vasija y su cesto en el suelo, se descalzó y entró en la casa. Min-lee y yo la seguimos en silencio. Jun-bu tenía en brazos a Kyung-soo, y Mi-ja corrió hacia él con los brazos extendidos.

—Déjame verlo.

Noté que mi marido titubeaba. La última vez que habíamos estado todos juntos, Sang-mun y él no habían acabado nada bien, pero eso ya había quedado atrás y Jun-bu permitió que Mi-ja cogiera al bebé. Volví a proponerle a mi amiga que Jun-bu la acompañara a su casa, pero ella lo descartó. Todo eso sucedió en sólo unos segundos.

—Entonces me voy a la escuela —dijo mi marido, antes de mirarme y añadir—: Nuestros hijos han comido y están vestidos. Abuelita Cho no tardará en llegar. Volveré a la hora de comer —dijo, y salió por la puerta.

Mi-ja, que todavía tenía en brazos a Kyung-soo, cruzó la habitación hasta donde Yu-ri estaba jugando con unas pechinas y la besó en la coronilla. Mi cuñada no reaccionó, pero eso era lo normal. Mi-ja dejó al bebé en el suelo y se sacó un pañuelo del bolsillo, y luego, con mucha soltura, le desató a Yu-ri el que llevaba en la cabeza y lo reemplazó por el nuevo.

—Me lo regaló mi marido —dijo—. Pero, en cuanto lo vi, supe que sólo podía ser para ti. ¿Y lo ves? El estampado verde y morado te favorece mucho.

Yu-ri hizo un tímido gesto de agradecimiento. A continuación, Mi-ja echó un vistazo a la habitación. No supe si le gustaba lo que veía o no, y ella no me dio la oportunidad de preguntárselo porque me miró y dijo:

—Estás más delgada, y nunca te había visto tan pálida.

Yo no era la clase de mujer que se mira mucho al espejo, pero instintivamente me toqué la cara. Entonces deduje que estaba aún más pálida que Mi-ja.

—Eres madre de tres hijos —me reprendió—. Necesitas estar fuerte para ocuparte de ellos. Todas las madres les dan los mejores bocados a sus hijos, pero tú también tienes que comer.

Sinceramente, no sé qué me dolió más; que no se compadeciera de mí o comprobar que su vida había cambiado tanto que ya no recordaba la desesperación de tener el estómago vacío.

—El día que nos conocimos...

No me hizo caso y continuó, señalando hacia el mar:

—Ahí mismo están tus campos submarinos. Vamos a bucear.

—Quizá no sepas que a las haenyeo nos han prohibido...

Levantó las manos con aquella expresión de ingenuidad que mostraba en Vladivostok cuando nos metíamos en líos.

—No somos haenyeo —dijo como si se lo explicase a alguien que nos hubiese descubierto—. Sólo somos dos amigas que han ido a nadar.

—¿En el mes de enero? —dije yo.

Mi-ja me sonrió y decidí confiar en ella.

Cuando llegó Abuelita Cho, Mi-ja y yo ya nos habíamos cambiado y llevábamos ropa para meternos en el agua. No eran trajes de buceo porque nos habrían identificado como haenyeo; yo me puse ropa interior y Mi-ja una camisa de dormir vieja. Luego volvimos a vestirnos con la ropa de calle encima. Echamos a andar hacia la playa; íbamos tan concentradas en parecer inocentes que casi ni nos fijamos en la procesión que transportaba a los dos soldados muertos en sus camillas hacia Hamdeok. Nos limitamos a apoyar la espalda en la pared de roca del olle y fingir que cuchicheábamos como cualquier par de amigas.

No nos atrevimos a entrar en el bulteok. Nos quitamos la ropa, a la vista de cualquiera que pasara por allí, y caminamos de la mano hasta la orilla. No llevábamos nuestras gafas de bucear, que también habrían delatado nuestras intenciones. Si algún vecino nos veía, le extrañaría vernos nadar en aquellas aguas gélidas en esa época del año, pero quizá también viese a dos amigas acostumbradas a bañarse juntas sólo por diversión desde que eran pequeñas. Si algún soldado decidía buscarnos problemas, yo tenía pensado compartir con él lo que hubiésemos capturado.

Como hacía mucho tiempo que las haenyeo no salíamos a bucear, cerca de la orilla el fondo estaba a rebosar de caracoles y pechinas. Cogimos unos cuantos y los metimos en unas redes pequeñas que llevábamos. No fuimos codiciosas. Si nos descubrían, era mejor no parecer codiciosas. De todos modos, aunque estábamos incumpliendo una orden tan estricta como el toque de queda, yo sentía que no estaba haciendo nada ilegal. Aquél era mi mundo. ¿Quién se iba a atrever a decirme que no podía recurrir al mar para alimentar a mis hijos? Además, tenía a mi lado a Mi-ja y eso me envalentonaba.

Alrededor de las once, cuando ya teníamos suficientes ingredientes para preparar una crema de huevas de erizo y un guiso de caracoles y boniatos, Mi-ja y yo volvimos a la orilla y nos vestimos a toda prisa. Metimos las redes en los cestos y las tapamos con unos paños. No nos esmeramos demasiado en ocultar lo que habíamos hecho, pues creíamos que emplear cualquier truco o ardid nos haría parecer todavía más culpables en caso de que alguien nos parase para registrarnos. De camino a mi casa, vimos a varias personas realizando sus tareas cotidianas con tranquilidad pero con cautela. La mayoría de los hombres estaban reunidos bajo el Árbol de la Aldea, al cuidado de los niños más pequeños y los bebés, pero no vi a ninguno de los ancianos que habían llevado los cadáveres a Hamdeok. Las niñas, muchas con hermanos pequeños cargados a la espalda, hacían encargos para sus madres. Vimos a mujeres de nuestra edad, y mayores que nosotras, muy abrigadas, sentadas en los escalones de su casa haciendo las cosas que hacen las haenyeo cuando no pueden bucear: reparar nasas, afilar cuchillos y arpones, reparar los desgarrones de sus trajes de buceo y confeccionar trajes para sus hijas. Todas querían estar preparadas cuando se levantase la prohibición.

De pronto, sin que hubiéramos advertido el más leve rumor, un estruendo de camiones, disparos y corredizas rompió la tranquilidad del momento. Se produjo un caos instantáneo. Fue como si todos los dioses diabólicos del universo hubiesen caído sobre nosotros a la vez, desde todas direcciones, pillándonos por sorpresa. Los padres abrazaron a sus hijos, los hermanos dieron la mano a sus hermanas, las mujeres salieron corriendo de sus casas y fueron a los olle a buscar a sus hijos, nietos y maridos. Mi-ja y yo también echamos a correr; tenía que llegar cuanto antes a mi casa, donde estaban mis hijos y Yu-ri. Mi-ja me siguió; no podíamos separarnos. Yo la necesitaba, pero ella, que estaba lejos de su casa, me necesitaba aún más. En Bukchon, Mi-ja era una forastera y, si nos separábamos, nadie le ofrecería cobijo. Como no la conocían, tendrían miedo de que pudiera ser una insurgente o una espía.

Olí humo y oí el chisporroteo del fuego antes de verlo. Doblamos una esquina y vimos unas bolas ardientes que corrían hacia nosotras. ¡Eran ratas en llamas! Detrás de ellas vimos fuego en los tejados; había varias casas incendiadas. Unos hombres uniformados y provistos de antorchas corrían de casa en casa prendiendo fuego a los tejados.

—¡Ven! ¡Hay otro camino! —le grité a Mi-ja.

Dimos media vuelta y echamos a correr por donde habíamos venido, apartando a empujones a los que venían hacia nosotros. Pero había soldados por todas partes y enseguida quedamos rodeadas.

—¡No os mováis! —nos gritó uno.

—¡No corráis! —chilló otro.

Pero ¡mis hijos! Miré desesperadamente hacia uno y otro lado. Tenía que llegar a mi casa como fuera. Otro pequeño grupo de gente cayó en la misma trampa en la que habíamos caído Mi-ja y yo. Todos queríamos escapar de allí, por instinto de supervivencia o para ir a buscar a nuestras familias, pero los soldados nos apuntaban con sus fusiles y notábamos el calor de las llamas en la espalda, así que no teníamos más remedio que obedecer. Si me mataban en aquel olle, no podría ayudar a mis hijos ni ir a buscar a mi marido y a mi cuñada. Como buena haenyeo, hervía de rabia. «Sobreviviré por mi familia. Protegeré a mi familia.»

Los soldados nos acorralaron como si fuésemos ganado y nos empujaron hacia delante. Otros soldados trajeron a más prisioneros y los juntaron con nuestro grupo.

Mi-ja me agarró fuertemente por el brazo.

—¿Adónde nos llevan? —me preguntó con voz trémula.

Yo no sabía la respuesta. Mi-ja y yo estábamos justo en el centro del grupo, apretujadas por cuerpos por todos lados. Doblamos otra esquina y salimos al olle donde estaban las casas de los maestros, entre ellas la mía. Me escurrí entre aquella masa humana hasta que llegué al borde del patio. La cancela estaba abierta. Vi la cuerda con la que atábamos a Yu-ri tirada en el suelo y la puerta de la casa estaba entreabierta. No parecía que hubiese nadie, pero de todas formas grité:

—¡Min-lee! ¡Sung-soo! ¡Abuelita Cho!

No me contestaron. Confié en que Abuelita Cho se hubiera llevado a los niños a un lugar seguro, ya fuese a su casa o a los campos. Pero en el fondo de mi corazón sabía que eso no era muy probable. Estaba aterrorizada, aunque sentía como si me corriera acero fundido por las venas. Me dejé arrastrar de nuevo por la multitud.

—La escuela. —Ni siquiera reconocí mi propia voz—. Nos llevan a la escuela.

—Jun-bu... —dijo Mi-ja.

—A lo mejor se ha llevado a los niños.

Nos obligaron a entrar por la puerta principal de la escuela. A los maridos, hermanos y padres los hicieron ponerse a la izquierda; muchos aún llevaban en brazos a bebés y niños pequeños. A las mujeres y los ancianos nos empujaron hacia la derecha. En el medio, separando los dos grupos, los ancianos de Bukchon que habían llevado a los soldados muertos a Hamdeok con la intención de evitar represalias. Los diez estaban tendidos en el suelo del patio, como algas puestas a secar, con un tiro en la cabeza.

—¡Seguid andando! ¡No os paréis! —nos gritaban los soldados.

Me empujaban por detrás y chocaba con la gente que tenía delante. Mi-ja se agarró a mi brazo. Tenerla a mi lado me reconfortaba, pero, al mismo tiempo, tenía que frenar el impulso de soltarme de ella, porque quería buscar a mis hijos.

Me puse de puntillas con la esperanza de ver a Jun-bu y a los niños; aparentemente allí estaba congregada toda la población de Bukchon. Me habían hablado de pueblos enteros incendiados, donde no había quedado un solo habitante con vida, y estaba aterrada con lo que podían hacernos los soldados.

Llegamos a otra zona, donde otro grupo de soldados nos dio nuevas órdenes:

—¡Sentaos! ¡Sentaos! ¡Sentaos!

Nos dejamos caer al suelo en bloque. Había gente que sollozaba; otros rezaban a las diosas. Una anciana recitaba un sutra budista. Los bebés lloraban y los niños llamaban a sus madres a gritos. Los ancianos estaban cabizbajos. Algunas personas, enfermas o debilitadas, se habían desplomado, demasiado cansadas para moverse. Frente a nosotros, al otro lado de una franja pelada de tierra, estaban los hombres y los adolescentes de Bukchon. Los cuervos sobrevolaban en círculos nuestras cabezas; pronto les servirían la comida.

Los soldados, de pie y con las piernas separadas para darse estabilidad, vigilaban moviendo sus armas de izquierda a derecha, por si alguien salía corriendo. La atmósfera estaba cargada de humo y nos costaba respirar. Daba la impresión de que ardía todo el pueblo excepto la escuela.

El estridente chillido de un megáfono recorrió el patio de la escuela y un hombre se adelantó:

—Soy el comandante del Segundo Regimiento del Tercer Batallón. Si hay entre vosotros algún familiar de miembros de la policía o el ejército o de alguien que trabaje para nosotros, que dé un paso adelante, por favor. No le haremos daño.

Mi-ja se encontraba en esa categoría.

—Ve —le susurré.

—No pienso abandonarte —me contestó—. Si me quedo aquí, tal vez pueda ayudarte. Cuando venga Sang-mun, le diré que nos recoja a todos. Él nos salvará; yo sé cómo pedírselo.

Me mordí el labio, indecisa. Dudaba mucho que Sang-mun nos ayudase ni a mí ni a mi familia. Y peor aún: dudaba mucho que Mi-ja pudiese influir en él. Pero intenté creer lo que decía.

El comandante repitió su declaración y añadió:

—Os prometo que os entregaremos sanos y salvos a vuestras familias.

Al oír eso, unas cuantas personas se levantaron. Los policías y los soldados se los llevaron y los libraron del destino que nos esperaba a los demás, fuera cual fuese. Cuando se perdieron de vista, el comandante volvió a dirigirse a nosotros:

—Estamos buscando a los insurgentes que esta madrugada han matado a dos de mis hombres.

Mi familia y yo dormíamos cuando pasó eso, como la mayoría de las que estaban allí.

—También estamos buscando a los que ayudan al enemigo y a los informantes que lo ponen al corriente de nuestros movimientos.

Yo no había hecho ninguna de las dos cosas. Pero... Ahora hacía más o menos un año que había dejado comida en mis campos para ayudar a aquella madre y a sus hijos que habían sido expulsados de su casa de las montañas. Había cuchicheado con las mujeres de la cooperativa, cuando aún nos permitían trabajar, y últimamente con mis vecinas. También había oído a mi marido condenar con rencor lo que estaba ocurriendo a nuestro alrededor.

—¡Si confesáis ahora voluntariamente, seremos más indulgentes! —gritó el comandante—. Si no confesáis, vuestros parientes y amigos sufrirán las consecuencias.

Nadie aceptó la oferta.

—Ya hemos pasado por los pueblos de los alrededores de Bukchon —continuó—. Hemos librado a Jeju de trescientos rebeldes que se hacían pasar por campesinos.

Eso quería decir que los habían matado. Pero nadie dijo nada.

—Muy bien. —El comandante se dirigió a los soldados que estaban más cerca de él—. Elegid a diez hombres.

Los soldados se introdujeron en aquella masa de padres, maridos, hermanos e hijos sentados en el suelo, frente a nosotros. Mientras los soldados elegían a los hombres, yo los seguía con la mirada y buscaba a Jun-bu. A los primeros diez (casi todos jóvenes y adolescentes) se los llevaron del patio y los metieron en la escuela. En nuestro lado del patio, las madres, esposas, hermanas e hijas de aquellos hombres empezaron a sollozar. Pero sentí alivio al comprobar que los soldados no se habían llevado a Jun-bu.

Al poco rato, el incesante viento de Jeju trajo hasta nuestros oídos los gritos de los hombres a los que estaban torturando. Me quede paralizada de miedo. Le recé a Halmang Jacheongbi, la diosa del amor, que es libre, valiente y no le teme a la muerte, pero aquellos hombres no volvieron al patio. Luego escogieron a otros diez y también se los llevaron adentro. Una vez más, las mujeres sollozaron, profundamente afligidas. Al poco rato se oyeron llantos de dolor de los hombres, y a continuación aquel silencio siniestro.

Miré a Mi-ja a los ojos. No sabía en qué estaba pensando.

—Si tengo que morir aquí —le dije—, quiero morir con mis hijos.

Cuando se llevaron al siguiente grupo de hombres, empecé a arrastrarme por el suelo, entre la gente. Mi-ja me siguió.

—¿Has visto a mis hijos? —iba preguntando a los que tenía más cerca—. ¿Has visto a Abuelita Cho?

Yo no era la única que preguntaba.

Durante uno de nuestros arriesgados recorridos por el perímetro, nos acercamos demasiado a una ambulancia. Las puertas traseras estaban abiertas y oímos discutir a los hombres que estaban dentro.

—Me temo que aquí vamos a tener que matarlos a todos —dijo uno con voz ronca.

—Eso es imposible. —Reconocí la voz del comandante y vislumbré una pizca de esperanza, pero entonces el hombre continuó—: Aunque si los dejamos vivir, ¿de dónde sacaremos ropa, comida y casas para todos después de haber quemado el pueblo?

—Y no puede haber testigos.

—Pero ¿cuántos hay? ¿Mil? —preguntó el comandante.

—No tantos, señor, sólo unos cientos.

Entonces el conductor de la ambulancia abrió su puerta, dio unos pasos y vomitó. Al cabo de un momento, el comandante y sus hombres salieron por la puerta trasera de la ambulancia y echaron a andar en formación de V. Mi-ja y yo volvimos corriendo con el resto del grupo, pero no contamos a nadie lo que se avecinaba. El pánico no serviría de nada.

Me sentía como un animal que no quiere otra cosa que proteger a sus crías y actúa obedeciendo un instinto atávico. Mi-ja y yo nos acercamos a la parte delantera de la muchedumbre y llegamos a la zona que más temíamos. Nos estábamos acercando a los soldados armados cuando Mi-ja dejó escapar una exclamación, mitad grito y mitad susurro:

—¡Mira!

Unos metros más adelante, entre las cabezas de una docena de personas, vi a Abuelita Cho y a Yu-ri. Mi hija, Min-lee, estaba sentada entre las dos, bien protegida. Yu-ri tenía a Sung-soo, mi hijo mayor, en la falda, y su hermanito Kyung-soo dormía sobre el hombro de Abuelita Cho. Sentí un profundo alivio al ver que mis tres hijos estaban a salvo. Ya sólo tenía que llegar hasta ellos sin llamar la atención. Y después, encontrar a mi marido.

Mi-ja y yo estábamos a punto de llegar junto a ellos cuando el comandante se dirigió de nuevo al espacio que había quedado vacío entre los dos grupos.

—Veo que no os importa que nos llevemos a vuestros hombres. Vamos a ver qué pasa si interrogamos a una de vuestras hijas.

Estiró un brazo y agarró a la primera que encontró. Era Yuri. Sung-soo se cayó de su regazo, se levantó y estuvo a punto de echar a correr, pero Abuelita Cho lo cogió a tiempo por el dobladillo de la túnica y lo retuvo.

—¡Esa chica es muda! —gritó alguien—. ¡No podrá ayudaros!

Me tapé la cara con las manos al reconocer la voz de mi marido. Estaba vivo y estaba allí.

—¿Quién ha dicho eso? —preguntó el comandante—. ¿Quién conoce a esta muchacha? ¡Ven aquí! ¡Da tu vida a cambio de la suya!

—¡No! —gimoteé.

Yu-ri se arrastró por el suelo, aterrorizada. El comandante hizo un gesto con un golpe de muñeca y varios hombres fueron hacia ella; entonces mi marido hizo lo único que podía hacer: se puso en pie.

—Esa chica es mi hermana. No puede hablar. No podrá ayudaros.

El comandante se volvió hacia mi marido y lo fulminó con la mirada.

—¿Y tú quién eres?

—Me llamo Yang Jun-bu. Soy maestro de esta escuela.

—¡Vaya, un maestro! Son los peores instigadores.

—Yo no soy instigador.

—Veamos qué opina tu hermana.

Los soldados se abalanzaron sobre Yu-ri y empezaron a arrancarle la ropa. No era en torturarla en lo que estaban pensando. Mi marido intentó correr hacia ellos, pero nuestros vecinos lo retuvieron sujetándolo por las piernas. Jun-bu se puso a gritar, colérico. Aproveché el alboroto para ponerme en cuclillas y recorrer la distancia que me separaba de Abuelita Cho y mis hijos. Me puse a mi hija en el regazo, y Mi-ja se dejó caer a mi lado. Hecha un manojo de nervios, miraba alternadamente a Yu-ri, a mi marido y al comandante.

«Diosa, ayúdanos.» Entre varios soldados tenían sujeta a mi cuñada, y yo estaba aterrorizada por lo que podían hacerle a mi marido. De pronto el marido de Mi-ja apareció en el patio.

—¡Comandante! ¡Comandante!

Sang-mun llevaba en brazos a Yo-chan, que venía de visitar a sus abuelos e iba vestido con traje de marinero.

Sang-mun hacía gestos frenéticos al comandante para llamar su atención. Aunque conocía perfectamente a Jun-bu, no parecía darse cuenta de que mi marido estaba allí.

—Mi mujer está aquí. ¡Déjame buscarla! —suplicó—. ¡Está en la categoría de los protegidos!

No dijo ni una palabra de Jun-bu. Yo intentaba lanzarle un mensaje por telepatía: «¡Mira!»

Mi hija, que había visto a Yo-chan y quería correr hacia él, se retorcía en mi regazo.

—¡Mi-ja! —gritó Sang-mun—. ¡Ven aquí!

Cogí a Mi-ja por el brazo.

—Llévate a mis hijos.

—No puedo —dijo ella sin vacilar.

Esas dos palabras fueron como una puñalada en el vientre.

—Tienes que llevártelos.

—Saben que yo sólo tengo un hijo. Y Yo-chan ya está con su padre.

—Son mis hijos.

—No puedo.

—Nos van a matar, por favor —le rogué—. Llévatelos.

—Tal vez pueda llevarme a uno...

Pero ¿qué demonios hacía? Antes había dicho que podría ayudarnos. ¡Llevarse a uno de mis hijos no era ayudarnos!

—¡Mi-ja! —volvió a gritar Sang-mun.

Ella encogió los hombros con una expresión de perro apaleado.

Ya habían desnudado a Yu-ri delante de todos nosotros. Mi cuñada, que jamás había hecho daño a nadie y no entendía lo que estaba pasando, se arrodilló como pudo. Un soldado le dio una patada.

—Sólo uno —repitió Mi-ja—. Tendrás que escoger.

Sus palabras me desgarraron por dentro. Aunque no quería perder la oportunidad de que Mi-ja pudiese ayudarnos de alguna forma, sentía rabia y decepción. Y también desesperación, porque ¿cómo podía tomar una decisión así? ¿Debía salvar a mi hija, que un día vendría a bucear conmigo? ¿A Sung-soo, mi hijo mayor, que cuando estuviéramos en el más allá podría venerarnos a todos? ¿A Kyung-soo, que era el favorito de su padre?

—Tendrá que ser Sung-soo —dije— porque los demás vamos a morir aquí hoy. Llévatelo. Asegúrate de que venera a sus antepasados.

A mi lado, Min-lee se puso a gimotear. Era lo bastante mayor para entender que yo no la había elegido a ella, y tendría que consolarla durante nuestros últimos momentos juntas. Pero antes Mi-ja dijo algo que me heló la sangre.

—Primero tengo que preguntarle a Sang-mun si está de acuerdo.

¿Preguntárselo a Sang-mun? ¿Preguntarle a él si estaba de acuerdo?

—Entiéndelo, necesito proteger a mi hijo —fue lo último que me dijo antes de levantarse.

Los cañones de fusiles y pistolas la apuntaron. Sang-mun detectó el movimiento y señaló a Mi-ja; el comandante hizo un gesto para que la dejaran pasar. El terror ralentizaba aún más los andares gráciles de Mi-ja, y todos la observaban. Aprovechando que ella atraía toda la atención, mi marido se soltó de las manos que lo sujetaban y corrió hacia su hermana. Los soldados lo agarraron y lo inmovilizaron. Detrás de ellos, apenas a dos metros, Mi-ja le susurraba algo al oído a su marido. Yo observé y esperé.

—¿Prefieres montarla tú? —le preguntó el comandante a Jun-bu.

Los soldados lo empujaron hacia delante. Me habría puesto a chillar, pero tenía que proteger a mis hijos. Miré a Mi-ja; Sang-mun parecía aturdido, como si no entendiera lo que estaba pasando. ¿Y qué hacía Mi-ja? ¿Por qué cogía a su hijo en brazos en lugar de suplicar clemencia para mi familia?

—A la gente se la puede obligar a hacer cualquier cosa —se jactó el comandante.

—Es posible —dijo mi marido con un hilo de voz—. Pero a mí no.

Quise taparle los ojos a mi hija, pero llegué tarde. Otro golpe de muñeca del comandante, y un soldado sacó su pistola y disparó. La cabeza de mi marido se partió como un melón.

Una vez más, todo sucedió muy deprisa. Mi marido cayó hacia delante. Sang-mun se llevó una mano a la frente al darse cuenta de lo que había ocurrido. Abuelita Cho debió de soltar a Sung-soo, porque de pronto el niño echó a correr hacia su padre. Sonó otro disparo y una nube de polvo se levantó a los pies de mi hijo.

—¡No malgastéis las balas! —gritó el comandante—. Luego las vais a necesitar.

Un soldado agarró a mi hijo por un tobillo, y Sung-soo forcejeó y pataleó hasta que el soldado le agarró el otro tobillo. Entonces aquel desalmado lo balanceó hacia atrás, como si fuese a lanzar una red al mar, y el cuerpecito de mi hijo salió volando por los aires hasta estrellarse contra la fachada de la escuela. Cayó completamente inerte. El soldado levantó lo que yo ya sabía que era un peso muerto y repitió la operación tres veces más.

Sang-mun cogió a Mi-ja del brazo y echaron a andar.

—¡Mi-ja! —grité—. ¡Ayúdanos!

Ella siguió mirando al frente, así que no vio lo que pasaba cuando los soldados decidieron no perder más tiempo con mi cuñada. Yu-ri no había hablado en todos aquellos años, pero gritó cuando le cortaron los pechos. Sentí su dolor como si fuese mío. Y de pronto dejó de gritar.

En pocos segundos perdí a mi marido, a mi hijo y a mi cuñada, de la que me sentía responsable desde mi primera inmersión como haenyeo. Y Mi-ja, mi mejor amiga, no había hecho nada para ayudarme.

Dejé de respirar, contuve el aire hasta límites que parecían imposibles, como si me hallara en lo más profundo del mar. Cuando ya no pude aguantar más, inhalé, pero no la rápida muerte del agua de mar, sino el cruel e implacable aire de vida.

Y entonces comenzó el tiroteo.

El pueblo de las viudas

1949

Unos dicen que en la masacre de Bukchon no hubo supervivientes. Otros afirman que sólo sobrevivió una persona y hay quien asegura que quedaron cuatro con vida. También leeréis informes que hablan de trescientas personas muertas, o de trescientas cincuenta, o de cuatrocientas ochenta, o incluso de mil. En ciertos relatos se cuenta que se condujo a Hamdeok a unos cien supervivientes que acabaron siendo «sacrificados». De modo que sí, hubo supervivientes. Una abuela envolvió a su nieto en una manta y lo arrojó a una zanja; cuando anocheció, el niño salió de allí arrastrándose. Hubo familias que lograron escapar y sobrevivir la primera noche, al saltar el muro que delimitaba el anillo de fuego. Y luego estaban las esposas, los padres e hijos de agentes de policía y soldados, a quienes protegieron en la habitación de desgranar el arroz hasta que cesó la masacre.

Os diré lo que yo sé. En Bukchon murieron más coreanos que en ningún otro pueblo a lo largo de todos los años que duró el Incidente 4.3. A los que logramos salir con vida, tras tres años de asesinatos y torturas, ya fuese en la escuela o en alguna de las aldeas cercanas, nos obligaron a que los ayudáramos a deshacerse de cientos de cadáveres. La gestión de esos cadáveres (que también podríamos llamar «destrucción de pruebas») se convirtió en un problema logístico. En el patio cavamos una fosa enorme, arrastramos los cadáveres de nuestros vecinos y seres queridos hasta el borde y los tiramos dentro. No nos dejaron marchar hasta que volvimos a llenar la fosa de tierra. Nos dijeron que éramos los privilegiados. Cuando salí del patio de la escuela con Min-lee y Kyung-soo, nos unimos a un reguero de gente paralizada por lo que había presenciado. No teníamos adónde ir porque habían quemado todas las casas de Bukchon, pero el instinto de supervivencia nos mantuvo unidos. Reparamos muros de piedra derruidos, recogimos paja para hacer tejados. Mientras tanto, dormíamos en tiendas de campaña proporcionadas por el ejército estadounidense; revolvíamos entre las ruinas calcinadas de las casas en busca de cualquier alimento que pudiese haber sobrevivido a las llamas; nos comíamos todo lo que podíamos de los cerdos que habían quedado calcinados en sus pocilgas. Encontré una col que se había salvado de los robos. Como no tenía sal, utilicé agua de mar y unas escamas de guindilla para preparar kimchee; dejé la mezcla dos noches en un cuenco de piedra y luego la traspasé a unos tarros de cerámica. Hacía lo que podía para alimentar a mis hijos, incluso escabullirme por la noche para ir a bucear. Y ésos eran los únicos momentos en que podía estar sola porque Min-lee, que sabía que, si tenía que elegir, me quedaría a su hermano, se pegaba a mí como un pulpo a una roca.

Saber que no era la única que sufría aquella desgracia no me proporcionaba ningún consuelo. Habían muerto tantos hombres en Bukchon que ahora lo llamaban «el pueblo de las viudas». Sentía una pena inmensa, pero mi cerebro daba vueltas a toda velocidad, como si fuera una jaula con una rata dentro. Y esa rata era Mi-ja, que correteaba por mi cráneo arañando las paredes. Yo la culpaba, injustamente o no, de la desgracia de mi familia. Si ella hubiese dado la cara cuando nos habían conducido al patio, habría podido hablar directamente con los encargados de dirigir la operación y beneficiarse de su condición de esposa de alguien que trabajaba con ellos. O habría podido esperar a que llegase su marido y habría podido dirigirse a él con determinación. Pero lo único que había hecho había sido protegerse a ella. Y quizá a su hijo y a su marido, aunque yo dudaba mucho que ellos dos hubiesen necesitado ayuda en ningún momento. Lo que yo había presenciado era, sencillamente, cómo la hija de un colaboracionista japonés priorizaba su seguridad ante todo.

Yo rabiaba por dentro, consciente de que siempre había sabido aquello de Mi-ja, pero nunca había querido darle importancia. «Cuando estás bajo la lluvia, no te das cuenta de que llevas la ropa mojada.» Día tras día, año tras año, Mi-ja me había engañado. Ahora, bajo la luz del fuego que calcinaba los pueblos de las laderas del monte Halla, lo veía con una claridad absoluta: el acto expiatorio que Mi-ja había protagonizado años atrás para salvar a mi madre (el día en que los soldados japoneses entraron en nuestro campo seco) sólo había sido un gesto en defensa propia. A partir de ese día, Madre se había asegurado de que Mi-ja estuviese bien alimentada; le había ofrecido trabajo y había permitido que se convirtiera en haenyeo de su cooperativa. Pero, sobre todo, lo que Mi-ja había logrado con su comportamiento de aquel día en los campos era que yo no viera su verdadera personalidad. Yo sólo había visto lo que ella había querido mostrarnos, cuando en realidad ella sólo buscaba su propio beneficio.

Si bien había momentos en que todavía me asaltaban las dudas y me decía que debía de haber interpretado mal sus actos y no debía de haber oído bien sus palabras, su ausencia me recordaba todos los días que yo tenía razón. Si Mi-ja fuera inocente, habría venido a ver cómo estaba, me habría traído comida para mis hijos, me habría abrazado para que llorase en su hombro. Pero no había hecho nada de todo eso. Me planteé que tal vez la culpa fuese de Sang-mun, que la tenía sometida, mucho más de lo que yo creía. Quizá él había visto a Jun-bu y había optado por callar, o le había dicho en voz baja al comandante que asesinara a Jun-bu, o había animado a aquel soldado a matar a mi hijito. Pero no, no había pasado nada de todo eso, y yo sentía que mi alma se ahogaba en una jarra de vinagre. La pena que sufría por haber perdido a mi marido, a mi hijo, a mi cuñada, a Abuelita Cho y a muchos vecinos y amigos era tan profunda y devastadora que ni me di cuenta de que no me había puesto el traje de bucear negro en todo el mes. Al mes siguiente tampoco tuve que ponérmelo, pero lo atribuí a la tragedia que había vivido y a la malnutrición. Cuando tuve la tercera falta, mi pena seguía siendo tan honda que ni me percaté de la tensión en los pechos, el cansancio y las náuseas terribles que sentía cada vez que veía cómo explotaba la cabeza de mi marido, a mi hijo estrellándose contra la fachada de la escuela u oía los gritos de terror y dolor de Yu-ri. Al mes siguiente, cuando todavía vivíamos como animales, por fin comprendí que mi marido había plantado una semilla en mi vientre justo antes de morir.

Por la noche, sin atreverme a cerrar los ojos por temor a lo que había grabado en mis retinas, me imaginaba a mi marido en el más allá. ¿Sabía que me había dado otro hijo? ¿Podría protegernos desde allí? ¿O valía más que eso que crecía en mi interior, traumatizado por la angustia que yo había sentido, fuese extraído de mi cuerpo antes de haber respirado el aire amargo y venenoso de este mundo despiadado en el que vivíamos? Estaba agotada por el embarazo, por no dormir, por el miedo a que volvieran los militares, la policía, los miembros de la Asociación Juvenil del Noroeste o los rebeldes. No podía permitir que mi hijo naciese en el pueblo de las viudas, y me pasé días cavilando qué alternativas tenía. Abuela Seolmundae ofrecía muchos lugares donde esconderse (cuevas, tubos de lava, los conos de los oreum), pero todos estaban dentro del anillo de fuego. Si nos veían, nos dispararían inmediatamente o quizá nos hiciesen algo peor. Mi única esperanza era regresar a Hado, aunque intentarlo entrañase un riesgo enorme.

Reuní toda la comida y el agua que pude, pues aparte de eso y de mis dos hijos no tenía nada que llevarme. Sin despedirme de nadie, me escabullí en el momento más oscuro de la noche. Descalza, atravesé el pueblo con la comida y el agua atadas a la espalda, Kyung-soo sujeto a mi pecho y Min-lee cogida de la mano. Le había llenado la boca de paja y se la había tapado con un paño para que no pudiese emitir sonido alguno hasta que estuviésemos a salvo fuera del pueblo. Andábamos toda la noche, bordeando los campamentos de refugiados, de los que salían gritos desgarradores y hedores nauseabundos. Dormíamos de día, acurrucados bajo la sombra de un muro de piedra que rodeaba un campo abandonado. En cuanto oscurecía, nos poníamos de nuevo en marcha y nos manteníamos alejados de la carretera sin asfaltar que daba la vuelta a la isla, ciñéndonos a la orilla y evitando cualquier cosa que pudiese indicar presencia humana: casas, lámparas de aceite u hogueras. Me dolía todo el cuerpo. Kyung-soo dormía sobre mi pecho, y ahora, además de la carga que llevaba a la espalda, llevaba a Min-lee en la cadera.

Cuando creía que no podría dar ni un solo paso más, vislumbré el contorno de Hado. De pronto, mis pies volaron sobre las piedras. Estaba impaciente por buscar a mi padre y a mi hermano, pero mi deber era ir primero a la casa de mi suegra. Me colé en el patio que separaba la casa grande de la casita.

—¿Quién es? —preguntó una voz trémula.

Yo había presenciado auténticas atrocidades, y sin embargo no se me había ocurrido pensar que Do-saeng, una de las mujeres más valientes que jamás había conocido, pudiera estar tan atemorizada.

—Soy Young-sook —dije en voz baja.

La puerta principal se abrió lentamente y por ella asomó una mano que me agarró y tiró de mí. Privada de la tenue luz de las estrellas, me tambaleé unos instantes esperando a que mis ojos se acostumbrasen a la oscuridad. La rugosa palma de la mano de Do-saeng seguía aferrándome la muñeca.

—¿Y Jun-bu? ¿Y Yu-ri?

No conseguía articular palabras, pero mi silencio era harto elocuente. Mi suegra reprimió un sollozo, y a pesar de estar a oscuras noté cómo combatía el impulso físico de sucumbir al dolor. Alargó una mano, me tocó la cara y deslizó ambas manos por todo mi cuerpo; después acarició a Min-lee: el pelo, los hombros, sus piernecitas robustas. Entonces palpó al bebé que yo llevaba sobre el pecho, pero sus manos no encontraron a su otro nieto, y así supo que yo también había perdido a un hijo. Nos quedamos un momento inmóviles y en silencio; dos mujeres unidas por la peor de las desgracias, con las lágrimas resbalando por nuestras mejillas, con miedo a hacer ruido por si alguien nos oía.

Incluso con la puerta y la persiana lateral (que servía para ventilar) cerradas, nos movíamos como un par de fantasmas. Do-saeng desenrolló una esterilla. Acosté primero a Min-lee y luego solté a Kyung-soo. El frío nocturno me atravesó por delante de la túnica y el pantalón, empapados de la orina del crío. Do-saeng me desvistió como a una niña pequeña y me lavó los pechos y la barriga con un paño húmedo. Su mano se detuvo un instante en mi vientre, donde el hijo de Jun-bu empezaba a hacer notar su presencia. No hay palabras capaces de expresar la tristeza y la desesperación que sentimos mi suegra y yo en ese momento. Todavía a tientas, me puse la camisa por la cabeza, y entonces dijo en voz baja:

—Ya tendremos tiempo para hablar más tarde.

Dormí muchas horas seguidas. Al romper el alba, me percaté de que sucedían cosas a mi alrededor. Oí pasos sigilosos que entraban y salían de la casa; oí a mi suegra llevándose a Min-lee de mi lado para acompañarla a la letrina o para ir a buscar agua y leña. Oí a Kyung-soo gimiendo débilmente; unas manos se lo llevaron de la esterilla y lo apartaron lo suficiente de mí para que no me despertara, pero no tanto como para que me asustara al echarlo en falta. Oí a unos hombres hablando en voz baja, en un tono que denotaba preocupación, y supe que eran mi padre y mi hermano.

Por fin, horas más tarde, parpadeé y abrí los ojos, y vi a Do-saeng sentada con las piernas cruzadas a un metro de mí. Kyung-soo gateaba por la habitación explorándolo todo. Min-lee estaba colocando unos pares de palillos en el borde de unos cuencos que había en el suelo. Olía a mijo humeante, y a kimchee picante y bien fermentado.

—¡Te has despertado!

En la voz de mi hija detecté el miedo a que la abandonara. La pobrecita me ayudó a incorporarme y me puso uno de los cuencos en las manos. El olor de la comida era delicioso, una fragancia que hablaba de hogar y seguridad, pero aun así se me revolvió el estómago.

—Después del bombardeo de Hiroshima —empezó mi suegra sin preámbulos—, yo me negué a aceptar lo que había ocurrido. Dejé de sangrar durante seis meses, aunque mi marido no me había bendecido con otra vida para traer al mundo. Al final no tuve más remedio que admitir que había muerto solo, sin mí y sin nadie de su familia para cuidarlo. Lo peor era no saber si había muerto inmediatamente o si había sufrido. Me pasaba como a ti: no podía comer. No podía dormir...

—Le agradezco que se preocupe por mí.

Do-saeng compuso una sonrisa triste.

—«Cáete ocho veces y levántate nueve.» Para mí este proverbio no habla de cómo los difuntos allanan el camino a las generaciones futuras, sino de las mujeres de Jeju. Sufrimos, sufrimos y sufrimos, pero siempre nos levantamos. Sobrevivir es nuestra especialidad. Si no fueses valiente, no estarías aquí. Y ahora necesitas ser aún más valiente.

Era su manera de decirme que, aunque en Hado todavía no hubiese pasado nada, el terror podía irrumpir en cualquier momento, ya fuese de la mano de los insurgentes, la policía o el ejército.

—Young-sook, necesitas mirar hacia delante —continuó mi suegra con ternura—. Necesitas comer. Necesitas ayudar a crecer al bebé que llevas dentro. Necesitas vivir y prosperar. Necesitas hacer todo eso por tus hijos. —Vaciló un momento—. Y necesitas empezar a prepararte para ser la siguiente jefa de la cooperativa.

En otros tiempos, ése había sido mi máximo deseo. Ahora no sólo había perdido esa ambición sino que además la idea se me antojaba imposible.

—¿Jefa de la cooperativa? Aunque nos permitiesen bucear, yo no podría hacerlo. No estoy lo bastante fuerte.

—«Cuando estás trabajando y se rompe el cordel, todavía queda la cuerda. Cuando los remos se desgastan, todavía queda el árbol» —recitó—. Ahora crees que no puedes continuar, pero sí que podrás. —Esperó a que yo dijera algo; como seguí callada, continuó—: ¿Nunca te has preguntado por qué razón te dejé marchar para trabajar de temporera cuando acababas de casarte con mi hijo? Quería acelerar tu entrenamiento para que pudieses ser jefa. ¿Y si a mí me pasaba algo?

Aquello se contradecía con todo lo que yo pensaba de ella.

—Pero si yo creía que usted me culpaba por...

—En el pasado, yo habría querido que Yu-ri fuese jefa —dijo sin dejarme terminar—, pero ambas sabemos que mi hija no tenía criterio para serlo. Aquel día... —Incluso después de tantos años, le costaba hablar de lo que había ocurrido—. Demostraste valor, a pesar de que era la primera vez que buceabas. Además, tu madre quería que tú fueses jefa de haenyeo. Fue una buena madre y confiaba en ti. Tú también has sido una buena madre para tus hijos, pero ahora debes ser aún mejor y aún más fuerte. «Los hijos traen esperanza y alegría.» En tierra, serás madre; en el mar, puedes ser una viuda afligida. Tus lágrimas se sumarán a los océanos de lágrimas que bañan las orillas de nuestro planeta. Créeme: si te propones sobrevivir, lo lograrás.

Yo siempre había creído que todas las suegras del mundo eran difíciles, pero ese día comprendí que son sencillamente misteriosas. Las razones que mueven sus actos; las cosas que dicen; las parejas que eligen para sus hijos y sus hijas; si comparten contigo su receta de kimchee o no. Pero una cosa estaba clara: pese a todas las pérdidas que había sufrido (que como mínimo eran equiparables las mías, o quizá peores, pues a ella no le quedaba ningún hijo que la venerase cuando se fuera al más allá), Do-saeng había seguido viviendo. Me enfrentaba una vez más a la verdad más elemental, esa que había aprendido al morir mi madre: cuando llega el fin, ya no hay nada que hacer. Así de sencillo. No se puede retroceder en el tiempo, no hay forma de cambiar el pasado, ni siquiera puedes despedirte. Pero también recordaba lo que decía mi abuela: «Los padres existen en sus hijos.» Jun-bu existía en el hijo que todavía no había nacido, en todos nuestros hijos. Ahora yo tenía que seguir los consejos de mi suegra y sacar fuerzas de todo lo que había aprendido hasta ese momento, aunque sólo fuese para proteger aquella minúscula parte de mi marido que llevaba en el vientre. Sobreviviría porque no podía morir.

Llegó el mes de julio, y los mares, el viento y el aire se apaciguaron y se calentaron. Ya se me notaba el embarazo. Estaba de seis meses y tenía más barriga que con cualquiera de mis anteriores embarazos, aunque comía menos. Y cualquier cosa que tuviese la suerte de poder tragar volvía a salir por mi boca. Los vómitos que debería haber tenido en los primeros meses aparecieron, violentos y persistentes, en la etapa final. Sentía como si navegase por un mar agitado pero no pudiese bajar de la barca. Como si no fuese a poder desembarcar nunca. Vomitaba en la letrina y los cerdos se peleaban para hacerse con lo que había escupido. Vomitaba en los olle cuando iba a sacar agua o recoger estiércol para el fuego. Vomitaba en los patios y en las casas de nuestros vecinos. Y mi barriga seguía creciendo.

—Quizá es porque no puedes bucear —especuló mi suegra.

Tenía razón. Estaba demasiado torpe para escabullirme por la noche y corretear por las rocas, y mucho menos para cargar con una nasa llena de captura, lo que significaba que no podía contar con el alivio que proporcionaban el frío, la ingravidez y el silencio del agua.

Mi padre y mi hermano se reían cuando me veían, e intentaban animarme con sus bromas. Nuestras vecinas me ofrecían remedios caseros para aliviar mi malestar. Kang Gu-ja decía que me convenía comer más kimchee; Kang Gu-sun, que debía evitarlo. Una decía que debía dormir tumbada sobre el costado izquierdo; la otra, sobre el costado derecho. Probé todas sus sugerencias excepto una.

—Necesitas volver a casarte —dijo Gu-sun—. Necesitas a un hombre que remueva la olla.

—Pero ¿quién va a querer casarse conmigo y remover la olla donde está el hijo de otro hombre? —le pregunté por seguirle la corriente, a pesar de que jamás se me ocurriría hacerlo.

—Podrías convertirte en pequeña esposa.

—¡Eso, jamás! —En Jeju, donde nunca había habido suficientes hombres, ahora había incluso menos. Tenía que haber muchas mujeres en mi situación (viudas con hijos, sobre todo de la región montañosa) necesitadas de un hombre que les ofreciese seguridad, pero no era mi caso—. Soy una haenyeo. Puedo cuidar sola de mí misma y de mis hijos. Algún día podré volver a bucear.

Además, yo amaba a Jun-bu; él no era reemplazable como un utensilio de buceo roto. No, jamás podría volver a casarme o convertirme en pequeña esposa.

El caso era que yo tenía otra teoría de por qué estaba tan gorda. Mi musculatura siempre había sido fuerte, pero yo estaba forzando mi cuerpo al límite, por lo que me había tocado vivir y lo que todavía estaba sucediendo a mi alrededor. Desde principios de año, los militares habían quemado una gran cantidad de pueblos. Seguía muriendo gente cada día, entre ellos muchos inocentes, y yo sentía que los llevaba a todos dentro de mí. Mi suegra y yo hicimos tablillas funerarias para Yu-ri, Jun-bu y Sung-soo, y todos los días les hacíamos reverencias y ofrendas, pero nada aliviaba mi dolor. La espalda y las piernas me dolían constantemente; tenía los pies, los tobillos, la cara y los dedos hinchados. Tampoco conseguía estar cómoda en la esterilla, y me costaba mucho sentarme en el suelo y levantarme. Min-lee protestaba porque ya nunca la cogía en brazos. Sudaba mucho, estaba siempre empapada. Ya no lloraba casi nunca, pero a veces todavía pensaba en ir en busca de la muerte. Podía meterme en el mar de noche y nadar más allá de las sombras de la luna, hasta que no me quedasen fuerzas para volver a la orilla. Podía beber veneno, arrojarme al pozo o cortarme las venas con mi cuchillo de haenyeo.

En agosto cambió el tiempo: los vientos se arremolinaron en las aguas de China Oriental y volaron sobre el mar sin encontrar un solo obstáculo hasta llegar a Jeju, lo que nos indicó que se acercaba un tifón. Do-saeng me prometió que estaríamos a salvo. Decía que el bisabuelo de su marido había construido aquellas casas y que habían aguantado todos los tifones que habían pasado por la isla. Aun así, yo tenía miedo, y me habría gustado refugiarme en la casa de mi familia, que estaba más alejada de la costa. Es cierto que habíamos sufrido tifones mucho peores, pero estábamos todos tan débiles, física y emocionalmente, que el impacto fue tremendo. Ráfagas de vientos fortísimos azotaban salvajemente la isla por los cuatro costados, mientras olas enormes rompían en la orilla con tanta violencia que el agua entraba en las casas. Llovía de forma extremadamente violenta y en horizontal. Las barcas se estrellaban contra las rocas. Las pocas familias que conservaban algún campo de cultivo vieron cómo se les inundaban o quedaban destrozados por completo. Cuando amainó la lluvia, el mar se calmó y volvió a salir el sol, vi que Do-saeng tenía razón. Muchas familias habían perdido su casa, o se les había desprendido el tejado, y una de las paredes del bulteok se había derrumbado, pero todos salimos ilesos. Ayudé a mis vecinos a recoger las piedras de los muros que se habían derrumbado y a cortar paja para construir tejados nuevos. Todas las haenyeo de la cooperativa trabajamos juntas para reconstruir nuestro bulteok, los recintos para el baño y el muro de piedra en el bajío, que formaba la piscina donde pescábamos anchoas.

En septiembre recibimos otro revés cuando los insurgentes entraron en Hado y quemaron la escuela primaria. Por suerte, sucedió por la noche, cuando no había niños dentro. A principios de octubre, las laderas de Abuela Seolmundae comenzaron a arder, pero no eran las llamas de otro pueblo sino los flameantes colores del otoño. Un recordatorio de que todo pasará, los hombres y sus conflictos, por graves que sean, y que lo único que permanecerá es la naturaleza con sus ciclos y su belleza. Los habitantes de Hado seguían esforzándose; buscaban cualquier cosa que pudiesen plantar para los meses de invierno, y reparaban redes y otros utensilios de pesca con la esperanza de que algún día volviesen a permitir bucear a las haenyeo. No era una exhibición de optimismo; sólo intentábamos seguir vivos.

Un día me fijé en que Do-saeng estaba más callada de lo normal. No bromeaba. No daba órdenes. No decía nada. Me dije que mi suegra no estaba acostumbrada a que hubiese niños pequeños en su vida, y que sus risas, sus llantos y sus exigencias eran dolorosos recordatorios del hijo y la hija que había perdido. Mi padre y mi hermano venían a ayudarnos con los niños, pero en lugar de llevárselos al Árbol de la Aldea, como siempre habían hecho, jugaban con ellos en el patio; decían que querían mantener a la familia unida por si llegaba el 9.º Regimiento. Si mi hermano, mi padre o Do-saeng se ofrecían para ir a sacar agua del pozo, yo los dejaba ir. ¿Qué iba a hacer una mujer en las últimas semanas del embarazo, con la misma agilidad que una ballena varada en la playa, para protegerse si a los militares o a los insurgentes se les antojaba violarla o matarla? Por primera vez en mi vida, dejé que otros cuidaran de mí. Entonces, un día lo entendí todo.

Ya estaba de nueve meses y me encontraba sola en casa. Mi suegra había ido al mercado semanal de Sehwa a comprar los alimentos básicos que pudiese encontrar. Mi padre y mi hermano se habían llevado a los niños a su casa para que yo pudiese dormir un poco. Pero en cuanto se marcharon y la casa quedó en silencio, empezaron a asaltarme imágenes y recuerdos. Para distraerme, me puse a barrer el patio. Luego decidí lavar la ropa de los niños y tenderla al sol, y antes de salir hice un hatillo con las prendas, cogí el cubo, la tabla de lavar y el jabón. Con cuidado, caminé por las rocas hasta el bajío, donde estaba el recinto para asearnos y lavar la ropa sin que nos vieran. Entrar allí era como entrar en el bulteok: nunca sabías a quién te encontrarías, pero siempre era agradable que hubiese alguien que tuviese algo que contar. Esa vez sólo había una mujer sentada en el agua; estaba desnuda y se frotaba un brazo mientras tarareaba una melodía. La reconocí por la curva de su espalda y se me contrajo instintivamente la tripa para proteger a mi bebé.

—Mi-ja.

Al oír mi voz, se puso en tensión. Entonces, despacio, ladeó la cabeza y me miró con el rabillo del ojo.

—Estás tan enorme como dicen todos.

¿Eso era lo único que se le ocurría decirme?

—¿Qué haces aquí? —pregunté con voz entrecortada.

—Ahora mi hijo y yo vivimos aquí. —Tras una larga pausa, añadió—: En la casa de mis tíos. El tifón destruyó nuestra casa de Hamdeok y la casa de Ciudad de Jeju de mis suegros. Mi marido se ha marchado al continente, trabaja en el gobierno. Yo...

Una segunda contracción me sacudió con tanta violencia que me doblé por la cintura. Solté el cubo y el resto de las cosas que llevaba y me apoyé en la pared de piedra.

—¿Estás bien? ¿Quieres que te ayude? —me preguntó Mija, y empezó a levantarse; el agua le corría por los pechos y las piernas, y tenía la piel de gallina.

Fue a coger su ropa, y yo di media vuelta y salí tambaleándome. Otra contracción. Volví a doblarme por la cintura; apenas podía caminar. Vi a Do-saeng delante de su casa, oteando la playa. Al verme, soltó las bolsas de la compra y echó a correr por las rocas hacia mí; parecía un cangrejo. Me rodeó con un brazo por la cintura y me ayudó a llegar hasta la casa. Mi-ja no nos siguió, pero yo lloraba de rabia, de tristeza, de dolor.

—¿Cómo se atreve a venir aquí?

—Dicen que el tifón destruyó la casa de su marido —contestó Do-saeng, confirmando la versión de Mi-ja.

—Pero habría podido ir a otro sitio.

—En Hado tenía su hogar y a su marido...

—Lo han enviado al continente —terminé yo, gimiendo—. ¿Por qué no me dijiste que ella estaba aquí?

—Tu padre, tu hermano y yo creímos que era lo mejor. Queríamos protegerte.

—Pero ¿cómo es posible? ¿Cómo pueden dejarla vivir aquí después de lo que hizo?

Do-saeng apretó los labios; aquello también era doloroso para ella.

Tuve otra fuerte contracción. Estaba segura de que el bebé saldría fácilmente porque nunca había tenido problemas para dar a luz. Pero me equivocaba. Aquel bebé me había martirizado desde el momento en que me había percatado de su presencia. ¿Acaso no quería salir? ¿O era yo la que no quería que saliera?

No sé las respuestas, pero el bebé tardó tres días en venir al mundo. Durante el parto no paré de vomitar, de llorar y de gritar. No podía dejar de pensar en todo lo que había perdido. Odiaba a Mi-ja y amaba a mi bebé. Me azotaba el dolor por la pérdida de Jun-bu, de mi hijo y de Yu-ri, a pesar de que estaba trayendo una nueva vida al mundo. Por fin, Do-saeng extrajo al bebé de entre mis piernas y lo sostuvo en alto para que yo lo viera. Era una niña y la llamé Joon-lee.

Do-saeng recitó el proverbio: «Cuando nace una niña, hay una fiesta.» Pero yo estaba exhausta, me dolía todo el cuerpo y no podía parar de llorar. Joon-lee, agotada tras su viaje de tres días, estaba demasiado adormilada para mamar. Le hice cosquillas en la planta del pie; ella parpadeó y volvió a cerrar los ojos.

Mi-ja vino varias veces a mi casa con regalos para el bebé, paquetes de té, bolsas de mandarinas y otros caprichos por el estilo. Do-saeng, mi padre y mi hermano se encargaban de echarla.

—Young-sook está durmiendo.

—Young-sook está amamantando al bebé.

—Young-sook ha salido.

A veces, las excusas eran ciertas, otras no. Si yo estaba en casa, la voz de Mi-ja se colaba por las rendijas de las paredes:

—Decidle a Young-sook que la echo de menos.

—Decidle que me gustaría mucho tener en brazos a esa niña.

—Decidle que me alegro de que haya sucedido algo tan hermoso después de tanta tragedia.

—Decidle que siempre seré su amiga.

A veces, me asomaba y la veía marchar. Mi-ja regresaba a Hado a pie, con una cojera que yo no había apreciado cuando la había visto bañándose en la playa. La gente especulaba sobre qué se la habría provocado y comentaba que era una lástima que hubiera perdido esos andares tan adorables. A mí no me importaba; se lo merecía, daba igual lo que le hubiera pasado. Por lo demás, conseguía evitarla. Ella iba al pozo temprano; yo tenía al bebé, así que Do-saeng se llevaba a Min-lee a buscar agua. Min-lee, como todas las niñas pequeñas, correteaba por el pueblo haciéndome recados, y pronto empezó a ocuparse de sus hermanos pequeños. «Así aprendes a ser esposa y madre, pero también una mujer independiente —le decía yo—. Necesitas tener dignidad y seguridad en ti misma para, algún día, dirigir tu propia casa.» Pero para mí, mandar a Min-lee de un lado para otro a hacer encargos también era una forma de esquivar a Mi-ja.

Por la noche, cuando el bebé se quedaba dormido, Do-saeng y yo bajábamos al bulteok y hablábamos de las responsabilidades que tendría que asumir en el futuro.

—Te sentarás donde yo estoy yo ahora —me decía—. Tendrás que escuchar con atención. Ya sabes cómo admiramos a la chamana Kim por su perspicacia y su capacidad para interpretar el estado de ánimo de una comunidad. Pues bien, tú tienes que cultivar esas aptitudes.

Me hizo memorizar las épocas de cría de varios animales marinos. Me enseñó nudos nuevos y la importancia de mantener ordenado el bulteok.

—Una haenyeo no puede estar rodeada de desorden —me explicó—. Demasiado desorden en tierra puede ensuciar la mente, que necesita estar limpia y alerta bajo el agua.

Aunque eran cosas que yo había ido aprendiendo sin darme cuenta, mi suegra me recordaba mi objetivo poniendo el foco sobre ellas. Con el tiempo, pasó a darme consejos acerca de cómo atajar una discusión; cómo calmar los celos y la envidia que surgían de la lógica rivalidad entre las buceadoras, y cómo estar alerta para detectar los peligros que podían afectar a la cooperativa.

—Debes controlar el ciclo menstrual de todas las haenyeo. A veces se olvidan de que van a tener la regla, pero tú puedes recordárselo. Aunque nuestras aguas son bastante seguras, los tiburones pueden oler la sangre desde muy lejos. Una cooperativa puede ahuyentar a un tiburón solitario, pero un banco de tiburones... —Negó con la cabeza—. Una de tus obligaciones más difíciles será decirle a una mujer que ha cumplido cincuenta y cinco años que le ha llegado el momento de volver a casa con sus hijos y sus nietos. —Le comenté que ella estaba a punto de alcanzar esa edad, y me dijo—: Exactamente.

Cuando por fin levantaron la prohibición de bucear, Dosaeng y yo volvimos al bulteok, y mi padre y mi hermano iban a mi casa a cuidar de los niños. Mi-ja buceaba con la cooperativa de su barrio, que era el grupo al que se habría unido si mi madre no la hubiese acogido. Vivíamos rodeados de tanta violencia y tanto odio que no era de extrañar que los barrios de Hado tomasen partido. Los vecinos de Gul-dong, el barrio donde yo vivía, me apoyaban; los de Sut-dong, donde Mi-ja había vivido con sus tíos, ahora sentían lástima por ella (a pesar de que durante años la habían despreciado por ser la hija de un colaboracionista). Pero eran los tiempos que nos había tocado vivir: los pueblos, las familias y los amigos estaban divididos, y no podías confiar en nadie. Las mujeres de las dos cooperativas vigilaban con ferocidad las zonas de pesca que siempre se les habían asignado. El mar se convirtió en escenario de batallas territoriales, viejos rencores y rencillas constantes. Y la casa se convirtió en mi refugio, el sitio donde podía dejar fuera los problemas y concentrarme en amar a mis hijos.

Transcurrió un año y llegó el primer aniversario de la masacre de Bukchon. Kyung-soo, que aún no tenía dos años y medio, era demasiado pequeño para dirigir el rito de culto a los antepasados por su padre, su tía y su hermano, pero su abuela y su tío lo ayudaron. Do-saeng y yo nos pasamos varios días cocinando; después nos retiramos para que los hombres pudiesen realizar su ceremonia. Padre guió a mi hijo en el ritual de poner ofrendas ante las tres tablillas funerarias que representaban a Jun-bu, Yuri y Sung-soo. Los vecinos vinieron a presentar sus respetos y se derramaron muchas lágrimas. En una ceremonia aparte, las mujeres de mi familia y de mi cooperativa fuimos al campo donde estaba enterrada mi madre, porque mis otros difuntos no tenían tumba. La chamana Kim me golpeó con sus borlas. Yo confiaba en recibir mensajes que calmasen mi corazón, pero Jun-bu, Yu-ri y Sung-soo permanecieron callados. Me quede muy triste. Una vez terminada la ceremonia, me levanté y, al darme la vuelta, vi a Mi-ja de pie junto a la entrada del campo. Sentí un latigazo de rabia; me puse roja y me costaba respirar. Estaba convencida de que mis seres queridos no me habían enviado ningún mensaje por su culpa. Fui derecha hacia ella.

—No me has dejado visitarte —dijo Mi-ja cuando llegué a su lado—. Nunca me has dado la oportunidad de explicarme.

—No hay nada que explicar. Mi marido está muerto. Mi cuñada está muerta. Mi primogénito está muerto.

—Yo estaba allí. Lo vi con mis propios ojos —dijo, y negó con la cabeza como si tratara de ahuyentar los recuerdos.

—Yo también. ¡Me dijiste que tenías que proteger a tu familia! ¡Habrías podido llevarte a mis hijos, pero no quisiste!

Alrededor de nosotras, mis vecinas contenían exclamaciones de asombro. Mi-ja se sonrojó, aunque ya no supe si era de rabia o de humillación. Entonces tensó todo el cuerpo y su mirada se endureció.

—En esta isla no hay ninguna familia que no haya sufrido. No eres la única víctima.

—Eras mi amiga. Hubo un tiempo en que estuvimos más unidas que si hubiésemos sido hermanas.

—¿Con qué derecho me acusas de no haber salvado a tu familia? —me preguntó ella—. Sólo soy una mujer...

—Y una haenyeo. Eres fuerte. Habrías podido...

—Te lo vuelvo a preguntar. ¿Quién eres tú para censurarme? Mírate a ti. ¿Por qué permitiste que Yu-ri volviese a sumergirse? —Me tambaleé. Aquella mujer a la que yo había querido como a una hermana, había destruido a mi familia, por acción u omisión, y ahora estaba utilizando contra mí un secreto que yo le había confesado. Pero todavía no había terminado—: ¿Y qué me dices de la muerte de tu madre? Ella era la mejor haenyeo, pero se sumergió contigo y ya no salió viva a la superficie. Agitaste el agua al patalear, y eso hizo que la oreja de mar apresara el bitchang de tu madre. Tú misma reconociste que no atinaste al utilizar el cuchillo para...

Durante mucho tiempo yo había creído que Do-saeng me censuraba por todas esas cosas de las que ahora me estaban acusando, pero entonces vino hacia mí, flanqueada por Gu-ja y Gu-sun. Formaban un trío imponente.

—Hoy es un día de duelo para nuestra familia. —La voz de mi suegra transmitía toda la autoridad de una jefa de haenyeo—. Por favor, Mi-ja, deja a nuestra familia tranquila.

Mi-ja se quedó inmóvil un buen rato. Sólo movía los ojos; su mirada recorría las caras de todos los presentes, a los que conocía desde la infancia. Entonces se dio la vuelta, salió del campo cojeando y desapareció detrás del muro de piedra. No volví a hablar con ella hasta pasados muchos años.

Ojos grandes

1950

Cinco meses más tarde, el 25 de junio de 1950, el Norte invadió el Sur. La llamamos la Guerra 6.25. Tres días más tarde cayó Seúl. En Jeju, la policía ordenó a los ciudadanos que entregaran todas sus radios, pero yo no quería darles el regalo de boda que le había comprado a mi marido. Repasé todos los sitios donde podía esconderla. Quizá en el granero. O mejor, en la pocilga o en la letrina. Pero descarté esas ideas al ver que a mis vecinos no sólo les confiscaban las radios que habían escondido concienzudamente, sino que los detenían y no volvíamos a saber nada de ellos. Entregué la radio, y con ella desapareció un pedacito más de mi marido.

Ignoraba qué estaba sucediendo en otras partes del país, pero aquí llegaron más de cien mil refugiados del continente, que se sumaban a las decenas de miles de refugiados que habían bajado de las montañas y vivían en campamentos a las afueras de los pueblos de Jeju. Seguían escaseando los alimentos. Había excrementos humanos por todas partes, y empezaban a propagarse las enfermedades. Y seguían deteniendo a gente. Cualquier sospechoso de ser comunista (o de haber asistido a alguna reunión que pudiese considerarse de izquierdas) era detenido junto con su mujer, su marido, sus hermanos, sus hermanas, sus padres y sus abuelos. Decían que en Jeju ya había más de mil, entre ellos algunos de Hado. Nunca volvimos a verlos.

Desde el Incidente 4.3, se repartía a los detenidos en varios grupos, con la etiqueta A, B, C o D, dependiendo de su grado de peligrosidad. El 30 de agosto, la policía de Jeju recibió la orden de ejecutar con un pelotón de fusilamiento a los detenidos de las categorías C y D. Lo único positivo de todo eso fue que la mayoría de los miembros de la Asociación Juvenil del Noroeste se alistó en el ejército para ir a combatir al régimen del Norte.

Pero las haenyeo seguíamos remando, cantando y buceando. El primer día que nos dejaron volver al mar, Do-saeng me emparejó con una mujer llamada Kim Yang-jin, una viuda que se había vuelto a casar y había venido a vivir a nuestro barrio de Hado. Teníamos la misma edad. Ella siempre llevaba el pelo muy corto. Era patizamba, por lo que andaba de una forma bastante peculiar, aunque eso no parecía un obstáculo para ella una vez en el agua.

—Cuando entro en el mar, el más allá viene y se va —cantó Do-saeng mientras navegábamos hacia mar abierto—. Como viento en lugar de arroz. Mi hogar son las olas.

Y nosotras le dábamos la réplica:

—No me acompaña la suerte. Me sumerjo y salgo, como un fantasma submarino.

—Vemos acercarse un fuerte oleaje —entonó Do-saeng—. Lo ignoramos y seguimos buceando.

Y nosotras:

—Nuestros maridos, que están en casa fumando y bebiendo, no se imaginan lo que llegamos a sufrir. Nuestros bebés, que están en casa llorando porque los hemos dejado, no ven nuestras lágrimas.

A lo lejos, a nuestra derecha, vimos una barca llena de haenyeo. Primero había que asegurarse de que no fueran de Sut-dong y Mi-ja no estuviera con ellas. Varias mujeres agarraron sus arpones, cuchillos y ganchos y los mantuvieron cerca del suelo de la barca, fuera de la vista, por si teníamos que pelear por nuestro territorio. Tras comprobar que no eran nuestras rivales, remamos hacia ellas. No me sonaba la cara de ninguna de las mujeres que iban a bordo. Miré a mi suegra y vi que estaba preparada para una confrontación en el caso de que se tratase de furtivas, o para intercambiar información si eran inofensivas.

Al acercarnos a su barca, levantamos los remos. Las dos embarcaciones fueron deslizándose la una hacia la otra, cabeceando sobre las olas, hasta que tuvimos que usar los remos para apartarnos un poco y no chocar. La jefa de la otra cooperativa fue la primera en hablar.

—Perdonadnos si hemos entrado sin permiso en vuestros campos submarinos —dijo—. Decidimos alejarnos unos días de nuestra zona. No queríamos que nos siguieran y encontraran a nuestras familias.

—¿De dónde sois? —preguntó Do-saeng.

—Vivimos al este de Ciudad de Jeju, cerca del aeropuerto.

Habían remado más de quince millas para llegar hasta allí. Algo tenía que haberlas asustado mucho para que se alejasen tanto de su territorio. Era evidente que las mujeres que iban en aquella barca, que estaban físicamente en forma, tenían miedo. Ninguna nos miraba a los ojos.

—¿Qué ha pasado? —preguntó Do-saeng.

La otra jefa no respondió. El sonido puede llegar muy lejos por el agua, pero el viento puede arrastrar las voces aún más lejos. Estiré un brazo y agarré la pala de un remo de la otra barca; la mujer que sujetaba aquel remo cogió la pala del mío. Un par de parejas de mujeres nos imitaron, hasta que estuvimos todas lo bastante cerca para hablar en voz baja pero sin poner en peligro nuestras embarcaciones. Ahora ya podíamos intercambiar información sin temor a que nos oyera algún enemigo.

—Los vimos arrojando cadáveres al mar —dijo la jefa con voz ronca.

—¿Al mar? —exclamó Gu-ja, que iba sentada en la popa de la barca con su hermana.

—Muchísimos hombres... —dijo la haenyeo negando con la cabeza.

Do-saeng le hizo una pregunta más práctica:

—¿Los devolverá el mar a la orilla?

—No lo creo. Estaba bajando la marea.

Una vez más, no habría pruebas de lo sucedido. Pero aquello también significaba (y era una idea tan turbadora que se me revolvió el estómago) que el mar funcionaba como las letrinas de nuestras casas. La única diferencia consistía en que el ciclo, en lugar de empezar con nuestras heces (con las que se alimentaban nuestros cerdos, los mismos que después nos comíamos nosotros y que luego volvíamos a expulsar), empezaba con nuestros propios semejantes, que habían pasado a ser pasto de los peces y las otras especies de animales marinos que luego capturábamos y nos comíamos.

—¿Qué habéis oído vosotras? —nos preguntó la jefa de la otra barca.

Entonces mi suegra contó algo que no me había dicho a mí ni a nadie de la cooperativa en el bulteok.

—La jefa de haenyeo de Sehwa dice que su primo vio cómo ejecutaban a unos cientos de personas cerca del aeropuerto. Y que las enterraron a todas allí.

Me puse a temblar. Pero ¿por qué mis compatriotas tenían que pelear entre ellos? ¿No había sido suficiente con el Incidente 4.3? Ahora estábamos sufriendo una invasión y una guerra cruenta. Para mí aquello significaba aún más dolor y más tragedia para las familias de ambos bandos. Nosotros, los supervivientes, estábamos unidos por una intrincada red de pena, dolor y culpabilidad.

Do-saeng les ofreció a aquellas mujeres pasar la noche en nuestro bulteok.

—Pero tendréis que marcharos por la mañana.

En los meses siguientes, hacía ofrendas a varias diosas todos los días. Me recordaba todos los motivos que tenía para sentirme afortunada. Primero, mi hijo era demasiado pequeño para combatir; segundo, la guerra nunca había golpeado de pleno a Jeju. Y ya estaba: primero y segundo; porque por todo lo demás seguían siendo tiempos muy tristes. A los que habían participado en el Levantamiento de Jeju, y habían sido trasladados a cárceles del continente, los ejecutaban. Por si las tropas de Corea del Norte se adentraban en Corea del Sur y liberaban a esos prisioneros para hacerlos combatir en su bando. Mientras tanto, en Jeju, en lo alto de Abuela Seolmundae, seguía habiendo rebeldes escondidos. Sus escaramuzas eran cada vez más débiles, pues no podían reclutar a más seguidores ni reabastecerse. La policía seguía registrando y destruyendo campamentos, y ejecutando a todo sospechoso de ser rebelde, aunque fuesen un campesino, su esposa y sus hijos. Lo que quiero decir es que había ejecuciones en ambos bandos, tanto en Jeju como en Corea continental. Todos los días morían culpables e inocentes por todo el país. Y eso ya llevaba años sucediendo. Día tras día. Un mes tras otro. Rodeadas de olor a muerte, las madres intentaban alimentar, vestir y consolar a sus hijos.

Cuando llevábamos seis meses en guerra, Do-saeng cumplió cincuenta y cinco años. En el bulteok todas sabíamos qué significaba eso, pero yo acepté la responsabilidad de expresarlo en voz alta.

—Mi suegra nos ha dirigido durante doce años —dije—. No ha habido ni un solo accidente ni una sola muerte mientras ella ha sido la jefa de esta cooperativa. Ya es hora de que se dedique a recoger algas y estar con sus nietos.

—Votemos para escoger a nuestra nueva jefa —propuso Kang Gu-sun—. Yo voto por mi hermana mayor, Gu-ja.

Me contuve para no mirar a Do-saeng. Habíamos acordado que alguien que no fuese mi suegra me propondría a mí, y ella había estado trabajando discretamente para que yo saliese elegida, de modo que aquello fue una sorpresa. O mejor dicho, una traición.

—Gu-ja siempre ha vivido en Hado —continuó Gu-sun—. Mi hermana no se casó con un hombre de otro pueblo ni se marchó nunca de aquí. Y lo más importante: no ha sido golpeada por la desgracia.

Do-saeng preguntó si había otras propuestas, pero no hubo ninguna. Nos pidió que votáramos y Gu-ja salió elegida por unanimidad. En aquella época, mi vida era una sucesión de momentos tristes, pero creo que las otras haenyeo interpretaron mi reacción apagada como una señal de humildad.

—Gu-ja siempre podrá contar conmigo si necesita ayuda —dijo Do-saeng—. Los campos submarinos se han acabado para mí y los echaré mucho de menos.

Más tarde, cuando regresamos a casa, Do-saeng me dio un paquete envuelto en un trozo de galot.

—Confiaba en que hoy las cosas irían de otra manera —confesó—. Aunque no sea la costumbre, incluso te había comprado un regalo.

Desenvolví el paquete y encontré un trozo de vidrio, rodeado de goma negra y con una correa en la parte de atrás.

—A todas nos hacen sufrir mucho nuestras pequeñas gafas de bucear —me explicó Do-saeng—. Los bordes metálicos se nos clavan en la cara y los lados nos limitan la visión. Esto es nuevo. Los japoneses las llaman «ojos grandes». Verás mejor, y no te harán daño. Quizá no seas jefa de la cooperativa, pero serás la primera haenyeo de Jeju que tenga unos «ojos grandes».

Entonces pensé en Mi-ja y, como siempre, sentí rabia y confusión. Me preguntaba cuánto tardaría ella en tener también unas gafas como aquéllas.

La vez siguiente, antes de salir a bucear, las haenyeo de mi cooperativa, absolutamente impresionadas, formaron un corro a mi alrededor para ver las gafas. Me las puse, salté al agua y me sumergí. Me puse a mirar con mis gafas nuevas y poco a poco me fui olvidando de las atrocidades que había presenciado y de las personas que había perdido. Mi mente se serenaba y aclaraba a medida que yo iba encontrando erizos y orejas de mar. Al cabo de unos segundos me di cuenta de que aquellas gafas también eran una forma de protegerme y evitar que albergara sentimientos por esa mujer que había sido mi amiga o mostrarle mis emociones, ni siquiera accidentalmente.

Día 4: 2008

Young-sook se levanta, dobla la esterilla y las mantas y las guarda fuera de la vista. Su traje de buceo y su máscara están colgados de unos ganchos, y las aletas, apoyadas en la pared, pero hoy no va a bucear. Sale afuera y rodea la casita para ir al cuarto de baño que se hizo construir en el patio hace ya ocho años. (No fue la última vecina de Hado en venderse los cerdos y comprarse un inodoro, pero casi.) Después de hacer sus necesidades, coge unas flores del jardín y va a la cocina. De pie en el fregadero, arranca algunas hojas y corta las espinas. Mete los extremos de los tallos en una bolsita de plástico, vierte un poco de agua dentro y la cierra lo mejor que puede con una goma elástica. A continuación, envuelve el ramo con papel de regalo y le pone un lazo. Una tarea menos por hacer.

Se lava con una esponja en el fregadero de la cocina, se quita la camisa de dormir y se pone un pantalón negro, una blusa con estampado de flores y un jersey rosa. En lugar de la capota de siempre, se pone una visera que compró la semana pasada en el mercado semanal. Mete en el bolso las cosas que va a necesitar y sale de su casa con el ramo sujeto contra el pecho. Le habría gustado que Do-saeng hubiese estado allí para acompañarla ese día, pero su suegra murió hace catorce años, cerca de los cien. También ha perdido a otros seres queridos: Padre murió de cáncer en 1980 y Hermano Tercero hace un año, de un aneurisma. Le habría gustado tenerlos a todos a su lado.

Sus amigas de la cooperativa ya están congregadas en la calle principal cuando llega ella. En Hado todavía hay haenyeo, más que en cualquier otro pueblo de Jeju, pero poco a poco también aquí están desapareciendo. Hoy sólo quedan cuatro mil haenyeo en la isla y más de la mitad pasa de los setenta años. Muchas, como Young-sook y las hermanas Kang, han superado ampliamente esa edad. Nadie las va a relevar en el fondo del mar. Las hijas de Young-sook y otras haenyeo han cambiado sus equipos de buceo por trajes chaqueta o uniformes de hotel. Ahora, cuando ve las caras envejecidas que hay a su alrededor, Young-sook piensa: «Sólo somos leyendas vivientes y pronto habremos desaparecido.»

Todas se han puesto sus mejores galas. Las hermanas Kang se han teñido el pelo y se han hecho la permanente. Una mujer lleva un suéter de color verde chillón con pompones azules y blancos en el cuello. Varias van con vestido. Algunas llevan ramos de flores; otras, cestos colgados del brazo. La jefa de la cooperativa les pone un crisantemo blanco en la solapa o el jersey a cada una para honrar a los difuntos. Llevan sesenta años esperando que llegue este día, y todas han ahorrado para alquilar un autocar. Las mujeres deberían haberse mostrado comedidas, o incluso afligidas, pero son haenyeo. Cuando suben al vehículo vociferan, bromean, hacen chistes. Pero, si uno se fija, se da cuenta de que algunas lloran y ríen al mismo tiempo.

La carretera que bordea la costa está asfaltada. En todos los pueblos Young-sook ve a gente subiendo a autobuses, públicos o privados, además de muchos coches, furgonetas y motocicletas que van en la misma dirección. Cuando el autocar pasa por Bukchon, Young-sook cierra los ojos. Le duele ver los hoteles y las pensiones que han construido a lo largo de la costa. Luego llega Hamdeok. Como siempre, Young-sook siente una punzada de dolor cuando piensa en los olle que conectan los dos pueblos y en la persona con la que solía encontrarse allí cada mañana. Pero no es sólo eso. Ahora los dos pueblos son feos, como los de casi toda Corea, incluido el suyo. La culpa la tiene el Movimiento de la Nueva Aldea, que sustituyó muchas casas de piedra por simples cubos de estuco y la paja de los tejados por tejas o piezas de chapa ondulada. Se supone que es una mejora porque ahora los pueblos están mejor protegidos contra incendios y tifones, pero la isla ha perdido parte de su encanto. El conductor tuerce hacia el interior y el autocar empieza a subir. Pasan por delante de unos prados donde pacen unos caballos. El viento agita las ramas de los pinos. Abuela Seolmundae, majestuosa e inmutable, lo contempla todo. Young-sook ya ha viajado en avión muchas veces; ha estado en Europa y en varios países de Asia, e incluso ha ido de safari a África. Sin embargo, son las hermanas Kang quienes se pasan el día hablando de los museos, los parques o las atracciones turísticas que han visitado y que ella debería ir a ver.

—¡Y sin salir de nuestra isla! —dicen las dos a la vez.

El Museo de Mitología Griega, el Museo de la Ciencia Leonardo da Vinci, el Museo de Arte Africano.

—¿Para qué voy a ir a esos sitios si ya he visto los originales? —les replica Young-sook, indignada. Cuando las hermanas Kang mencionaron el Parque de Rocas de Jeju, Young-sook hizo un ademán de desprecio.

—He vivido siempre entre rocas. ¿Para qué voy a ir a un parque a ver más rocas?

Esta pregunta las dejó sin palabras por un instante, hasta que Gu-ja dijo:

—Tienen expuestas cosas que ya no se ven: casas de piedra como en las que vivíamos nosotras, tinas de piedra para almacenar agua, estatuas de abuelos protectores...

Le propusieron visitar el Museo del Sexo y la Salud.

—¡No quiero ni oírlo! —exclamó Young-sook, y se tapó los oídos. A continuación intentaron tentarla con la Tierra del Chocolate y el Museo del Chocolate, debatiendo lo bueno y lo malo de cada uno. Se ofrecieron para acompañarla a visitar parajes naturales y miradores.

—¡Jeju es Patrimonio Mundial de la Humanidad! ¿Acaso quieres ser la única anciana de Jeju que no ha visto salir el sol desde la cumbre del oreum Seongsan Ilchulbong?

El autocar se mete por un desvío que lleva a un complejo de edificios y jardines. La estructura principal se alza inmensa y majestuosa, como un gigante que ofreciera un cuenco. Unos empleados hacen indicaciones a los conductores de autocar hasta el sitio donde pueden dejar a sus pasajeros. Young-sook y sus amigas guardan silencio, intimidadas por fin por la solemnidad de la ocasión. Han ido a la inauguración del Parque de la Paz, creado para conmemorar la masacre y venerar a los difuntos. A Young-sook le tiemblan las rodillas. Se siente muy vieja y muy débil, así que no se separa de sus amigas, pero ellas están igual de temblorosas. De nuevo, los empleados las guían. Las mujeres rodean el edificio del museo y enfilan un sendero asfaltado que conduce al monumento conmemorativo. En la gran extensión de césped que separa las dos estructuras hay varias filas de sillas plegables. Se espera que asistan miles de personas. Unos letreros con los nombres de los pueblos señalan cada sección, y las mujeres recorren los pasillos hasta que descubren el letrero de Hado. Se encuentran con varias amigas y vecinas. Ha acudido la familia de Young-sook al completo, y ella se lo agradece, pero de todas formas se sienta con las haenyeo.

El programa comienza con discursos e interludios musicales. Uno de los oradores alude a la belleza del paisaje que los rodea y Young-sook admite que tiene razón. Si mantiene los ojos abiertos eso es lo que ve: belleza. Pero no se atreve a cerrarlos porque entonces vuelven a asaltarla imágenes absolutamente tétricas.

—¿Hay alguna muerte que no sea trágica? —pregunta el orador—. ¿Podemos hallar algún sentido a haber sufrido tantas pérdidas? ¿Quién puede decir que un alma sufre más que otra? Todos fuimos víctimas. Debemos perdonarnos unos a otros.

¿Recordar? Sí. ¿Perdonar? No. Young-sook no puede. ¿Cuándo se pudo decir la verdad? Eso tardó demasiado en llegar. Hace treinta años, en 1978, un escritor llamado Hyun Ki-young publicó una historia titulada *Tía Suni*. Young-sook no pudo leerla porque nunca aprendió a leer, pero le contaron que versaba sobre lo que sucedió en Bukchon. Al autor lo llevaron a la Agencia

Nacional de Espionaje, donde lo torturaron, y no lo pusieron en libertad hasta que prometió no volver a escribir sobre el Incidente 4.3. Tres años más tarde se puso fin al programa de acusación por asociación ilícita, que había destrozado a numerosas familias de la isla. Si se arrestaba o ejecutaba a alguien, acusado de ser un insurgente, el resto de los miembros de su familia no podían ser contratados, recibir un ascenso ni viajar al extranjero. Cuando se canceló ese programa se dijo que las comisarías de policía habían destruido sus archivos, pero la gente, por si acaso, siguió callada. Ocho años más tarde, en 1989, un grupo de jóvenes celebró un acto de conmemoración de los sucesos del Incidente 4.3. Young-sook no asistió a ese acto porque ¿de qué iba a servir si el gobierno insistía en que no existían pruebas de que hubiese pasado nada en Jeju? Una vez más, el silencio se apoderó de la isla.

Un nuevo orador se dirige a la concurrencia.

—Todas las personas que conozco, jóvenes o mayores, tienen cicatrices emocionales —afirma—. Hay quienes vivieron directamente la masacre, quienes fueron testigos de ella y quienes han oído contar las historias. Toda la población de nuestra isla sufre síndrome de estrés postraumático. Tenemos las tasas más altas de alcoholismo, violencia doméstica, suicidio y divorcio de Corea. Las mujeres, incluidas las haenyeo, son las principales víctimas de estas situaciones conflictivas.

Young-sook aparta de su mente al orador y sus estadísticas y vuelve a concentrarse en sus recuerdos. Hace dieciséis años descubrieron once cadáveres en la cueva Darangshi, entre ellos los de tres mujeres y un niño. Esparcidos a su alrededor no había fusiles ni lanzas, sino los objetos que esas gentes se habían llevado de sus casas: ropa, zapatos, cucharas, palillos, una sartén, unas tijeras, un orinal y algunas herramientas de labranza. Se habían refugiado en aquella cueva, pero el 9.º Regimiento los había descubierto. Los soldados llenaron la entrada de paja, le prendieron fuego y cerraron la entrada de la cueva. Los que estaban dentro se asfixiaron. Allí por lo menos había un testimonio tangible que el gobierno ya no podía negar, pero el presidente Roh Tae-woo ordenó sellar la cueva para ocultar las pruebas.

Entonces, en 1995 el Consejo Provincial de la isla publicó una lista (la primera) con los nombres de 14.125 víctimas. Sin embargo la lista no estaba completa, ni mucho menos. Jun-bu, Yu-ri y Sung-soo no figuraban entre aquellos nombres, pero Young-sook consideró que era demasiado peligroso protestar. En 1998 llegó el quincuagésimo aniversario. Hubo más actos conmemorativos, así como un festival de arte y ceremonias religiosas, relacionados con el Incidente 4.3. Al año siguiente, el presidente de la República de Corea, Kim Dae-jung, prometió que el gobierno invertiría tres mil millones de won en la construcción de un parque conmemorativo. «No podemos arrastrar el Incidente del siglo XX al siglo XXI» se convirtió en un lema político. A finales de ese año, la Asamblea Nacional aprobó una «Ley especial para la investigación del Incidente Jeju 4.3 y la reparación de las víctimas». El comité de investigación quiso entrevistar a los supervivientes de Jeju, así como a los ciudadanos que habían emigrado a Corea continental, Japón y Estados Unidos. Se rescató y se examinó abundante material, que incluía informes y fotografías del ejército y la policía, que llevaba años oculto en instituciones y archivos oficiales de Corea y Estados Unidos. Pero no fue hasta el año 2000 cuando realmente se despenalizó hablar de la masacre. Los investigadores se pusieron en contacto varias veces con Young-sook, pero ella se negó a verlos. Buscaron a sus hijos y a sus nietos, y ellos le transmitieron el mismo mensaje:

—Somos la siguiente generación y es nuestro deber consolar a las almas que han sido víctimas de la persecución —le dijo su nieto—. Y lo haremos, Abuelita, pero tú eres la única que puede contar la historia en primera persona. Ha llegado el momento.

Pero ese momento no había llegado para ella. Y sigue sin llegar: vive aferrada a su rabia y su dolor, y se niega a cambiar.

Sube otro orador a la tarima.

—Hace tres años, el gobierno central anunció su intención de declarar Jeju como Isla de la Paz Mundial. Y aquí estamos. —Hace una pausa y espera a que la gente deje de aplaudir—. Ese mismo año, Hagui, que tras el Incidente se dividió en dos municipios, declaró la reconciliación. Ya no habría un pueblo para las víctimas y otro para los criminales, ya no habría más etiquetas de rojos y anticomunistas. Fueron los propios ciudadanos quienes pidieron que volvieran a unirse los dos pueblos bajo el nombre de Hagui. Construyeron un santuario de la reconciliación con tres monumentos de piedra: uno para recordar a las víctimas del colonialismo japonés, otro para los valientes que murieron en la Guerra de Corea y otro para los cientos de personas de ambos bandos que murieron durante el Incidente 4.3.

A Young-sook se le revuelve el estómago. Un monumento nunca conseguirá cambiar sus sentimientos. Es injusto que las víctimas tengan que perdonar a los que violaron, torturaron, mataron y quemaron pueblos enteros. En una Isla de la Paz Mundial, ¿no deberían detener a quienes infligieron tanta violencia y obligarlos a confesar y a expiar su culpa, en lugar de hacer que las viudas y las madres paguen monumentos de piedra?

—Todavía tenemos que hacernos muchas preguntas —continúa el orador—. ¿Fue esta tragedia una protesta que se fue de las manos? ¿Fue una rebelión, una revuelta o una lucha contra Estados Unidos? ¿O sería más acertado afirmar que fue un movimiento democrático, una lucha por la libertad, un levantamiento masivo y heroico que reveló el espíritu independiente que corre por las venas del pueblo de esta isla desde los tiempos del reino de Tamna? —Recibe un fuerte y largo aplauso, pues todos los nativos de Jeju se enorgullecen de su carácter independiente, heredado de sus antepasados de Tamna.

»¿Debemos reprochárselo a los estadounidenses? —pregunta—. Sus coroneles, capitanes y generales estaban aquí. Sus soldados fueron testigos de lo que estaba pasando. Aunque ellos no matasen a nadie, hubo miles de víctimas mientras estaban aquí vigilando, y sin embargo no se atribuyen ninguna responsabilidad. Y no intervinieron ni en un solo caso para detener el derramamiento de sangre. ¿Debemos suponer que con su pasividad pretendían neutralizar la amenaza del comunismo en los primeros estadios de lo que poco después se convertiría en la Guerra Fría? ¿Fue el Incidente 4.3 el primer Vietnam de Estados Unidos? ¿O fue la lucha de un pueblo que aspiraba a la reunificación del norte y el sur, y quería decidir lo que sucedía en su país sin interferencias ni la influencia de una potencia extranjera?

Por fin acaban los discursos. Los asistentes, agrupados por municipios, desfilan ante unas lápidas que conmemoran a las víctimas cuyos cadáveres no llegaron a recuperarse. Young-sook se detiene un momento. Recuerda cuando exhumaron la fosa común de Bukchon y fueron a comunicarle que habían identificado a su marido, su cuñada y su hijo. Por fin sus otros hijos y ella pudieron darles sepultura en un lugar propicio escogido por el geomántico. Jun-bu, Yu-ri y Sung-soo yacerán juntos para siempre y Young-sook puede visitar su tumba a diario. Otros no han tenido tanta suerte.

Se estremece, mira a su alrededor y se apresura a seguir al grupo de Hado, que ya está entrando en el monumento conmemorativo. Allí, en una pared de mármol larga y curvada, están grabados los nombres de, por lo menos, treinta mil muertos. En una repisa que hace las veces de altar y recorre todo el perímetro de la estancia se amontonan las ofrendas de flores, velas y botellitas de licor. Young-sook ve acercarse a su familia y se separa de sus amigas haenyeo. Ha llevado flores y ofrendas suficientes para presentarlas en nombre de toda la familia, pero se alegra al comprobar que todos han acudido con algo. Min-lee, la hija mayor de Young-sook, lleva en la mano un ramito de flores envuelto en papel de celofán, y Kyung-soo (barrigón y aburrido: Young-sook tiene que reconocerlo) una botella de vino de arroz para su padre, una bolsa de calamares secos para Yu-ri y un cuenco de arroz blanco cocido para su hermano mayor. Eran las tres cosas preferidas del marido, la cuñada y el hijo de Young-sook hace seis décadas, pero ¿habrán cambiado sus gustos en el más allá?

Min-lee tiene los párpados hinchados de llorar. Young-sook coge del brazo a su hija.

—Tranquila —le dice—. No estás sola.

El pabellón está abarrotado, y la gente, impaciente por encontrar los nombres de sus seres queridos, se mueve dando empujones. Se gritan unos a otros para pedir paso o que alguien se aparte. Min-lee no tiene inconveniente en meter el codo y clavárselo a los que les impiden avanzar. Llegan las dos a la vez frente a la pared; el resto de la familia está detrás de ellas. Si esto no fuese tan importante, Young-sook estaría ansiosa por huir de la masa de gente, de la falta de oxígeno, de la sensación de claustrofobia. Min-lee avanza despacio a lo largo de la pared y busca la sección dedicada a Bukchon. Algunos pueblos sólo tienen unas pocas víctimas, otros en cambio presentan varias columnas de nombres. La gente de su alrededor grita cuando descubre a uno de los suyos. O llora y se lamenta.

—¡Bukchon! —exclama Min-lee—. Vamos a buscar primero a Padre. —Min-lee tiene sesenta y tres años. Tenía tres y medio el día que murieron su padre, su hermano y su tía. Es una mujer fuerte, pero ahora está tan pálida que Young-sook teme que se desmaye—. ¡Madre! ¡Aquí! —Min-lee apoya el dedo índice en el mármol grabado. La familia se aparta y deja pasar a Young-sook, que estira un brazo para alcanzar el punto que ha señalado su hija. Sus dedos acarician los caracteres grabados. Yang Jun-bu.

—Mirad, aquí están Yu-ri y Hermano Primero —dice Min-lee, que llora a lágrima viva. Sus hijos la miran con gesto de preocupación.

Young-sook está extrañamente serena. Mete una mano en su bolso y saca una hoja de papel y un trozo de carbón. Lleva décadas sin hacer ningún calco, pero no se ha olvidado de la técnica. Coloca la hoja sobre los nombres de sus seres queridos y la frota varias veces con el trozo de carbón. Al terminar, cuando se dispone a guardar la hoja bajo su blusa, junto al corazón, siente que la están observando. Cohibida, se da la vuelta. Detrás de ella, sus hijos y sus nietos están ocupados presentando sus ofrendas, pero justo en ese momento se inclinan todos a la vez para hacer una reverencia y Young-sook ve a la familia extranjera...

Les envía un mensaje con la mirada: «Dejadme en paz.» Entonces, sin decirles nada a Min-lee ni a los demás, vuelve a perderse en el mar de gente. Se dirige a la salida y desciende por un sendero. Llega a una plataforma instalada sobre una estructura que recuerda un poco a un bulteok, con un murete de piedras. Mira hacia abajo, hacia el interior de la estructura, y ve la estatua de bronce de una haenyeo en actitud protectora con su bebé. La mujer tiene las piernas envueltas en una pieza de tela blanca cuyo extremo desaparece por la abertura del murete. Young-sook reconoce la escena: es la ceremonia que celebran las haenyeo en memoria de las compañeras muertas o desaparecidas. Ha asistido a muchas a lo largo de su vida, pero ninguna fue tan importante para ella como la de su madre. Recuerda que la chamana Kim lanzó al agua la larga pieza de tela para atraer el alma de Sun-sil hacia la orilla. Young-sook está tan ensimismada, tan abrumada por su dolor (demasiadas muertes y tragedias se acumulan en su memoria), que se sobresalta cuando oye una voz que habla en dialecto de Jeju pero con un acento californiano en el que se adivinan el lujo y los beneficios de una libertad sin límites.

—Mi madre me ha pedido que la siga. Quería asegurarse de que está usted bien.

Es esa chica, Clara. Por lo visto, se ha arreglado para la ocasión y, en lugar de esos pantalones cortos, lleva un vestido. Eso sí, no se ha quitado los auriculares.

CUARTA PARTE

Culpa

1961

Años de secretismo

Febrero de 1961

En Jeju siempre había habido más mujeres, pero con tantos hombres y niños asesinados, y tantas líneas de descendencia aniquiladas, el desequilibrio era aún mayor. Los últimos once años las mujeres nos habíamos obligado a esforzarnos aún más que en el pasado. Las que dirigíamos nuestra propia casa descubrimos que podíamos ahorrar dinero, ahora que nuestros maridos no se lo gastaban en bebida ni en apuestas. Hicimos donaciones para reconstruir escuelas, instalaciones municipales, reparar y trazar carreteras. Nada de todo eso habría sido posible si no hubiésemos gozado de plena libertad para volver a bucear. Y para bucear necesitábamos estar protegidas, y por eso el segundo día del segundo mes lunar dejábamos a un lado nuestros problemas cotidianos y nos reuníamos con la chamana Kim para realizar la ceremonia anual de bienvenida a la diosa.

Estábamos en la playa, a la vista de todos, y yo tenía erizado el vello de la nuca, consciente de que hacíamos algo ilegal. Los colonizadores japoneses ya habían intentado erradicar el chamanismo, y el nuevo jefe de gobierno de nuestro país se había propuesto acabar con él definitivamente. El presidente Park Chunghee se había hecho con el poder gracias a un golpe militar y afrontaba su nuevo trabajo con ese mismo espíritu. Hubo más secuestros, casos de tortura, desapariciones y muertes. El presidente ordenó que se desmantelaran todos los santuarios. Los militares obligaron a la chamana Kim a romper sus tambores y quemar sus borlas, y le confiscaron los objetos difíciles de destruir, como sus címbalos y sus gongs. Eso sucedió en un momento en que todos necesitábamos, y además queríamos, librarnos del sentimiento de culpa por haber sobrevivido. Hubo gente que acudió a los misioneros católicos en busca de ayuda. Otros buscaron consuelo en el budismo y el confucianismo. Pero la chamana Kim, como muchas otras a lo largo y ancho de toda la isla, no nos abandonó, a pesar de que se había prohibido el chamanismo.

Normalmente tomábamos precauciones y ocultábamos nuestras actividades lo mejor que podíamos, pero aquella reunión anual era demasiado importante y no podíamos celebrarla en privado. No sólo asistían las haenyeo de mi cooperativa, sino las de todos los barrios que componían Hado. A diferencia de la ceremonia de Jamsu, que era sólo para haenyeo y en la que venerábamos al rey dragón y a la reina del mar, en aquella ceremonia participaban también los pescadores. Las mujeres llevábamos chaquetas acolchadas, bufandas y guantes, y los pocos hombres que asistieron daban pisotones en el suelo para entrar en calor.

—Invoco a todos los dioses y las diosas de Jeju —gesticuló la chamana Kim—. Le damos la bienvenida a Yeongdeung, la diosa del viento. Les damos la bienvenida a todos los antepasados y a los espíritus que la acompañan. Disfrutad de los melocotones y las camelias que están brotando. Contemplad la belleza de nuestra isla. Sembrad las semillas de los cinco granos en nuestros campos. Sembrad también semillas en el mar, donde se convertirán en la cosecha submarina.

El altar improvisado fue llenándose de ofrendas de fruta, cuencos de arroz, calamares y pescado seco, botellas de licor casero y huevos cocidos. Todas las mujeres y las niñas de nuestra cooperativa se encontraban allí. Kang Gu-ja estaba sentada en un lugar destacado y cerca de ella estaban su hermana Gu-sun y su hija Wan-soon, de dieciséis años. Min-lee y Wan-soon se habían hecho amigas desde que habíamos vuelto a Hado. Min-lee tenía tendencia a la melancolía y yo me culpaba por ello, y por eso mismo era maravilloso oírlas reír y cuchichear. Do-saeng y Joon-lee, que cumpliría doce años en otoño, se sentaron juntas. Yang-jin, mi pareja de buceo, estaba a mi lado. En el extremo opuesto, tan lejos de mí como era posible, estaba sentada Mi-ja con las haenyeo de su cooperativa. Todas nos habíamos bañado y puesto ropa limpia; sin embargo, ella parecía más luminosa e impecable que las demás.

La chamana Kim empezó a dar vueltas sobre sí misma con su hanbok. Sus ayudantas habían fabricado un tambor nuevo con una calabaza (el sonido de este instrumento es el único capaz de llegar a los oídos de los espíritus) y golpeaban una cacerola en lugar de un gong para despertar a los espíritus del viento y de las aguas. Para despertar a los espíritus que habitan en la tierra, la chamana Kim hizo sonar una campana que había conseguido esconder durante el registro de su casa. Ahora sus borlas estaban hechas con tiras viejas y deshilachadas de gal-ot. Sufríamos por ella; sabíamos que si la descubrían con alguno de aquellos objetos sería detenida.

—Le ruego a la diosa del viento que proteja a las haenyeo —imploró la chamana Kim—. No permitas que ninguna pierda su tewak. No permitas que se rompan sus utensilios. No permitas que ningún bitchang quede atrapado ni que ningún pulpo se agarre a los brazos de una haenyeo.

Nos arrodillamos y rezamos. Agachamos la cabeza. La chamana Kim escupió agua para mantener alejados a los malos espíritus. Mencionó el tiempo y las mareas, tratando de persuadir a la diosa del viento para que fuese clemente en los meses venideros.

—No permitas que nuestras haenyeo sufran ningún percance durante esta temporada. No permitas que nuestros pescadores perezcan por culpa de tifones, ciclones o mares tempestuosos.

Cuando concluyó la ceremonia, nos comimos algunas ofrendas. Luego lanzamos el resto de la comida al mar para que disfrutasen de ella todos los dioses y diosas del agua y el viento, con la esperanza de que nos protegiesen. Y llegó el momento de bailar. Min-lee y Wan-soon se dieron las manos y empezaron a balancearse. Parecían libres y felices. El año anterior, cuando Min-lee cumplió quince años, yo le había regalado un tewak de porexpán. A Wan-soon también le habían regalado uno. Gu-sun y yo habíamos enseñado a bucear a nuestras hijas, pero su destino no estaba en el mar. Cuando Jun-bu me decía que todos nuestros hijos tenían que estudiar, tanto si eran niños como niñas, yo lo tomaba por loco, pero ahora hacía cuanto estaba en mi mano para respetar sus deseos. «Si plantas alubias rojas, recoges alubias rojas.» Min-lee iba al instituto, Kyung-soo estudiaba secundaria, y Joon-lee, primaria. Mis dos hijos mayores eran estudiantes mediocres, pero Joon-lee había salido a su padre. Era lista, diligente y aplicada. Todos los años, sus maestros la nombraban la mejor alumna de la clase. Gu-sun también había ahorrado dinero para enviar a Wan-soon, su hija pequeña, a la escuela, así que nuestras hijas sólo buceaban con nosotras si sus días festivos coincidían con la marea propicia para sumergirnos. Como trabajaban muy poco, Gu-sun y yo les habíamos dicho que podían utilizar sus ganancias para comprarse material escolar, pero casi siempre se los gastaban en lazos para el pelo o barras de caramelo.

Las dos semanas siguientes, mientras la diosa del viento estuviese en Jeju, no saldríamos a bucear, y los pescadores tampoco se harían a la mar en sus barcas y sus balsas, porque los vientos que acompañaban a la diosa eran especialmente violentos e imprevisibles. Tampoco podíamos realizar otras tareas. Se decía que si preparabas salsa de soja durante esos días los insectos criarían dentro. Si reparabas tu tejado, tendría goteras. Si plantabas cereales, vendría una sequía. Por tanto, aquéllos eran días para visitar a las vecinas, hablar hasta altas horas de la noche y compartir comidas e historias.

—¡Madre, ven a ver esto! —gritó Joon-lee.

Me asomé por la puerta y la vi entrar en el patio con el agua que había ido a buscar al pozo del pueblo. La cancela estaba abierta y vi pasar a unos hombres en fila india, uno detrás de otro.

—¡Corre, ven! —le grité, asustada. Joon-lee dejó la vasija en el suelo y corrió a mi lado. La puse detrás de mí para protegerla—. ¿Dónde está tu hermana?

Antes de que Joon-lee pudiese contestarme, Min-lee cruzó la cancela. Dejó su vasija de agua y vino corriendo hacia nosotras.

—Son forasteros —me dijo en voz baja.

Sin duda eran forasteros. Llevaban zapatos de piel y pantalones negros con la raya muy marcada. Sus chaquetas no se parecían a ninguna que yo hubiese visto jamás y los hacían parecer gordos y torpes. Algunos eran coreanos; debían de ser del continente. Pero también había japoneses y hombres blancos. Di por hecho que serían estadounidenses, porque eran altos y rubios. Ni uno solo vestía uniforme. Tampoco iban armados, o eso me pareció. La mitad, como mínimo, usaba gafas. Mi nerviosismo inicial se transformó en curiosidad. Cuando pasó el último, un grupo de vecinas los siguió; señalaban y estiraban el cuello para ver mejor, sin molestarse en disimular lo intrigadas que estaban.

—Quiero ver quiénes son —dijo Joon-lee, y me dio la mano.

Era demasiado pequeña para entender qué era el miedo, si bien por alguna razón yo no estaba asustada ni Min-lee tampoco. Incluso llamé a Do-saeng para que viniese con nosotras.

Salimos al olle y seguimos la procesión hasta la carretera de la playa.

—¿Quiénes son? —preguntó Joon-lee.

Su hermana mayor hizo una pregunta más importante:

—¿Qué querrán?

Salieron más mujeres de sus casas. Vi a mi pareja de buceo, Yang-jin, andando más adelante, y corrimos para alcanzarla.

—¿Van a la plaza del pueblo? —pregunté.

—A lo mejor quieren hablar de negocios con los hombres —replicó ella.

Pero no nos dirigimos hacia el interior, hacia la plaza del pueblo, sino que fuimos hacia la playa. Una vez allí, vi que en realidad no éramos tantos: tal vez una treintena de mujeres y niños. Los forasteros se volvieron hacia nosotros y se quedaron de espaldas al mar. El viento helado les alborotaba el pelo y sacudía las perneras de sus pantalones. Uno de ellos, bajito y fornido, se adelantó. Habló en coreano estándar, pero pudimos entenderlo.

—Me llamo doctor Park. Soy científico. —Señaló a los hombres que estaban con él—. Todos somos científicos. Algunos somos de Corea continental, pero también los hay de otros países. Hemos venido a estudiar a las haenyeo. Hemos pasado dos semanas en un pueblo, cerca de Busan, donde muchas haenyeo trabajan de temporeras. Ahora estamos en el verdadero hogar de las haenyeo. Confiamos en que nos puedan ayudar.

Había seis jefas de haenyeo, una por cada uno de los barrios que componían Hado, pero ninguna se encontraba allí en ese momento. Le dije a mi suegra:

—De todas nosotras, tú eres la de más categoría. Tienes que hablarles tú.

Apretó la mandíbula y, andando con decisión, se separó del grupo y se acercó a los forasteros.

—Me llamo Yang Do-saeng. Soy la antigua jefa de la cooperativa de Sut-dong. Les escucho.

—Tenemos entendido que acaban de saludar a la diosa del viento y que en las próximas semanas no practicarán su actividad habitual.

—Las mujeres siempre tenemos alguna actividad —replicó ella.

El doctor Park sonrió al oír ese comentario, pero decidió no seguir por ese camino.

—Quizá no lo sepan, pero el estrés que soportan las haenyeo, provocado por las bajas temperaturas del agua, es mayor que el de ningún otro colectivo del mundo.

Esas palabras fueron recibidas con indiferencia. Nosotras no sabíamos nada de «otros colectivos» ni del «estrés provocado por las bajas temperaturas del agua». Sólo podíamos hablar de nuestra experiencia personal. Cuando Mi-ja y yo buceábamos en Vladivostok en invierno, nunca habíamos visto a nadie en el agua aparte de las otras haenyeo. Considerábamos que nuestra capacidad era un don que nos permitía ayudar a nuestras familias.

—Estamos buscando a veinte voluntarias —continuó—. Nos gustaría contar con diez haenyeo y diez mujeres que no buceen.

—¿Y en qué consistiría nuestro trabajo? —preguntó Do-saeng.

—Les haremos pruebas a esas mujeres, en el agua y fuera del agua —contestó el doctor Park.

—No nos metemos en el agua cuando está aquí la diosa del viento —dijo Do-saeng.

—¿No se meten en el agua o no pescan? —puntualizó él—. No les estamos pidiendo que capturen nada. Por eso hemos venido ahora: porque no están ocupadas. Si no están cosechando, la diosa no se enfadará.

Pero ¿qué sabía él de nuestra diosa ni de su fuerza? Con todo, tenía parte de razón. Nunca nos habían dicho que estuviese prohibido meterse en el agua durante ese período.

—Les tomaremos la temperatura —prosiguió él, muy seguro de sí mismo—. Y también...

—¿Me dejan ayudar? —lo interrumpió Joon-lee.

Hubo risas por ambas partes. Las que conocíamos a Joon-lee no nos extrañamos de su reacción, mientras que los forasteros pensaron simplemente que era una niña muy graciosa. Mi hija corrió a sentarse con su abuela. El doctor Park se puso de cuclillas hasta quedar a su altura.

—Estamos estudiando el metabolismo basal de las haenyeo. Queremos compararlo con el de las mujeres que no bucean. Vendremos en cada una de las cuatro estaciones del año. ¿Tu madre es buceadora? —Mi hija asintió y el hombre continuó—. Vamos a montar un laboratorio en esta playa. Les tomaremos la temperatura a las mujeres antes y después de meterse en el agua. Queremos analizar su grado de temblor. Estamos tratando de averiguar si la capacidad para soportar el frío de las buceadoras a pulmón es genética o si se trata de una adaptación adquirida.

Joon-lee se volvió y me miró con aquellos ojos negros como el carbón.

—Madre, tú tienes que hacerlo. ¡Y Abuelita también! Y tú, Hermana Mayor. —Volvió a dirigirse al doctor Park—. Ya tiene tres. Ah, y Kim Yang-jin también lo hará, ¿verdad? —Mi pareja de buceo hizo un gesto afirmativo y Joon-lee miró al doctor Park con determinación—. Yo lo ayudaré a encontrar a las otras. No hay muchas casas donde no haya haenyeo pero hay una viuda que muele y vende mijo, una mujer que hace carbón y otra famosa por lo bien que teje. —Ladeó la cabeza—. ¿Cuándo quiere que empiecen? —Miró a los otros hombres y añadió—: ¿Dónde van a instalar el laboratorio?

Un laboratorio. Yo no sabía qué era eso. Mi hija ya iba muy por delante de mí.

Pero no fue fácil encontrar a voluntarias. Todavía estábamos en los años de secretismo y teníamos motivos para ser prudentes. Los militares habían capturado o asesinado a los últimos insurgentes el 21 de septiembre de 1954 (siete años y seis meses después), y por fin se había suprimido la orden de disparar a discreción en el monte Halla. El Incidente 4.3 (aunque yo no me explicaba cómo podía calificarse de «incidente» algo que había durado más de siete años) había concluido oficialmente. Recabamos información por diversos medios y lo que descubrimos era espeluznante. Había trescientos pueblos arrasados (la mayoría por el fuego) y cuarenta mil viviendas destruidas. El número de muertos era tan elevado que no había una sola familia en toda la isla que hubiera salido indemne. En el continente, a los coreanos se les decía que no debían creerse las historias que circulaban acerca de la masacre. Los habitantes de Jeju, que siempre habíamos desconfiado de los foráneos, ahora nos habíamos vuelto aún más desconfiados. De resultas de esto, nuestra isla había quedado aún más aislada. Era como si Jeju se hubiera convertido otra vez en una isla de exiliados y todos nosotros fuésemos almas vagabundas.

Por todas partes había recordatorios de lo que había pasado. El hombre que caminaba con muletas porque le habían destrozado la rodilla con un pico. La niña con quemaduras en casi todo el cuerpo que había alcanzado la edad de casarse pero no recibía ninguna propuesta. El joven que había sobrevivido a meses de tortura y deambulaba por los olle con el pelo largo, sin afeitar, la ropa sucia y los ojos desenfocados. A todos nos atormentaban los recuerdos. Tampoco podíamos olvidar el asfixiante olor a sangre ni las grandes bandadas de cuervos que sobrevolaban los cadáveres. Todo eso nos perseguía en sueños y en cada momento de vigilia. Pero si alguien era lo bastante necio como para expresar una sola palabra de tristeza, o era sorprendido llorando por la muerte de un ser querido, entonces lo detenían.

La lista de restricciones era larga, pero, a mi juicio, la más aterradora era la que restringía el acceso a la educación. Por muy feas que se pusieran las cosas, yo tenía que hacer todo lo posible para asegurarme de que se cumplían los sueños de Jun-bu para nuestros hijos. Así pues, pese a que la perspectiva de que me toqueteasen unos perfectos desconocidos no me atraía lo más mínimo, accedí a participar e hice que mi hija mayor y mi suegra también participasen porque a Joon-lee le interesaba el proyecto, y quizá aquellos hombres pudiesen ayudarla de alguna forma que yo no podía prever.

Nos pidieron que cenásemos ligero y que a la mañana siguiente nos pusiéramos el traje de bucear debajo de la ropa de calle y acudiésemos al laboratorio en ayunas. Wan-soon y Gu-sun pasaron a recogernos a mi suegra, a mis dos hijas y a mí. Fuimos andando las seis hasta la playa, donde ellos habían montado dos tiendas de campaña. Gracias a la ayuda de mi hija y al empeño de los miembros del equipo, habían conseguido encontrar a diez haenyeo, entre ellas las hermanas Kang y mi pareja de buceo, Yang-jin, y a otras diez mujeres que no trabajaban en el mar.

El doctor Park nos presentó al resto de su equipo: el doctor Lee, el doctor Bok, el doctor Jones y los demás. Luego dijo:

—Empezarán la jornada haciendo treinta minutos de reposo.

Do-saeng y yo nos miramos. ¿Reposo? Menuda ocurrencia. Pero eso fue exactamente lo que hicimos. Nos acompañaron a la primera tienda, donde nos tumbamos en unos catres. Joon-lee se quedó a mi lado, pero no paraba de mirarlo todo: los catres, las mesas, a los hombres. Hablaban en coreano y yo entendía parte de lo que decían, pero no todo.

—Estoy utilizando un espirómetro Collins de nueve litros para medir el oxígeno y convertirlo en kilocalorías para establecer un metabolismo basal y calcular el porcentaje de desviación en relación al estándar Du Bois —dijo el doctor Lee hablando delante de una grabadora.

Sonaba a galimatías, pero Joon-lee parecía absorber cada palabra y cada movimiento.

El siguiente paso lo dirigió el doctor Bok, que me puso un tubo de vidrio en la boca. Dijo que tenía una temperatura normal de treinta y siete grados centígrados. Al otro lado del pasillo, mi hija mayor soltó una risita cuando uno de los doctores occidentales le apoyó en el pecho un objeto del que salían unos tubos que llegaban hasta sus orejas. Aquello no me gustó nada; tampoco me hizo ninguna gracia que me lo hicieran a mí. Iba a coger a mis hijas y sacarlas de allí cuando el doctor Park carraspeó.

—Ayer les dije algo que ustedes ya deben de saber. Ustedes toleran la hipotermia mucho mejor que ningún otro ser humano del planeta. En Australia, los aborígenes caminan desnudos incluso en invierno, pero su temperatura raramente baja de treinta y cinco grados centígrados. Los nadadores, ya sean hombres o mujeres, que practican la travesía de canales pierden mucho calor corporal, pero ellos tampoco bajan de treinta y cuatro coma cuatro grados centígrados. Los pescadores de Gaspé y los fileteadores de pescado británicos se pasan la vida con las manos sumergidas en agua salada muy fría, pero sólo las manos. Y luego están los esquimales, cuya temperatura se mantiene dentro de los parámetros normales. Creemos que eso se debe a que su dieta es muy alta en proteínas y a que llevan mucha ropa.

Hablaba de una forma rara, pero su actitud exaltada resultaba aún más extraña. Sin embargo, yo no me dejaba engañar tan fácilmente, y sospeché que con aquella actitud entusiasta sólo pretendía distraernos de lo que nos estaban haciendo los otros médicos. Uno me ató un brazalete alrededor del brazo y empezó a apretar una pera de goma, lo que hizo que el brazalete se hinchara y me apretara el brazo. Lo que sucedió a continuación fue tan rápido que ninguna de nosotras tuvo tiempo de procesarlo debidamente. A Gu-ja le habían puesto un brazalete como el mío alrededor del brazo, pero a los científicos no les gustó lo que estaban viendo.

—Tiene la presión sanguínea demasiado alta para participar en el estudio —le oí decir a uno de aquellos hombres. Antes de que nadie pudiese protestar, sacaron a la jefa de nuestra cooperativa de la tienda de campaña.

El doctor Park ni se fijó en eso que a mí me había parecido tan asombroso y siguió hablando como si nada.

—Queremos saber cuánto tiempo pueden permanecer en el agua y qué efecto tienen esas inmersiones en su temperatura corporal. La hipótesis que proponemos es que su grado de temblor es una adaptación humana latente a la hipotermia grave que los hombres o las mujeres, casi nunca o rara vez, experimentan.

Evidentemente, nosotras no teníamos ni idea de qué significaba lo que estaba diciendo.

—¿Podría estar relacionada esa capacidad con su función tiroidea? —preguntó, como si nosotras tuviésemos la respuesta a esa pregunta—. ¿Hay algo en su sistema endocrino que les permite funcionar en un entorno exageradamente frío, como hacen ciertos animales pequeños, tanto terrestres como acuáticos? ¿Harán algo parecido a lo que hace la foca de Weddell, que...?

—¡Dígale a ese hombre que deje de tocar a mi hija! —Gusun se incorporó en su catre y miró con tanto odio a un médico occidental que éste levantó las manos y se apartó de Wansoon—. Si no nos explican qué es exactamente lo que están haciendo, nos vamos.

El doctor Park sonrió.

—No hay nada que temer. Usted y sus compañeras están contribuyendo al avance de la ciencia.

—¿Piensa contestarme? —le espetó Gu-sun, y bajó las piernas del catre. Otras mujeres la imitaron. Aunque fuésemos haenyeo, no nos gustaba que aquellos hombres tocasen a nuestras hijas.

El doctor Park dio una palmada.

—Me temo que no lo entiende. Nosotros respetamos lo que ustedes hacen. ¡Son famosas!

—¿Famosas? ¿Para quién? —preguntó Gu-sun.

Él ignoró la pregunta y continuó:

—Lo único que les pedimos es que se metan en el agua para que podamos medir su umbral de temblor.

—¡Umbral de temblor! —repitió Gu-sun.

Dio un bufido y levantó la barbilla, pero yo sabía que no pensaba marcharse. Si seguía en el estudio, tendría algo que no tenía su hermana, a la que habían descartado. Eso no significaba que yo me sintiera cómoda. Mi deseo de protegernos a Min-lee y a mí pugnaba contra mi deseo de ayudar a mi hija pequeña.

—¿No pueden hacernos estas pruebas sin...?

Yo era viuda, y ningún hombre me había tocado desde el día de la masacre de Bukchon.

El doctor Park arqueó las cejas; había entendido a qué me refería y de pronto su entusiasmo se esfumó.

—Somos médicos y científicos —dijo con frialdad—. Ustedes son los sujetos de nuestro estudio. Nosotros no las miramos así.

Pero todos los hombres miraban así a las mujeres.

—Y aunque lo hiciéramos, hay aquí una niña —añadió—. Tenemos que protegerla de cualquier indecencia. Su presencia las protege también a ustedes.

Joon-lee se sonrojó, pero era evidente que le gustaba que se fijasen en ella.

—Ella ha ayudado a traerlas a ustedes aquí —continuó el doctor—. Veamos si puede seguir ayudándonos.

Dicho eso, los hombres continuaron realizando sus pruebas. No dejaron que Joon-lee tocara ni un solo instrumento, pero la utilizaron para explicarnos lo que hacían con palabras que todas pudiésemos entender. Resultó que nuestra media de edad era de treinta y nueve años, nuestra estatura media, 131 centímetros, y nuestro peso, 51 kilos. Al cabo de unos quince minutos, los médicos nos pidieron que nos quitásemos la ropa de calle. A las que éramos haenyeo nunca nos había dado vergüenza mostrar nuestro cuerpo; todas nos habíamos visto desnudas unas a otras y cargábamos con el estigma de la indecencia desde hacía varias generaciones. Sin embargo, pese a las explicaciones del doctor Park respecto a su condición de médicos y científicos, nos cohibía quitarnos los pantalones y las chaquetas delante de ellos. Las mujeres que no eran buceadoras se sentían aún más incómodas porque, seguramente, nunca habían estado con tan poca ropa delante de un hombre que no fuese su marido. De hecho, la situación resultó insostenible para una mujer, que decidió abandonar el estudio. Ahora las haenyeo y las que no lo eran volvíamos a estar empatadas, con nueve mujeres en cada equipo.

Era la época más fría del año, y por eso la escogíamos para darle la bienvenida a la diosa. De todas formas, las haenyeo estaban acostumbradas a temperaturas gélidas; las mujeres que no lo eran, en cambio, chillaban y se quejaban mientras caminaban de puntillas por las rocas, con la piel de gallina y amoratada por el azote cortante del viento. Joon-lee se sentó en la arena y se abrazó las rodillas para retener el calor corporal. Las demás nos metimos en el agua y nadamos hasta alejarnos unos diez metros de la orilla. Do-saeng y yo buceamos juntas; conocíamos muy bien aquella zona. El agua no era muy profunda y la luz se filtraba hasta el fondo marino. Se acercaba la primavera, y en el mar ocurre lo mismo que en tierra, donde brotan hojas y flores: el calor del sol hace crecer las algas y los animales marinos se aparean y tienen crías. Cuando salí a respirar, nadé hasta Gu-sun y le pedí que le dijese a Gu-ja, su hermana y la jefa de nuestra cooperativa, que acababa de ver una zona donde había muchos erizos que podríamos capturar en las próximas semanas.

Al cabo de cinco minutos, las no buceadoras regresaron a la playa. Las vi entrar en la tienda de campaña y volví a sumergirme. Conseguí quedarme en el agua media hora, igual que cuando Mi-ja y yo buceábamos en Vladivostok. Los científicos querían verme temblar y yo podía satisfacerlos.

Cuando volví a la tienda de campaña, las no buceadoras estaban en sus catres y los médicos les repetían las pruebas que les habían hecho antes. Joon-lee iba de catre en catre, hablando con las mujeres, tratando de distraerlas de sus incomodidades: el frío, los hombres, su forma de hablar, los instrumentos, lo extraño que resultaba todo.

El doctor Park se me acercó:

—Espero que me permita hacerle las pruebas.

Asentí y él me introdujo de nuevo aquel tubo de vidrio en la boca. Intenté evaluarlo sin que se notara demasiado. Parecía joven, pero quizá fuese sólo porque no llevaba toda una vida a la intemperie. Tenía las manos suaves y asombrosamente blancas. Volvió a hablarle a una grabadora, como ya había hecho antes. E, igual que antes, entendí muy poco de lo que dijo.

—Hoy el agua estaba a diez grados centígrados, cincuenta grados Fahrenheit. El caso número seis ha permanecido treinta y tres minutos en el agua. Su temperatura axilar después de bucear, transcurridos cinco minutos desde que ha salido del agua, ha descendido a veintisiete grados centígrados, mientras que su temperatura oral es de treinta y dos coma cinco grados centígrados. —Me miró a los ojos—. Eso es un nivel de hipotermia considerable. Ahora veremos cuánto tarda en recuperar una temperatura normal.

Luego fue a donde estaba Do-saeng. Otro médico me tomó la temperatura cada cinco minutos. Recuperé mi temperatura «normal» al cabo de media hora.

—Después de haber entrado en calor, ¿volvería a meterse en el agua? —me preguntó.

—Claro —le contesté, sorprendida de que me hiciese una pregunta tan estúpida.

—Asombroso.

Do-saeng me miró. ¿Asombroso? Aquello escapaba a nuestra comprensión.

Al día siguiente, los médicos repitieron las mismas pruebas. El tercer día, le pidieron a Joon-lee que nos llevara toallas y mantas cuando salíamos del agua. Al cuarto día, ya nos habíamos acostumbrado un poco a sus peculiares procedimientos. ¡Y era tan fácil reírse de ellos! Repetíamos sus palabras con voz cantarina, y eso los hacía reír. Min-lee y Wan-soon eran las mayores instigadoras, y los médicos las adoraban. El quinto día por la mañana nuestro grupito se disponía a entrar en la tienda de campaña cuando vi a Mi-ja de pie en el rompeolas. A su lado iba su hijo, montado en una bicicleta. A esas alturas todo el pueblo estaba al corriente de aquel experimento científico y muchos vecinos se habían acercado al rompeolas para curiosear. Supuse que a Mi-ja le habría gustado formar parte del estudio. Quizá hasta le diera envidia que yo hubiese tenido esa oportunidad. Sí, debía de ser así, porque llevarse con ella a Yo-chan y su bicicleta era una forma de alardear de lo que ella podía ofrecerle a su hijo.

Joon-lee interrumpió mis pensamientos tirándome de la manga:

—¡Mira, Madre! ¡Yo-chan tiene una bicicleta! ¿Puedo tener una? —exclamó.

—Mucho me temo que no.

—Pero yo quiero aprender a montar en bicicleta.

—Las niñas no montan en bicicleta.

—Por favor, Madre. ¡Por favor! Yo-chan tiene una. ¿No deberíamos nosotros tener una para toda la familia?

Su entusiasmo me molestó. En primer lugar, claro que mi hija conocía a Yo-chan y a su madre, pero eso no significaba que me gustase. Y en segundo, si estábamos allí era únicamente porque yo había querido darle una oportunidad a Joon-lee, pero por lo visto ella se había olvidado totalmente del estudio y ya sólo le interesaba aquella reluciente bicicleta.

En el rompeolas, Mi-ja se dio la vuelta bruscamente y se alejó cojeando, pero el niño se quedó inmóvil, mirando hacia nosotras. Me di cuenta de que no me miraba a mí sino a Min-lee y a Wan-soon. Los tres iban a la misma escuela y asistían juntos a muchas clases. Los tres tenían dieciséis años; ya tenían edad para casarse y para meterse en problemas. Les di una palmadita en el hombro a las chicas para que se dieran prisa.

Yo-chan ya se había ido cuando salimos de la tienda con nuestros trajes de buceo. El agua estaba tan helada como lo había estado toda la semana. Una vez más, las mujeres que no eran haenyeo sólo aguantaron unos minutos en el agua, mientras que el resto nos quedamos dentro hasta que empezamos a temblar con sacudidas fuertes. Cuando salí, Joon-lee estaba allí con mi toalla.

—Madre —dijo—, ¿puedo tener una bicicleta? ¡Por favor!

Mi hija pequeña quizá fuese caprichosa, pero también era muy testaruda.

—¿Qué quieres ser, científica o ciclista? —le pregunté.

—Las dos cosas. Quiero...

—¿Quiero? Todos queremos cosas. Te quejas cuando te doy un boniato para comer en la escuela, pero hubo años en que mi única comida del día era un boniato.

Pero eso dio pie a que Joon-lee cambiase de tema, uno que por desgracia se había convertido en habitual.

—Los otros niños llevan arroz, en cambio con la comida que tú nos das parece que vivimos como pobres.

—Compro arroz blanco para el festival de Año Nuevo —repliqué, dolida. Entonces me puse a la defensiva y añadí—: Muchas veces os pongo cebada en la comida de la escuela.

—Y eso es aún más patético, porque significa que somos pobres de verdad.

—Tienes mucha suerte de poder decir eso. No sabes qué significa ser pobre de verdad.

—Si no somos pobres, ¿por qué no puedo tener una bicicleta?

Me habría gustado tirarle del pelo y recordarle que el dinero que yo ahorraba era para sus estudios y los de sus hermanos.

Esa noche, después de la cena, Wan-soon vino a nuestra casa, como siempre, y las tres chicas salieron a dar un paseo.

Preparé té de cítricos y llevé dos tazas al otro lado del patio, a la casa de Do-saeng. La encontré acostada en su esterilla, pero la lámpara de aceite seguía encendida.

—Estaba esperándote —me dijo—. Has estado muy disgustada durante todo el día. ¿Te ha hecho algo alguno de esos hombres?

Dije que no, me senté en el suelo a su lado y le di su taza de té.

—Fuiste una buena madre para Jun-bu —dije—. Lo enviaste a la escuela cuando muchas haenyeo no lo hacían.

—O no podían hacerlo. Tu madre tuvo muchos hijos —recordó, melancólica—. Pero mírate a ti ahora: tres hijos en la escuela. Más que ninguna otra familia de este pueblo.

—Sin tu ayuda no habría podido hacerlo.

Ella lo admitió con una inclinación de cabeza. Después, tras una pausa, dijo:

—Entonces, cuéntame. ¿Qué pasa?

—Hoy he visto a Mi-ja y a su hijo.

—No pienses en ella.

—¿Cómo no voy a pensar en ella? Vive a sólo diez minutos de aquí a pie. Hacemos todo lo que podemos para evitarnos la una a la otra, pero Hado es pequeño.

—¿Y qué? En todos los pueblos hay víctimas que viven al lado de traidores, policías, soldados y colaboracionistas. Ahora dirigen la isla unos asesinos y los hijos de unos asesinos. ¿Es muy distinto de cuando tú eras pequeña?

—No, pero ella lo sabe todo sobre mí.

—¿Quién no lo sabe todo sobre ti? Como tú misma has dicho, Hado es pequeño. Dime qué es lo que de verdad te preocupa.

Titubeé un momento.

—¿Qué futuro puedo ofrecerles a mis hijos mientras sigan vigentes las acusaciones por asociación ilícita?

—Nosotros no perdimos a nadie que fuese culpable de nada.

—El gobierno no lo ve así. Considera culpables a todas las víctimas.

—Puedes hacer lo mismo que han hecho otros y afirmar que tu marido murió antes del 3 de abril.

—¡Pero si Jun-bu era maestro! ¡En Bukchon todos lo conocían!

—Sí, era maestro, pero no era instigador, rebelde, insurgente ni comunista.

—Lo dices porque eres su madre. —Entonces me atreví a formular mi temor más profundo—. ¿Y si tenía secretos que nosotras desconocemos?

—No.

Su respuesta fue rotunda, pero yo no estaba tan segura.

—Leía los carteles. Escuchaba la radio.

—Tú misma me dijiste que leía los carteles de ambos bandos porque así podía explicarle a la gente lo que estaba pasando —dijo Do-saeng—. Escuchaba la radio por la misma razón. Lo más probable es que las autoridades consideren que era el típico marido de Jeju.

—¿El típico marido que daba clases en la escuela?

—Siempre estuve orgullosa de él por haber estudiado para ser maestro. Creía que tú también lo estabas.

—Sí, lo estaba. Lo estoy. —Las lágrimas se agolpaban en mis ojos—. Pero no puedo evitarlo, temo por mis hijos.

—Independientemente de lo que mi hijo hiciera o no hiciera, tú sabes que ni Yu-ri ni Sung-soo habían hecho nada malo. Fueron víctimas. Todos los que sobrevivimos somos víctimas, pero, a diferencia de muchos, yo no tengo la sensación de estar en peligro. —Me sostuvo la mirada—. No nos han obligado a presentarnos en la policía todos los meses, como les ha sucedido a otras familias.

—Eso es verdad.

—¿Y alguna vez has tenido la sensación de que te vigilaban? Dije que no con la cabeza.

—Pues ya está —zanjó—. Concéntrate en las cosas buenas de nuestras vidas. Tu hijo venera a los antepasados y está aprendiendo a hacer tareas domésticas. Ya sabe cocinar. Parece que Min-lee será una buena buceadora y Joon-lee...

Siguió hablando de las virtudes de cada uno de mis hijos y empecé a tranquilizarme. Quizá mi suegra tuviese razón. Que no hubiésemos tenido que presentarnos en la comisaría de policía y que no nos hubiesen seguido tenía que significar algo. Pero eso tampoco garantizaba que nuestros nombres no figurasen en ninguna lista.

Al sexto día, las mujeres que no buceaban ya se habían acostumbrado a estar con sus trajes de baño delante de los hombres. Los científicos también se habían vuelto más atrevidos. Al principio evitaban mirarnos cuando nos dirigíamos a la orilla, pero a esas alturas ya no disimulaban su típico interés masculino. Me preocupaba especialmente verlos tan pendientes de Min-lee y Wan-soon. Eran hermosas y delgadas; tenían una expresión risueña y una piel bonita. Al verlas juntas, no podía evitar pensar en Mi-ja y en mí a su edad, o en cuando, ya más mayores, íbamos a Vladivostok. No siempre habíamos sido conscientes de la impresión que causábamos a los hombres, pero tratábamos de ser prudentes en los muelles. Nuestros temores se concentraban en lo que los soldados japoneses pudieran hacernos, y no en las miradas que nos dirigían los hombres de Jeju o de otros lugares. Pero Min-lee y Wan-soon no tenían edad para acordarse de los japoneses, y Wan-soon, en Hado, no había visto nada parecido a lo que había ocurrido en Bukchon. Recordé un proverbio que mis padres decían a menudo: «Cuando un árbol tiene muchas ramas, hasta la brisa más leve le arranca algunas.» Siempre había tenido claro el significado: los hijos eran motivo de muchos conflictos, penas y problemas. Mi deber como madre de Min-lee era evitar que ocurrieran esas cosas.

Dos días más tarde, el doctor Park y su equipo abandonaron Hado. Prometieron volver en tres meses. Al cabo de dos días, el decimocuarto día del segundo mes lunar, exactamente dos semanas después de que le diésemos la bienvenida a Jeju a la diosa del viento, llegó el momento de despedirla. Con cautela, las haenyeo y los pescadores nos reunimos de nuevo en la playa. Kang Gu-ja ocupó un asiento prominente, como jefa de nuestra cooperativa, pero en esta ocasión su hermana y su sobrina no se sentaron con ella. Las hermanas Kang llevaban toda la vida chinchándose y discutiendo, por lo que nadie se imaginaba que a Gu-ja le molestaría tanto que Gu-sun y Wan-soon hubieran participado en el estudio. Daba la impresión de que el hecho de que hubieran aceptado nadar en aguas tan frías sin recibir ninguna retribución hacía que se cuestionara, de alguna forma, su posición y su poder. Podía pasar una hora, un día o una semana hasta que Gu-sun y Gu-ja hiciesen las paces.

Hicimos ofrendas de pasteles de arroz y vino de arroz a las diosas y a los dioses. Luego llegó el momento de consultar a las adivinas. Las ancianas que viajaban de pueblo en pueblo haciendo predicciones se sentaron sobre unas esterillas. Min-lee y Wan-soon buscaron a la adivina más joven; yo me acerqué a una mujer con la piel muy curtida y arrugada por el sol. Ella no me recordaba, pero yo sí a ella, porque mi madre siempre había confiado en sus predicciones. Me puse de rodillas, me incliné y me senté sobre los talones. La anciana cogió un puñado de granos de arroz sin cocer y los lanzó al aire. Vi llover mi destino. Algunos granos cayeron de nuevo sobre la mano de la anciana y otros sobre la esterilla.

—Seis granos significan que tendrás buena suerte —dijo tapándose rápidamente el dorso de la mano—. Ocho, diez o doce no son tan buenos, pero tampoco son malos. El cuatro sería el peor número que podría salir. ¿Estás preparada?

—Sí, estoy preparada.

Retiró la mano y contó los granos.

—Diez —dijo—. No está mal, no está mal.

A continuación, los lanzó de nuevo y se cayeron por los resquicios de las rocas.

Suspiré. Ahora tendría que hacer más ofrendas y rezar un poco más. Otras recibieron malas predicciones. Algunas mujeres lloraban al oír sus profecías; otras se reían de ellas. Min-lee y Wan-soon recibieron ambas un seis. Su adivina les pidió que se tragaran los granos para que su suerte pudiese materializarse.

Por último, bajo la atenta mirada de la chamana Kim, tejimos barquitos de paja, cada uno de cerca de un metro de largo. Los llenamos de ofrendas y regalos, les pusimos una vela pequeña, invitamos a los dioses y las diosas a embarcarse en ellos y los dejamos en el mar. Lanzamos al agua más vino de arroz y puñados de mijo y arroz. Había llegado oficialmente la primavera.

Un día después del rito de despedida, me había puesto a cortar patatas y a mezclarlas con cebada con el fin de que la comida de mis hijos pareciera más sustanciosa cuando me acordé de Joon-lee lamentándose de que parecíamos pobres. Abrí un tarro de cerámica y metí los dedos en mi conserva de anchoas saladas para añadírsela a su cebada. Pensé que me daría las gracias al volver de la escuela, pero por lo visto ella tenía la cabeza en otro sitio. Entró corriendo, abrió su macuto y sacó un libro nuevo. En la cubierta había una niña con falda de volantes, delantal y botines. Unos tirabuzones rubios le enmarcaban la cara. Le daba la mano a un anciano. Unas cabras pacían en un prado. Detrás de ellos se alzaban unas montañas coronadas de nieve; había muchísimas y parecían increíblemente altas.

—Se llama Heidi —anunció Joon-lee— y la adoro.

Habían repartido ejemplares de aquel libro por las escuelas de toda la isla. ¿Por qué? Nunca lo supimos, pero todas las niñas de la edad de mi hija recibieron un ejemplar. Ahora Joon-lee, que unos días atrás estaba obsesionada con aprender a montar en bicicleta, y que antes de eso había proclamado su deseo de ser científica, se obsesionó con Heidi. Con el fin de animarla, le pedí que me leyera la historia en voz alta. Y así fue como Heidi, Clara, Pedro y el Abuelo me poseyeron también a mí. Las siguientes en quedar prendadas de la historia fueron Do-saeng y Min-lee. Mi hija hizo que la leyera Wan-soon, que a su vez le leyó el libro a su madre. Al poco tiempo, en todas las casas de Hado había lámparas de aceite encendidas por la noche e hijas que leían la historia a sus madres y sus abuelas. Todas queríamos hablar de aquel libro y nos reuníamos en las casas o nos encontrábamos en el olle para comentarlo.

—¿A qué creéis que sabe el pan? —preguntó Wan-soon una tarde.

—Cuando vayas a Vladivostok a hacer la temporada, tendrás ocasión de probarlo —le contestó su madre—. Allí hay muchas panaderías.

—¿Y la leche de cabra? —me preguntó Min-lee—. ¿Tú la probaste cuando fuiste de temporera?

—No, pero una vez probé el helado.

Me acordé de aquellos cucuruchos que Mi-ja y yo nos comimos a lametazos en una esquina y de aquellos dos chicos rusos.

A unas les gustaba la abuela de Clara, a otras el abuelo de Heidi. Muchas pequeñas buceadoras, que ya empezaban a pensar en casarse, adoraban a Pedro. Wan-soon llegó a decir incluso que quería que fuese su marido. Min-lee dijo que prefería al doctor, porque era muy bueno. Pero, como era de esperar, a nadie le cautivó tanto aquella historia como a Joon-lee. Su personaje favorito era Clara.

—¿Por qué la prefieres a ella? —le pregunté—. Está impedida. No puede ayudar a su familia. Llora. Es egoísta.

—¡Pero la curan las montañas, el cielo, las cabras y su leche! —Hizo una pausa y dijo—: Algún día iré a Suiza.

Cuando oí eso, comprendí que tenía que dirigirla por otro camino. Dijera lo que dijese Do-saeng, tener a tres víctimas en la familia, una de ellas maestro, significaba que podían acusarnos por asociación ilícita. A Joon-lee jamás le darían permiso para viajar al continente, y mucho menos a Suiza. Dado que mi hija era demasiado pequeña para entender todo aquello, le pregunté lo primero que me pasó por la cabeza:

—¿Cómo quieres ir a un mundo de cuento de hadas?

Joon-lee se rió.

—Madre, Suiza no es un mundo de cuento de hadas. Tampoco es una tierra de diosas. Me iré de Jeju, igual que Kim Mandeok. Y me compraré una bicicleta.

El mar, inmenso e insondable

Agosto – septiembre de 1961

Tres meses después de la primera visita, el doctor Park y su equipo regresaron, tal como habían prometido. Y tres meses después de aquello, a finales de agosto, volvieron a venir. En las dos ocasiones, durante dos semanas, el mismo grupo de dieciocho mujeres (nueve buceadoras y nueve no buceadoras) cenaba ligero, descansaba en unos catres por la mañana y se sometía a las pruebas. Ahora, sin embargo, nos llevaban en barca al cañón submarino donde Mi-ja y yo habíamos realizado nuestra primera inmersión. Los científicos eligieron ese lugar por la misma razón por la que lo había elegido mi madre: la geografía permitía que las no buceadoras se quedaran sobre las rocas que casi sobresalían de la superficie, mientras que las buceadoras podían descender veinte metros y bucear en las aguas más frías del cañón. Aun así, las no buceadoras tan sólo aguantaban unos minutos, pero como el ambiente ya no era tan frío nosotras podíamos bucear al menos dos horas y media antes de volver a la barca. Nos enteramos de que la temperatura corporal no nos bajaba tanto como en invierno, lo que a nosotras nos parecía obvio. Pero ahora el doctor Park ya tenía la medida exacta que deseaba: 35,3 grados centígrados en unas aguas que estaban a 26 grados.

—Impresionante —declaró—. Pocas personas pueden funcionar tan bien como ustedes cuando su temperatura corporal ha bajado hasta niveles tan bajos.

Los científicos añadieron una nueva dimensión: la comida. Venían a nuestra casa tres veces al día y pesaban todas las raciones de alimentos que íbamos a ingerir. Nos hacían la misma pregunta que nosotras nos hacíamos en broma en el bulteok:

—¿Quién debería comer más, el hombre o la mujer?

Nosotras sabíamos la respuesta, pero sus pruebas lo ratificaron: las haenyeo necesitaban tres mil calorías diarias (mientras que las mujeres que no buceaban ingerían unas dos mil calorías diarias) y además comían más que todos los hombres de Hado a los que habían analizado.

—Nunca habíamos visto semejante pérdida de calor de forma voluntaria en ningún otro ser humano —reveló el doctor Park—, ¡pero miren lo rápido que la recuperan!

Pero nos estaban estudiando en una etapa muy distinta de nuestras vidas. Me acordé de cuando Mi-ja y yo éramos unas crías que todavía estábamos aprendiendo a bucear, y de cuando estábamos en Vladivostok, o más tarde todavía, en los años de austeridad de la guerra. Nunca habíamos tenido suficiente para comer y las dos estábamos muy delgadas.

Todas las mujeres, las buceadoras y las no buceadoras, queríamos ser hospitalarias. Preparábamos nuestros mejores platos para podérselos ofrecer al científico que viniese a visitarnos. En mi casa, Do-saeng, Min- lee y yo echamos a Kyung-soo, que era quien solía encargarse de preparar la comida, para cocinar los platos que solíamos comer en el bulteok: pechinas asadas, orejas de mar cocidas, cangrejos fritos con judías y brochetas de pulpo. Mientras el científico que hubiese venido ese día comía sentado en el suelo de casa, Joon-lee le hacía preguntas sin parar. ¿Cómo era Seúl? ¿En qué universidad había estudiado? ¿Qué era mejor, ser investigador o médico? Ellos contestaban las preguntas de mi hija, pero se quedaban como hipnotizados mirando a su hermana mayor cada vez que pasaba por la habitación.

Cuando por fin el doctor Park vino a mi casa, lo invité a sentarse y le serví un cuenco de vino de arroz. Las guarniciones ya estaban servidas en la mesita baja: kimchee, judías encurtidas, raíz de loto, calabaza hervida, carne de cerdo negro, pez damisela sazonado, helechos con especias y pepinos de mar hervidos, sazonados y cortados en rodajas. Nos disponíamos a empezar a comer cuando el maestro de Joon-lee entró por la puerta. El maestro Oh saludó con una reverencia y anunció:

—Tu hija ha ganado un concurso en el que han participado los alumnos de quinto de toda la isla. Joon-lee representará a la región de este lado del monte Halla en el concurso académico que se celebrará en Ciudad de Jeju. Esto supone un gran honor.

Joon-lee se levantó de un brinco y se puso a saltar por la habitación. Sus hermanos la felicitaron. Do-saeng lloraba de felicidad y yo no podía parar de sonreír.

—La hija es inteligente porque su madre es inteligente —dijo entonces el doctor Park, y yo me emocioné aún más.

Invité al maestro Oh a quedarse a comer con nosotros. Le hicimos sitio en la mesa y le servimos vino de arroz. El doctor Park quiso saber más de aquel concurso y el maestro Oh le explicó:

—Joon-lee no sólo es una niña inteligente. Es la alumna más brillante de toda la escuela. Los niños de las escuelas de primaria de Ciudad de Jeju quizá hayan tenido una formación más completa, pero creo que ella tiene posibilidades de ganar la competición.

Esos elogios deberían haber inspirado a mi hija a mostrarse más humilde, pero lo que hicieron fue animarla a preguntar:

—Si gano, ¿me comprarás una bicicleta, Madre?

Las palabras salieron de mi boca demasiado rápido:

—A las chicas no les conviene montar en bicicleta. Todo el mundo sabe que montar en bicicleta hace que te crezca el trasero.

El doctor Park arqueó las cejas, mientras que mi argumento no impresionó ni lo más mínimo a Joon-lee.

—Pero si gano —insistió—, ¿no crees que debería recibir una recompensa?

¿Una recompensa? Estaba empezando a perder la paciencia; el científico, muy educadamente, cambió de tema.

—¿Este calamar lo ha pescado usted? —me preguntó—. ¿Podría explicarme qué proceso de secado emplea?

Después de la cena, Wan-soon pasó a recoger a mis hijas para dar su paseo nocturno. El maestro Oh se marchó con ellas, y Do-saeng regresó a la casita y se llevó con ella a Kyung-soo. Interrogué al doctor Park sobre la vida en Seúl y él trató de conocer más a fondo mi vida como haenyeo. Fue una conversación agradable y cordial. Cuando el doctor Park estaba a punto de marcharse, Min-lee irrumpió por la puerta.

—¡Ven, Madre! ¡Deprisa!

Me puse las sandalias y corrí tras ella. El doctor Park salió corriendo detrás de mí y seguimos a Min-lee hasta la plaza. Joon-lee estaba en el suelo, con el brazo enredado en una bicicleta. Lloraba, pero sin hacer mucho ruido. Yo-chan estaba agachado a su lado. Claro. Yo-chan. Su bicicleta. Mi hija. Exploté de rabia.

—¡Apártate de ella! —le ordené.

El chico se apartó, pero no se marchó. Me agaché al lado de Joon-lee.

—Me parece que me he roto el brazo —gimoteó ella.

Empecé a levantar la bicicleta y mi hija gritó de dolor.

—Sujétele el brazo —dijo el doctor Park—. El chico y yo retiraremos la bicicleta.

Le hizo señas a Yo-chan, que se acercó otra vez.

—Ha sido culpa mía —afirmó.

—No te preocupes por eso —dijo el doctor Park—. Vamos a ver si entre los dos podemos ayudar, ¿de acuerdo? ¿Estás preparado?

Mientras liberábamos a Joon-lee de la bicicleta, su hermana mayor, llorosa, no paraba de murmurar:

—Lo siento, lo siento, lo siento.

No muy lejos de ella estaba Wan-soon, con la espalda apoyada en el Árbol de la Aldea y más pálida que la luna.

—Voy a llevarla en coche al hospital de Ciudad de Jeju —anunció el doctor Park cuando liberamos a Joon-lee.

—Yo también voy —dije.

—Por supuesto. Y los demás, si quieren, también pueden venir. Hay sitio.

Les hice señas a Min-lee y a Wan-soon para que nos siguieran. Antes de salir de la plaza, me di la vuelta y miré a Yo-chan. Estaba con la cabeza gacha y los hombros caídos.

Era la primera vez que estaba en el hospital de Ciudad de Jeju. Había una luz eléctrica muy intensa. Los médicos y enfermeras iban vestidos de blanco. Sentaron a Joon-lee en una silla de ruedas.

—Igual que Clara —dijo ella sonriente.

Una enfermera se la llevó por un pasillo.

—No es una fractura compuesta —dijo el doctor Park—. Puede estar tranquila.

Cerré los ojos para concentrarme en buscar tranquilidad. El doctor Park no podía entender lo que significaba para mí ver sufrir a mi hijita y saber que el hijo de Mi-ja había tenido algo que ver. Y lo peor era que, seguramente, Yo-chan había querido enseñar a Joon-lee a montar en bicicleta para acercarse a mi hija mayor. Me acordaba de todas las veces que Mi-ja y yo habíamos fantaseado con que su hijo y mi hija se casarían, y se me revolvían las tripas. ¡Eso jamás iba a pasar!

Al cabo de un rato, la enfermera vino a la sala de espera y nos llevó a ver a Joon-lee. Le habían enyesado el brazo y estaba pálida. El médico que la había atendido intentó identificar a los miembros de nuestro grupo: un hombre que saltaba a la vista que no era de Jeju vestido con ropa occidental, dos chicas de dieciséis años, una niña más pequeña y yo con mi pantalón, mi túnica y mi pañuelo confeccionados con la tela teñida con caquis típica de la isla.

—Joon-lee me ha contado que proviene de una familia de haenyeo —dijo el médico—. No se preocupen: la fractura se le curará bien. Cuando llegue el momento, la niña podrá bucear.

En el camino de vuelta a Hado, la atmósfera dentro del coche era tan densa que se podía cortar. Yo miraba por la ventanilla.

Las calles estaban casi desiertas, pero algunas mujeres paseaban cogidas del brazo de sus parejas. Había bares con letreros de neón y puestos de comida donde servían cerdo asado. La ciudad se había modernizado mucho, aunque la mayoría de las casas todavía estaban construidas al estilo tradicional, con piedras y paja.

El doctor Park se acercó todo lo que pudo a nuestra casa. Cuando apagó el motor y abrió su portezuela, le dije:

—Gracias por su ayuda y su amabilidad, pero no hace falta que nos acompañe hasta la puerta. Nos vemos mañana a la hora de siempre.

Joon-lee se sujetó el brazo roto con la otra mano. Min-lee y Wan-soon iban delante de nosotras cogidas de la mano. Cuando llegamos a casa, Wan-soon dijo:

—Lo siento.

—Ya hablaré mañana con tu madre —le dije.

Wan-soon y Min-lee se miraron. Wan-soon se marchó y sentí una punzada de dolor al recordar que yo también había tenido una amiga íntima.

Cuando mis hijas y yo entramos en el patio, vimos a mi hijo y a mi suegra esperándonos sentados en el umbral de la casita.

—Yo-chan ha venido a contarnos lo que ha pasado —dijo Do-saeng—. ¿Estás bien, pequeña?

—Sí, abuela —contestó Joon-lee con un hilo de voz.

—¿Puede quedarse Kyung-soo a dormir con usted hoy? —le pregunté a mi suegra—. Tengo que hablar con las chicas.

Mi hijo se levantó de un brinco.

—Yo también quiero saber de qué habláis —dijo, pero su abuela lo hizo sentarse.

Las chicas y yo entramos en casa y me dirigí a Min-lee. Fui directa al grano para ver su reacción.

—Me has estado mintiendo.

—Y si Joon-lee no se hubiese caído, no te habrías enterado —admitió mi hija.

—¿Le estás echando la culpa a tu hermana pequeña?

Antes de que Min-lee pudiese contestar, Joon-lee dijo:

—Yo-chan nos cae bien y yo quería aprender a...

—¿Nos cae bien? —dije mirando a mi hija mayor, que se puso roja como un tomate.

—¡La que quería aprender a montar en bicicleta era Joon-lee! —exclamó Min-lee para defenderse—. Le pidió a Yo-chan que la ayudara.

—Tu hermana es una cría. Tú, en cambio, deberías tener más sentido común. Cuando digo que no, quiero decir que no. Pero esto va más allá de una bicicleta, ¿verdad? No quiero que volváis a ver a Yo-chan.

Min-lee se rió.

—¿Y cómo quieres que lo hagamos? Vivimos en un pueblo pequeño y...

—Has tenido de todo —la corté—. Comida. Estudios. Has tenido una vida tan fácil que hasta tuviste la menstruación antes de tiempo. —Le hice una advertencia con la máxima severidad—: Si compartes el amor con Yo-chan, podrías quedarte embarazada. —Y añadí la maldición más terrible que se puede hacer a una hija en una isla donde no hay mendigos—: Y si eso sucede, te convertirás en mendiga.

Min-lee agachó la cabeza. Casi podía leerle el pensamiento.

—No hay nada de eso —dijo por fin.

—Él es un chico, y tú, una chica.

—Conozco a Yo-chan de toda la vida. Es como un hermano para mí.

—Pero Yo-chan no es tu hermano. Es un chico.

—No tenemos relaciones sexuales, Madre.

Parpadeé, atónita. Yo lo estaba insinuando, pero no esperaba que mi hija fuese tan directa, y menos delante de su hermana pequeña. Para reponerme del susto, me dirigí a Joon-lee.

—Yo-chan tampoco es hermano tuyo. Ni tu amigo. Quiero que te alejes de él.

Joon-lee bajó la mirada.

—Lo intentaré.

—Eso no es suficiente —insistí—. Para que te des cuenta de que hablo muy en serio, mañana no podrás bajar a las tiendas de campaña.

—Pero...

—Sigue hablando. Por cada palabra que digas, te quedarás en casa un día más.

A la mañana siguiente, Joon-lee protestó un poco por el castigo que le había impuesto, que consideraba injusto, y yo le dije que debería haberlo pensado antes de montarse en la bicicleta. Entonces Min-lee, Do-saeng y yo nos marchamos juntas. Nos encontramos a Gu-sun y a Wan-soon en el olle. La niña volvió a disculparse por su participación en el accidente del día anterior. Tenía los párpados hinchados de tanto llorar, y sus mejillas, normalmente sonrosadas, habían perdido todo el color. Al verla tan compungida, le dije:

—Gracias, Wan-soon. Te agradezco que te hayas responsabilizado más que mis propias hijas de lo ocurrido ayer.

—Y le he hecho prometerme que, a partir de ahora, no tendrá ninguna relación con Yo-chan ni con su madre —me informó Gu-sun.

Wan-soon y Min-lee se miraron, comunicándose sin necesidad de hablar. Me acordé de que Mi-ja y yo hacíamos lo mismo, y eso me reafirmó en que Gu-sun y yo tendríamos que vigilar muy de cerca a nuestras hijas.

Cuando llegamos a las tiendas de campaña donde estaba instalado el laboratorio, el doctor Park me preguntó cómo se encontraba Joon-lee, y yo le informé de que ese día mi hija no bajaría a la playa.

—Espero verla mañana —dijo él—. Le conviene aprender cosas que le darán ventaja respecto a los niños de la ciudad.

El doctor Park tenía razón, por supuesto. Al día siguiente dejé que Joon-lee volviera al laboratorio, y nos enteramos de que el doctor Park les había hablado a sus colegas del concurso en el que iba a participar mi hija. Por primera vez, le dejaron poner el termómetro en la boca a una mujer e inflarle el brazalete que le habían puesto alrededor del brazo.

. . .

Dos días más tarde, el doctor Park y su equipo recogieron sus instrumentos y se marcharon de Hado. Tenían previsto regresar al cabo de tres meses. Trabajé en mi campo seco, y mis hijos empezaron el trimestre de otoño. Después de las clases, cuando sus hermanos iban a refrescarse a la playa con sus amigos, Joon-lee se quedaba en la habitación principal de casa y hacía los deberes, estudiaba para el concurso y leía.

El siguiente período de buceo comenzó un domingo, lo que significaba que Wan-soon y Min-lee podían venir. Hacía un día tempestuoso. El viento soplaba tan fuerte que nos adhería la ropa a la piel, y las olas formaban espuma y nos rociaban, como si las impulsara una tormenta. Una vez dentro del bulteok, Gu-ja ocupó su asiento preferente. Las demás nos sentamos de acuerdo con nuestra categoría. Gu-ja estaba hosca y esquiva. La reciente visita del doctor Park y su equipo le había recordado cuánto la había ofendido que la hubiesen descartado del estudio, pero pensé que después de pasar el día en el agua volvería a estar tan irascible como siempre.

Gu-ja se ahorró los cumplidos habituales y empezó:

—Hoy hará calor...

—Y hace mucho viento —la interrumpió Gu-sun—. Tenemos que escoger con cuidado el sitio donde vamos a bucear.

Gu-ja, enojada, hizo callar a su hermana con un ademán.

—¿Alguien quiere proponer algún sitio? —preguntó—. Estoy abierta a vuestras sugerencias.

Pese a ser bastante obvio que nuestra jefa estaba evitando deliberadamente preguntárselo a su hermana, Gu-sun fue la primera en dar su opinión:

—Vayamos andando hasta la cala del norte. Los acantilados la protegen del viento.

—Hace demasiado calor para ir andando hasta allí —dijo Gu-ja.

Gu-sun lo intentó otra vez:

—Podríamos quedarnos aquí y bucear cerca del embarcadero.

—¿No has visto lo agitado que está el rompiente? —Gu-ja paseó la mirada por el corro, pero su malhumor no ayudaba a que le hiciésemos propuestas—. Muy bien. Remaremos hasta la meseta. Espero que las olas no sean tan altas como parece desde la orilla, y allí las aguas son más profundas y estarán más frías.

A mi lado, Yang-jin murmuró:

—No me parece muy buena idea.

Yo coincidía con ella. Gu-ja era nuestra jefa, pero había tomado aquella decisión por terquedad.

Nos pusimos los trajes de buceo, nos colocamos las máscaras en la cabeza, cogimos nuestros equipos y nos dirigimos hacia la barca. Gu-ja estaba de mal humor, pero en una cosa tenía razón: en un día tan caluroso, estaríamos más cómodas en aguas más profundas y más frías. Ocupamos nuestros asientos en la barca. Min-lee y Wan-soon se sentaron una enfrente de la otra. Empezamos a inclinarnos hacia delante y hacia atrás, hundiendo las palas de los remos en el agua todas a la vez. Las voces claras y frescas de las dos chicas sobresalían cuando nos pusimos a cantar. Las nubecillas cruzaban el cielo a gran velocidad, las gaviotas subían y bajaban en picado y el mar estaba movido, tal como había vaticinado Gu-ja, pero no tanto como en la orilla. No obstante, a las haenyeo que tenían el estómago delicado no les gustaban aquellas olas espumosas. Una haenyeo que estaba embarazada de su cuarto hijo recogió el remo, vomitó y siguió remando. Las demás le dimos ánimos y luego seguimos cantando. Sin embargo, me fijé en que el cutis de Wan-soon estaba aún más pálido que aquella mañana; de hecho, había adquirido un tono verdoso. Era evidente que no se encontraba bien, pero llevaba un año y medio saliendo a bucear con nosotras y nunca se había mareado hasta entonces.

Gu-ja levantó un brazo para indicarnos que parásemos de remar. Echamos el ancla, y nuestra jefa hizo las ofrendas tradicionales a los dioses del mar.

—Dejadnos explorar juntos el fondo del océano —dijo cuando hubo terminado.

A continuación nos bajamos la máscara de la frente, frotamos el cristal con artemisa y nos la colocamos sobre los ojos y la nariz. Todas revisamos nuestros utensilios. Entonces, de dos en dos, lanzamos nuestros tewak al agua y nos zambullimos.

Gu-sun y Gu-ja formaron pareja. Le dije a Min-lee que tuviese cuidado, como hacía siempre, y mi hija y Wan-soon saltaron al agua. Le hice una seña con la cabeza a Yang-jin y nos metimos las dos en el agua. Estábamos lejos de la orilla, como quería Gu-sun, pero la geografía submarina de aquel enclave era ideal para buceadoras de todos los niveles. A diferencia del sitio que mi madre había elegido para mi primera inmersión, donde había un cañón muy profundo, allí se elevaba una meseta alta y llana, de fácil acceso pero con suficiente profundidad para que el casco de la barca no rozara las rocas, y tan extensa que ofrecía numerosas posibilidades de pesca. El agua estaba turbia y no se alcanzaba a ver toda la circunferencia de la meseta, pero las pequeñas buceadoras no tendrían ningún problema si no se separaban.

Empecé a bajar. Yang-jin y yo nos manteníamos a una distancia a la que pudiésemos vernos la una a la otra, pero sin invadir nuestros respectivos territorios. Subí a hacer el sumbisori y poner mi captura en la nasa. El agua estaba buenísima. Abajo. Arriba. Sumbisori. Abajo. Arriba. Sumbisori. Con la concentración necesaria para evitar los peligros, mi objetivo era capturar todas las piezas que pudiera y olvidarme de los problemas que me acuciaban en tierra. Cuando nuestras nasas estuvieron llenas, Yang-jin y yo regresamos a la barca. Guardamos nuestro equipo y empezamos a clasificar nuestras capturas. Cuando llegaron Gu-ja, Gu-sun y las otras mujeres, las ayudamos a subir sus nasas a la barca. Muchas haenyeo también se sentaron a clasificar sus capturas, mientras que otras se tomaron una taza de té. Unas cuantas se apoyaron en sus redes, todavía llenas, y se pusieron a dormir, acunadas por el balanceo de la barca. Yo estaba atenta al sumbisori de las haenyeo que todavía no habían salido del agua; siempre sentía un gran alivio cuando oía el característico «hrrrrrr» de Min-lee. Mi hija todavía estaba aprendiendo a bucear, pero yo confiaba en su destreza. Ese día sentí que mis hombros se relajaban al verla agarrarse con ambas manos al costado de la barca, pero como no intentaba subir su nasa ni se daba impulso para subir a la cubierta, comprendí que algo no iba bien.

—¿Alguien ha visto a Wan-soon? —preguntó Min-lee.

Al oír eso, Gu-sun volvió bruscamente la cabeza.

—Yo la he visto por allí —dijo una mujer apuntando hacia la proa.

—Yo también —dijo Yang-jin—. Hemos salido a la vez a hacer el sumbisori y le he dicho que no se alejara tanto de la barca.

—¿Y dónde está ahora? —preguntó Gu-sun volviéndose hacia su hermana mayor.

—No te preocupes —respondió nuestra jefa—. La encontraremos.

Un par de rezagadas venían nadando hacia la barca. Gu-sun les preguntó si habían visto a Wan-soon, pero contestaron que no. Gu-sun y Gu-ja se quedaron de pie, con los pies bien afianzados en la cubierta, mientras las olas balanceaban la barca.

—¡Allí! —gritó Gu-ja—. ¡Es su tewak!

Yo conocía bien aquella zona, como todas las abuelas buceadoras, y sabía que el hecho de que el tewak se hubiese alejado tanto no era buena señal.

Las que ya estábamos en la barca cogimos los remos y empezamos a remar; varias buceadoras se quedaron en el agua. Queríamos llegar cuanto antes al tewak de Wan-soon, y por eso teníamos que remar todas al mismo ritmo. Cuando llegamos junto al tewak, Gu-sun y Gu-ja soltaron los remos y se pusieron de pie. Gu-sun nos gritó que no hiciésemos ruido porque así podría oír el sumbisori de Wan-soon. Pero no oímos nada. Las dos hermanas fueron girando lentamente sobre sí mismas, escudriñando las olas. Lo intentaron durante cinco minutos, mucho más de lo que una haenyeo podía permanecer bajo el agua. La tía estaba aterrada, desesperada, mientras que la madre parecía triste y resignada.

—Tenemos que meternos todas en el agua —dijo Gu-ja—. Deprisa. —Y entonces pronunció las palabras que nadie quería oír—: Tenemos que encontrar el cadáver de Wan-soon para que no se pierda en el mar y no se convierta en un fantasma hambriento.

Volvimos a ponernos las máscaras y saltamos todas al agua. Las que ya estaban en el mar se acercaron a nosotras. Gu-sun les gritó:

—¡Estamos buscando a Wan-soon. Vosotras registrad esa zona!

Las pequeñas buceadoras, entre ellas mi hija, se dispersaron por la meseta. Si una oreja de mar había atrapado el bitchang de Wan-soon, o si el pelo o la ropa se le habían enganchado en una roca, encontraríamos su cadáver. Las pequeñas buceadoras y las abuelas buceadoras se sumergieron por los lados de la meseta. Nada. Cada vez que salía a la superficie, oía a las mujeres hacerse preguntas por encima de las crestas de las olas, cada vez más altas. «¿Has buscado aquí? ¿Has buscado allí? Aquí, nada. Allí, nada.» Y volvían a sumergirse.

La siguiente vez que subí a la superficie, vi a Min-lee abrazada al tewak de Wan-soon. Yo no era mucho más joven que ella cuando Yu-ri tuvo el accidente, de modo que entendía los remordimientos y la sensación de culpa que mi hija debía de estar sintiendo. Nadé hasta ella.

—¿No tendría que estar cerca de su tewak? —me preguntó Min-lee, y apretó los labios para contener sus emociones.

—Espero que sí —dije—. Vamos a buscar juntas.

Le di la mano y nos sumergimos justo debajo de la boya de Wan-soon. Inmediatamente me asustó lo que vi y sentí. Estábamos en el borde más alejado de la meseta; había una corriente muy fuerte y la inmensidad del mar nos envolvía, pero mi hija estaba demasiado concentrada en la búsqueda para darse cuenta. Dejé que ella marcase la velocidad y la profundidad, consciente de que Wan-soon no habría podido bucear más deprisa ni más hondo que mi hija. Todavía no habíamos descendido dos cuerpos cuando Min-lee se detuvo. Nos enderezamos. Min-lee no podría aguantar mucho más la respiración, pero yo necesitaba enseñarle una cosa. Levanté la mano que tenía libre para pedirle que no subiera a la superficie y entonces la solté. La corriente era tan potente que, inmediatamente, mi hija empezó a alejarse de mí. El terror se dibujó en su cara, pues comprendió que esa corriente era capaz de llevarse un cuerpo a cientos de kilómetros de allí. Volví a darle la mano y, con la fuerza adquirida tras tantos años buceando, la alejé del peligro y la guié hasta la superficie.

Podíamos dar por terminada nuestra búsqueda porque ese día no íbamos a encontrar a Wan-soon. Cuando volvimos a estar todas en la barca, Gu-ja se dirigió a nosotras.

—Cuando lleguemos a la playa, avisaré a las jefas de haenyeo de los pueblos vecinos. —Le puso una mano en el hombro a su hermana, pero Gu-sun se apartó—. Mañana por la noche, la noticia habrá dado la vuelta a toda la isla y habrá llegado a todas las haenyeo y todos los pescadores. Recemos al divino dragón del mar y a todas las diosas que tienen influencia en los océanos para que lleven el cuerpo de Wan-soon hasta la playa.

Gu-ja cogió su remo y las demás ocupamos nuestros asientos. No lograba imaginarme qué debía de estar pasando por su mente. Tener que ocuparse de un accidente o una muerte es la peor tortura para cualquier jefa de haenyeo, que debe seguir dirigiendo al grupo a pesar del dolor y la culpabilidad. Mi madre no había tenido ninguna culpa de la codicia de Yu-ri, ni de que se hubiese cruzado con un pulpo, y sin embargo había tenido que soportar la pesada carga de lo ocurrido. La situación a la que nos enfrentábamos ahora era diferente. Gu-ja no habría podido prever aquella calamidad, pero lo cierto era que había escogido aquel enclave por celos y rencor. Toda muerte era terrible, pero Gu-ja debía de sentirse aún más desconsolada porque la víctima era su sobrina.

Dicen que después de experimentar el mar inmenso e incognoscible, una hija conoce a su madre y la entiende por primera vez. Desde luego, a partir del día del accidente de Yu-ri yo había empezado a ver a mi madre desde una nueva perspectiva. Ahora Min-lee también me veía a mí de otra forma. Los hijos deberían tener la seguridad de que sus padres los amarán, educarán y protegerán, pero durante la masacre de Bukchon mi hija había experimentado algo muy diferente. Ahora, por primera vez, comprendía realmente la dimensión de mi amor por ella. No obstante, los días posteriores fueron duros. Min-lee enfermó de pena y de remordimiento.

—Si no me hubiese despistado...

—Tú no habrías podido hacer nada —la tranquilicé—. Ya notaste la corriente. Todavía no tienes suficiente fuerza como para haberla sacado de allí.

—Pero si me hubiese quedado con ella...

—La corriente se te habría llevado a ti también. Te habría perdido.

Hubo un momento en que, dominada por la frustración, protestó:

—Pero no entiendo cómo puede haber pasado esto. Tú estabas en la ceremonia de adivinación. Ya viste que recibió seis granos de arroz.

Asentí, comprensiva.

—A veces hablamos de la fortuna y del destino —dije—. Y nos gusta que las adivinas nos revelen el futuro. Entonces nos preguntamos por qué Wan-soon murió pese a haber recibido una buena predicción, mientras que otras mujeres las recibieron malas pero siguen con nosotras. Yo también he tenido mis dudas. Me he preguntado muchas veces por qué el pastel de arroz que la chamana Kim lanzó contra el Árbol de la Aldea en mi ceremonia de matrimonio se pegó al tronco, vaticinando felicidad, cuando el futuro me deparaba tanta adversidad. Y nunca he encontrado una respuesta.

Min-lee hundió la cara en mi regazo para llorar. Yo le daba palmaditas en la espalda.

—Pero me pregunto... —continué, cautelosa— si Wan-soon tendría alguna razón para no tener cuidado.

El cuerpo de Min-lee se tensó bajo mi mano. Me habría gustado seguir hablando, pero entonces entró Joon-lee con ánimo de reconfortar a su hermana mayor. Se sentó en el suelo a nuestro lado, abrió su ejemplar de *Heidi* y empezó a leer. Esa noche, la historia hizo llorar aún más a Min-lee.

345

—Heidi y Clara eran tan buenas amigas —consiguió decir—. Wan-soon y yo éramos así. Y ahora la he perdido para siempre.

Intenté consolar a mi hija lo mejor que pude, pero al mismo tiempo trataba de tranquilizarme a mí misma. Cuando no me decía algo tan obvio como que podría haber sido Min-lee a quien se hubiese llevado la corriente, pasaba revista a las últimas veces que había visto a Wan-soon: lo pálida que estaba cuando Joon-lee se rompió el brazo, una palidez que adquirió tonos verdosos a la mañana siguiente, hasta el punto de que, en la barca, parecía que estuviese a punto de vomitar. Cuando no estaba preguntándome si sería yo la única que sospechaba que Wan-soon quizá se había quedado embarazada (y si Mi-ja sabía quién era el padre), me atormentaba pensando en Mi-ja y en que ya no podía acudir a ella en busca de consejo o consuelo. Cuando no estaba sumida en aquel oscuro abismo familiar, me preocupaba por Gu-sun y por Gu-ja. Una había perdido su hija; a la otra la considerarían responsable del accidente. Las dos hermanas siempre se habían peleado y habían tenido ataques de celos, pero también eran inseparables. No conseguía imaginar qué debían de sentir en esos momentos la una hacia la otra, ni cómo iban a perdonarse. Y eso hizo que volviese a acordarme de Mi-ja. En una ocasión yo la había consolado a ella; en otra, ella me había consolado a mí. Ahora Min-lee había perdido eso. Gu-sun y Gu-ja quizá también lo hubiesen perdido. Entonces, en un momento de inquietante lucidez, comprendí que casi todos aquellos sucesos habían sido consecuencia del estudio del doctor Park. Su presencia y la de los otros científicos habían provocado reacciones y habían cambiado nuestra forma de vernos unas a otras. Tardaríamos en recuperarnos de la muerte de Wan-soon, pero había otros asuntos más nimios (como la bicicleta que Mi-ja le había comprado a su hijo y el brazo roto de Joon-lee) que podían tener consecuencias que yo no quería ni imaginar.

Transcurridos diez días, el cadáver de Wan-soon seguía sin aparecer. Ya no era una muchacha que había tenido una muerte trágica y que habría podido recibir la sepultura apropiada, se había convertido en un fantasma hambriento que podía provocarles enfermedades y problemas a los vivos. Sin embargo, debíamos resignarnos y asumir lo ocurrido. Dado que la noticia de nuestros esfuerzos por encontrar el cadáver de Wan-soon había ido pasando de un pueblo de haenyeo a otro hasta dar toda la vuelta a la isla, mucha gente se había enterado de que íbamos a celebrar un ritual, y eso era ilegal. Cualquier desconocido podía denunciarnos para obtener el favor de las autoridades. Teníamos que estar muy alerta y ser muy prudentes, de modo que sólo les comunicamos la fecha, la hora y el lugar a los miembros de nuestro bulteok. Nos reunimos en una cueva de la playa, a unos minutos a pie desde Hado. Gu-sun estaba muy demacrada, pero su hermana mayor había envejecido diez años. Nos quedamos de pie, unidas por nuestro dolor. Do-saeng y yo pusimos a Min-lee entre nosotras dos. La chamana Kim agitó una campana apuntando hacia los cuatro puntos cardinales para abrir la puerta del cielo e invitar a los espíritus a unirse a nosotras. A continuación blandió su espada para expulsar a cualquier espíritu maligno que intentara acercarse.

—Una mujer que muere sola en el agua no tiene a nadie que le dé la mano o le acaricie la frente —empezó la chamana Kim—. Sin nadie que la caliente, su piel se queda fría. No recibe el consuelo de amigos y familiares. Pero también sabemos que, cuando los difuntos expresan su preocupación por los vivos, podemos considerar que se han liberado de sus penas. Veamos qué tiene que decir Wan-soon. —La chamana Kim era célebre por su capacidad para engatusar, persuadir y negociar con los espíritus. Se dirigió directamente a Wan-soon—: Si te sentiste desgraciada por alguna razón, dilo para que podamos ayudarte.

Las ayudantas hicieron sonar sus címbalos y tambores. Nos envolvían los aromas de las ofrendas. La chamana Kim empezó a dar vueltas con su colorido hanbok y a agitar sus borlas. De pronto, sus ayudantas y ella pararon en seco. El silencio cayó sobre nosotras como la pausa entre dos hipidos. La razón: Mi-ja había entrado en la cueva y estaba de pie, apoyada en la pared rugosa. Vestía con modestia y llevaba ofrendas en los brazos. Conocía a Wan-soon desde que era un bebé, pero, aun así, su presencia resultaba tremendamente turbadora.

Se reanudó el estrépito de címbalos y tambores. La chamana Kim blandía sus cuchillos aún con más fiereza. Poco a poco se calmó, paró y entró en trance. Cuando habló de nuevo, nos pareció que su voz llegaba desde muy lejos. Había llegado Wan-soon.

—Tengo mucho frío —dijo—. Echo de menos a mi madre y a mi padre. Echo de menos a mi tía y a mi tío. Echo de menos a las haenyeo de nuestro bulteok. Echo de menos a mi amiga.

La chamana habló de nuevo con su voz:

—Cuéntanos tus desvelos y tus desgracias, Wan-soon.

Pero en aquella época incluso los espíritus debían ser prudentes con lo que decían, y el espíritu de Wan-soon se negó a decir ni una palabra más. Eso resultó muy desconcertante. Y entonces sucedió algo aún más inquietante. La chamana Kim empezó a dar vueltas y se paró delante de mí.

—Estuve a punto de perder la vida en el mar —dijo con otra voz; había entrado en otro trance—. Era codiciosa.

¡Yu-ri! ¿Cuántas veces le habría preguntado a la chamana Kim que buscara a mi cuñada, a mi marido y a mi hijo, y siempre sin éxito?

—Sufrí durante muchos años —dijo Yu-ri a través de la chamana—. Hasta que llegó el último día de mi vida. *Aigo!*

Esa confesión llevaba una carga de dolor estremecedora. Dosaeng rompió a llorar por su hija.

Entonces se oyó una vocecilla.

—Echo de menos a mi madre. Echo de menos a mi hermano y a mis hermanas.

Me derrumbé. Era Sung-soo.

Min-lee se arrodilló a mi lado y me puso un brazo sobre los hombros. Otras mujeres se arrodillaron también y apoyaron la frente en el suelo de la cueva. Habíamos ido a buscar a Wan-soon, pero los espíritus se estaban poniendo en contacto conmigo.

La chamana Kim no habría podido hablar con la voz de mi marido, pero reconocí la suave cadencia de su voz:

—Esta tumba está abarrotada, pero me alegro de tener compañía. Así podemos compartir nuestra aflicción.

Y entonces fue como si los tres seres queridos a los que yo había perdido se peleasen para encontrar sitio en la boca de la chamana Kim y enviarme sus pensamientos.

—Yo era un crío que sólo quería a su padre. Era inocente, me mataron, pero he hallado el perdón.

»Yo era una chica que soñaba con casarse. Era inocente, me mataron, pero he hallado el perdón.

»Yo era marido, padre y hermano. Era inocente, me mataron, pero he hallado el perdón.

Entonces, la chamana Kim recitó todo lo que yo llevaba tanto tiempo queriendo decirles.

—A mi hijo: ojalá hubiese podido protegerte. A mi cuñada: siento mucho tus años de aflicción. Y a mi marido: yo sólo deseaba morirme, pero ya había una semilla creciendo en mi vientre. A ninguno de los tres pudimos enterraros como merecíais, pero al menos ahora sé que estáis juntos.

La chamana Kim volvió en sí para dirigirse directamente a los espíritus.

—Vosotros tres no sois fantasmas hambrientos porque no os perdisteis en el mar, pero tuvisteis una muerte terrible y lejos de vuestro hogar. —Volvió a concentrarse en la persona por la que nos habíamos reunido allí ese día—. Por favor, Wan-soon, busca consuelo en la presencia de otros espíritus procedentes de Hado. —Y, dirigiéndose a todas nosotras, añadió—: Dejemos que fluyan nuestras lágrimas mientras le pido al divino dragón del mar que ayude al espíritu de Wan-soon a viajar al más allá, donde podrá residir en paz.

La ceremonia continuó con ofrendas, música, lágrimas y canciones. No teníamos por costumbre interrogar a la chamana ni a los espíritus que nos enviaban mensajes a través de ella, pero yo me pregunté por qué razón habrían elegido mis seres queridos aquella ocasión para comunicarse conmigo. Oír sus voces estremeció mi alma. Estaba agradecida. Por otra parte, sentía un profundo rencor hacia Mi-ja. La busqué, pero ya se había marchado. ¿Por qué había ido a la ceremonia?

Las haenyeo no tienen más remedio que procurarles sustento a sus familias, así que al día siguiente Do-saeng y yo regresamos al bulteok. Me alegré de que Min-lee tuviera clase y no pudiera venir. Gu-ja ocupó su lugar y su hermana se sentó a su lado. Gu-sun estaba muy demacrada, como si llevase un mes sin dormir; era la cara del duelo, que yo conocía muy bien. Pero el aspecto de Gu-ja era preocupante. La tragedia había hecho que las arrugas que el sol había grabado en su piel se acentuasen aún más, y parecía más anciana que mi suegra. Le temblaban las manos y también la voz.

—Hace muchos años, hubo en nuestra cooperativa un accidente que afectó mucho a nuestra jefa. Sun-sil debería haberse apartado, pero no lo hizo, y murió en el mar unos meses más tarde. —Las que teníamos edad suficiente para recordar a mi madre asentimos con gravedad—. Como jefa de esta cooperativa, asumo la responsabilidad de lo que le ha pasado a Wan-soon. Y es por esa razón por la que os pido que nombréis a otra jefa.

La reacción de Gu-sun fue tan rápida que para todas y cada una de nosotras fue evidente el alcance de su repulsa hacia su hermana.

—Propongo a Kim Young-sook por la misma razón por la que no la propuse hace años —continuó—. Nadie entiende la pérdida mejor que quien ha perdido. De todas nosotras, Young-sook es la que más ha perdido. Eso hará que sus decisiones sean juiciosas. Nos vigilará bien a todas.

No propusieron a nadie más y me nombraron por unanimidad. Si había alguna otra haenyeo que aspiraba a ocupar mi lugar, nunca lo supe.

Di mis primeras instrucciones con solemnidad.

—Hoy entraremos en el mar con cautela y durante el resto del período de buceo seremos prudentes. Nuestros espíritus están cansados y no sabemos qué desean de nosotros los dioses y las diosas. Haremos más ofrendas. Las pequeñas buceadoras permanecerán cerca de la orilla. Las jóvenes buceadoras y las abuelas buceadoras las vigilarán. La próxima vez que buceemos en aguas profundas nos aseguraremos de que nadie corre peligro.

Mis órdenes significaban que durante un tiempo todas ganaríamos menos dinero, pero nadie puso objeciones.

—En cuanto a las parejas —continué—, quiero saber si a Gu-sun le gustaría bucear conmigo.

Gu-ja se quedó cabizbaja mirándose las manos, como si no se atreviera a mirar a su hermana.

Gu-sun me dio una respuesta inesperada:

—Mi hermana y yo hemos buceado juntas desde que éramos pequeñas. Con ella estaré más segura que con nadie.

Unas cuantas mujeres soltaron exclamaciones de asombro. Yo, que arrastraba conmigo tanta rabia y tanta culpa, no entendí la lógica de su decisión, pero dije:

—Como tú quieras.

Puse fin a la reunión con unas palabras que solía decir mi madre:

—Toda mujer que entra en el mar lleva un ataúd a la espalda. En este mundo, en el mundo submarino, llevamos a cuestas el peso de una vida difícil. —Y añadí unas palabras de mi propia cosecha—: Por favor, tened cuidado hoy y todos los días.

No tardé en adaptarme a mis nuevas responsabilidades. El entrenamiento que había recibido de mi madre y mi suegra favorecía que todo saliera de mí con naturalidad, y quiero pensar que desde el primer día me respetaron por mi sentido común. ¡Jefa de la cooperativa! Me pregunté qué pensaría Mi-ja cuando se enterara de la noticia. A lo mejor no pensaba nada porque ya tenía suficiente con sus problemas.

Empezaron a correr rumores sobre el último día de vida de Wan-soon.

—Aquella mañana no se encontraba bien —me dijo la esposa del carnicero con complicidad.

La mujer que molía el mijo comentó:

—¿Quién no se ha sentido indispuesta en los primeros meses de embarazo?

—Pasaba demasiado tiempo con el hijo de Mi-ja —me susurró la tejedora cuando fui a comprar muselina para hacerle un vestido a Joon-lee. Yo no contribuí a divulgar aquellos rumores. No me enorgullece admitirlo, pero algunos días me habría gustado hacerlo. No existía venganza capaz de aliviar el dolor que me había provocado Mi-ja, pero aquello quizá hubiese sido un pequeño resarcimiento. Una buena parte de la población de Hado nunca había confiado en Mi-ja, la hija de un colaboracionista japonés y la mujer de un hombre que había trabajado para los estadounidenses y que actualmente vivía en el continente. Ahora tenía otra mancha en su reputación por ser la madre del chico que presuntamente había dejado embarazada a Wan-soon.

—Quizá la chica no se atreviera a contárselo a su madre —especuló la mujer del carnicero.

—Quizá Yo-chan le dijo a Wan-soon que no se casaría con ella —conjeturó la mujer que molía el mijo. Había muchas teorías, desde que Wan-soon se había distraído pensando en sus problemas hasta que ella misma se había dejado llevar a propósito por la corriente ante la vergüenza de estar embarazada.

Mis hijas permanecieron asombrosamente calladas respecto a aquellos rumores. Joon-lee quizá fuese demasiado pequeña o le diese vergüenza repetirme lo que oía, y yo no quería hablar con ella de sexo todavía, pero al final le pregunté a Min-lee si los cuchicheos eran ciertos.

—Madre, tú siempre pensarás mal de Yo-chan y de su familia —me contestó—. Wan-soon y él eran amigos. Aquel día sólo queríamos ayudar a Joon-lee a aprender a montar en bicicleta, nada más.

No supe si debía creerlo o no.

Llegó el día en que el maestro Oh iba a llevarse a Joon-lee en autobús a Ciudad de Jeju para participar en el concurso. Regresaron tres días más tarde con muy buenas noticias: Joon-lee había ganado. Le compré una bicicleta creyendo que así evitaría futuros encuentros entre ella y Yo-chan. Eso no significa que no tuviese mis recelos.

—Se te va a poner el trasero enorme —le advertí, pero ella rió y se alejó pedaleando.

Entonces, cuando desapareció por una esquina, comprendí que había cometido un terrible error. Quizá mi hija ya no necesitase que Yo-chan le diese lecciones, pero ahora podían montar en bicicleta juntos, y yo no podía hacer nada salvo fiarme de lo que me contaran otros.

Una semana después del concurso, el maestro Oh vino a visitarnos de nuevo.

—¡Buenas noticias! —anunció—. Joon-lee ha sido seleccionada para estudiar en la escuela de secundaria de Ciudad de Jeju.

Debería haberme alegrado, pero primero pensé en los aspectos prácticos.

—Está demasiado lejos, no puede ir y venir todos los días.

—No será necesario que viaje. Vivirá allí con una familia.

Eso me pareció aún peor.

—Sólo tiene doce años —objeté—. No quiero separarme de ella tan pronto.

El maestro Oh levantó la barbilla.

—Las hijas de todas las haenyeo se marchaban lejos a hacer de temporeras. Usted, sin ir más lejos...

—Pero yo no salí de Hado hasta los diecisiete años. Y no tenía más remedio que irme.

—Si Joon-lee va a estudiar a Ciudad de Jeju —continuó el maestro, como si llevase la respuesta ensayada—, quizá después pueda ir al continente a estudiar a la universidad. O incluso —añadió abriendo mucho los ojos— a Japón.

Pero el maestro se había excedido.

—¿Cómo quiere que vaya a estudiar al continente, y mucho menos salir del país? —le pregunté—. Las autoridades jamás lo permitirían.

—¿Por qué? ¿Porque su marido era maestro?

—Se nos acusa de asociación ilícita. Nosotros...

—Prefiero pensar que ahora las autoridades la conocen como jefa de haenyeo. Su madre y su suegra también fueron jefas de haenyeo. Seguramente eso ayudará. Y su hija no es un chico que pueda causar problemas en el futuro. Conozco muchos casos de hijos varones a los que no han admitido en escuelas o academias militares, y de hijas que han ido a estudiar y a trabajar al continente.

—Es posible que haya casos, pero yo perdí a tres miembros de mi familia durante el Incidente 4.3.

—Me parece que no lo entiende —insistió—. Las instancias superiores ya han decidido hacer la vista gorda en el caso de Joon-lee.

Me quedé atónita.

—¿Cómo puede ser?

—Su inteligencia es excepcional —contestó el maestro encogiéndose de hombros—. Tal vez el doctor Park la recomendara...

Pero eso no tenía sentido.

—A ver, ¿en qué quedamos? —dije sin miramientos—. ¿Las instancias superiores harán la vista gorda o ha intervenido el doctor Park? ¿O es muy inteligente o no es un chico?

—¿Qué más da? Le han ofrecido una oportunidad que muy pocos recibirán. —Escudriñó mi rostro antes de añadir—: Y lo mejor es que usted ya no tendrá que preocuparse de que vaya en bicicleta por los olle con un chico mayor que ella.

No hizo falta que añadiese una sola palabra más.

Hicimos el equipaje de Joon-lee, que consistía en ropa y libros. La familia al completo la acompañó hasta la parada del autobús, donde nos esperaba el maestro Oh. La carretera estaba llena de gente que se dirigía a pie al mercado. Las mujeres llevaban bufandas blancas y varios cestos en los brazos, y los hombres, pantalones arremangados hasta media pantorrilla y unos sombreros de crin calados hasta las orejas. Pasó un campesino con un burro cargado con varios sacos de arpillera enormes y abultados sobre el lomo. Miré en ambas direcciones, pero no había coche, camión ni autobús a la vista. Do-saeng, Min-lee y yo no podíamos parar de llorar. Mi padre, mi hermano y mi hijo se mantuvieron a un lado y trataban de disimular sus sentimientos. Joon-lee no parecía triste. Estaba emocionada y parloteaba sin cesar.

—Volveré a casa cuando tenga vacaciones o haya alguna fiesta. Preguntaré si me dejan venir cuando regrese el doctor Park. Prometo ser muy aplicada —me decía.

Me recordaba mucho a su padre (su amor por la familia y el afán de aprender; su sentido de la responsabilidad y el deseo de probar cosas nuevas). Pero, cuando por fin apareció el autobús, se le empañaron los ojos.

—Eres una niña muy valiente —le dije, aunque se me estaba partiendo el corazón—. Estamos todos muy orgullosos de ti. Hazlo bien. Cuando vengas a casa, estaremos esperándote.

El autobús se detuvo y se abrió la puerta. Nos envolvió una nube de polvo; mi hija y yo nos abrazamos muy fuerte.

—¡No puedo esperar todo el día! —nos gritó el conductor—. Tengo un horario que cumplir.

El maestro Oh cogió el macuto de Joon-lee.

—Yo me aseguraré de que se adapta bien.

Joon-lee me soltó, nos hizo una reverencia a mí y al resto de la familia y subió al autobús. El conductor arrancó sin darle tiempo a sentarse. La última vez que la vi caminaba por el pasillo.

Tres días más tarde fueron Mi-ja y Yo-chan los que se subieron al autobús de la mañana. Se decía que se habían marchado porque Mi-ja ya no soportaba los rumores que circulaban sobre su hijo. Unos aseguraban que había ido a reunirse con su marido en Seúl, mientras que otros decían que toda la familia iba a trasladarse a Estados Unidos. Muchos estaban convencidos de que nunca volvería, porque había vendido sus cerdos al carnicero. Al fin y al cabo, nadie podía vivir de forma civilizada sin el triple ciclo de letrina, cerdos y comida. Unos cuantos objetaron que, si no tuviera intención de volver, habría intentado vender la casa de sus tíos, las esterillas, los baúles y los utensilios de cocina. Para mí, ninguno de aquellos rumores tenía sentido.

Por primera vez en muchos años fui hasta el barrio de Sutdong, donde había vivido Mi-ja. Abrí la cancela y entré. El patio estaba ordenado, y el techo de paja, bien cuidado. Había varios tarros de cerámica apilados en un rincón. El granero, donde Mi-ja dormía cuando era pequeña, estaba vacío. Por una de las paredes trepaba una enredadera de flores de color magenta. En un pequeño huerto, junto a la cocina, florecían pepinos, zanahorias y otras hortalizas. La puerta no estaba cerrada con llave y aproveché para entrar. Los vecinos tenían razón: Mi-ja había dejado allí todos sus muebles. Quizá ella no se encontrase allí, pero su espíritu lo impregnaba todo. Abrí distraídamente un baúl de la habitación principal y dentro encontré el libro de su padre. No podía creer que lo hubiese dejado allí.

Pasaron las semanas y los meses. Mi-ja y Yo-chan no regresaron a Hado. La casa seguía sin estar cerrada con llave. Nadie robó nada. Quizá la gente quisiera demostrar que el dicho de que en Jeju no había ladrones era cierto. O quizá temiesen encontrarme allí, porque yo iba todos los días. Resultó que echaba de menos ver a Mi-ja a lo lejos, echaba de menos culparla de todo. Cuando esa añoranza se hacía insoportable, iba caminando hasta su casa, tocaba sus cosas y la sentía cerca. La casa se convirtió en una costra que no podía parar de tocarme.

Día 4 (continuación): 2008

—Estoy bien —reconoce Young-sook, aunque no entiende por qué se lo dice, precisamente, a la bisnieta de Mi-ja—. Es que no resulta fácil estar aquí.

Clara reflexiona un instante y dice:

—¿Ya ha entrado en el museo? No entre. —Hace una pausa antes de añadir—: Acabo de enterarme de que nuestro avión aterrizó en una fosa común. Han exhumado muchos cadáveres y han vuelto a enterrarlos, pero de todas formas... Es horrible, ¿verdad?

Clara es una pesada, de eso no tiene duda, pero Young-sook siente que debe prevenirla.

—Ten cuidado con lo que dices, aunque seas extranjera. Todavía vivimos tiempos peligrosos, quizá más peligrosos que nunca.

Clara ladea la cabeza y se quita un auricular.

—¿Qué?

—No importa. Tengo que volver con mi familia —dice Young-sook.

—¿Para qué? ¿Para ver todos los nombres de los muertos? ¿O lo que hay dentro del museo? Ya se lo digo: no entre.

Sin embargo...

Young-sook mira por última vez la estatua de la madre con el bebé en brazos envuelta en la tela blanca y echa a andar. Clara la sigue.

—Halmang Mi-ja siempre decía...

—¿La llamabas Halmang Mi-ja?

Oírla nombrar así conmueve enormemente a Young-sook.

—Yo solía llamarla «Abuelita», pero ella prefería Halmang. Y, desde luego, no quería ni oír hablar de «bisabuela». Decía que la hacía sentirse vieja. Bueno, pues siempre decía que había tenido una vida difícil. Yo no conocí a mi bisabuelo, pero Abuelita Mi-ja decía que era una mala persona. Le pegaba, ¿lo sabe? Mucho. La cojera era de eso. ¿Usted lo sabía? —Clara la mira fijamente y espera una respuesta. Como ésta no llega, continúa—: Ella le tenía pánico. Su marido la tenía completamente dominada.

Young-sook mira a lo lejos. Hay muchas mujeres que sufren violencia doméstica, pero no por eso traicionan a su mejor amiga. Pero no lo dice, pues sospecha que la chica no lo entendería.

Clara continúa.

—Cuando nos marchamos a vivir a Los Ángeles... —Hace una pausa—. La vida del inmigrante no es fácil. Eso lo aprendí en la escuela y Abuelita también lo sabía.

Young-sook se tambalea y Clara la sujeta por el brazo.

—Será mejor que nos sentemos. Mi madre se enfadaría muchísimo conmigo si le pasara algo.

Buscan un banco. Young-sook intenta calmar los latidos de su corazón. Clara parece preocupada. Young-sook necesita que siga hablando.

—Así que Mi-ja tenía una tienda —dice.

—Sí, en Koreatown. Una tienda de alimentación, el típico negocio familiar. Sólo que ella era la única familia, ¿me explico?

—Claro. —Pero en realidad le faltan datos—. ¿Mi-ja tuvo más hijos?

—No.

—Su hijo y su mujer...

—Mis abuelos.

—Sí, tus abuelos. ¿Tuvieron más hijos, aparte de tu madre?

—No, mi madre es hija única.

—¿Mi-ja no enseñó a su nuera a hacerle ofrendas y rezarle a Halmang Samseung? —pregunta Young-sook, perpleja.

—¿Quién es Halmang Samseung? ¿Otra bisabuela mía?

—Halmang significa «abuela» y «diosa» —le explica Young-sook—. Halmang Samseung es la diosa de la fertilidad y del parto. Mi-ja debería haber llevado a su nuera a visitar a la diosa.

—Yo no conocí a mi abuela. Murió poco después de llegar a Estados Unidos. Tuvo cáncer de mama.

La chica ha debido de darse cuenta de lo pálida que se ha quedado Young-sook porque sigue hablando.

—No, dudo mucho que fuesen a visitar a ninguna diosa. Y seguro que no le hicieron ofrendas. Nosotros no creemos en esas cosas. Y Abuelita Mi-ja, la que menos. Era la más cristiana de todos.

—Pero tu abuela...

—Ya se lo he dicho: yo no llegué a conocerla. Cuando murió, Abuelo Yo-chan se llevó a Abuelita Mi-ja a Los Ángeles. Necesitaba a alguien que cuidase a mi madre, que sólo era un bebé. Después, cuando nací yo, Abuelita Mi-ja se ocupó de mí. Y luego de mi hermano. Vivía con nosotros.

Estar aquí, en la inauguración del monumento, hace que estas historias resulten aún más dolorosas, y Young-sook no puede evitar desconfiar de Clara. ¿Por qué insiste tanto esta chica? ¿Por qué sus padres la envían a hablar con Young-sook una y otra vez? ¿Por qué no la dejan todos en paz?

—Sé que Abuelita Mi-ja les causó un gran dolor a usted y a su familia —dice entonces Clara—. Pero después de lo que ocurrió, hizo cuanto pudo para ayudarlos.

—¡Qué vas a saber tú!

Pero Young-sook comprueba horrorizada que la chica lo sabe todo.

—Abuelita y usted corrían por los olle. Las encerraron en el patio de la escuela. Usted le suplicó a Abuelita que se llevara a sus hijos. Ella dijo que sólo podía llevarse a uno. La obligó a elegir. Pero no llegó a llevarse a ninguno. Los soldados mataron a su marido, a su hijo mayor y a tía Yu-ri. Abuelita me habló mucho de ella.

Clara observa el rostro marchito de la buceadora.

—Desde que tengo uso de razón —dice, y pone las manos sobre las de Young-sook— siempre he tenido muy presente el lado oscuro de la amistad. Tu mejor amiga es la persona que mejor te conoce y más te quiere, y eso significa que sabe perfectamente cómo hacerte daño y cómo traicionarte. —Su rostro se entristece brevemente—. Y ¡sorpresa! Yo no tengo amigos. A mis padres eso les preocupa. Están empeñados en que tengo que hacer terapia, pero yo no pienso ir. —Niega con la cabeza al darse cuenta de que se ha desviado del tema—. Abuelita Mi-ja le hizo daño. Eso la torturó el resto de su vida. Debería haberla oído llorar por las noches. Y oírla gritar cuando tenía pesadillas.

Young-sook mira fijamente a la chica. Las motitas verdes deben de ser la herencia de su padre occidental, pero, por lo demás, son los ojos de Mi-ja. Lo que ve Young-sook en lo más profundo de sus ojos es dolor.

—Abuelita siempre me hacía la misma pregunta: «¿Qué habría hecho Young-sook en mi lugar?» —dice Clara—. Ahora se lo pregunto yo a usted. ¿Habría sacrificado su vida o la vida de sus hijos para salvar a Sang-mun o a Yo-chan? En el fondo, usted debe saber que Abuelita no sabía...

—Lo duras que serían las consecuencias —dice Young-sook, acabando la frase por ella.

Clara le suelta las manos, se quita los auriculares y se los pone a ella en las orejas. Young-sook no oye música, sino a alguien que habla. Es la voz de Mi-ja. A Clara se le empañan los ojos. Ella conoce el contenido de la grabación, mientras que a Young-sook cada palabra la golpea como una ráfaga de granizo.

«Todos los días me obligo a aceptar lo que hice al no hacer nada —dice Mi-ja con voz suave, cansada, trémula. Ya no tiene el ímpetu ni el volumen de la voz de una haenyeo que se ha pasado más de sesenta años buceando—. He rezado a Jesús, a la Virgen y a Dios para que me concedan el perdón.»

Young-sook se quita los auriculares. Clara vuelve a cogerle las manos y recita:

—«Entenderlo todo es perdonar.»

—¿Quién dijo eso?

—Buda.

—¿Buda? Pero si tú eres católica.

—Mis padres no lo saben todo de mí. —Deja esa frase en el aire un momento y luego repite—: Entenderlo todo es perdonar. Póngase los auriculares.

Young-sook se queda inmóvil como una garza. La chica le coloca los auriculares y Mi-ja vuelve a hablar.

«Intenté repararlo por todos los medios: haciéndome cristiana, llevando a toda mi familia a la iglesia y a catequesis, trabajando de voluntaria. Hice todo lo que pude por Joon-lee...»

En la grabación, Clara pregunta:

«Si vieras a tu amiga ahora, ¿qué le dirías?»

«Lee mis cartas. Te lo suplico: lee mis cartas, por favor. ¡Oh, Clara! Si leyera mis cartas, entendería lo que siento.»

«Pero ¿no decías que ninguna de las dos sabía leer ni escribir?»

«Ella lo entenderá. Sé que lo entenderá. Las abrirá y sabrá...»

Young-sook se quita los auriculares.

—Lo siento, no puedo.

Se levanta y, con esa fuerza que le ha hecho superar tantas cosas a lo largo de la vida, pone un pie delante del otro, y deja a la chica sentada en el banco.

QUINTA PARTE

Perdón

1968 – 1975

Nacer vaca

Verano de 1968

Estábamos sentadas de cuclillas delante del bulteok mientras un hombre nos hablaba por un megáfono.

—Hoy las abuelas buceadoras saldrán a dos kilómetros para bucear en aguas profundas. El capitán dejará a las jóvenes buceadoras en una cala donde abundan los erizos de mar. Hoy no tenemos pequeñas buceadoras, así que no hará falta preocuparse por ellas. Siempre os digo que necesitamos más pequeñas buceadoras. Os pido que sigáis animando a las jóvenes de vuestras familias a entrar en la cooperativa.

Por si fuera poco que un hombre nos dijera lo que teníamos que hacer, encima nos daba las órdenes gritando por un megáfono. Quizá fuésemos duras de oído, pero a mí siempre me habían entendido todas cuando nos sentábamos alrededor de la hoguera y hablábamos de los planes para la jornada. Sin embargo, yo seguía siendo la jefa de nuestra cooperativa y las otras haenyeo me miraron con la esperanza de que pusiera a aquel hombre en su sitio.

—¿Cómo vamos a traer a pequeñas buceadoras si has cambiado las normas sobre quién puede bucear?

—¡Yo no he cambiado las normas! —gritó él, indignado.

—De acuerdo, no has sido tú —concedí—. Unos políticos que están muy lejos de aquí han aprobado una ley, pero ¿qué saben ellos de nuestras prácticas y nuestras tradiciones?

El hombre hinchó el pecho. Es cierto, no era culpa suya, pero la Ley de Cooperativas de Pesca, que sólo permitía que hubiese una buceadora por familia, había entrado en vigor seis años atrás sin que nadie nos pidiese nuestra opinión y había supuesto un duro golpe para todas las familias que dependían de los ingresos de sus abuelas, madres e hijas.

—La tradición siempre había sido que una mujer perdía sus derechos de buceo si se casaba con un hombre de otro pueblo o se iba a vivir lejos de su pueblo natal —argumentó el hombre.

—¿Y qué? Hace años, cuando yo me casé y me marché a otro pueblo, enseguida me aceptaron en la nueva cooperativa. Ahora una mujer sólo puede solicitar una licencia si lleva sesenta días viviendo en ese pueblo. Y si su suegra o su cuñada son buceadoras...

—Si sólo puede haber una buceadora con licencia en cada casa —me interrumpió Yang-jin—, ¿cómo vamos a llevarnos a nuestras hijas al mar?

—Y aunque pudiésemos llevarlas —continué—, ¿por qué iba a hacerlo?

—¿Vas a empezar a hablarme de Joon-lee? —me preguntó el hombre con hastío.

Pues sí, porque yo sabía que le fastidiaba.

—Mi hija pequeña estudió en la Universidad de Seúl.

—Lo sé, lo sé.

—No todas nuestras hijas son tan afortunadas ni tan inteligentes como Joon-lee, pero ahora todas las jóvenes tienen la oportunidad de dedicarse a cosas mucho menos peligrosas que bucear —proseguí—. Mira a mi hija mayor. Soy su madre y puedo afirmar que Min-lee nunca fue la más lista de su clase, pero ayuda a la familia vendiéndoles postales, refrescos y aceite bronceador a los turistas.

Las mujeres que estaban a su alrededor asintieron, aunque ninguna de nosotras había oído hablar de refrescos ni de aceite bronceador hasta hacía muy poco.

—¿Para qué bucear si puedes estar a salvo en tierra? —preguntó Yang-jin.

El hombre no se molestó en responder. Él no iba a jugarse la vida buceando en el mar.

—¿Y quién queda? Todas nosotras llevamos muchos años buceando juntas. —Me reí entre dientes—. Las hermanas Kang, Yang-jin y yo, prácticamente todas nosotras, nos estamos acercando a la edad de jubilación. ¿Qué piensas hacer cuando llegue ese momento?

El hombre se encogió de hombros fingiendo indiferencia y eso nos hizo reír, lo que a su vez provocó que él se sonrojara. Volvió a acercarse el megáfono a la boca.

—Yo dirijo la Lonja Municipal. Soy el encargado. Tenéis que hacer lo que os ordene.

Reímos aún con más ganas y él se puso aún más colorado. No se daba cuenta de que acababa de regalarnos otra de nuestras típicas secuencias de tres, de esas que tanto nos gustaban en Jeju: pronunciaba su frase, nos reíamos de él y él se sonrojaba. Todos los días que salíamos a bucear se repetía lo mismo.

Jeju siempre había sido famosa por tener tres cosas en abundancia. Seguía habiendo mucho viento y muchas piedras, pero las mujeres habíamos tenido que adaptarnos a la nueva normativa. Ahora no lo afirmaría de forma tan rotunda, pero entonces creía que la Ley de Cooperativas de Pesca se había aprobado para combatir la escasez de hombres en la isla, como consecuencia del Incidente 4.3, la Guerra 6.25 y la reciente industrialización del continente, que había provocado que muchos se fueran a trabajar a las fábricas. Por otro lado, de nuevo había un enfrentamiento entre el chamanismo, que pertenecía fundamentalmente a las mujeres, y el confucianismo, que favorecía a los hombres. A Confucio no le interesaban demasiado las mujeres: «Cuando seas niña, obedece a tu padre; cuando seas esposa, obedece a tu esposo; cuando seas viuda, obedece a tu hijo.» Pero cuando yo era niña, obedecía a mi madre; cuando era esposa, mandaba tanto como mi esposo; y ahora que era viuda, mi único hijo tenía que obedecerme. No sucedía lo mismo en muchas familias. Me alegraba de no ser ni hija ni esposa en aquellos tiempos, y de que a mi hijo no se le pasara por la cabeza ponerme a prueba.

El cambio más importante e inesperado que se había producido era que ahora los hombres supervisaban la Lonja Municipal. Seguíamos teniendo nuestra cooperativa y reuniéndonos en el bulteok, pero el encargado nos decía quién podía trabajar y hasta cuándo. Intentaba controlarnos, como hacían otros encargados con las otras cooperativas de haenyeo de la isla, y por ese motivo sentíamos que teníamos menos libertad para decidir nuestro futuro. Incluso nos hacía pagar multas si sobrepasábamos los límites de captura o cogíamos algo en la temporada equivocada. ¡Multas! Yo había conseguido impedirlo siendo jefa, para evitar que las mujeres de mi cooperativa tuviesen que pagar penalizaciones. Teniendo todo eso en cuenta (que los hombres daban órdenes, que nuestras hijas se marchaban a estudiar o a trabajar y, sobre todo, que las leyes prohibían que hubiese más de una haenyeo en cada casa), no era de extrañar que cada vez quedásemos menos. A eso habría que añadirle lo que sucedió después de la visita oficial de Park Chung-hee. Tras recorrer nuestra isla, el presidente decidió que no iba a resultar práctico construir fábricas aquí, y que, gracias a la bonanza del clima, la única forma de ganarnos la vida sería cultivando un tipo de mandarina llamada «gamgyul». Así que los habitantes de la isla, incluidas muchas haenyeo, empezaron a cultivar mandarinas. La primera vez que vino el doctor Park, en Jeju había unas veintiséis mil haenyeo. En su última visita, el año anterior, cuando vino a medir el tiempo que podíamos mantener las manos en agua helada, sólo quedábamos once mil haenyeo. ¡Once mil! El doctor Park calculó que en cinco años la mitad se habría jubilado.

Lo único bueno de la Lonja Municipal, al menos en mi opinión, era que podíamos quedarnos todas las capturas que sobrepasaran la cuota impuesta. Yo me llevaba esa mercancía para venderla en las calles de Ciudad de Jeju. Con esos ingresos había pagado los estudios de mis hijos y la boda de Min-lee, y me ayudarían a pagar el banquete y otras celebraciones relacionadas con la inminente boda de Kyung-soo con una chica a la que había conocido en el continente mientras cumplía el servicio militar obligatorio. Pronto habría cuatro generaciones viviendo detrás de la misma cancela: mi suegra, yo, mi hijo y mi nuera y los hijos que tuviesen.

—¡Daos prisa! —nos gritó el hombre—. ¡Coged vuestro equipo!

Cogimos nuestras cosas y subimos a la trasera del camión. El encargado nos llevó hasta el embarcadero, donde nos esperaba una gran barca a motor. Una vez a bordo, el capitán soltó amarras; primero dejó a las jóvenes buceadoras en una cala, luego puso rumbo a aguas más profundas. Cuando llegamos al lugar elegido, yo tomé las riendas.

—Vigilad vuestros tewak —dije—. No os alejéis de la barca. Subid si tenéis frío. Y vigilaos unas a otras, por favor.

La vida en tierra había cambiado mucho; no obstante, en el mar seguía igual que siempre. Inhalar, inhalar, inhalar... y sumergirse. Allí el agua era muy transparente hasta gran profundidad. Las rocas volcánicas, negras, contrastaban con la arena nacarada. A mi izquierda, un bosque de algas oscilaba como si soplara una suave brisa. Como siempre, mis preocupaciones se esfumaron en cuanto empecé a concentrarme y a buscar entre las rocas animales que pudiese meter en mi nasa, sin olvidar permanecer alerta ante los posibles peligros.

Cuatro horas más tarde, regresamos a la costa y nos llevaron a Hado, donde unos hombres esperaban a que parase el camión para ayudar a cargar con las nasas. Los maridos seguían pasando el día en la plaza del pueblo, donde cuidaban de los niños pequeños y los bebés, pero ahora ayudaban a sus mujeres a realizar algunas tareas de las que antes no se ocupaban. Las haenyeo somos fuertes y nunca habíamos pedido ayuda para cargar peso. Nuestros hombres, en cambio, no estaban acostumbrados al trabajo físico y casi siempre hacían falta dos para transportar la captura de una sola haenyeo.

—Si aceptáis nuestra ayuda —nos había explicado el encargado—, sois más rentables.

Pero yo no tenía marido y mi hijo estaba en el continente. Ese día, mi nasa pesaba tanto que tuve que doblarme por la cintura, con la cara casi paralela al suelo, para soportar su peso. La carga (la prueba física y tangible de mis esfuerzos) significaba dinero, oportunidades y amor.

Seguíamos pesando nuestras capturas juntas, pero el encargado supervisaba las ventas y la repartición de los beneficios. Una vez hecho eso, entrábamos en el bulteok, donde nos calentábamos junto al fuego, nos vestíamos y comíamos juntas. Por suerte, allí no entraba el encargado. Eso lo habríamos considerado un insulto intolerable.

—Me han dicho que Joon-lee regresa hoy a casa —dijo Gu-ja.

—Sí, viene a pasar el verano —contesté.

—¿Sabes si ya ha pensado en casarse? —preguntó Gu-sun.

Le puse una mano en el hombro; sabía lo difícil que tenía que ser para ella preguntarme cómo le iban las cosas a mi hija.

—Ya conoces a Joon-lee —contesté—. Por lo visto sólo le interesan los libros. Es una suerte que Min-lee haya tenido gemelos.

—Sí, es una gran suerte —coincidió Gu-sun—. Ahora ya tienes asegurada otra generación de varones que se encargará de que estés bien atendida en el más allá.

Salimos juntas del bulteok, pero enseguida nos separamos. Yo me dirigí a mi casa, encaramada en la costa rocosa. Do-saeng, que ya había cumplido sesenta y nueve años, seguía viviendo en la casita, pero me la encontré en la cocina de la casa grande preparando la cena de bienvenida para Joon-lee. En una de las paredes se apilaban un montón de tarros de cerámica que contenían rábanos encurtidos, salsas y jugos concentrados. Para mí, esos tarros eran como lingotes de oro y me recordaban lo lejos que había logrado llevar a mi familia.

—A Joon-lee siempre le ha gustado el fiambre de cerdo —comentó Do-saeng—. Lo he cortado en rodajas finas para que todos podamos comer varias.

Después de tantos años yo conocía muy bien a mi suegra y sabía que no me estaba diciendo toda la verdad. Que regresara a casa Joon-lee tras su primer año en la universidad era todo un acontecimiento, y yo había estado de acuerdo con Do-saeng en sacrificar uno de nuestros cerdos. En la cena de esa noche íbamos a comernos todas las partes del animal, pero el fiambre no era para Joon-lee. Era para los gemelos. A Do-saeng le encantaba malcriar a sus bisnietos.

—¿Qué más has preparado? —pregunté—. ¿Qué puedo hacer para ayudarte?

—Estoy preparando el caldo para el estofado con huesos de cerdo, helechos y cebolletas. Si quieres, puedes añadir la cebada en polvo para espesarlo. Pero acuérdate...

—De no parar de remover para que no se formen grumos. Ya lo sé.

—Min-lee no tardará. Me ha prometido que vendrá con blanquillos para asar a la parrilla. Y supongo que tú también habrás traído algo del mar.

—Tengo un cesto de abulones pequeños para asar. A Joon-lee le encantan.

—Esa niña es nuestra mayor esperanza —dijo Do-saeng con una gran sonrisa.

Pero, *aigo*, desde hacía siete años no había pasado ni un solo día en que no la hubiese añorado. Durante sus estudios en la escuela de secundaria y el instituto de Ciudad de Jeju, ambos sólo para chicas, sólo había podido verla en ocasiones especiales. Mi hija se había quedado en la ciudad incluso en verano para seguir estudiando. «Así tendré más posibilidades de que me acepten en una universidad mejor», repetía a menudo en las escasas ocasiones en que venía de visita. Yo creía que la culpa de que se le hubieran metido aquellas fantasías en la cabeza reflejaba la mala influencia que ejercía en ella la ciudad, porque para mí ya era un milagro que estudiara en aquellos centros privados tan especiales. Debería haberme dado cuenta antes de que no se trataba de eso, porque cuando venía a Hado no mostraba ningún interés por venir conmigo a bucear. ¡Lo que quería era visitar la nueva Lonja Municipal! El gobierno coreano había enviado libros para crear pequeñas bibliotecas en todas las lonjas y que las haenyeo como yo pudiésemos «mejorar nuestro nivel de alfabetización». Pero yo todavía no sabía leer, de modo que aquel regalo parecía otro insulto. A Joon-lee, en cambio, le encantaban aquellos libros y se los leía todos, uno detrás de otro. Cuando llegó el momento, obtuvo tan buenos resultados en el examen de ingreso que ganó una beca de la Universidad Nacional de Seúl, la mejor del país. Yo estaba perpleja y muy orgullosa. Mi hija, en cambio, tenía otra actitud.

—Durante la guerra, desaparecieron la mitad de los estudiantes —dijo cuando recibió la carta en la que le comunicaban que le habían concedido la plaza—. O morían en el frente o se los llevaban al norte. En el continente, igual que aquí, en Jeju, hay menos hombres que mujeres. Necesitan que se matriculen chicas para llenar las vacantes.

—Has trabajado mucho para conseguir esto —le dijo su hermana mayor, expresando mis sentimientos—. No te quites mérito haciendo como si no te hubieses ganado la plaza a pulso.

Yo no podía predecir qué sucedería en el futuro pero, en ese momento, en las escuelas de secundaria y los institutos todavía había el doble de niños que de niñas. La competencia sería aún más encarnizada cuando esos chicos siguieran estudiando, pero yo me aseguraría de que todos mis nietos fuesen al instituto y quizá incluso a la universidad, aunque eso significara que sus padres y yo tuviésemos que estar lejos de ellos durante casi todo el año. A veces tienes que sufrir para alcanzar el resultado que deseas.

Oí llegar a Min-lee.

—¡Madre! ¡Abuelita!

Do-saeng y yo salimos a toda prisa.

—Mira a quién me he encontrado en el olle —dijo Min-lee.

Llevaba la maleta de su hermana en una mano y un cesto en la otra. A su lado estaba mi hija pequeña, que había cambiado muchísimo desde el día que me había despedido de ella en el muelle, nueve meses atrás. Aquel día, Joon-lee llevaba una falda que le llegaba por debajo de las rodillas y una blusa de manga larga, ambas de tela teñida con caquis. Le había recogido el pelo en dos trenzas. Ahora llevaba un vestido sin mangas por encima de las rodillas. Se había cortado un flequillo que le tapaba las cejas y llevaba la melena, que le había crecido varios dedos, lisa y suelta, casi hasta la cintura. Sus sobrinos de cuatro años, los gemelos, le daban una mano cada uno. Joon-lee sonreía de oreja a oreja. No se le había puesto el trasero enorme; en eso me había equivocado, de lo cual me alegraba.

—No, Madre, no puedo ir a bucear contigo —me dijo dos semanas más tarde, cuando llegó el siguiente período de buceo.

—No te preocupes por las leyes, no...

—No es por eso. No puedo ir porque tengo que estudiar.

—¿Ni siquiera a darte un baño para refrescarte un poco?

—A lo mejor más tarde. Ahora he de acabar este capítulo.

«A lo mejor más tarde.» Yo ya sabía qué significaba eso: nunca. Siempre me daba las mismas excusas. O tenía que estudiar o tenía que escribir cartas.

Era la primera vez, desde que tenía doce años, que se quedaba tanto tiempo en casa, y las cosas no estaban yendo muy bien. Yo quería mucho a mi hija, pero ella no paraba de quejarse. No le gustaba bañarse en el mar porque después no podía ducharse para quitarse la sal. No le gustaba lavarse el pelo en la zona de baño porque su acondicionador no funcionaba bien con el agua salada. No estaba acostumbrada a hacer las tareas domésticas y no se levantaba temprano para ayudarnos a mí o a su abuela a sacar agua o ir a buscar leña, pero en cambio sí iba ella sola al pozo a sacar un par de cubos de agua para lavarse el pelo. (Yo la obligaba a lavárselo detrás de la casita para que nuestros vecinos no vieran lo derrochadora que era.) Las peores quejas las reservaba para la letrina:

—¡Qué mal huele! ¡Oigo a los cerdos gruñir y escarbar justo debajo de mí! ¡Y está lleno de bichos!

Aún faltaban dos meses y medio para que regresara a Seúl.

—¿De qué trata tu libro? —le pregunté un día, impaciente por dar con un tema para volver a conectar con ella—. ¿Te acuerdas de cuando me leías *Heidi*? A lo mejor podrías leerme ése...

Me miró con un gesto de fastidio que enseguida se tiñó de tristeza.

—Madre, tú no entenderías nada. Estoy intentando preparar las clases de sociología del trimestre que viene.

Sociología. No era la primera vez que yo no sabía de qué me hablaba.

—Muy bien —concedí, y me di la vuelta—. Perdóname, no volveré a molestarte.

—Ay, Madre, no te lo tomes así. —Dejó el libro que estaba leyendo, cruzó la habitación y me abrazó—. Soy yo la que debería pedirte perdón.

Me miró a los ojos y me impresionó, como me sucedía siempre, comprobar lo mucho que sus delicadas facciones me recordaban a su padre. Le remetí varios mechones detrás de las orejas.

—Eres muy buena —le dije—. Y estoy muy orgullosa de ti. Sigue estudiando.

Pero, en el fondo, me dolía. Mi hija era como la espuma del mar, cada vez se alejaba más de mí, y yo no sabía qué hacer para cambiar la dirección que llevaba.

Gu-ja, curiosamente, me explicó qué era la sociología.

—Es el estudio de cómo funcionan las personas entre ellas. Gu-sun y yo tenemos un primo segundo que se dedica a eso en Ciudad de Jeju.

Me sorprendió enterarme de que las hermanas Kang tenían un pariente con estudios en la ciudad, pero eso también era una señal de que debía adaptarme a los escenarios cambiantes de los nuevos tiempos, del mismo modo que, sin pensarlo, me adaptaba a los diferentes paisajes del fondo del mar.

—¿Te refieres a cómo se llevan los amigos o los parientes? —pregunté.

—Supongo. Pero creo que tiene más que ver con lo que sucede en nuestro bulteok, por ejemplo —contestó.

Me pasé días cavilando sobre lo que me había dicho Gu-ja. Poco a poco empecé a formarme una idea. Cuando llegó el segundo período de buceo del verano, invité a Joon-lee a venir al bulteok con su abuela y conmigo.

—No es para que vengas a bucear —le expliqué—, sino para que aprendas cómo funciona la sociedad de las haenyeo.

Joon-lee me dijo que vendría y me emocioné.

Una vez en el bulteok, mi hija se sentó, callada, y se puso a escuchar lo que decíamos las buceadoras mientras nos cambiábamos.

—¿En esta isla hay comida? —pregunté a las mujeres.

—Más comida que rocas hay en mis campos, si yo tuviera campos. Más comida que litros de gasolina caben en el depósito de mi coche, si yo tuviese coche —me contestaron ellas con las típicas frases jactanciosas.

Joon-lee lo anotaba todo en una libreta. Cuando Do-saeng y sus amigas fueron a la playa a recoger algas, Joon-lee se montó conmigo y con las otras haenyeo en la trasera del camión y vino al embarcadero. No se había recogido el pelo y el viento se lo agitaba. Cuando se quedó esperando en la barca, mientras nosotras buceábamos, tampoco se tapó bien el pelo. Horas más tarde, en el camino de vuelta a la playa, nos hizo preguntas sobre lo que hacíamos, pero sólo conseguí quedar como una mala madre.

—¿No le has enseñado nada a tu hija? —me dijo Gu-ja.

Si hacía memoria me daba cuenta de que lo había intentado, pero no había servido de nada. De niña, a Joon-lee nunca le había interesado llevarse al mar el tewak que yo le había regalado. Nunca me había pedido prestados los «ojos grandes», ni me había pedido que le hiciera un traje de buceo. Cuando cumplió quince años ya vivía en Ciudad de Jeju, de modo que yo no podía entrenarla para trabajar en el mar como había hecho mi madre conmigo. Me avergoncé ante las haenyeo de mi cooperativa, pero entonces mi hija salió en mi defensa.

—No os burléis de vuestra jefa —dijo sin severidad—. Ha trabajado mucho para darme esta vida. Vosotras habéis hecho lo mismo por vuestras hijas, ¿no?

Era cierto, aunque también lo era que ninguna de aquellas chicas había destacado tanto como Joon-lee.

De vuelta en el bulteok, hicimos lo que solíamos hacer: calentarnos junto al fuego, cocinar y desahogarnos contándonos nuestros problemas familiares. Joon-lee se fue animando y nos hizo toda clase de preguntas sobre nuestra sociedad matrifocal. Era la primera vez que oíamos aquel concepto, que hacía referencia a una cultura centrada en las mujeres, y nos intrigó.

—Vosotras sois las que tomáis las decisiones en la casa —nos explicó—. Ganáis dinero, vivís bien...

Gu-ja hizo un gesto de desacuerdo.

—Nos creemos muy independientes y muy fuertes, pero si escuchas nuestras canciones te darás cuenta de lo duras que son nuestras jornadas. Cantamos sobre las dificultades de convivir con nuestra suegra, de la tristeza de separarnos de nuestros hijos, y nos lamentamos de lo difícil que es la vida.

—Mi hermana tiene razón —coincidió Gu-sun—. «Es mejor nacer vaca que nacer mujer.» Por muy estúpido o perezoso que sea un hombre, siempre sale ganando. Él no tiene que supervisar a toda una familia. No tiene que lavar la ropa, organizar la casa, vigilar a los ancianos ni ocuparse de que los niños tengan algo que comer y una esterilla donde dormir. No tiene que cansarse trabajando en los campos de mar adentro ni en los de tierra adentro. Sus únicas obligaciones son cuidar de los bebés y cocinar un poco.

—En otros lugares, lo llamarían «esposa» —dijo Joon-lee, y nos hizo reír a todas.

»Entonces, suponiendo que fueseis hombres, ¿en qué sentido sería diferente vuestra vida? —nos preguntó.

Desde mis primeros días en la cooperativa, cuando era una pequeña buceadora, la conversación del bulteok se centraba a menudo en los hombres, los maridos y los hijos. Me acordaba de mi madre dando instrucciones al grupo mientras se discutía sobre si era mejor ser hombre o mujer, pero la pregunta de mi hija orientaba a las haenyeo de mi cooperativa en otras direcciones.

Gu-ja fue la primera que contestó.

—Si yo fuese hombre, no tendría que preocuparme por las tareas domésticas ni por otras obligaciones. Me sentaría bajo el Árbol de la Aldea, igual que hacen ellos, y me dedicaría a filosofar.

—A veces me he planteado si preferiría ser mi marido —admitió Gu-sun—. Desde que murió nuestra hija, bebe demasiado. Le he pedido que se busque una pequeña esposa y comparta la casa con ella. ¿Y sabéis qué me ha contestado? «¿Para qué voy a hacer eso si tú ya me das un techo y me alimentas?»

Yo conocía la historia de todas aquellas mujeres. Sabía qué marido bebía demasiado, cuál era aficionado a las apuestas, cuál pegaba a su esposa. Cuando alguna mujer llegaba al bulteok con cardenales, yo le decía que lo dejara, lo mismo que, en su día, le había dicho a Mi-ja, pero raramente lo hacían. Temían por sus hijos y quizá por ellas mismas.

—La bebida y el juego son lo peor —comentó una mujer—. Cuando mis hijos pequeños estuvieron lo bastante crecidos para que sus hermanos mayores se ocuparan de ellos, mi marido se quedó sin ocupaciones. Yo sentía lástima por él, pero ¿qué habría pasado si hubiese empezado a beber o a jugar?

—Yo era la esclava de toda la familia de mi primer marido —confesó Yang-jin—. Mi marido y mi suegro me pegaban. ¿Os lo podéis creer? Yo no querría ser un hombre que hiciese algo parecido. Soy más feliz siendo mujer.

—Un hombre siempre tiene a alguien que cuida de él —dijo otra mujer—. Preguntaos si conocéis a algún hombre que viva solo.

Nadie pudo nombrar a un solo hombre de Hado que viviese solo. Todos vivían con su madre, su esposa, su pequeña esposa o sus hijos.

Finalmente, Do-saeng participó en la conversación.

—Pocos hombres pueden salir adelante sin una mujer, mientras que las mujeres no necesitamos tener a un hombre al lado.

Mi hija levantó la vista de la libreta.

—Me da la impresión de que decís que mandáis vosotras pero no mandáis. Cuando muere el marido, la casa y los campos pasan a sus hijos varones. ¿Por qué son los hombres los propietarios?

—Ya lo sabes —le recordé—. Una hija no puede celebrar los ritos ancestrales, y por eso todas las propiedades deben pasar a los hijos varones. Así es como les agradecemos que nos cuiden cuando estemos en el más allá.

—Pues es injusto —opinó Joon-lee.

—Sí, es injusto—coincidí—. Muchas mujeres perdimos a nuestros hijos en la guerra o... —bajé la voz— durante el Incidente, y por eso algunas han adoptado a hijos varones. Pero otras, como yo, hemos comprado terrenos de cultivo para dárselos a nuestras hijas en el futuro.

—¿Tú me has comprado terrenos de cultivo? —preguntó Joon-lee con gesto de sorpresa.

Hasta ese momento yo no me había planteado la posibilidad de que mi hija no quisiera tener tierras en Jeju, de que no tuviese intención de regresar.

—No sé por qué decís todas que vuestros maridos son los que cocinan y se ocupan de los niños —dijo una vecina mía—. En mi casa, las mujeres son las que cocinan, limpian y lavan la ropa. Es mi trabajo. No me complico: crema de cebada y una sopa con verduras encurtidas.

—Ya sé lo que quieres decir —dijo alguien más—. Mi marido aspira a ser el que manda en nuestra familia, pero la que lo hace todo soy yo. A él sólo lo considero un invitado que está en mi casa.

—Es mejor tener a un invitado en casa que no tener marido —dije yo—. Yo amaba a mi marido y lo amaré siempre. Daría cualquier cosa por tenerlo aquí conmigo.

—Pero Jun-bu no era como los otros hombres —intervino Gu-sun—. Todas crecimos con él y...

—Yo tuve dos maridos y los dos malos —la interrumpió Yang-jin—. Mi segundo marido no hacía nada por mí. Ahora que también está muerto, prefiero ni acordarme de ellos.

—Yo también perdí a mi marido —dijo una joven buceadora— y tampoco lo echo de menos. Nunca ayudó a nuestra familia. No sabía bucear. Los hombres son débiles en el mar, en cambio nosotras nos jugamos la vida allí todos los días.

—Sois demasiado severas. —Hice una pausa para pensar cómo podía explicárselo—. Los tiempos están cambiando. Mirad a mi hijo. No pidió permiso para casarse. Su futura esposa no es una haenyeo. Quiero mucho a mi hijo, y sé que todas queréis a vuestros hijos igual que yo. Y los hijos, cuando crecen, se convierten en hombres.

—Es verdad —dijo Gu-ja—. Yo también quiero mucho a mis hijos.

—Yo perdí a Wan-soon —dijo su hermana—, pero si perdiese a alguno de mis hijos me moriría.

—Yo estoy enseñando a mis nietos a cocinar —se jactó Do-saeng.

—¿Tan pronto?

—Nunca es demasiado pronto para empezar a aprender —dijo mi suegra—. Les enseño a preparar crema de avena.

—¡Yo también!

Y en este punto la conversación se desvió y las mujeres empezaron a hablar de lo mucho que querían a sus hijos y a sus nietos. Joon-lee seguía escribiendo, pero yo no sabía si estaba recogiendo la información que ella esperaba obtener. Yo, por mi parte, estaba preocupada. Mi hija me había hecho ver las cosas de otra forma. Vivíamos en una isla de diosas; teníamos una para el parto, otra para la muerte de un bebé, otra para el hogar, otra para el mar, etcétera. Los dioses sólo eran consortes. Nuestra diosa más poderosa era Abuela Seolmundae, la encarnación de nuestra isla. Nuestra mujer real más poderosa era Kim Mandeok, que había salvado a nuestro pueblo durante la gran hambruna. Pero también nos habían inspirado mujeres y niñas ficticias. Todas las que estábamos en el bulteok habíamos leído (o le habían leído) la historia de Heidi. Sin embargo, pese a lo fuertes que éramos y lo mucho que trabajábamos, a ninguna de nosotras nos elegirían para dirigir la Lonja Municipal ni para formar parte del Ayuntamiento de Hado.

En agosto, cuando nuestra plantación de boniatos estuvo lista para la cosecha, Joon-lee vino con Do-saeng y conmigo el primer día para ayudarnos. Aguantó exactamente una hora; entonces se sentó a la sombra del muro de piedra que bordeaba el campo. Sacó una radio y un cuaderno de su mochila. La música que ponía... ¡ejem! Me daba dolor de cabeza, pero al menos mantenía alejados a los cuervos. Empezó a escribir. Debía de ser otra carta.

—¿A quién escribes esta vez? —le pregunté.

—A un amigo. De Seúl.

Do-saeng me miró. Había sido muy discreta respecto a mi hija, pero yo me daba cuenta de que no aprobaba el comportamiento de Joon-lee.

—Escribes todos los días —dije—. Llevas las cartas a la oficina de Correos, pero yo no veo que tú recibas ninguna carta.

—Eso es porque la gente está muy ocupada —me contestó sin levantar la vista de su cuaderno—. Seúl no es como Jeju. La magia de Seúl consiste en que es imposible aburrirse. Hay cultura, historia y creatividad por todas partes.

De pequeña, se había metido en algunos problemas movida por su curiosidad, pero por eso mismo había llegado a donde estaba ahora. Yo debería haberme regocijado por sus logros y en cambio sólo sentía tristeza.

Entonces, demasiado pronto (aunque en muchos sentidos no lo suficientemente pronto), llegó el día en que Joon-lee debía volver a la universidad. Do-saeng y yo preparamos tarros de pescado seco, boniatos y kimchee para que se los llevara a la residencia. También le di un sobre con dinero para que se comprase libros y otros materiales. Incluso había vuelto a teñir con caquis uno de sus trajes para hacerlo más resistente, aunque sospechaba que en Seúl no se lo pondría nunca.

Cuando Joon-lee entró en la habitación, ya llevaba puesta la ropa de viaje: una blusa blanca sin mangas y una prenda que yo no conocía y que se llamaba «minifalda». Lo que me dijo me conmocionó más que cualquier otra cosa que hubiese dicho o hecho en todo el verano.

—Madre, antes de irme, ¿me llevarás a la casa de Yo-chan?

Inhalé profundamente para calmar los latidos acelerados de mi corazón y le pregunté:

—¿Para qué quieres ir allí?

Ella levantó un hombro.

—Tú vas todos los días. He pensado que podrías llevarme contigo.

—No has contestado mi pregunta.

Mi hija desvió la mirada.

—Yo-chan me pidió que le llevara una cosa.

Do-saeng, que estaba a mi lado, aspiró entre los dientes. Miré con severidad a mi hija, pero intenté contenerme y ser prudente.

—¿Estás en contacto con Yo-chan?

—Nos conocemos desde que éramos unos críos —repuso ella, como si yo no lo supiera.

—Ellos se marcharon...

—Pero volvimos a vernos en Seúl.

—El solo hecho de que lo conozcas ya me sorprende —admití mientras intentaba por todos los medios controlar mi voz.

—Lo vi un día en el campus y enseguida nos reconocimos. Me invitó a un restaurante a ver a su madre...

—Mi-ja...

—Han sido muy buenos conmigo. Él está haciendo un posgrado en la facultad de Ciencias Empresariales, en el mismo campus, y...

—Joon-lee, no me hagas esto.

—No pasa nada. Somos amigos, nada más. De vez en cuando me invitan a cenar.

—Aléjate de ellos, por favor.

Me parecía inconcebible que tuviese que suplicarle aquello a mi hija. Joon-lee se quedó mirándome con gesto de frustración.

—Tú vas a su casa todos los días.

—Eso es diferente.

—«Bajo tierra, las raíces profundas siguen unidas» —recitó—. La madre de Yo-chan dice eso de vosotras dos y supongo que tiene razón.

—Yo no estoy unida a Mi-ja —dije, pero no era sincera.

No sé qué era lo que me impulsaba a visitar su casa todos los días, pero el caso es que iba. Regaba las plantas que se habían quedado allí. Barría y fregaba el suelo cuando se ensuciaba. Iba al Ayuntamiento todos los años y comprobaba que los impuestos estuviesen pagados (y lo estaban). Si algún día Mi-ja regresaba, me encontraría esperándola. Pero, de momento, tenía que convencer a mi hija para que evitara a Mi-ja y a su hijo.

—Me tranquilizaría mucho saber que cuando estás lejos de casa no lo vas a ver. ¿Me lo puedes prometer, por favor?

—Haré lo que pueda.

—Me dijiste lo mismo hace años, cuando te rompiste el brazo, y mira cómo estamos.

Vi sus ganas de desafiarme, pero las contuvo y dijo:

—Vale, te lo prometo. Y ahora ¿me dejarás coger eso que Yo-chan necesita de su casa? Le dije que se lo llevaría. Y después ya...

—¿Qué es eso que tienes que llevarle?

—No lo sé exactamente. Me dijo que estaba en un baúl que hay en la habitación principal.

Yo sabía qué había en aquella casa, y lo que había dentro de aquel baúl no era de Yo-chan. Era de Mi-ja. Era el libro de su padre.

—Sabes perfectamente que yo habría podido ir allí cualquier día y cogerlo —continuó mi hija—. No hacía falta que te lo pidiese.

Pero eso no era cierto porque, si hubiese faltado algo, yo me habría enterado.

—Lo he hecho por respeto a ti —insistió, y tuve que creer lo que decía.

—Cuanto antes acabemos con esto, mejor —decidí—. Te llevaré.

Joon-lee me recompensó con la sonrisa de su padre.

Pero yo seguía estando dolida. Aquellos últimos años me había visto obligada a aceptar las órdenes del encargado de la Lonja Municipal, pero me consolaba saber que le estaba ofreciendo a mi hija la mejor educación posible. Joon-lee era inteligente y ambiciosa; sabía cosas que yo nunca sabría. Sin embargo, ahora yo descubría otra realidad: puedes hacerlo todo por tu hija... puedes animarla a leer y preocuparte de que haga los deberes de matemáticas, prohibirle montar en bicicleta, gritar demasiado o ver a determinado chico (acababa de hacerle prometer que no volvería a ver a Yo-chan ni a Mi-ja, y ella me lo había prometido a regañadientes), pero a veces todo lo que haces es tan inútil como gritarle al viento.

Un invitado que se queda cien años

1972 – 1975

—Siéntense, siéntense —les dije a los soldados estadounidenses en inglés, con un acento muy marcado.

Me senté en cuclillas, rodeada de recipientes de plástico llenos de abulones, ascidias, erizos y pepinos de mar. También tenía un cesto con platos de papel, cucharas de plástico y servilletas. Aquellos soldados, que venían de permiso desde los frentes de Vietnam, parecían muy jóvenes, sin embargo algunos tenían una mirada turbia que yo reconocía enseguida. O estaban borrachos o drogados.

—¿Qué tiene para vendernos hoy, abuelita? —me preguntó un chico de la isla al que los militares habían contratado.

—Tengo ascidias, el ginseng del mar. Diles que los ayudará a fortalecer eso que tienen debajo del cinturón.

El chico se lo tradujo. Un par de soldados se rieron, otro se sonrojó, otros dos hicieron como si tuviesen arcadas. Jóvenes: incluso cuando están abochornados intentan superarse unos a otros. Era una situación de la que yo podía aprovecharme; metí la mano en un recipiente y saqué una ascidia.

—Parece una roca, ¿verdad? —dije, y el chico repitió mis palabras en inglés—. Mírala bien. Está recubierta de musgo marino. ¿No te recuerda a nada? —Corté la ascidia por la parte inferior y la abrí—. ¿A qué se parece ahora? ¡Las partes íntimas de una mujer! ¡Exacto! —En inglés, añadí—: Come.

El soldado que se había sonrojado se puso púrpura, pero se la comió. Sus compañeros le dieron palmadas en la espalda y le gritaron cosas que no entendí. Serví vino de arroz casero en unas conchas de abulón. Los soldados se llevaron las conchas a los labios y bebieron el líquido blanco. Después corté el abulón en rodajas y les hice mojarlas en una salsa de guindillas. Cuando terminaron, señalé un pulpo que, todavía vivo, estaba enroscado en el fondo de uno de mis barreños. Sonreí, serví más vino de arroz en las conchas de los soldados y los animé a beber. Los vi incitarse unos a otros. Finalmente, el chico que nos hacía de intérprete dijo:

—Sí, quieren probarlo.

Corté unos tentáculos en trozos y los puse en un plato. Todavía temblaban y se retorcían.

—Cuidado —les advertí en inglés; luego añadí en mi lengua materna—: Aunque estén cortados, los trozos todavía están vivos y esas ventosas se os pueden agarrar a la garganta. Habéis bebido mucho. No quiero que os asfixiéis y os muráis.

Exclamaciones de desafío. Más vino de arroz. Al poco rato ya no quedaba ni un trozo de pulpo. Aquellos hombres no se parecían a los que yo había conocido en los lugares adonde había ido a hacer la temporada. Me acordé de aquella vez en que el chef de un destructor bajó por la escalerilla de cuerda hasta nuestra barca y lo rechazó todo excepto lo que él podía reconocer a primera vista: el pescado.

El más alto de los soldados sacó un montoncito de postales. Se las mostró a sus amigos, que asintieron con admiración. Entonces me enseñó una a mí, señaló y me soltó una perorata en inglés.

—Dinos, abuelita —dijo el chico de Jeju, traduciendo lo mejor que podía—, ¿dónde pueden encontrar a chicas como ésas?

Miré la postal, en la que había unas jóvenes con el pelo suelto en posturas provocativas. Tenían los brazos y las piernas firmes y llevaban unos trajes de buceo ajustados que dejaban los hombros al aire. El gobierno del continente había decidido que las haenyeo podíamos ser una buena atracción turística, así que ahora nos llamaban las «sirenas de las profundidades» y las «ninfas de Asia». Yo no tenía ni idea de quiénes eran las chicas de la postal, pero me alegré de que ninguna trabajase en mi cooperativa.

—Diles que yo soy haenyeo —dije—. ¡Diles que soy la mejor haenyeo de Jeju!

Eso sofocó su entusiasmo. Yo me conservaba bien, pero tenía cuarenta y nueve años y sólo me faltaban seis para jubilarme.

Todos los sábados por la tarde hacía lo mismo. Recogía mi captura, Min-lee me ayudaba a subirla a un autobús y me iba a Ciudad de Jeju; una vez allí, buscaba una esquina cerca de la zona donde estaban los bares y las chicas y vendía mi mercancía. La mayoría de mis clientes eran militares estadounidenses. Estaban allí de permiso y se dedicaban a descender con cuerdas por los acantilados de la costa, nadar en nuestros campos de mar adentro y hacer carreras para ver quién llegaba antes a la cumbre del monte Halla. También tenía otros clientes estadounidenses. Pertenecían al Cuerpo de Paz, pero circulaban rumores de que en realidad trabajaban para el gobierno de Estados Unidos y controlaban la actividad de los «rojos». Resultaba difícil distinguir qué era verdad y qué eran sólo chismes, pero aquellos chicos eran tan jóvenes y tan inexpertos que muchas veces yo misma sacaba las huevas de erizo de mar con una cuchara y se las metía directamente en la boca como si fuesen polluelos.

Vendí toda mi mercancía y los soldados se marcharon por la misma calle y se metieron en un bar. Vacié mis barreños, los apilé y fui a la parada del autobús. Por el camino, me crucé con varias mujeres que llevaban vestidos ajustados. Los hombres, con pantalones vaqueros o bermudas y la camisa por fuera, se acercaban a aquellas jóvenes e intercambiaban unas palabras con ellas. A veces llegaban a un acuerdo, pero la mayoría de las veces las mujeres ignoraban sus reclamos ansiosos y seguían su camino.

De joven, cuando pasaba por el puerto para ir a hacer la temporada de invierno fuera, me parecía que Ciudad de Jeju estaba mucho más adelantada que Hado. Y seguía teniendo la misma impresión. En Ciudad de Jeju se organizaba el mayor mercado semanal de la isla, donde podías comprar prácticamente cualquier cosa, pero también había tiendas de recuerdos, estudios fotográficos, salones de belleza y sitios donde comprar o reparar tostadoras, ventiladores y lámparas. Por las calles circulaban motocicletas, camiones, autobuses y taxis, que compartían espacio con carros tirados por caballos y por burros, además de con carretillas repletas hasta los topes. Había una atmósfera densa que olía a humo de cigarrillos, perfume, gases de tubo de escape y estiércol de los animales de carga. Las aguas residuales todavía corrían al descubierto junto a las aceras hacia el puerto, donde los barcos derramaban combustible y el pescado esperaba a que lo descargaran y lo llevasen a las fábricas de conservas. Los callejones estaban a reventar de bares donde se podía comprar nuestro vino de arroz, nuestra cerveza, carne de nuestras barbacoas y a nuestras chicas. Tenía cuidado cuando pasaba por delante de esos locales, pues a los clientes les gustaba lanzar los huesos de pollo, cerdo y ternera a las aceras, por las que correteaban los niños pobres para recoger aquellos desechos y llevárselos a sus familias.

Cuando subí al autobús, ya se había puesto el sol. Al otro lado del cristal de la ventanilla, las luces se extendían hasta el infinito: desde las cafeterías y las casas hasta el puerto, y luego más allá de la costa, hasta las barcas que pescaban calamares y gambas, cuyas luces salpicaban el mar hasta llegar a donde el océano se juntaba con un cielo plagado de estrellas. El año anterior habían asfaltado la carretera que daba toda la vuelta a la isla, por lo que el trayecto era rápido y cómodo. Me apeé en Hado y fui a mi casa por el olle. Había algunas lámparas de aceite encendidas, pero el silencio de antaño había desaparecido. La gente era muy ahorradora, y en lugar de usar la electricidad para iluminar las casas prefería emplearla para poner la radio o el tocadiscos.

Oí el jaleo que salía de mi casa antes de llegar. Suspiré. Estaba cansada y no me apetecía enfrentarme a una multitud. Entré por la cancela y vi que el patio estaba abarrotado de gente sentada de espaldas a mí. Las puertas correderas nuevas de la casa grande estaban abiertas y la mayoría de la gente estaba sentada dentro, en el suelo. Tanto los de fuera como los de dentro estaban orientados hacia el televisor, como si se encontraran en un cine. Todos habían llevado comida: tortitas de cebada con nabo rallado y un pastel de arroz con trozos de pescado flotando en salsa roja y especiada con guindillas fritas por encima. La imagen que se veía en el televisor era en blanco y negro y un poco borrosa, pero reconocí el programa inmediatamente. Tal vez esa noche el sheriff Marshal Dillon besara por fin a Miss Kitty. Vi a Min-lee, a su marido, a los gemelos (que ya tenían ocho años) y a sus hijas, de cinco y dos años respectivamente. El marido de Min-lee le acariciaba la espalda. Faltaban seis semanas para que naciera su quinto hijo, y Min-lee se pasaba todo el día de pie en la tienda de regalos del hotel donde trabajaba. Ahora vivían todos en la casa grande.

Me abrí paso entre la gente para llegar a la casita que compartíamos Do-saeng y yo, las dos viudas. Guardé mis barreños y metí el dinero que había ganado ese día en la lata donde tenía mis ahorros. Cuando terminé, Do-saeng me dijo con reproche:

—Se han vuelto a mear en el patio.

—Diles que la próxima vez usen la letrina.

—¿Acaso crees que no se lo he dicho ya?

No sólo éramos la primera familia de Hado que tenía televisor, sino que además nuestra casa había sido una de las primeras en verse afectada por el Sae-maul Undong (el Movimiento Nueva Comunidad), recientemente inaugurado por el régimen. Nos habían explicado que no podíamos promocionar el turismo si no mejoraban las infraestructuras de la isla. Era necesario tener agua corriente, electricidad, teléfonos, carreteras asfaltadas y aerolíneas comerciales. Eso significaba, entre otras cosas, que había que sustituir los tejados de paja por otros de chapa ondulada o de tejas. Nos contaron que a los turistas no les gustaría nuestro sistema de ganadería en tres etapas y que teníamos que librarnos de nuestras letrinas-pocilgas. Los turistas no querrían ver ni oler nuestros cerdos, y mucho menos sentarse con el trasero al aire sobre los ansiosos morros de los animales. Yo no conocía a ninguna familia que estuviese dispuesta a desmontar su letrina y pensaba seguir utilizando la mía todo el tiempo que fuese posible. Hacer tantos cambios tan deprisa resultaba perturbador y deslegitimaba nuestro estilo de vida, nuestras creencias y nuestras tradiciones.

—Malcriaste a tus hijos y ahora estás malcriando a tus nietos con ese televisor —protestó Do-saeng.

Asimilé aquella crítica. Sí, les daba una cucharada de azúcar a los gemelos de Min-lee y a sus dos hijas cuando los veía, es decir, cada día. No me importaba darles aquellos caprichos a mis nietos, pero tenía que reconocer que el televisor había sido un error.

—Piensa que así puedes ver a tus bisnietos todos los días —dije— y estás lo bastante sana para disfrutar de ellos. No todas las mujeres de tu edad pueden decir lo mismo.

Do-saeng, que tenía setenta y tres años, gozaba de una salud excelente. El pelo de sus trenzas se había encanecido, pero su cuerpo conservaba la fuerza. Pese a que ya había superado hacía tiempo la edad de jubilación, volvía a bucear. Eso infringía la norma de que sólo podía haber una buceadora por familia, pero el encargado de la Lonja Municipal la dejaba venir con nosotras de vez en cuando porque la necesitábamos, y también a otras mujeres como ella, dado que ya era imposible encontrar a pequeñas buceadoras. Eso sí que habría costado imaginarlo cuando vivía mi abuela, mucho más que lo de darles azúcar a los niños.

—Mañana será un gran día —me recordó—. Tienes que decirles a todos que se marchen a sus casas.

—Tienes razón. Pero creo que primero voy a ir con ellos un rato.

—Hyng!

Cogí unas mandarinas de un cuenco y me las metí en los bolsillos. Volví a abrirme paso por el patio hasta la casa grande.

—¡Abuelita!

—¡Abuelita!

Me senté de rodillas y con el trasero entre los talones. Mis nietas se me subieron a la falda y mis nietos se arrimaron a mí.

—¿Nos has traído algo? —me preguntó la mayor de las niñas.

Saqué una mandarina y la pelé formando una sola y larga tira. Al terminar, volví a darle la forma original a la piel y la puse en el suelo. A los niños les encantaba que hiciera eso. Les di un par de gajos a cada uno y repetí tres veces el proceso.

Me consideraba afortunada por tener unos nietos tan preciosos. Y también porque Min-lee se hubiese casado con un maestro, como su padre, que enseñaba en la escuela de Hado. Pero echaba de menos a Kyung-soo y a su familia. Cuando nos comunicó que iba a casarse, pensé que la boda se celebraría aquí, pero cuando la diosa lo trajo a casa, mi hijo ya se había casado con su esposa del continente. Yo no había participado en ninguna conversación sobre fechas de nacimiento compatibles, ni le había pedido al geomántico que nos ayudase a buscar una fecha propicia para celebrar la boda. Evidentemente, estaba dolida, pero me olvidé de todo cuando conocí a mi nuera y vi que ya llevaba un bebé en el vientre. Cuando regresaron a Seúl, ella dio a luz a un varón, con lo que yo ya tenía otro nieto. Ahora estaba esperando su segundo hijo y Kyung-soo trabajaba en la empresa de electrónica de su suegro. Habría preferido que mi único hijo varón no viviese tan lejos, pero no podía hacer nada.

Y sobre todo echaba de menos a Joon-lee, que también vivía en Seúl desde hacía cuatro años. En otoño entraría en la Escuela de Posgrado de Salud Pública de la Universidad Nacional de Seúl. Al día siguiente vendría a casa para hacernos una visita breve. La nota que le había escrito a Min-lee rezaba: «Tengo una sorpresa para todos.» Mis sospechas eran que había ganado otro premio.

—¿No tienes más mandarinas? —me preguntó mi nieta de cinco años.

Di la vuelta a mis bolsillos para que viese que estaban vacíos. Ella, disgustada, hizo pucheros. La besé en la frente.

Do-saeng tenía razón: estaba malcriando a aquellos niños. Se lo daba todo tanto a ellos como a sus padres: arreglaba nuestras casas para que cumpliesen los nuevos estándares, les compraba triciclos y bicicletas, traía un televisor para que pudiesen aprender más sobre nuestro país y sobre el mundo... Y todo eso nos había debilitado. Los niños de hoy en día querían tenerlo todo fácil en la vida. No tenían la fortaleza física ni emocional de su abuela ni de su bisabuela. Aun así, yo los quería y habría hecho cualquier cosa por ellos, incluso venderles marisco a los soldados estadounidenses en una esquina.

Ya hacía veintitrés años que era viuda, pero me consideraba una mujer afortunada. Abracé a los gemelos y ellos chillaron, pero a nadie pareció molestarle el ruido. Estaban todos demasiado concentrados en el tiroteo de la pantalla.

Al día siguiente tuvimos una buena captura. Fui la última en salir del bulteok y de vuelta a casa, mientras cruzaba la playa, vi que llegaba una motocicleta dando tumbos por el camino de la costa y se paraba. Un hombre con chaqueta de piel negra y con un casco que le tapaba la cara iba delante; detrás iba Joon-lee, sujeta a su cintura con las dos manos. Mi hija me saludó con la mano y gritó:

—¡Madre, soy yo! ¡He vuelto a casa!

Saltó de la moto, bajó a toda prisa los escalones y corrió por la playa hacia donde estaba yo. Su largo pelo negro ondeaba tras ella y el viento movía su faldita. Cuando llegó a mi lado, me saludó con una reverencia.

—No te esperaba hasta más tarde —dije—. El autobús...

—Hemos alquilado una moto.

Tras decir eso, su arrebato de entusiasmo inicial se apagó y se quedó allí plantada, tan quieta que me preocupé.

—¿Hemos?

Me dio la mano.

—Ven, Madre. Estaba impaciente por contártelo. Estoy muy contenta.

Notaba su mano cálida y suave en la mía, pero su voz tenía un tono sombrío que no expresaba nada parecido a la alegría. Yo no dejaba de observar al hombre de la motocicleta. No hacía falta que se quitara el casco para que yo supiera quién era, porque estaba casi en el mismo sitio desde donde, muchos años atrás, sentado a horcajadas en su bicicleta nueva, observaba lo que pasaba en la playa y lo que hacían el doctor Park y su equipo. Dije su nombre mentalmente, Yo-chan, y se me encogió tanto el corazón que, por un momento, creí que iba a desmayarme. Parpadeé varias veces para recuperarme. Arriba, en el camino, Yo-chan puso el caballete, se quitó el casco, lo colgó del manillar y se quedó mirándonos mientras nosotras nos acercábamos. Entonces se puso las manos sobre los muslos e hizo una profunda reverencia. Cuando se enderezó, no me hizo ningún cumplido ni me saludó con fórmula de cortesía alguna, sino que dijo:

—Hemos venido a decirle que nos vamos a casar.

Fue un momento obviamente inevitable, absolutamente previsible, y, aun así, dolorosísimo. Vacilé un poco, demasiado, y entonces pregunté:

—¿Qué opina tu madre?

—Puede preguntárselo usted misma —me contestó—. Está viniendo en un taxi.

Sentí como si el suelo fuese de gelatina; mientras tanto, Yo-chan empujó la moto por el manillar hasta mi casa, que estaba a sólo unos metros, y Joon-lee se fue detrás de él.

Formamos dos parejas: mi hija a mi lado, enfrente de Yo-chan, y a su lado, su madre, enfrente de mí. En el suelo había una bandejita con el té. Oía a mis nietas llorar al otro lado del patio, en la casita, adonde se las había llevado Min-lee para que yo pudiese celebrar aquella reunión en la casa grande. Hacía once años que no veía a Mi-ja. Cuando entró, me fijé en que su cojera había empeorado mucho y utilizaba un bastón. Parecía mucho mayor que yo, pese a que su vida tenía que ser más fácil que la mía. La ropa le quedaba holgada. Tenía el pelo casi completamente cano. La miré a los ojos y vi un profundo pozo de desdicha. Sin embargo, eso no era problema mío.

—No hemos consultado al geomántico para determinar si ésta es una buena unión —dije adoptando una actitud fría y formal—. No hemos buscado a ningún intermediario. Nadie le ha pedido permiso a mi familia...

—Ay, Madre, todo eso ya no lo hace nadie.

La interrumpí:

—Nadie ha concertado una reunión de compromiso, ni...

—Consideremos que ésta es la reunión de compromiso —propuso Mi-ja.

—No sabía que estabas pensando en casarte —le dije a mi hija.

—Yo-chan y yo estamos enamorados.

No sabía por dónde empezar.

—Hace cuatro años te hice prometerme que no volverías a verlo. Y tú has seguido ocultándome este secreto. A mí, que soy tu madre.

—Porque sabía cómo reaccionarías —admitió Joon-lee—. Pero también porque quería estar completamente segura. No deseaba hacerte daño.

—Esta unión es imposible.

—Somos felices —dijo mi hija—. Nos queremos.

Ella era muy testaruda, pero yo no iba a dar mi brazo a torcer. Podría haber desenterrado los desagradables rumores sobre Yo-chan y Wan-soon, pero ni siquiera yo me los creía, así que seguí con mi argumento más sólido:

—Que muestres tan poco respeto por la memoria de tu padre...

—Lo siento, pero yo no conservo ningún recuerdo de mi padre.

Fue un golpe demasiado doloroso. Cerré los ojos, y las imágenes, espeluznantes, me aplastaron como un alud. Por mucho que intentase ahuyentarlos, los detalles eran tan vívidos y brutales como en el momento en que habían sucedido: Mi-ja tocándole el brazo a su marido... Yo-chan con su trajecito de marinero... La cabeza de mi marido cuando le entró la bala en el cráneo... Los gritos de Yu-ri... Los soldados agarrando a mi hijito... Jamás lo superaría ni lo olvidaría.

Mi-ja carraspeó débilmente y abrí los ojos.

—Hubo un tiempo en que tú y yo soñábamos con este día —dijo esbozando una sonrisa—. Aunque creíamos que serían Min-lee y Yo-chan. En fin, ha llegado ese día. Un yerno es un invitado que se queda cien años, es decir, para siempre. Ha llegado el momento de que dejes a un lado tu ira para que estos dos, que no son responsables de nada de lo que sucedió en el pasado, puedan casarse. Te ruego que aceptes a mi hijo como miembro de la familia durante cien años.

—Yo...

Levantó una mano para cortarme.

—Como ha dicho tu hija, ellos ya no necesitan nuestro permiso. Lo único que podemos hacer es concederles su deseo. Yo no tenía ningunas ganas de regresar a Jeju, pero he venido porque Joon-lee quiere estar rodeada de su familia el día de su boda. He hecho las gestiones necesarias para que se casen en la iglesia católica de Ciudad de Jeju.

Me quedé boquiabierta. El cristianismo había crecido en la isla y sus seguidores eran aún más fanáticos que nuestro gobierno respecto al chamanismo. Joon-lee agachó la cabeza y se tocó la cruz que llevaba colgada del cuello y que yo, conmocionada por la presencia de Yo-chan y la aparición de Mi-ja, todavía no había visto.

Mi hija no sólo me estaba haciendo daño, sino que además estaba abandonando las tradiciones de nuestra familia de haenyeo, y yo no podía encajar tantos golpes.

Mi-ja continuó, impasible.

—Después de la ceremonia, celebraremos un banquete y una fiesta aquí, en Hado.

Mi resentimiento acabó saliendo a la superficie.

—Me has robado tanto... —le dije a Mi-ja—. ¿A Joon-lee también tenías que quitármela?

—¡Madre!

En respuesta a la exclamación de mi hija, Mi-ja dijo:

—Quizá sería mejor que las dos madres habláramos en privado.

—No, queremos quedarnos —dijo Yo-chan—. Quiero hacérselo entender.

—Créeme —insistió Mi-ja—. Será lo mejor.

Yo-chan y Joon-lee apenas habían salido por la puerta cuando Mi-ja dijo:

—Nunca has entendido nada. Has arrastrado tu culpa y tu odio sin preguntarme siquiera qué pasó realmente.

—No necesitaba preguntártelo. Lo vi con mis propios ojos. Aquel soldado cogió a mi hijo y...

—¿Acaso crees que no he vuelto a ver esa imagen todos los días de mi vida? Aquel momento está grabado a fuego en mi memoria.

Parecía atormentada, pero ¿qué significaba eso? Esperé a oír lo que diría a continuación.

—Después de mi acto de cobardía, necesitaba expiar mi culpa —dijo por fin—. Mi marido empezó a viajar y llegó un momento en que tuve la certeza de que no me echaría de menos. —Un atisbo de emoción asomó en su cara, pero ella se apresuró a esconderla antes de que yo pudiese identificarla—. Entonces regresé a Hado. Quería ver si podía ayudarte de alguna forma.

—Yo no vi que me ayudaras en nada.

—Tuve que esperar mucho, de hecho ya había perdido prácticamente toda esperanza. Y entonces murió Wan-soon.

—Viniste al ritual. Nadie te quería allí.

—Quizá no me quisierais, pero los espíritus de los seres queridos que habías perdido, sí. Ellos me hablaron...

—Me hablaron a mí —la corregí.

—Tergiversas los hechos porque, cuando me miras, sólo ves maldad. —Su serenidad estaba produciendo en mí el efecto contrario. Ella debió de notarlo, porque siguió hablando en voz baja pero con firmeza, como si pretendiera hechizarme para que la creyera—. Recuerda lo que pasó: la chamana Kim entró en trance. Yu-ri habló primero...

—Sí, y me habló a mí. Llevaba mucho tiempo esperando saber algo de ella. De todos.

—Pero no hablaron hasta que llegué yo. —Mi-ja debió de ver que yo titubeaba y continuó—: Nunca volvieron a hablarte, ¿verdad?

Cavilé sobre lo que Mi-ja acababa de decir y empezó a dolerme la cabeza. No podía ser.

—Los tres dijeron lo mismo —continuó Mi-ja—. Que habían hallado el perdón. ¿A quién iba dirigido ese mensaje sino a mí?

«Era inocente, me mataron, pero he hallado el perdón.»

Me puse a temblar. ¿Y si habían ido porque estaba ella?

—Si los difuntos pueden perdonarme, ¿por qué no puedes perdonarme tú? —me preguntó.

—Tú nunca lo entenderías porque nunca has sufrido las pérdidas que he sufrido yo.

—Yo también he sufrido a mi manera.

Sospeché que quería que le preguntara cómo, pero no lo hice. El silencio se alargó, hasta que por fin lo rompió diciendo:

—Aunque te niegues a aceptarlo, he intentado reparar el daño que te hice por todos los medios que he podido. Cuando Joon-lee ganó el concurso, el maestro Oh vino a verme...

—No, no es verdad.

—Sí, vino a verme. Me explicó que le habían ofrecido una plaza en una escuela muy buena de Ciudad de Jeju, pero que estaba marcada por una acusación por asociación ilícita. Cogí un ferry y fui al continente a hablar con mi marido. Le dije que estaba dispuesta a hacer lo que él quisiera si le conseguía la plaza a Joon-lee. Le recordé que tú y tu familia lo habíais ayudado a recuperarse cuando él había huido del norte. Él todavía tenía las cicatrices de aquello, físicas y emocionales.

—Pero aquel día terrible él no hizo nada para impedir...

—Él no sabía que estabais allí, cuando se dio cuenta ya era demasiado tarde. Cuando se enteró... Ya me había pegado otras veces, pero no de aquella forma. Acabé en el hospital. Estuve semanas ingresada; por eso no pude ir a verte enseguida. La mayoría de mis heridas se curaron, pero de la lesión de la cadera no me recuperé.

—¿Lo dices para que me compadezca de ti?

Las comisuras de su boca dibujaron un amago de sonrisa.

—Lo único que importa es que Sang-mun dijo que borraría a Joon-lee de los archivos para que no constara la acusación por asociación ilícita y así pudiese ir a la escuela. A cambio, yo tendría que volver a vivir con él en Seúl. Dijo que era la única forma de limpiar su reputación, que yo, presuntamente, había ensuciado. Acepté las condiciones de Sang-mun, lo que significaba también aceptar que siguiera tratándome como me había tratado desde el día que nos habíamos conocido en el puerto. No me fiaba de él, claro, así que me quedé en Hado hasta que el maestro Oh me confirmó que habían aceptado a Joon-lee en la escuela.

No estaba segura de qué quería que sintiera. ¿Lástima? Quizá, a mi manera, sintiera lástima, pero lo que me había dicho me hacía pensar aún peor de ella. Que su marido la culpase...

—Hice lo que pude por Joon-lee —dijo, rompiendo otro largo silencio—. Yo-chan y yo íbamos a visitarla a Ciudad de Jeju cuando veníamos a la isla a ver a los padres de Sang-mun. Cuando tu hija llegó a Seúl...

—Yo-chan y tú fuisteis a por ella.

—Hyng! ¡Nada de eso! Nos la encontramos por casualidad en el campus. Yo no podía imaginar que fuesen a enamorarse, pero eso fue justamente lo que pasó. Lo vi en sus caras el primer día que mi hijo la trajo al piso. Estaba escrito, ¿es que no lo entiendes?

—Ah, pero ¿acaso los católicos creen en el destino? —le pregunté.

Mi-ja parpadeó varias veces seguidas. Podía aceptar mi odio, pero no estaba dispuesta a permitir que me burlara de su fe. Eso me pareció interesante.

—Joon-lee ha pasado mucho tiempo sola —dijo—. He intentado, en la medida de lo posible, ser una segunda madre para ella. Quiero a Joon-lee y he hecho cuanto he podido para ayudarla.

—Querrás decir que has intentado robármela.

Mi-ja se sonrojó e hizo un gesto de negación con el dedo.

—No, no, no.

Por fin había conseguido perturbarla. Quizá ahora empezase a hablar con sinceridad. Pero entonces inhaló hondo, sus mejillas volvieron a palidecer e hizo gala de aquella serenidad exasperante que, por lo visto, dominaba a la perfección.

—Es inútil que intente sincerarme contigo —dijo—. La rabia te ha envenenado. Te has vuelto como Halmang Juseung. Lo tocas todo con la flor de la desgracia. Estás matando muchas cosas bonitas: nuestra amistad, tu amor por Joon-lee, la felicidad de una joven pareja. —Se levantó y fue hacia la puerta. Una vez allí, se dio la vuelta—. Joon-lee me dijo que has estado ocupándote de mi casa. ¿Por qué?

—Creía... No sé qué creía —le confesé.

Al cabo de tantos años, la idea de que yo estaría preparada para verla cuando ella regresara había resultado falsa. No, yo no estaba preparada para nada de aquello.

—Gracias de todas formas. —Levantó la barbilla y añadió—: La ceremonia tendrá lugar mañana en la iglesia, como ya te he dicho. El banquete se celebrará en casa de mis tíos. Estás invitada. A los chicos les encantará tenerte a su lado en ese día tan feliz para ellos.

Pero, por mucho que quisiera a mi hija, no podía ir a la boda. En primer lugar porque habría sido una falta de respeto hacia su padre, su hermano y su tía. Por otra parte, estaba demasiado ofendida tras saber que había sido víctima de años de mentiras y promesas rotas por parte de Joon-lee. Primero tendría que superar muchas cosas para romper las barreras que ahora nos separaban. Así que, al día siguiente, me quedé con Min-lee (que tampoco quiso ir a la boda) y con su familia, y soporté a duras penas las largas y calurosas horas hasta que cayó la noche. Min-lee extendió su esterilla de paja, la de su marido y la de sus hijos en la habitación principal para que pudiésemos estar todos juntos. Los niños se quedaron dormidos, mi yerno roncaba débilmente. Min-lee y yo salimos afuera, nos sentamos en el escalón, nos dimos la mano y escuchamos la música, los cantos y las risas que llegaban desde la otra punta del pueblo.

—Cuántos malos recuerdos —susurró Min-lee—. Cuánto dolor.

Le acaricié la espalda mientras ella lloraba discretamente. Ni ella ni yo volveríamos a ser las mismas después de lo que habíamos visto y lo que habíamos perdido veintitrés años atrás, pero lo mismo podían decir la mayoría de los habitantes de la isla. Esa noche yo no podía dejar de pensar en Jun-bu, en lo que siempre había deseado para nuestros hijos y en los peligros de los que había querido protegerlos. «Cuando un árbol tiene muchas ramas, hasta la brisa más leve le arranca algunas.» Nosotros habíamos cultivado un árbol con muchas ramas. Uno de nuestros hijos había muerto prematuramente, pero ahora teníamos nietos que continuarían nuestro linaje. Sin embargo, Jun-bu, allá donde estuviese, ¿se habría disgustado con Joon-lee? Aunque quizá mucho más conmigo, por cómo la había educado. El principal motivo de orgullo de mi vida, mi hija pequeña, era la rama que se había roto de la forma más inesperada. Al unirse a la familia de Mi-ja, me había destrozado el corazón.

Catorce meses más tarde, una bochornosa mañana de otoño, acompañé a los gemelos a la escuela. Normalmente los llevaba su padre, pero él había tenido que marcharse temprano para asistir a una reunión. En los olle nos cruzamos con otros niños, vestidos con uniforme escolar. Las niñas llevaban falda azul marino, blusa blanca y un sombrero de ala ancha; los niños, pantalones azules y camisa blanca. Al acercarnos a la escuela, nos encontramos a un maestro. Jun-bu siempre llevaba ropa tradicional de tela teñida con caquis para ir a trabajar, pero ahora los maestros se habían inventado otra versión del uniforme: pantalón de vestir, camisa blanca y corbata. El maestro nos saludó con una inclinación leve de cabeza y siguió caminando muy decidido hacia el instituto. Cuando llegamos a la escuela primaria, les di a cada uno de mis nietos una mandarina. Era costumbre que los maestros de Hado encontraran unas mandarinas pulcramente apiladas encima de su mesa todas las mañanas, y yo estaba orgullosa de que mis nietos pudiesen participar. Los vi entrar corriendo y regresé a casa. Min-lee me esperaba tal como yo la había dejado, sentada en un murete de piedra y con un sobre en la mano. Era la primera carta que enviaba Joon-lee desde el día de la boda.

—¿Estás preparada? —me preguntó.

—Sí. Ábrela.

Min-lee rasgó el sobre, y de su interior cayeron unos billetes que nos apresuramos a recoger. Entonces mi hija empezó a leer:

—«Queridas Madre y Hermana: he tenido una niña. Las dos estamos bien. Le hemos puesto Ji-young. Espero que no me guardéis rencor ni a mí ni a mi marido y que vengáis a Seúl a conocerla. Os mando dinero para los gastos del viaje. En diciembre nos iremos a vivir a Estados Unidos. Yo-chan trabajará en las oficinas de Samsung en Los Ángeles. Yo espero poder matricularme en UCLA, para terminar mis estudios de posgrado. No sé cuándo podré volver, así que tenéis que venir vosotras a vernos. Madre, siempre has dicho que los niños traen esperanza y alegría. Ji-young es esperanza y alegría para nosotros, y confío en que lo sea también para ti. Con amor y respeto, Joon-lee.»

Min-lee se quedó callada y me miró tratando de descifrar mis sentimientos. Yo estaba dividida. Tenía otra nieta y eso era una bendición. Pero esa niña también era la nieta de la mujer que casi me había destrozado la vida.

—Si quieres ir —dijo Min-lee, dudosa— puedo pedir unos días de fiesta en el trabajo y acompañarte. ¿Qué te parece?

—Eres una buena hija —contesté—, pero déjame pensarlo.

El rostro de Min-lee se ensombreció ligeramente.

—No me interpretes mal —le dije—. Si decido ir, me encantaría que vinieras conmigo. Siempre has sido una hija perfecta, y seguro que te necesito. Pero no sé si iré.

—Pero, Madre, es Joon-lee. El bebé...

Me levanté despacio.

—Deja que me lo piense un poco.

Me pasé todo el día y toda la noche torturándome y tratando de tomar una decisión. En los momentos de máxima desesperación me di cuenta de que necesitaba pedirle consejo a la chamana

Kim. Me preparé como marcaba la tradición. Me lavé con una esponja y me puse ropa limpia. Reflexioné para discernir si había participado en actividades impuras y decidí que no. No había bebido licor de arroz últimamente, ni me había peleado con amigos, parientes ni mujeres del bulteok. Ya no tenía la menstruación. No compartía el amor con nadie. No había sacrificado ningún cerdo, pollo ni pato, y hacía una semana que no extraía nada del mar. Todavía no había salido el sol cuando me puse el pañuelo blanco en la cabeza y salí de casa con un cesto lleno de pastelillos de arroz y otras ofrendas. Encontré a la chamana Kim y a su hija en un santuario improvisado dedicado a Halmang Yeongdeung, la diosa del viento. La chamana Kim ya era muy anciana y su hija estaba preparándose para ocupar su lugar.

—«Visitar a la diosa es como visitar a tu abuela» —recitó la chamana Kim al verme—. Siempre es mejor llegar al santuario de la diosa justo antes del amanecer, pues a esa hora sabes que la encontrarás. Puedes decir lo que sea y ella te escuchará. Si lloras, ella te consolará; si le presentas quejas, tendrá paciencia. —La chamana Kim me hizo señas para que me sentara—. ¿En qué podemos ayudarte?

Le di la noticia del nacimiento de mi última nieta y le expliqué el dilema que me planteaban mis emociones.

—Deberías ir a Seúl, por supuesto —dijo ella.

Pero mi mente estaba demasiado dividida para aceptar una indicación tan sencilla.

—¿Cómo voy a ir? Cuando vea al bebé, veré...

—Todos perdimos a seres queridos, Young-sook —dijo la chamana Kim con compasión—. Y tú sabes que quieres perdonar. Si no quisieras... Bueno, explícame por qué nunca has aprovechado ninguna ocasión para vengarte de Mi-ja. Has cuidado su casa todos estos años, cuando no te habría costado nada prenderle fuego al tejado.

—Dejé de ir a la casa cuando ella vino el año pasado —puntualicé—. La van a derribar.

—Ah, ¿y de dónde has sacado esa información? Lo sabes porque te preocupas por saberlo todo sobre Mi-ja.

Cambié de tema y le hablé de lo que me había estado atormentando desde la última vez que había visto a Mi-ja.

—Me dijo que Jun-bu, Yu-ri y Sung-soo no hablaron hasta que apareció ella. Dijo que los mensajes que oímos iban dirigidos a ella. Dijo que la habían perdonado. Pero ¿cómo va a ser así?

La chamana Kim entornó los ojos.

—¿Estás cuestionando mi habilidad para dejar que los difuntos hablen a través de mí?

—No, no dudo de ti ni de lo que dijeron los espíritus. Sólo necesito saber si le hablaban a ella o a mí.

—Quizá os hablasen a las dos. ¿No te lo has planteado?

—Pero...

—Esperaste mucho tiempo a que se presentaran, pero ¿oíste lo que dijeron? Deberías estar agradecida. Ellos han hallado el perdón. ¿Por qué tú no puedes perdonar?

—Pero ¿cómo puedo perdonar a Mi-ja después de lo que les pasó? No pasa ni un solo día sin que recuerde aquellas escenas.

—Sí, todos lo sabemos, y te compadecemos, pero todos en la isla sufrimos durante aquellos años terribles. Tú sufriste más que algunos, pero menos que otros. «Ellos me hicieron esto, ellos me hicieron aquello.» La mujer que piensa así jamás superará su rabia. Tu propia rabia es la que te está castigando.

Le presté atención, pero la chamana Kim no me estaba diciendo nada que yo no supiese ya. Claro que era mi propia rabia la que me estaba castigando. ¿Acaso no vivía yo con eso cada día?

Dejé mis ofrendas e, insatisfecha, me dirigí a casa de Gu-sun. Todavía era temprano, pero ella ya había encendido el fuego y calentado agua. Nos sentamos y bebimos té. Sentía que podía ser sincera con Gu-sun, así que fui derecha al grano.

—¿Cómo perdonaste a Gu-ja por la muerte de Wan-soon?

—¿Qué querías que hiciera? Gu-ja es mi hermana. Compartimos la sangre de nuestros padres. Gu-ja quizá se equivocase, pero quizá fuese el destino de Wan-soon que la corriente se la llevara. Hasta es posible que lo decidiera ella misma. No creas que no he oído los rumores.

—Ya sé que no importa, pero no creo que sean ciertos.

—¿Lo dices porque ahora Yo-chan es tu yerno?

—No. Lo digo porque me creí lo que me contaron mis hijas.

—Entiendo que confíes en Min-lee —dijo Gu-sun—, pero ¿en Joon-lee? Ella se ha casado con Yo-chan.

A lo largo de aquellos años, nunca me había percatado de lo que Gu-sun pensaba de Yo-chan. Había ocultado muy bien sus sentimientos.

Me sorprendí a mí misma cuando repliqué:

—Yo sigo creyendo en mis hijas. Lo que pasó no tuvo nada que ver con Yo-chan.

Ella se quedó con la mirada perdida.

—Supongo que ya sabes que yo me quedé embarazada antes de casarme.

—Sí, la gente cuchicheaba.

—Antes de que mi marido accediera a casarse conmigo yo quería morirme, así que si eso fue lo que le pasó a Wan-soon, lo entiendo.

—Tal vez sólo fuese un accidente. Aquel día la corriente era lo bastante fuerte para que una pequeña buceadora...

—Puede ser. Pero, si estaba embarazada, lamento que no acudiese a mí. Le habría explicado que, cuando por fin su padre y yo nos casamos y le di su primer hijo varón, los dos fuimos felices. Le habría deseado lo mismo a ella. Pero comprendo que mi destino es no llegar a saber nunca lo que le pasó a Wan-soon, ni por qué.

Esas palabras llenaron de tristeza nuestro silencio. Tras una pausa, dije:

—En cuanto a Gu-ja...

—Te diré una cosa —dijo Gu-sun—. Hay días en que pienso que mi hermana ha sufrido más que yo. Ella nunca se perdonará a sí misma. ¿Cómo quieres que no la ame por eso?

—Mi-ja también se culpa —admití, pero no enumeré todo lo que había hecho para ayudar a Joon-lee—. Pero con eso no basta. Necesito saber por qué. ¿Cómo pudo ser tan cruel conmigo? ¿Cómo pudo no importarle que nos mataran a todos? Le supliqué que se llevara a mis hijos y ella no hizo nada.

—Pues acéptalo y ve a conocer a tu nieta. Ella es la hija de tu hija, a la que adoras. En cuanto la tengas en brazos, la amarás. Eso lo sabes, como halmang.

Solté el aire lentamente. Gu-sun tenía razón, pero no, no podía hacerlo.

—No, no puedo ver a esa niña, y mucho menos tocarla —confesé—. Si la mirase, sólo vería a la nieta de un colaboracionista y un verdugo.

Gu-sun me miró a los ojos y su rostro se llenó de compasión. Me dolía reconocer que no podía cambiar y no podía perdonar, pero necesitaba aferrarme a mi rabia y mi amargura para honrar a mis seres queridos fallecidos.

Unos seis meses más tarde, el cartero entregó la primera carta desde Estados Unidos, abierta y con el sello arrancado.

—Parece la letra de Joon-lee —dijo Min-lee cuando me la trajo.

—Seguro que lo es. —Me encogí de hombros fingiendo que no me importaba—. ¿Quién quieres que nos escriba desde allí?

Min-lee sacó la carta del sobre. Me asomé mientras la desplegaba. La mayoría de los caracteres estaban tachados.

—Ha pasado por las manos de los censores —dijo Min-lee, constatando lo que ya era obvio.

—¿Puedes leer algo?

—Déjame ver. «Queridas Madre y Hermana...» —Mi hija deslizaba el dedo por cada línea para que yo pudiera seguirla—. «Ya llevamos aquí... El trabajo de Yo-chan es... El aire es marrón... La comida es grasienta... El mar está aquí mismo, pero no sacan nada de él... Ni erizos de mar... Ni caracoles... Las orejas de mar sí las cogen.» —Luego había varias líneas completamente tachadas. El siguiente párrafo empezaba así—: «Fui al médico y... ojalá fuese lento... rápido... tiempo... Este país extranjero no es nuestra patria.» —Min-lee paró de leer y dijo—: Parece que quieran que sólo nos lleguen cosas negativas de Estados Unidos.

—Yo estaba pensando lo mismo. ¿Y esta parte? —Puse el dedo en el último párrafo, donde no había tantos caracteres tachados.

—Dice: «Todas las madres se preocupan. Yo me preocupo por lo que pasará y por cómo se las apañará Yo-chan. Ojalá pudieras... Por favor... Si pudiera estar en casa, en Jeju... Entonces tú podrías... No olvides nunca que te quiero, Joon-lee.» —Min-lee me miró y dijo—: ¿Qué crees que quiere decir?

—Creo que nos extraña.

Pero no era sólo eso. En la carta había algo más inquietante.

—¿Qué quieres que le diga?

—¿Qué más da lo que le digas, si los censores lo van a tachar todo?

Mi hija apretó la mandíbula.

—De todas formas, le voy a escribir.

—Haz lo que tengas que hacer, sí.

Al mes siguiente recibimos otra carta. El sobre volvía a estar abierto, el sello arrancado y la mayor parte del texto tachado, pero la caligrafía era diferente. Min-lee empezó a leérmela: «Querida Madre Young-sook, soy Yo-chan. Le escribo de parte de mi madre.» Me levanté y me marché. Más tarde, Min-lee me dijo que en la carta no había ninguna noticia; sólo había podido descifrar una palabra o una frase aquí y allá.

—Es como intentar entender el fondo del mar viendo sólo diez granos de arena —me explicó.

Esta vez, Min-lee no contestó. Al fin y al cabo, recibía una carta a principios de cada mes. En aquella época siempre llegaban abiertas, pero yo ni siquiera las sacaba del sobre. Las escondía en una cajita de madera. Me consolaba saber que las mentiras que me enviaban Mi-ja y su hijo estaban confinadas en la oscuridad, donde nunca tendría que oírlas. Eso me hacía sentir que yo había ganado.

En primavera, florecieron los campos de colza, tiñéndolo todo de amarillo, desde las estribaciones montañosas hasta los acantilados recortados de la costa. El océano seguía con su ciclo incesante. Las aguas tan pronto estaban cubiertas de espuma como se quedaban completamente quietas. Yo me ocupaba de los animales e iba a bucear. En el agua conseguía ahuyentar de mi mente a mi hija y a mi nieta. Me acordaba a menudo del doctor Park, que se había propuesto resolver el misterio de por qué las haenyeo soportaban el frío mejor que cualquier otro ser humano del planeta. Creo que entonces yo ya sabía la respuesta. Dentro de mí había un núcleo duro como el hielo que jamás se ablandaría. Yo no podía hacer lo que la chamana Kim, Gu-sun y tantas otras mujeres me habían aconsejado. Así que, si no podía perdonar, al menos podía envolver mi rabia y mi amargura en una concha de hielo. Cada vez que me sumergía en el agua, dejaba salir mi mente de esa concha. «A ver, ¿dónde está mi abulón? ¿Dónde está mi pulpo? ¡Necesito dinero! ¡Necesito ganarme la vida!» Seguía esforzándome para ser la mejor haenyeo, pese a saber que ya no duraría mucho.

Día 4 (continuación): 2008

Young-sook no vuelve al monumento conmemorativo a buscar a sus familiares y amigos. Va al aparcamiento, espera a que un taxi deje allí a otro grupo de visitantes y le pide al taxista que la lleve a su casa. Escuchar a Clara y oír la voz de Mi-ja en la grabación ha abierto algo dentro de Young-sook. ¿Y si he estado equivocada todos estos años? Quizá no completamente equivocada, pero ¿y si no entendí algo de lo que pasó? Recuerda una y otra vez las preguntas que ha planteado antes el orador: «¿Podemos encontrar algún significado a las pérdidas que hemos sufrido? ¿Quién puede afirmar que un alma ha sufrido un agravio más cruento que otra? Todos fuimos víctimas. Necesitamos perdonarnos unos a otros.»

Young-sook sabe que es vieja, pero por primera vez entiende realmente qué significa eso. La vida pasa deprisa y el sol de la suya ya se está poniendo. No le queda mucho tiempo para amar, odiar o perdonar. «Si te propones sobrevivir, lo lograrás.» ¿Cuántas veces recitó su suegra ese aforismo? Y resultó cierto. Young-sook trabajaba todo el día y el cuerpo le dolía toda la noche, pero al día siguiente volvía a hacerlo todo por sus hijos, porque la vida no tiene sentido sin ellos. Sin embargo, había perdido a Joon-lee. La rabia había convencido a Young-sook de que no le importaba lo que su hija, Yo-chan o Mi-ja quisieran decirle, pero lo cierto era que debería haberlos buscado cuando se desestimaron los casos de acusación por asociación ilícita y por fin consiguió un pasaporte. Había viajado a Los Ángeles en numerosas ocasiones para visitar a su familia. Al menos una vez debería haber pedido que la llevasen en coche por delante de la casa cuya dirección salía en los sobres, aunque sólo fuese para ver a sus habitantes a través de la ventanilla del coche.

El taxi traza una tras otra las curvas de la costa de Hado hasta detenerse ante la cancela de su casa de la playa. Paga al conductor (su mente está ocupada en otras cosas y ni siquiera registra ese lujo absurdo) y se apresura a entrar. Coge la caja que contiene las cartas que recibió de Estados Unidos y baja renqueando hasta la playa. Mira a su alrededor, pero no ve ninguna haenyeo en la arena, ni siquiera hay turistas. Todos están en la inauguración del monumento.

«Entenderlo todo es perdonar.» Con esas palabras de Clara muy presentes, mete una mano en la caja, saca el montón de cartas y las ordena para poder empezar por el principio. Pasa un dedo por encima de la caligrafía de Joon-lee del primer sobre. Se acuerda de lo que su hija decía en esa carta. Luego vienen las que están escritas con la letra de Yo-chan. Las primeras llegaban una vez al mes. Al cabo de seis meses, y hasta hace un año, Young-sook recibía dos cartas todos los años: una por el aniversario de la muerte de su madre y otra por el aniversario de las muertes de Jun-bu, Yu-ri y Sung-soo. Las de los primeros años estaban abiertas por los censores, pero la testarudez había impedido a Young-sook sacarlas de los sobres. Ahora mete la mano en el primer sobre y desdobla la carta escrita por Yo-chan en nombre de su madre. Los censores se habían ensañado con aquélla y quedan muy pocos caracteres sin tachar. No comprende cómo Mi-ja pudo pensar que ella «lo entendería». Saca la carta del siguiente sobre, la desdobla y esta vez encuentra otra hoja de papel metida dentro. El texto de la carta también está tachado. Reconoce la otra hoja enseguida: es una hoja del libro del padre de Mi-ja, vieja y amarillenta. A Young-sook le tiemblan las manos cuando la desdobla. Es el primer calco que hicieron Mi-ja y ella juntas, el del día que se conocieron: la rugosa impresión de la superficie de una piedra.

Coge el siguiente sobre, que también está abierto, y además de una carta contiene otra hoja del libro del padre de Mi-ja: «Lavabos», ésa la hicieron el día de la gran manifestación de las haenyeo. En el siguiente sobre «Amanecer», el nombre de la barca de sus primeras inmersiones juntas. Cada sobre contiene uno de los calcos con los que las dos niñas conmemoraban los lugares que visitaban y las experiencias que vivían: la concha de una vieira de aquella misma playa, una escultura de Vladivostok que les había gustado, el contorno de los pies de sus hijos. Quizá las cartas que Yo-chan escribió en nombre de su madre ofrezcan palabras de disculpa o remordimiento, pero Young-sook no necesita oírlas. Estos tesoros de su amistad significan mucho más.

Cuando llega al último calco que recuerda haber hecho con Mi-ja, mira el resto del montón de cartas (están todas cerradas, lo que indica que llegaron una vez acabada la censura) y se pregunta qué puede haber dentro. En el primero encuentra otra carta que no puede leer. Esta vez, sin embargo, la hoja del libro del padre de Mi-ja está doblada y dentro hay una fotografía. En la hoja del libro está dibujado el contorno del pie de un bebé. En la fotografía, Joon-lee está sentada en una cama de hospital, con la recién nacida en los brazos. La siguiente carta contiene un calco hecho con una hoja de papel mucho más grande. Young-sook no puede leer lo que pone, pero reconoce el patrón de letras y números y se da cuenta de que es la lápida de su hija. Ahoga un sollozo.

Tras contener sus emociones, abre el resto de las cartas. En cada una encuentra un calco y una fotografía que muestran algún aspecto de la vida de Janet, la nieta que comparten Mi-ja y ella: sonriente, con el pelo recogido con pasadores de colores, de pie en los escalones de una casa, con una fiambrera en la mano, cantando en un coro, graduándose en la escuela primaria, en la escuela secundaria, en el instituto y en la universidad. Un retrato de boda. Otra huella de bebé: Clara. Después, otra huella: el hermano de Clara. Mi-ja había intentado contarle a Young-sook todo lo que iba pasando, y ella se lo había perdido todo.

Young-sook está tan concentrada y sus emociones son tan intensas que no ve a la mujer y a la chica que se le han acercado.

—Ella quería que nos conociera —dice Janet con su precario dialecto de Jeju—. Y que nosotras la conociéramos a usted.

Janet y Clara se han quitado la ropa que llevaban en la inauguración del Parque de la Paz y ahora van vestidas casi igual, con pantalón corto, camiseta y chanclas. Clara tiene el iPhone con los auriculares en la mano.

—Quería que nosotras —dice Clara recalcando cada palabra— oyéramos su historia, su versión. Pero usted debe escucharla a ella también. Grabé a mi bisabuela Mi-ja durante horas.

—Todo empezó a raíz de un trabajo escolar —explica su madre.

—Tengo la grabación parada en la parte más importante —dice Clara—. ¿Está preparada?

Sí, Young-sook por fin está preparada. Coge los auriculares, se los pone en las orejas y asiente. Clara pulsa un botón y empieza a oírse la voz de anciana de Mi-ja.

«Young-sook siempre me decía que tenía que divorciarme de mi marido. También se lo decía a otras mujeres de la cooperativa que sufrían experiencias parecidas a la mía. Si ellas no podían dejar a sus maridos, se mostraba muy comprensiva, pero no tenía la misma actitud cuando se trataba de mí.»

«Pues era muy egoísta», se oye decir a Clara en la grabación.

«No, egoísta no. Yo la quería, y ella a mí, pero ella nunca entendió del todo quién era yo, qué era. —Mi-ja resopla un poco—. Y yo tampoco. Tardé muchos años en comprender que yo era diferente de aquellas mujeres. Sí, claro que le tenía miedo a Sang-mun, igual que ellas les tenían miedo a sus maridos. Vivía aterrorizada pensando en lo que me podía hacer. Lo que me distinguía de las otras haenyeo, cuyos maridos también podían ser violentos, era que yo me merecía a Sang-mun y sus castigos.»

«Abuelita, nadie se merece lo que él te hizo.»

«Sí. Mi marido se casó con una mala mujer.»

En la grabación, Clara intenta convencer a su bisabuela de que no es una mala mujer, y esto le da tiempo para recordar que ella también había discutido con Mi-ja por esa razón. ¿Por qué no había prestado atención a su amiga cuando había intentado contárselo? ¿Por qué no había hecho más preguntas? Y lo más doloroso es que aquella conversación la habían tenido cuando ella todavía confiaba en Mi-ja, o eso creía.

«Era una mala mujer —insiste Mi-ja por los auriculares—. Maté a mi madre cuando llegué al mundo. Era la hija de un colaboracionista. Dejé que Sang-mun me deshonrara. Pero mi peor desgracia fue no impedir lo que sucedió en Bukchon. Desde el día de mi nacimiento hasta ese momento, toda mi vida fue vergonzosa.»

Young-sook oye llorar a Mi-ja y a Clara consolarla. Vuelven a asaltarla los recuerdos, pero esta vez son los de sus propios defectos. Se oye un chasquido y luego otro; entonces vuelven a oírse las voces. Mi-ja ya se ha serenado.

«Me deshonró —dice Mi-ja—. Ya sabes qué significa eso.»

«Abuelita, me lo has contado muchas veces. A veces te olvidas...»

«¿Que me olvido? ¡No! Nunca lo olvidaré. Young-sook y yo estábamos muy contentas. Acabábamos de regresar a Jeju después de haber hecho la temporada de buceo en Vladivostok. En los muelles todo había cambiado mucho y teníamos miedo. Sang-mun nos ofreció ayuda. Era guapo, pero también malvado. ¿Cómo es posible que Young-sook no se diera cuenta enseguida? Yo lo odié nada más verlo y él debió de detectar en mí la debilidad que llevaba en la sangre. Debió de detectar que yo cedería. Sabía que podía aprovecharse de eso y yo se lo permití. Nos separó a las dos con mucho ingenio. En cuanto Young-sook se perdió de vista, me llevó a su despacho. Cuando empezó a tocarme, me quede paralizada. Le dejé bajarme los pantalones...»

«Tú no le dejaste, Abuelita. Te violó.»

«Me dije: si no me muevo y no grito, acabará antes», confiesa Mi-ja, que rompe a llorar otra vez.

Todo esto se remonta a mucho antes de los sucesos de Bukchon. Más adelante, cuando su abuela le insinuó lo que le había pasado a Mi-ja, Young-sook siguió negándose a creérselo y no quiso hacer preguntas. Estaba obcecada por su propia tristeza, porque Sang-mun no había ido a Hado a buscarla a ella.

«No podía contarle a Young-sook lo que había pasado —continúa Mi-ja—. Se habría avergonzado de mí y nunca habría vuelto a mirarme de la misma forma.»

«Pues eso significa que no era una buena amiga.»

«Ni se te ocurra decir eso —salta Mi-ja, cortante—. Era una amiga fabulosa y una buceadora excelente. Llegó a ser la mejor haenyeo de Hado. Aprendió muy pronto, a raíz del accidente de Yu-ri y de la muerte de su madre, cómo proteger a quienes confiaban en ella para evitar riesgos. Mientras ella fue la jefa no murió nadie en su cooperativa.»

Al principio, a Young-sook le sorprendió que Mi-ja supiera tantas cosas de ella, pero ¿acaso Young-sook no se había encargado de saberlo todo sobre Mi-ja? Quizá Mi-ja hubiese hecho lo mismo. Mientras dura el silencio posterior al arrebato de Mi-ja, Young-sook se imagina cómo debió de sentirse Clara en aquel momento (arrepentida, quizá incluso cohibida o avergonzada), y por primera vez comprende que, pese a tantos años de rabia y de culpar a Mi-ja por todo lo sucedido, ella también falló a su amiga en muchos sentidos.

«Young-sook era mi única amiga —insiste Mi-ja—. Por eso fue todo tan doloroso.»

Hay otra larga pausa; luego continúa:

«A ella le atraía Sang-mun, ¿me entiendes? Creí que pensaría que yo intentaba robárselo.»

«¿Robárselo?»

«Young-sook siempre me había tenido una pizca de envidia. Porque yo sabía leer y escribir un poco, y también empecé a trabajar en el bulteok antes de que a ella le permitiesen entrar. Y porque yo era más guapa. Ahora me miras y sólo ves una cara vieja y arrugada, pero de joven fui hermosa.»

Young-sook vuelve a tener esa sensación de mareo. Empuja un poco más los auriculares hacia el interior de sus orejas para no oír el ruido del viento. Clara y Janet observan su reacción.

«Así que, o se habría avergonzado de mí, o habría pensado que me había ido con Sang-mun para hacerle daño a ella.»

«Pero, Abuelita...»

«¿Y después? Si se lo hubiese contado después de los asesinatos, no me habría creído. Sólo habría oído malas excusas.»

Hay otra pausa y Young-sook recapitula lo que ha escuchado hasta ese momento. Frunce los labios; no puede negar que tiene parte de culpa.

«Tomé una decisión —prosigue Mi-ja—. Fui a ver a la abuela de Young-sook y le expliqué lo que había pasado. Aquella anciana era temible. Le supliqué que no se lo contara a nadie, pero ella, sin vacilar, fue a ver a mis tíos. "¿Y si la chica está embarazada?", les preguntó. Mis tíos fueron en autobús a Ciudad de Jeju y expusieron los hechos a los padres de Sang-mun. Les dijeron que si no se casaba conmigo lo denunciarían a la policía.»

Young-sook intenta asimilar todo lo que está escuchando; trata de entender unos hechos que sucedieron hace más de sesenta años. Que los tíos de Mi-ja hubiesen permitido aquella boda era una cosa, pero que Abuela la concertase... Y que no le contase nada a ella... Young-sook se estremece al recordar que se encontró a Mi-ja en el olle tras la reunión para sellar el compromiso. «Se lo conté todo a tu abuela. Le supliqué...» Y luego, la actitud triunfante de Abuela cuando, después de la boda, se llevaron a Mi-ja de Hado. «Esa chica se ha marchado de Hado tal como llegó: como la hija de un colaboracionista.» Young-sook quería mucho a su abuela. Le había enseñado muchas cosas sobre la vida y sobre el mar, pero su odio contra los japoneses (a los que llamaba «demonios con pezuñas») y los colaboracionistas había abocado a Mi-ja a una situación cruel e imperdonable. No obstante, era su propia ceguera la que no le había dejado querer saber la verdad, y por esa razón había perdido a su alma gemela. Y después a Joon-lee y a su familia. Pero ahora... «Entenderlo todo es perdonar.»

«Ya te he contado lo que pasó después —continúa Mi-ja—. Obligaron a Sang-mun a casarse conmigo. Él consideraba que su deber era compartir amor conmigo todas las noches. Necesitaba y quería tener un hijo varón, y sus padres necesitaban y querían tener un nieto. Hasta me mandaron a Hado para que fuese a visitar a la diosa con Young-sook. Yo siempre había querido tener mi propia familia, pero ahora no quería hacer nada que ayudase a que mi marido plantara una semilla en mi vientre.»

Mi-ja le había dicho a Young-sook, sin rodeos, en su primera visita que no estaba segura de si quería tener un hijo. ¿Por qué Young-sook no le había preguntado qué motivos tenía para decir eso? ¿Por qué sólo había pensado en su propia felicidad?

«Vivía aterrorizada —prosigue Mi-ja—. Cuando él huyó del norte, las cosas empeoraron. Compartir amor. *Aigo!* ¡Qué gran mentira! Yo no sabía qué hacer ni tenía adónde ir. Me quedaba paralizada cada vez que me tocaba, igual que la primera vez que me había deshonrado. Paralizada y muerta de miedo. Pero él no tenía suficiente conmigo. Si supieras cómo pegaba a tu abuelo... Yo hacía todo lo que podía para proteger a Yo-chan y educarlo para que fuese un hombre de bien.»

«Debiste contárselo a Young-sook —dice Clara en la grabación—. Si se lo hubieras contado, y si es verdad que ella te quería tanto, quizá las cosas habrían sido diferentes.»

Cuando Young-sook piensa en cómo sufrió su amiga... Durante años... Se acuerda de lo pálida que había visto a Mi-ja cuando Sang-mun y ella llegaron al punto de recogida del puerto, donde los esperaba Young-sook el día que las dos lo habían conocido. Se acuerda de los cardenales que su amiga había ocultado durante años, que se quedaba inmóvil cada vez que aparecía su marido, que siempre justificaba su actitud, cómo se vestía para él. Se acuerda de que Mi-ja le había dicho a Young-sook que Sang-mun le había hecho pagar muy duro que lo hubiera hecho quedar mal delante de sus superiores aquel día, en Bukchon. Y después le había pedido a Sang-mun que ayudase a Joon-lee...

En la grabación, Mi-ja gime lastimosamente.

«¿Diferentes? Aquel día, en Bukchon, creí que íbamos a morir todos. No abrigaba esperanza alguna de sobrevivir, pero, puestos a morir, me alegraba de poder morir al lado de mi amiga. Entonces llegó Sang-mun con Yo-chan. Yo nunca tuve una madre que me amara, y eso es algo que siempre eché de menos. No podía permitir que Yo-chan creciese sin mí y tuviese que vivir solo con su padre.»

Young-sook se estremece al recordar una de las visitas de Mi-ja. Le había contado que había mujeres que preferían suicidarse antes que vivir con sus maridos. «Pero ¿cómo puede una madre escoger ese camino? Yo tengo a Yo-chan. Debo seguir viva por él», le había dicho.

En la grabación Mi-ja añade otra razón:

«Cuando Young-sook me pidió que me llevara a sus hijos —dice—, yo sólo podía pensar en la crueldad que tendrían que soportar.»

«Lo siento, Abuelita, pero creo que es mejor estar vivo y que te maltraten a estar... muerto.»

«Si supieras lo que vivimos aquel día... Los gritos, los llantos, el olor a miedo... Pero tienes razón —concede Mi-ja—. A fin de cuentas, fui la única responsable de todo lo que sucedió. No podía llevarme a los hijos de Young-sook a casa de mi marido. No podía llevarme ni siquiera a uno. No soportaba imaginar lo que les haría Sang-mun, después de lo que ya nos había hecho a Yo-chan y a mí. Y luego todo pasó muy deprisa. —Le tiembla la voz—. Cuando Sang-mun se enteró de lo que yo había hecho, o de lo que no había hecho, se enfureció conmigo. Temía que los espíritus de Jun-bu y los demás lo atormentaran. Decía que lo había hecho parecer débil y que había puesto en peligro su posición en el gobierno. Peor aún: yo no había dado la cara de buen principio para suplicarle al comandante que liberara a Young-sook y a su familia. Siempre que me miraba, veía en mí a una colaboracionista, una criminal y una traidora, cuando lo único que yo había intentado era seguir con vida por el bien de mi hijo.»

Young-sook se quita los auriculares, mira a la chica, a su madre y, por último, las cartas. Siente que se le desgarra el corazón y piensa que quizá no sea capaz de soportarlo. «Una buena mujer es una buena madre.» Ella había intentado guiarse por esa máxima siempre y estaba orgullosa de lo que había hecho por sus hijos. Ahora comprende que Mi-ja intentó hacer lo mismo que ella, pero con resultados trágicos. Siente un dolor desgarrador mientras las décadas de tristeza, rabia y remordimientos que arrastra empiezan a desmoronarse.

—Mi abuela nunca dejó de quererla —dice Janet—. Aceptó lo que había hecho y quería que usted lo supiera todo. Por eso se lo hemos traído.

La gente lleva años persiguiendo a Young-sook para que cuente su historia y ella siempre se ha negado. Pero ahora... Las personas que se lo están pidiendo llevan la sangre de Mi-ja y de Young-sook. Sí, les contará su historia. Les hablará del dolor que tuvo que soportar, pero también de cómo se endureció su corazón por no saber perdonar.

Clara se arrodilla.

—¿Hay comida en esta playa?

Es una pregunta tan antigua como la primera haenyeo, y Clara debió de aprenderla de su bisabuela. Young-sook no puede evitar sonreír. ¿Cómo no va a transportarse a la relación que tenía con su mejor amiga, allí mismo, en esa playa donde juntas aprendieron a nadar, a jugar y a amar?

—Hay más comida que en las treinta neveras de la casa de mi abuela —contesta, y luego añade—: Si mi abuela tuviese nevera.

—Entonces ¿nos llevará a bucear? —le pregunta Clara—. ¿Nos enseñará?

Young-sook no titubea.

—¿Habéis traído traje de baño?

Clara mira a su madre y sonríe, y Janet sonríe también. Las dos levantan un hombro y le enseñan el tirante de color de su traje de baño.

Respirar hondo una vez,

y otra,

y otra...

Agradecimientos

No habría podido escribir *La isla de las mujeres del mar* sin la ayuda de tres mujeres extraordinarias: la doctora Anne Hilty, Brenda Paik Sunoo y Jenie Hahn. Conocí a Anne Hilty, la embajadora oficial de las haenyeo de Jeju, a través de sus numerosos artículos publicados en *The Jeju Weekly*, *National Geographic Traveller* y otras revistas, así como de su libro *Jeju Haenyeo: Stewards of the Sea*. Además de sus conocimientos sobre las haenyeo, ha escrito mucho sobre la geografía de Jeju, sus chamanas, sus diosas, Kim Mandeok, la comida, el Incidente del 3 de abril y los ritos funerarios. Mantuvimos una amplia correspondencia por correo electrónico y hablamos en numerosas ocasiones vía Skype, y ella me contestó todas las preguntas que le hice. También me ayudó a organizar mi itinerario de viaje por Jeju y a concertar entrevistas, y me presentó a muchas personas que fueron de gran ayuda: el gobernador Won Hee-ryung, que me dio una calurosa bienvenida a la isla; la gran chamana Kim Yoon-su, a quien visité en el centro chamánico Chilmeoridang; la chamana Suh Sun-sil, que compartió sus experiencias conmigo en su propia casa; Song Jung-hee, el director de *The Jeju Weekly*; Kim Jeyon, coordinador de relaciones internacionales del gobierno de Jeju; el profesor Lee Byung-gul, director del Jeju Sea Grant Center; la doctora Choa Hye-gyong, quien había dirigido un equipo encargado de estudiar a las haenyeo para el Jeju Development Institute y compartió conmigo sus grabaciones y traducciones de las canciones de las haenyeo; Grace Kim, por sus traducciones; Kim Hyeryen, que se encargó de que pudiese alojarme en la casa tradicional de su sobrina en Hado; y Marsha Bogolin, que regenta una casa de huéspedes en el interior de la isla.

La doctora Hilty, además, me envió el informe de la investigación sobre el Incidente Jeju 4.3, que recoge las conclusiones del Comité Nacional para la Investigación de la Verdad sobre el Incidente Jeju del 3 de abril. De ese documento de 755 páginas, resultado de una de las investigaciones sobre derechos humanos más extensa del mundo, extraje detalles aportados por supervivientes y testimonios de ambos bandos del conflicto, así como de documentos desclasificados proporcionados por los Archivos Nacionales de Estados Unidos y de diversos departamentos militares de Estados Unidos y Corea. El informe me ofreció descripciones en primera persona de los sucesos de la manifestación del 1 de marzo, de la ejecución de la joven de Bukchon y de cómo se desarrollaron los acontecimientos en esa localidad, incluido el relato del conductor de ambulancia que oyó hablar a los mandos de lo que iba a suceder ese día. También me permitió acceder a los textos de carteles, panfletos, emisiones radiofónicas, discursos y eslóganes.

Brenda Paik Sunoo, autora de *Moon Tides: Jeju Island Grannies of the Sea*, es una mujer sumamente generosa. Me permitió alojarme en su edificio, en el pueblo costero de Gwakji. Me presentó a Yang Soonja, una diseñadora de moda que me explicó todo el proceso del teñido con caquis verdes; a Cho Oksun, una haenyeo retirada, vecina suya; a Kim Jong Ho, un poeta que compartió conmigo sus recuerdos del Incidente del 3 de abril, cuando él era un niño; y a Kang Mikyoung, la hija de una haenyeo experta en maltrato doméstico en Jeju. Brenda y yo también pasamos unas horas memorables con Youngsook Han, una académica que me hizo de intérprete durante una entrevista especialmente conmovedora con su madre, la haenyeo Kang Hee-jeong, que nos habló de la primera vez que vio la luz eléctrica, de la ocupación japonesa, de cómo se hizo haenyeo y de lo que significó para ella enviar a su hija a la universidad. (Más adelante les daré las gracias a otras haenyeo, pero permitidme decir ya que sus relatos y sus recuerdos me ayudaron a componer las animadas conversaciones del bulteok sobre el carácter de los hombres, los beneficios de la viudedad y muchas cosas más.) Además, mantuve numerosas charlas con muchas de esas mujeres sobre la influencia de Heidi en sus vidas y en la isla. Por último, Brenda y yo lo pasamos en grande con Yim Kwangsook, una enfermera procedente de Estados Unidos que nos hizo de intérprete durante varias entrevistas. Jamás olvidaré nuestra visita a la casa de baños tradicional coreana.

En la Jeju National University conocí a Jenie Hahn, que tradujo los relatos orales de varias haenyeo, entre ellas Ko Chungeum, Kim Chunman, Kwon Youngae y Jeong Wolseon, en los que hablaban de los aspectos prácticos del reclutamiento, de los ferris, de la comida y el alojamiento en residencias cuando las buceadoras iban a trabajar a otros países. Jenie me envió un ejemplar de *A Guide to Jeju Spoken in the Language of Jeju and English*, de Moon Soon-deok y Oh Seung-hun (que resultaron muy útiles por sus explicaciones sobre comida, tradiciones y aforismos), y su traducción de *The Goddesses, the Myths and Jeju Island*, de Kim Sooni. Cuando necesitaba confirmar algún dato, Jenie consultaba a Moon Soon-deok (del Jeju Development Institute) o a Kang Keonyong (investigadora del Haenyeo Museum).

Si no os importa, ahora me gustaría dar las gracias a otras categorías más generales: la isla, las tradiciones y la cultura, las haenyeo y el Incidente del 3 de abril. Jeju tiene treinta veces el tamaño de Manhattan. En esta preciosa y exuberante isla crecen el veinticinco por ciento de todas las especies de plantas de Corea. Es el hábitat natural de lo que se conoce comúnmente como el «árbol de Navidad». Los primeros extranjeros que visitaron la isla fueron Hendrick Hamel y su tripulación de marineros holandeses, que naufragaron frente a las costas de Jeju en 1653. Los encarcelaron en Seúl, pero unos cuantos, entre ellos Hamel, lograron huir trece años más tarde. Cuando regresaron a Holanda, Hamel escribió unas memorias que recogen sus penurias y que dieron a conocer la isla de Jeju a Occidente. Siglos más tarde, en 1901, Siegfried Genthe, un escalador alemán, solicitó y obtuvo permiso para ser el primer occidental que escalaba el monte Halla. También escribió sobre sus aventuras, e incluso hoy en día muchos montañeros utilizan el monte Halla como entreamiento para escalar el monte Everest. En los años setenta, David J. Nemeth cumplió su servicio en el Cuerpo de Paz en Jeju. Escribía un diario que más adelante se publicó con el título *Jeju Island Rambling*. La isla también se convirtió en el tema de su tesis doctoral, *The Architecture of Ideology: Neo-Confucianism Imprinting on Cheju Island, Korea*, y más adelante escribió *Rediscovering Hallasan: Jeju Island's Traditional Landscapes of Sincerity, Mysticism and Adventure*. Para obtener más información general sobre Jeju, recurrí a *Stories of Jeju*, publicado por el Jeju Development Institute. En el Kim Mandeok Memorial Hall me informé sobre el legado de esta filántropa. Las exposiciones del Jeju Hangil Memorial Hall me aportaron detalles sobre los movimientos antijaponeses de la isla. El Folk Village me permitió hacerme una idea de las diversas arquitecturas y sus propósitos en la isla de Jeju, mientras que el Jeju Stone Cultural Park fue un buen sitio donde aprender sobre los numerosos usos de ese recurso natural.

Como queda patente en la novela, Jeju es muy diferente del resto de Corea. El idioma, por ejemplo, no es igual que el coreano estándar. El dialecto de Jeju es muy nasal, y muchas palabras terminan bruscamente, porque así no se las llevan los fuertes vientos de la isla. Está completamente desprovisto de esos elementos del coreano que jerarquizan los tiempos verbales y la gramática, indicándoles a los hablantes cómo dirigirse a cada interlocutor, desde el emperador a una gallina. En Jeju, todos se saludan como iguales. El carácter matrifocal de la isla se manifiesta en el hecho de que acoja diez mil espíritus y deidades, la mayoría femeninas. *Goddesses and Strong Jeju Women*, de Soonie Kim y Anne Hilty, y traducido por Youngsook Han, relata los maravillosos mitos e historias de algunas de esas diosas. Las obras de Chin Song-gi y Gui-Young Hong también me ayudaron a recrear el rico paisaje y las ricas tradiciones de Jeju. Todas las personas a las que conocí me invitaron a probar la extraordinaria y deliciosa gastronomía de Jeju. Sin embargo, para un estudio más académico de la comida recurrí a *Top 20 Jeju Local Dishes for Your Life and Health*, publicado por el Jeju National University's Department of Food Science and Nutrition y, una vez más, traducido por Jenie Hahn.

Dado que voy a empezar a expresar mi gratitud a todos aquellos que me ayudaron aportándome información adicional sobre las haenyeo, permitidme primero constatar que no es así como las mujeres de Jeju se llaman a ellas mismas. Utilizan los términos «jamsu», «jamnyeo» o «jomnyeo», que son palabras del dialecto de Jeju. Dicho eso, la palabra japonesa «haenyeo» es por la que se conoce internacionalmente a las mujeres del mar. Quizá éste sea un buen momento para comentar que en 2004 una oreja de mar grande podía costar unos 50.000 won o 60 dólares. Hoy en día, una haenyeo puede ganar aproximadamente 26.000 dólares anuales trabajando a media jornada.

Uno de los primeros artículos que encontré cuando empecé mi investigación fue uno escrito en 1967 por Suk Ki Hong y Hermann Rahn en *Scientific American* sobre un estudio que analizaba si la capacidad de las haenyeo para soportar el frío era genética o una adaptación. El tema me fascinó y empecé a investigar. A través de otros artículos publicados en *American Headache Society*, *American Physiological Society*, *Journal of Sports Sciences* y *Undersea and Hyperbaric Medical Society*, descubrí detalles muy valiosos acerca de la contención de la respiración, el síndrome de descompresión rápida, el metabolismo de la energía y la temperatura corporal, tanto en el caso de las haenyeo coreanas como en el de las ama japonesas. Cito a los autores, agrupados por estudios: Hideki Tamaki, Kiyotaka Kohshi, Tatsuya Ishitake y Robert M. Wong; Jay Chol Choi, Jung Seok Lee, Sa-Yoon Kang, Ji-Hoon Kang y Jong-Myon Bae; William E. Hurford, Suk Ki Hong, Yang Saeng Park, Do Whan Ahn, Keizo Shiraki, Motohiko Mohri y Warren M. Zapol; y Frédéric Lemaitre, Andreas Fahlman, Bernard Gardette y Kiyotaka Kohsi. También participaron en diversos artículos: N. Y. An, K. A. Bae, D. S. Han, S. K. Hong, S. Y. Hong, B. S. Kang, D. H. Kang,

C. Kim, C. K. Kim, P. K. Kim, Y. W. Kwon, I. S. Lee, S. H. Lee, K. S. Paik, S. C. Park, Y. D. Park, Y. S. Park, D. W. Rennie, S. H. Song, C. S. Suh, D. J. Suh y C. S. Yoon.

También quiero darles las gracias a Choe Sang-hun, Alison Flowers, Priscilla Frank, Gwi-Sook Gwon, AeDuck Im, Kim Soonie, Joel McConvey, Simon Mundy, Lee Sunhwa y Catherine Young por sus artículos de revistas y trabajos académicos sobre las haenyeo, el chamanismo y las mujeres de Jeju en general. En cuanto a los temas actuales relacionados con el mar, recurrí a un estudio de *Marine Policy* sobre producción, economía y gestión de los recursos marinos realizado por Jae-Young Ko, Glenn A. Jones, Moon-Soo Heo, Young-Su Kang y Sang-Hyuck Kang. También me sirvió la transcripción de una entrevista realizada por Youngmi Mayer a tres haenyeo (Jung Won Oh, Ko Jun Ja y Mun Yeon Ok) para *Lucky Peach: The Gender Issue*, reeditado por la revista *Harper's*, y la entrevista de Ines Min a la buceadora Kim Jae Youn para *COS*. También encontré artículos sobre las haenyeo en los siguientes sitios web: *Ancient Explorers*, *The Jeju Weekly*, *Culture24* y *Utne Reader*. Siento una profunda admiración por los investigadores que se integran en la cultura que estudian. Haejoang Cho vivió en la isla de Udo, que forma parte de Jeju, en la década de 1970. Su tesis doctoral, *An Ethnographic Study of a Female Diver's Village in Korea*, me proporcionó mucha información sobre la vida de las haenyeo y sus opiniones sobre los hombres, así como traducciones de sus canciones de trabajo. Visité varias veces el Haenyeo Museum. Las exposiciones me permitieron examinar de cerca las herramientas y los trajes de buceo de las haenyeo. Las historias orales grabadas en vídeo de ancianas haenyeo ofrecían detalles maravillosos. El personal me regaló libros publicados por el museo (*Mother of the Sea* y *Jeju Haenyeo*) y me presentó a haenyeo que vivían cerca.

Además de las entrevistas concertadas de antemano, Grace Kim y yo también hablamos con algunas haenyeo mientras esperaban a que las llevaran al mar, recogían algas en la orilla o salían del agua con sus capturas. Entre ellas estaban Kang I-suk, Kim Wan-soon y Kim Won-seok. Me gustaría destacar a Kim

Eun-sil, que trabajó de haenyeo en Jeju y también lejos de la isla para ayudar a su familia, y a Yun Mi-ja, quien, entre otras cosas, nos contó cómo era la vida en Vladivostok. Para entender las funciones y la importancia de los bulteok, recurrí al estudio de Eun-Jung Kang, Kyu-Han Kim, Kyeonghwa Byun y Chang-gen Yoo. La instalación de vídeo y sonido del artista Mikhail Karikis sobre las haenyeo y los retratos fotográficos murales de buceadoras, obra de Hyung S. Kim, me ayudaron a visualizar las características físicas de Young-sook, las hermanas Kang y otros personajes cuando alcanzaron cierta edad. Tuve la suerte de conocer a Barbara Hammer en Nueva York y hablar con ella de su documental, *Diving Women of Jeju-do*. La serie *Journal Films' Families of the World* produjo un breve pero delicioso documental sobre una niña de doce años que aprendía a bucear en Jeju en 1975.

Si algún día viajáis a Jeju, espero que visitéis el Parque de la Paz 3 de abril. Es un lugar precioso y muy emotivo. El número total de víctimas del Incidente de Jeju del 3 de abril quizá no llegue a saberse nunca. Cuando comenzó, Jeju contaba con trescientos mil habitantes. El cálculo estimado de víctimas mortales oscila entre treinta mil y sesenta mil, aunque las últimas investigaciones apuntan a que podría haber habido ochenta mil muertos. El mayor número de muertes se produjo en los primeros meses de 1949 y, según algunas estimaciones, alcanzaría el diez por ciento de la población total de Jeju. Otros ochenta mil isleños se convirtieron en refugiados y tuvieron que irse a vivir con parientes o a centros comunitarios, escuelas primarias o al campo. Siete años más tarde, cuando oficialmente se dio por finalizado el incidente, cuarenta mil personas habían huido a Japón. Como los habitantes de Jeju tuvieron prohibido hablar de lo que había sucedido hasta transcurridos cincuenta años, bajo amenazas de muerte y otras represalias, fueron los exiliados a lugares como Osaka quienes evitaron que las historias de muerte y destrucción se perdieran para siempre. El setenta por ciento de las aldeas de Jeju quedaron arrasadas por el fuego. Muchas nunca llegaron a reconstruirse. En las montañas, la gente sigue encontrando restos de aldeas y hay ochenta y cuatro «aldeas perdidas» identificadas hasta la fecha. Hoy en día, el lugar de la masacre de Bukchon es un campo de cultivo de ajos. Cuenta con una pequeña lápida, similar a las de las víctimas de otros pueblos de la isla.

Además del mencionado informe oficial sobre el Incidente del 3 de abril, encontré más información en «The Question of American Responsibility for the Suppression of the Chejudo Uprising» de Bruce Cumings; «Crimes, Concealment and South Korea's Truth and Reconciliation Commission» de Do Khiem and Kim Sung-soo; «The Northwest Youth League» de Lauren Flenniken; «Jeju Women's Lives in the Context of the Juju April 3rd Uprising» de Rimwha Han y Soonhee Kim; *The Massacres at Mount Halla* así como otros artículos escritos por Hun Joon Kim; «Healing the Wounds of War» de Heonik Kwon; «The Cheju-do Rebellion» de John Merrill; «The Ghosts of Cheju» del personal de *Newsweek*; «Reading Volcano Island» de Sonia Ryang; y «The 1948 Cheju-do Civil War» de Wolcott Wheeler.

Afortunadamente, hay muchas personas maravillosas que me apoyan como escritora y como mujer. Debo darle las gracias a Ginny Boyce, de Altour Travel, por llevarme una vez más hasta donde tenía que ir; a Nicole Bruno y Sara Seyoum, por los recados y el trabajo de oficina; y a Mari Lemus, por mantener la nave a flote. Carol Fitzgerald y sus colegas de la Book Report Network me han ayudado con mi boletín informativo, mientras que Sasha Stone continúa haciendo que mi sitio web sea bonito e informativo (www.LisaSee.com, donde encontraréis vídeos sobre las haenyeo, propuestas para clubes de lectura y muchas cosas más). Mi agente, Sandra Dijkstra, y su equipo de mujeres fabulosas siempre están al tanto de la parte comercial de las cosas. En Scribner y en Simon & Schuster todos han sido muy amables conmigo. Kathy Belden editó la novela con suma delicadeza. Nan Graham y Susan Moldow siempre me animaron. Katie Monaghan y Rosie Mahorter llevaron a cabo tareas de publicidad con gran energía y amabilidad. Por último, un mensaje de reconocimiento a todo el personal de *marketing* y ventas, que me sorprenden diariamente con su entusiasmo y creatividad.

Mi hermana, Clara Sturak, ha leído todos los manuscritos y confío plenamente en su criterio editorial. Chris y Rakhi me rodean de amor. Alexander y Elizabeth me inspiran para trabajar con ahínco. Henry me llena de alegría. Y mi queridísimo Richard me hace reír, me recuerda que hay que divertirse de vez en cuando y me echa de menos (aunque no deja de darme su apoyo incondicional) cuando estoy de viaje de investigación o de gira. Os quiero mucho a todos. Gracias.

Queremos compartir más momentos contigo.

Únete a la comunidad de Penguin Libros
y encuentra tu siguiente lectura.

¡Únete hoy!

Penguin
Random House
Grupo Editorial